Peter Janovsky & Martina Fürlinger

HimmelwandTOD

Gastein-Krimi

feder frei
www.federfrei.at

Etwaige Ähnlichkeiten mit lebenden oder verstorbenen Personen sind rein zufällig und nicht beabsichtigt.

1. Auflage
Marchtrenk, 2023
www.federfrei.at

Umschlagabbildung:
© Denis Poltoradnev, Adobe Stock
Lektorat:
E. Reisinger
Autorenporträt:
© Alexander Schwarzl
Satz und Layout:
Verlag federfrei
Printed in EU
ISBN 978-3-99074-228-0

Für unsere Familien.
Für die Gasteiner.

»Die große Welt steht plötzlich still,
weil ein kleines Virus das so will.«
Monika Kühn-Görg

»Die meisten und gruseligsten Verbrechen werden von
psychisch gesunden Menschen begangen.
Es braucht keine Krankheit,
damit das Böse in die Welt kommt.«
Adelheid Kastner

Prolog

Das Klinikum in Bad Gastein, einem pittoresken Kurort in dem vierzig Kilometer langen Gasteinertal im Salzburger Pongau, präsentierte sich als verschachtelte Anordnung mehrerer weiß getünchter, dreistöckiger Quader. Situiert war es inmitten der beeindruckenden Berglandschaft zwischen dem Ortszentrum mit seiner Felsentherme und der Ortschaft Böckstein mit der Autoverladung Richtung Mallnitz. Ein ausladender, eckiger Schild überdachte den Haupteingang mit seinen breiten Schiebetüren und einem gepflegten Steingarten, in dem bereits die ersten Frühlingsboten sprossen. Über hundertfünfzig Patienten konnten von den Ärzten und Pflegekräften versorgt und rehabilitiert werden. Seit einigen Monaten war eine gesamte Etage im Haupttrakt als COVID-Station eingerichtet.

COronaVIrusDesease.

Eine klingende Bezeichnung für die Hölle auf Erden.

Die sechsunddreißigjährige Krankenschwester Irmgard trat ihren Nachtdienst auf der Intensivstation an. Elf Patienten wurden auf der Station betreut. Elf Patienten, die Tag für Tag um ihr Leben kämpften.

»Haben wir Neuzugänge?«, erkundigte sie sich bei ihrer Kollegin, deren dunkle Augenringe hinter der Plexiglasmaske hervorstachen. Irmgard hatte sich bereits die volle Arbeitsmontur übergezogen, die unter anderem aus einem blauen wasserabweisenden Kittel, einer FFP3-Maske mit Atemöffnung, einem zusätzlichen Plexiglasschild für das Gesicht, nadelfesten Handschuhen und einer Kunststoffhaube bestand.

»Paul. Siebenundzwanzig«, antwortete die Kollegin müde und resignierend. »Volker ist gerade bei ihm. Seine Lunge sieht aus, als wäre sie ein einziger Eiterherd. Auf dem Röntgenbild ist sie völlig weiß.«

Irmgard wusste, was das bedeutete.

»Wurde er bereits intubiert?«

»Volker wartet noch auf die Eltern.«

Primar Dr. Volker Herbst – eine Koryphäe unter den Ärzten. Wenn er nicht mehr weiterwusste, konnte vom Schlimmsten ausgegangen werden.

»Kannst du bitte übernehmen, Irmi?«

»Mach ruhig eine Pause.« Mit diesen Worten drehte sich Irmgard um und passierte eine Schleuse, in der es so heftig zog, dass sie ihre Kopfbedeckung festhalten musste. Dahinter befand sie sich im Kern der Intensivstation, von dem einzelne Türen in die voll besetzten Kabinen abgingen.

Seit Wochen waren sämtliche Betten in dem Trakt belegt. Nach einer kurzen Entspannungsphase in den Monaten zuvor wütete das Virus wieder stärker. Neuzugänge konnten nur mehr versorgt werden, wenn Patienten starben. Oder wenn sie – wie in den seltensten Fällen – kuriert und auf die Normalstationen verlegt wurden. Das Wunschszenario aller. Meist zerbröselte die Hoffnung wie eine getrocknete Blume im Sturm.

Irmgard betrat das Zimmer mit der Nummer Neun. Das Licht war schummrig. Es herrschte leichter Unterdruck, sodass sie ein Ziehen in den Ohren spürte. Zahlreiche Geräte piepten um die Wette, als würden sie um Aufmerksamkeit gieren. Dr. Herbst stand am Bett seines Patienten. Vollschutzmontur. Leicht gebeugt. Er legte seine Hand auf die Schulter des jungen Mannes, dessen kreidebleiche Haut sich kaum von den Bettlaken abhob.

Obwohl Irmgard in den letzten Wochen und Monaten mit so vielen Schicksalen konfrontiert worden war, schnürte es ihr dennoch wieder die Kehle zu. Unwillkürlich schob sie ihre Hand unter dem Schutzschild hindurch und fasste sich an den Hals.

So jung.

Paul war noch so jung.

Er hatte sein ganzes Leben vor sich.

Und dann war er an einen unsichtbaren Feind geraten.

Corona.

Wie das Bier.

Ein völlig unscheinbarer Name.

Ein unscheinbarer Name für eine tödliche Krankheit.

Der Name für ein Virus.

Alles verzehrend. Alles vernichtend.

Durch respiratorische Aufnahme gelangte das Virus in den menschlichen Organismus und griff die Atemwege der Infizierten an. Oft schleichend, meist aber mit unglaublicher Wucht und einem Zerstörungsdrang, dem Ärzte weltweit größtenteils hilflos ausgeliefert waren.

Irmgard erschauderte.

»Schwester. Bitte helfen Sie mir, Paul zur Seite zu drehen.« Der Primar wandte sich an Irmgard und schien erleichtert, sich von seinem Patienten zumindest kurz abwenden zu können. Paul würde innerhalb der nächsten Stunden in einen Tiefschlaf versetzt werden. Sein Organismus, seine Organe, seine Lunge – alles war so sehr in Mitleidenschaft gezogen, dass er aus dem Schlaf nicht mehr erwachen würde.

Das war die bittere Wahrheit.

Schonungslos.

Gnadenlos.

Wie das Virus.

Irmgard erzitterte neuerlich. Hätte Paul sich doch bloß impfen lassen, dachte sie, während sie die Hände unter seinen Rücken schob. Sie spürte seine Muskeln, seine warme Haut, seine Wirbelsäule. Sie spürte das Leben in ihm. Routiniert drehte sie ihn zur Seite, um ihn für den künstlichen Tiefschlaf vorzubereiten.

Für seinen Todesschlaf.

Ich bin wütend.
Frustriert.
Enttäuscht.
Alles ist vorbei.
Ich komme nicht zur Ruhe.
Ich muss etwas unternehmen.
Ich sehe keinen anderen Weg.
Daher werde ich zum Mörder.
Und noch heute werde ich beginnen.

Virenlast X_0

1

Die Türklingel meldete sich wie ein Frosch, der unter dem Stiefel eines Wanderers gelandet war.

»Wer will denn jetzt noch was von uns?«

»Egal. Mach einfach nicht auf.« Sabine, eine zierliche Blondine, zog die Decke über den Kopf. Im Fernsehen lief eine Quizshow und der Moderator verunsicherte gerade die Teilnehmerin mit einer Gegenfrage.

»Um nichts in der Welt verlasse ich unsere wohlige Couch. Oder dich. Und schon gar nicht bei diesem grausigen Herbstwetter.« Steffen lachte und sog den Duft seiner Freundin ein. Das Liebespaar hatte sich nackt aneinandergeschmiegt. Sie waren aus Bayern in die Ferienwohnung seines Vaters gefahren, um mal ein wenig Abstand zu gewinnen. Abstand von all den Schreckensnachrichten. Abstand von Beschränkungen. Abstand von dem ganzen Wahnsinn.

Erneut wurde der Frosch malträtiert.

»Himmel noch mal. Das wird irgend so ein Werbefuzzi sein, der uns Prospekte in die Hand drücken will. Wir brauchen keine neuen Möbel.« Viele andere Möglichkeiten gab es nicht. Niemand – außer Steffens Vater – wusste, dass sie sich in Bad Hofgastein niedergelassen hatten. Den Schmäh mit dem zusätzlichen Wohnsitz hatten sie nicht an die große Glocke gehängt. Musste ja niemand darüber Bescheid wissen.

Der Frosch wurde ungeduldiger. Steffen strampelte unwirsch die Decke vom Körper, langte nach dem Bademantel und ging in den winzigen Vorraum, wo neben der Eingangstür eine vorsintflutliche Sprechanlage montiert war. Mit Tasten und Hebeln – keinerlei digitale Anzeigen oder gar dem Bild einer Überwachungskamera.

»Wer stört?«

Steffen hörte nur das Knacken und Rauschen der Leitungen, die vom zweiten Stock nach unten zum Haupteingang des Wohngebäudes mit den zwanzig Wohneinheiten führten.

»Wer will was?«, kam von Sabine. Steffen liebte ihre dumpfe Stimme, die so gar nicht zu ihrem schlanken Körperbau passen wollte. Er hatte sich auf Anhieb in sie verliebt, als sie ihn damals in der Münchner Bar um Feuer für ihre Zigarette gebeten hatte.

»Hallo?« Steffen schrie so laut, dass es wahrscheinlich auch ohne Gegensprechanlage im gesamten Haus zu hören war. Doch anstelle einer Antwort rülpste nur der Frosch neuerlich aus dem Wandgerät.

»Himmel noch mal. Dann komm halt rein. Und wehe du hinterlässt Mist.« Steffen betätigte den Türöffner und entriegelte gleichzeitig die Eingangstür zu der Wohnung – dem Liebesnest, wie er sie gerne bezeichnete. Sie war klein, altmodisch eingerichtet und dennoch unglaublich gemütlich. Als er Sabine zum ersten Mal mitgenommen hatte, hatte sie sich augenblicklich darin verguckt.

»Hallo?«, rief er ungeduldig ins Stiegenhaus. »Wir brauchen nichts.« Er hörte schwere Schritte die Treppen heraufkommen. Wie Metallpfosten, die gegen Steinfliesen stießen.

Sicherheitsschuhe?

Eigenartig.

Egal.

Schnellstmöglich wollte er zurück unter die Decke. Zurück zu seiner Freundin.

»Raus kommen Sie ohne uns. Prospekte brauchen wir nicht. Sollten Sie in eine andere Wohnung wollen, einfach klopfen. Aber ich befürchte, es ist kaum jemand da, dem Sie Ihr Zeug andrehen können.« Ein weiterer Vorteil des Liebesnestes. Es war ruhig und Steffen war mit Sabine völlig ungestört. Am Tag zuvor hatten sie sogar Sex im Aufzug. Das hätten sie ansonsten niemals gewagt.

Ein Schatten tauchte hinter der letzten Treppenhauswindung auf. Er wirkte unförmig. Wie eine Christbaumkugel in einem viel zu großen Mantel. Das lag aber sicherlich an den Verzerrungen durch die Deckenleuchten.

»Hallo.« Steffen wunderte sich, dass er immer noch keine Antwort erhalten hatte. Am liebsten hätte er die Tür geschlossen und den Unbekannten ausgesperrt. Irgendwie fühlte er sich aber jetzt verpflichtet, die Kontrolle zu behalten. Immerhin hatte er ihn hereingelassen.

Der Schatten wurde kleiner und stauchte sich mehr und mehr zusammen. Gerade als eine Gestalt um die Ecke bog, dachte Steffen an die vorangegangenen Stunden mit Sabine.

Herrliche Stunden. Aufregende Stunden.

Sie sollten seine letzten gewesen sein.

VIRENLAST X_1
2

Ernie Hofstätter blätterte lustlos in einer wissenschaftlichen Zeitschrift, die als Werbeexemplar an die Dienststelle geschickt worden war. Überall ging es nur noch um das Virus. Tagein. Tagaus. Ihr Job war mittlerweile noch langweiliger geworden, seit es Reisewarnungen für Österreich gab und kaum mehr Touristen aus den Nachbarländern im Gasteinertal unterwegs waren. Keine Anrufe hysterischer Ausländer, die einen Diebstahl melden wollten. Keine Gespräche mit verzweifelten Müttern, deren Kinder sich in der schieren Unüberschaubarkeit von Bad Hofgastein verlaufen hatten – einheimische Kinder fanden jeden Weg von jeder noch so unzugänglichen Alm stets von alleine zurück.

Ernie seufzte angestrengt, lehnte sich in dem ergonomisch geformten Schreibtischstuhl weiter nach hinten und hätte beinahe die Beine auf den Schreibtisch gelegt. Sogar ihr Vorgesetzter vertrieb sich die Zeit in den Bergen. Warum sollte also gerade sie als Dienststellensekretärin groß Aufhebens machen?

Auf der nächsten Seite der Zeitschrift war das Coronavirus in einer Detailansicht dargestellt, wie es die ganze Welt bereits seit Monaten kannte: rund, bläulich mit roten Einkerbungen, ausgefranste Zäpfchen an der Oberfläche, die wie winzige Klobürsten aussahen. Das Robert-Koch-Institut hatte dazu einen Beitrag veröffentlicht. Fakten, Fakten und noch mehr Fakten. Ernie kämpfte sich durch den Artikel und gähnte. Warum musste Wissenschaft bloß so langweilig sein? Konnten die Journalisten das Virus nicht als gefährlichen Drachen darstellen, dem mutige Ritter entgegen ritten? Das würde womöglich auch mehr Leute interessieren. Oder die Impfung als Drachenblut, mit dem sich die Ritter einschmieren, um unverwundbar zu werden?

Das Schrillen des Telefons riss Ernie aus ihren Überlegungen. Sie rappelte sich auf, griff zum Hörer und wäre beinahe aufgesprungen, als sie zwischen den Schreien der Anruferin einzelne Wortfetzen begriff, die ihr einen Schauer über den Rücken trieben. Es schien, als ob die Zeit der Untätigkeit jäh geendet hatte.

VIRENLAST X_2
4

Das Moos und die Tannenzapfen auf dem Waldboden knisterten und knackten unter seinen rutschfesten Schuhsohlen. Er war zügig unterwegs. Bereits nach etwas mehr als einer halben Stunde passierte er den Gräfinsitz, an dem schon Kaiserin Elisabeth verweilt hatte. Von dort aus hatten Wanderer einen herrlichen Ausblick auf Bad Hofgastein. Johannes Hauer betrachtete im Vorbeigehen die dicht aneinander gereihten Häuser, den Fluss, den Kirchturm, die Therme und die bis zur Baumgrenze dicht bewaldeten Berghänge. Er war mit seinen vierundfünfzig Jahren topfit, was seinem Spitznamen »Müder Joe« überhaupt nicht entsprach, den er seinen ausufernden Augenringen und seinem Faible für Terence Hill-Filme zu verdanken hatte. Er schaffte vierhundert Höhenmeter in weniger als vierzig Minuten, mit vollgepacktem Rucksack wohlgemerkt. Aus diesem zog er eine Trinkflasche hervor und nahm einige Schlucke eines isotonischen Getränkes, ohne das Tempo wesentlich zu verlangsamen. Er wollte den Gamskarkogel, Bad Hofgasteins Hausberg und den höchsten Grasberg Europas, ausgehend vom beliebten »Annencafé«, in unter drei Stunden bezwingen. Dafür durfte er sich keine längeren Pausen gönnen.

Unermüdlich rammte er die Wanderstöcke in den weichen Untergrund, der sich in engen Serpentinen stetig nach oben zog. Seine Beinmuskulatur spannte unter der Stoffhose. Er schwitzte. Der Schweiß trat unter seiner Kappe hervor, sammelte sich im Nacken und bildete zwischen dem Rucksack und seinem Rücken eine Spur, die sich deutlich von seinem blauen Shirt abhob. Ein Blick auf seine Uhr verriet ihm, dass er gut in der Zeit lag. Er würde seine bisherige Bestzeit womöglich deutlich unterbieten können. Ein Beweis dafür, dass er noch lange nicht rostete.

Der Wald lichtete sich langsam und unter ihm lag die Rastötzenalm, bei der er sich auf dem Rückweg einen Kaiserschmarrn gönnen würde. Mit Rosinen. Mit cremigem Apfelmus. Und mit einem kleinen Schnapserl. Köstlich.

Vor ihm war bereits die Rauchkogelscharte zu erahnen, von der aus er direkt in Richtung Gipfel abbiegen würde. Eine insgesamt herrliche, abwechslungsreiche Wanderung entlang von Gebirgsbächen, über Almen, mit teilweise ausgesetzten Passagen und steilen Anstiegen.

Johannes Hauer fühlte sich frei. Es waren kaum andere Wanderer unterwegs. Er war im Einklang mit der Natur. In der Ferne konnte er den spitzen Schrei eines Murmeltieres hören und über ihm kreisten einige Bergdohlen auf der Suche nach Futter. In dem schwindenden Wald knackten trockene Äste, als hätte sich eine Gruppe Steinböcke dorthin verirrt. All die Eindrücke waren eine willkommene Ablenkung von seiner aufreibenden Arbeit, die ihm aufgrund von Personalknappheit noch zusätzlich erschwert wurde.

Einer der Vögel stieß ein lautes Kreischen aus. Hauer zuckte zusammen, obwohl er so oft in den Bergen unterwegs und die Geräusche längst gewöhnt war. Die Bergdohle flog tief, als wollte sie ihn vor etwas warnen. Seine Fantasie spielte ihm einen Streich und er schalt sich selbst. Doch als er sich einbildete, Schritte hinter sich zu hören, verharrte er. Langsam drehte er sich um und konzentrierte sich auf den Weg hinunter in Richtung Tal. Folgte ihm jemand? Schnell suchte er die Gegend ab. Systematisch. Von links nach rechts.

Keine Menschenseele.

Dämliche Einbildung.

Er war völlig alleine. Mit Ausnahme seiner tierischen Begleiter. Über sich selbst schmunzelnd stapfte er weiter. Ihm stieg wohl seine Arbeit zu Kopf und womöglich sollte er in der restlichen, knapp bemessenen Freizeit nicht auch noch Kriminalromane lesen. Mit der Zeit wurde man gänzlich wirr davon.

Plötzlich ertönte in seinem Rucksack sein Mobiltelefon mit der Titelmelodie aus »Zwei Himmelhunde auf dem Weg zur Hölle«. Ihm wurde mulmig. Sollte sich die Einbildung in eine dumpfe Vorahnung wandeln? Es war sein freier Tag. Jeder wusste, dass er unterwegs war und ausschließlich in dringenden Notfällen gestört werden sollte.

Alles, was er jetzt brauchte, war ein Notfall.

»Jau«, platzte er in das Mikrofon, nachdem er das Telefon aus dem Seitenfach hervorgekramt hatte. Ernie Hofstätter, die Sekretärin der Polizeidienststelle, für die er als Kommandant verantwortlich war, plapperte aufgeregt los. Ihre eindringliche

Stimme war so laut zu hören, dass sogar die Vögel ihre weiteren Runden verstummt drehten. Und als ihm Hofstätter von dem soeben erhaltenen Anruf berichtete, wurde Johannes Hauer bewusst, dass er sich seinen Kaiserschmarrn gedanklich aufmalen konnte.

»Was ist mit Hubert?«, versuchte er dennoch, seine bröckelnde Freizeitaktivität zu retten, obwohl er wusste, dass sein Kollege nicht zur Verfügung stand.

»Kann jemand aus Bad Gastein hin? Ich brauche mindestens eineinhalb Stunden, bis ich eintreffe.«

Wehmütig warf er einen Blick nach oben. Auf dem abgerundeten Gipfel zeichnete sich bereits die Schutzhütte ab, die eine atemberaubende Aussicht bis zum Großglockner gewährte.

»Das ist schön, dass Sie mich dabeihaben wollen«, kommentierte er zynisch. »Und ja, mir ist bewusst, dass die Angelegenheit in meinen Zuständigkeitsbereich fällt.«

Verdammt.

Aber Hofstätter konnte nichts dafür. Sie war eine treue Seele und pflichtbewusst wie eh und je.

Johannes Hauer seufzte laut auf, wischte sich den Schweiß von der Stirn und wandte dem Gipfel den Rücken zu. »Ich bin unterwegs. Sie sollen den Tatort sichern und mir auch noch ein wenig Arbeit übrig lassen.«

Er würde schon sehr bald bereuen, diesen Wunsch geäußert zu haben.

VIRENLAST X_3
8

»Es tut mir so unendlich leid.«

Die hochstehende Vormittagssonne warf kurze Schatten über die Gräber. Der nahe Kirchturm verkündete die volle Stunde.

Von der aufgrund der Reisebeschränkungen verwaisten Kurzone war nichts zu hören. Wo sich normalerweise unzählige Menschen tummelten, ihren Einkäufen nachgingen oder unterwegs in die Heiltherme waren, herrschte gähnende Leere. Deshalb beachtete auch niemand die einsame Gestalt auf dem Friedhof, die mit hochgestelltem Mantelkragen und tief in den Taschen vergrabenen Händen Selbstgespräche führte.

»Es tut mir so leid, dass ich dir nicht helfen konnte.«

Alle Tränen waren bereits vergossen. Es schien, als wäre keinerlei Flüssigkeit mehr in dem Körper zurückgeblieben, seitdem das Leben die verheerende Wendung genommen hatte.

»Ich hätte alles dafür getan.«

Die Gestalt stand mit dem Rücken zu der kleinen Rundkapelle mit dem zierlichen Erker und dem verwitterten Kupferdach vor einem schlanken Steinsockel, in dem ein Name eingraviert war. Alles, was übrig geblieben war.

Ein Name. Eine bloße Erinnerung.

»Es ist einfach nicht fair.«

Zum ersten Mal, seit sie hier stand, bewegten sich mehr als nur ihre Lippen. Die Schultern zuckten, als würden sie von einem Weinkrampf geschüttelt. Die Stiefel scharrten im Kiesbett, das um die Grabstätte aufgeschüttet worden war.

»Es hätte einfach nicht passieren dürfen. Gerade dir.«

Der Friedhofsbesucher drehte das Gesicht mit der spitzen Nase gen Himmel, als wollte er seine nächsten Worte an Gott richten. An einen Gott, an den er schon lange nicht mehr glaubte. An einen Gott, der ihm alles genommen hatte. Endlich löste sich doch noch ein einzelner Tropfen aus dem Augenwinkel. Ein kalter Windstoß trieb ihn quer über seine Wange, als hätte die Schwerkraft jegliche Existenz eingebüßt.

Die Gestalt streckte einen Arm aus und berührte mit der Handfläche den Grabstein. Es war eine Berührung wie eine herzliche Liebkosung.

»Ich werde das so nicht hinnehmen.«

Die drohenden Worte verloren sich in einem weiteren Windstoß. In diesem Augenblick schob sich eine Wolke vor die Sonne. Die Temperaturen sanken, als hätte sich die eisige Kälte aus dem Herzen des trauernden Menschen auf das Tal gelegt.

Ruckartig zog die Person die Hand zurück, riss sich vom Anblick des noch frischen Grabes los und verließ den Friedhof. Sie hatte sich eine Mission auferlegt. Und sie würde sie umsetzen. Vielleicht würde irgendwann jemand begreifen, dass lediglich Gutes damit bezweckt werden sollte.

Virenlast X_4
16

Polizeikommandant Johannes Hauer schwitzte sogar noch bei der Anlage mit den Ferienwohnungen. In Windeseile war er vom Berg abgestiegen und ohne Umschweife zum Tatort geeilt. Das Eingangsportal stand offen und er folgte den aufgeregten Stimmen in den zweiten Stock, während er sich mit einem Stofftaschentuch übers Gesicht wischte. Eine ausgiebige Dusche würde noch warten müssen.

»Horst. Kathie.«

Er begrüßte seine beiden Kollegen aus dem Nachbarort mit einem flüchtigen Griff an die Schläfen, als würde er den beiden salutieren. Neben Horst Köhler, dem Kommandanten der Polizeidienststelle in Bad Gastein, wirkte selbst Hauer klein und übergewichtig. Köhler dürfte bei der Verteilung der Körpergröße mindestens dreimal »Hier!« geschrien, sich jedoch bei der Aufteilung von Körpergewicht hinter einem dicken Menschen versteckt haben. Ein Zahnstocher mit Schnurrbart. Sympathisch. Meist gut gelaunt. Mit ihm konnte man um die Häuser ziehen.

Die beiden quittierten seine Ankunft mit einem Kopfnicken, wobei sich Kathie Feldner im Hintergrund hielt. Sie war jung und unerfahren, dennoch eine wertvolle Bereicherung für die Dienststellen in Bad Hofgastein und Bad Gastein.

Hauer bemerkte die pummelige Rothaarige (unglücklich gefärbt!), die in einer Schürze (billig mit Blumenmuster!), Pantoffeln (löchrig und durchgetreten!) und Arbeitshandschuhen (blau, Einweg!) an der Wand neben einer Aufzugstür lehnte und irgendwas vor sich hinmurmelte. Es klang nach einem Gebet. Oder dem Wetterbericht auf Polnisch.

»Rosalinda Kowalski. Sie hat die Toten gefunden, Joe«, wurde sie von Köhler mit seiner heiseren Stimme vorgestellt. Hauer hatte immer das Bedürfnis sich zu räuspern, wenn er seinem Kollegen zuhörte. Und ihn auf seinen übermäßigen Tabakkonsum hinzuweisen, der sich mehr und mehr auf seine Stimmbänder niederschlug.

»Danke, dass Sie uns gleich verständigt haben, Frau Kowalski«, sagte Hauer und ging auf die zitternde Frau zu, die sich mehrmals bekreuzigte. »Was ist passiert?«

Sie blickte ihn an und musterte ihn misstrauisch. Sein Aufzug in verdreckten Klamotten mit dem Rucksack auf den Schultern schien wenig vertrauenserweckend. Auf ihrem Hals zeichneten sich rotbraune Flecken ab, die ihre Nervosität widerspiegelten. Mit zwei in Plastik verschweißten Fingern griff sie sich an die Nase, als wollte sie sich die Haut herunterkratzen. Dann fuhr sie sich mit der Zunge über die spröden Lippen. Wie es schien, hatte sie sich doch dazu entschieden, mit dem seltsamen Herrn zu sprechen. Piepsige Stimmlage, was so gar nicht zu ihrem Körpervolumen passen wollte. »Ich gekommen. Putze Stiegenhaus. Putze Fenster. Putze Keller. Putze Eingangstüren. Putze Wände. Zweimal in Woche. Gute Bezahlung. Putze gründlich. Putze schnell. Putze auch manchmal Wohnungen. Aber immer putzen Mülltonnen vor Haus. Und Eingang. Und Geländer. Und

Boden wischen. Nass. Danach noch trocken. Damit niemand ausrutschen.«

Hauer schnaufte. Weniger wegen der absolvierten körperlichen Anstrengung als vielmehr wegen dem scheinbar unstillbaren Redefluss.

»Alle zufrieden. Immer fleißig. Nie Beschwerden. Anstrengende Arbeit. Viele Stufen. Muss Wasser aus Keller holen. Rauf und runter. Immer rauf und runter. Nix gut für Beine.«

Sie redete so schnell, dass sie außer Atem zu kommen schien. Ihre Haarpracht hüpfte dabei auf und ab. Im Gleichklang mit ihrem ausladenden Busen. Johannes Hauer bemerkte, dass seine Kollegin im Hintergrund schmunzelte. Scheinbar hatte sie Kowalskis Tätigkeitsbeschreibung bereits über sich ergehen lassen müssen.

»Wie haben Sie die Toten entdeckt?«

»Ich putzen. Alle Stockwerke. Beginnen ganz oben.« Sie deutete zum Aufgang in den dritten Stock. »Dann kommen hierher.« Energische Handbewegung in Richtung Wohnungstür. »Tür nicht geschlossen.«

»Warum haben Sie die offene Tür nicht schon beim Raufgehen bemerkt? Sie mussten ja mit dem Kübel aus dem Keller kommen.«

Kowalski sah Hauer an, als wäre er nicht ganz dicht. Sie straffte ihren Rücken. »Viele Stufen. Ich wischen von oben nach unten. Nix gehen nach oben. Fahren mit Lift.« Sie streichelte die Zugangstür zu dem Aufzug, als würde sie ihm sein Leben verdanken.

»Sie haben also die offene Tür bemerkt.«

»Noch nie putzen diese Wohnung. Nicht wissen, wie innen aussieht. Ich rufen. ›Hallo!‹« Mit ihren Händen formte sie einen Trichter vor ihrem Mund. Ihre Stimme hallte in dem Stiegenhaus wider, was sich anhörte, als würde eine Kreissäge auf einen Diamantsplitter treffen. Beinahe hätte sich Hauer die Ohren zugehalten. »Nix Antwort. Rufen nochmals. ›Hallo!‹ Dann ich berühren Tür. Tür gehen weiter auf. Nochmals rufen. ›Hallo!‹«

Hauer musste an das Protokoll denken, das er noch verfassen müsste. Bis jetzt würde es relativ inhaltsleer ausfallen, wollte er nicht eine Anleitung für eine Putzfirma erstellen.

»Niemand antworten. Ich gehen in Wohnung. Und dann sehen. Sehen alles.« Kowalski griff sich an die Wangen. »Kevin – Allein zu Haus« beim Auftragen vom Rasierwasser. Den Mund weit geöffnet. Die Augen schreckensgeweitet. Die Theatralik hatte ihren Höhepunkt erreicht und es reichte Hauer. Ob er von der Putzfrau noch eine vernünftige Zeugenaussage bekommen würde, ließ er offen im Raum stehen. Er wollte sich endlich selbst ein Bild machen.

»Habt ihr schon Fotos gemacht?«

»Wir wollten auf dich warten«, entgegnete Köhler und schob die Tür in die Wohnung ein Stück weiter auf, woraufhin Hauer eintrat. Sofort bemerkte er den aufdringlichen Geruch. Metallisch. Mit Noten von Rosenblüten. In der Wohnung war es warm und neuerlich trat ihm Schweiß auf die Stirn. Als er von dem winzigen Vorraum in den angrenzenden Wohnraum ging, wurde er von einem Schlachtfeld empfangen. An den in Eierschalenweiß gemalten Wänden, auf einem schmiedeeisernen Raumteiler, am Plafond, auf dem hölzernen Esstisch und auf den bräunlichen Bodenfliesen klebte Blut. Streifen und Schlieren. Langgezogene Spritzer. Rinnsale und Lachen. Als hätte sich ein unbegabtes Kind mit rotbraunen Fingerfarben ausgetobt. Neben der schmalen Küchenzeile lag ein männlicher Leichnam auf dem Rücken. Seine starren Augen waren zur Deckenlampe in der Form eines eiförmigen UFOs gerichtet. Nur wenige Schritte von ihm entfernt lag bäuchlings eine Frau. Ihre Hände waren über ihren Kopf gestreckt. Ähnlich der Vorbereitung zu einem Kopfsprung, zu dem sie auf den drei Stufen zur unteren Ebene angesetzt hätte. In ihrem Rücken klaffte eine ausgefranste Stichwunde. Wie bei einer Abwehrreaktion. Ein krasser Gegensatz zu dem Mann, in dessen Hals das Messer bis zum Schaft steckte und es Hauer wunderte, dass es nicht auf der anderen Seite wieder ausgetreten war. Oder ihm den Schädel von den Schultern gerissen hatte.

»Wir haben schon mal ein wenig herumtelefoniert, während du die Murmeltiere verschreckt hast«, erklärte Köhler. »Die Wohnung ist auf Jochen Rüttger zugelassen.«

»Ist er der Tote?«, wollte Hauer wissen.

»Kann nicht sein«, brachte sich Kathie Feldner zögerlich ein. »Jochen Rüttger ist zweiundsechzig Jahre alt. Und unser Toter hier wird nicht viel älter sein als ich.«

»Also wer sind dann die Toten?«

»Wir arbeiten noch dran. Oder besser gesagt, wirst ja jetzt du übernehmen. So wie es aussieht, handelt es sich um eine Beziehungstat.«

»Ach?«, entgegnete Hauer skeptisch auf Feldners Kombinationsgabe.

»Naja. Sie streiten. Er nimmt das Messer. Sie flüchtet. Er stößt ihr das Messer in den Rücken, sie stürzt. Er rammt sich das Messer in den Hals. Beide sterben, weil niemand rechtzeitig vor Ort ist.«

»Weil überhaupt niemand vor Ort ist«, ergänzte Köhler.

»Was meinst du?«

»Die gesamte Wohnanlage ist leer. Keine Gäste. Den Corona-Maßnahmen sei Dank. Bei den ausgesprochenen Reisewarnungen verirrt sich ja keiner hierher.«

»Wie lange liegen die beiden schon hier?«

»Schwer zu sagen. Muss die Obduktion zeigen. Kowalski war vor drei Tagen das letzte Mal hier. Sie putzt fleißig. Auch wenn es nichts zu putzen gibt. Entweder waren sie damals noch nicht tot oder Kowalski hat die offene Tür übersehen. Aber wenn du mich fragst, schauen die beiden eher noch taufrisch aus.«

»Ist das eine medizinische Einschätzung?«

Köhler lachte wie ein Bär mit Tuberkulose. »Das ist eine langjährig, durch zu viel Fernsehen erworbene Feststellung. Moderne Polizeiausbildung.«

»Beruhigend.«

»Auf uns kannst du dich verlassen.«

»Apropos. Würdet ihr mir noch bei der Einvernahme unseres Putzteufels und beim Sichern des Tatortes helfen?«

»Da dich deine rechte Hand nach wie vor im Stich lässt, werden wir wohl kaum ablehnen können. Wird Zeit, dass du wieder Unterstützung kriegst. Sonst schleifen deine Tränensäcke bald auf dem Boden und die gute Kowalski braucht nicht mehr hinterher zu wischen.«

Hauer schnalzte tadelnd mit der Zunge und ging neben dem Toten in die Hocke. Irgendwas gefiel ihm nicht an der Theorie mit der Beziehungstat. Er konnte nur nicht greifen, was es war. In seinem Inneren braute sich ein Sturm böser Vorahnungen zusammen.

*

Ich bin jemand, dem ein erster Befreiungsschlag geglückt ist.
Viele werden sich fragen, warum das passiert.
Weil es sein muss.
Weil es für die Gemeinschaft sein muss.
Weil es für mich sein muss.
Ganz einfach.
Kein psychologisches Gutachten.
Keine Analysen.
Es muss sein.
Sehr einfach gestrickt.
Und das war erst der Anfang.

VIRENLAST X_5

32

Die Zeitschrift lag auf ihrem Schoß. Ihr Nacken war in dem Bürostuhl überstreckt und ihre kurzen, dunklen Haare standen wie nach einer Explosion in alle Richtungen ab. Ihre Hände hingen schlaff an der Seite herunter, sie gab ein leichtes Säuseln von sich, das einige Oktaven tiefer an ein Grunzen erinnert hätte.

»Jau, Ernie.«

Hofstätter schreckte auf. Sie war eingeschlafen, obwohl sie die Neuigkeiten bezüglich der Todesopfer eigentlich aufgeregt hatten. Schlafmangel. Unterzuckerung. Oder das Alter.

»Hi, Joe.«

»Ich bin ja beruhigt, dass gerade mich alle den ›Müden Joe‹ nennen und dann selbst bei jeder Tageszeit mützeln.«

»Entschuldige. Nichts los.« Sie gähnte und ließ den Kopf kreisen. »Also bis auf diese Geschichte in der Ferienanlage halt.«

Johannes Hauer lächelte verschmitzt. Er hatte die Sekretärin gerne und wusste, dass er sich jederzeit auf sie verlassen konnte. Und dass sie köstliche Aufläufe zubereitete, mit denen sie immer mal wieder die Dienststelle verwöhnte. Ein Traum für den Gaumen. Jedoch Gift für jede Vene im Körper.

»Du stinkst.«

Hauer hatte sich auf die Platte des Schreibtisches gesetzt.

»So viel zum Thema ›Achtung vor Vorgesetzten‹.«

»Meine Achtung hast du immer. Aber du stinkst trotzdem.«

»Willst du, dass ich duschen gehe? Oder willst du vorher von der Geschichte in der Wohnanlage hören?«

»Du kennst die Antwort.« Ernie Hofstätter richtete sich interessiert auf und kam Hauer trotz seiner Schweißabsonderungen näher.

»Eigentlich gibt's noch nicht viel zu berichten. Zwei Tote. Mann und Frau. Kathie glaubt an ein Beziehungsdrama.«

»Kein Wunder, nach ihrem durchgestandenen Drama mit dem Deppen aus Dorfgastein. Wo die Liebe hinfällt.«

»Womöglich ist es aber gar nicht mal so abwegig. Mich wundert sowieso, dass sich nicht schon längst noch mehr an die Gurgel gegangen sind. Ständige Isolation. Einsamkeit. Die Leute müssen ja irgendwann durchdrehen.«

»Erstellst du jetzt ein psychologisches Gutachten? Wie sind sie gestorben?«

»Messer.«

»Oh nein. Die Armen. Wisst ihr schon, wer sie sind?«

»Noch nicht. Horst ist dran.«

»Wie geht's der Kowalski?«

»Kennst du sie?«

»Du nicht? Solltest du nicht jeden deiner Schützlinge kennen?«

»Meine Schützlinge? Bin ich Hirte? Ich habe sie vielleicht schon mal gesehen. Aber sicher noch nie mit ihr gesprochen.«

»Sie wohnt ganz bei mir in der Nähe. Hab sie auch gleich am Telefon erkannt. Wir treffen uns ab und zu beim Bäcker am Marktplatz. Sie liebt scheinbar auch seine Törtchen. Und erst die Cremeschnitten. Unwiderstehlich.«

»Dir bekommen sie wenigstens besser.«

Hofstätter wurde rot. »Du bist ein Charmeur. Wenigstens ein unbeholfener.«

»Mich macht was stutzig. Warum war die Haustür offen? Sollte tatsächlich der Mann die Frau ermordet und sich danach selbst erstochen haben, hätte er doch wohl kaum die Zugangstür geöffnet. Oder wollte er uns zu der Party einladen? Wahrscheinlich hätten wir die Toten erst in einigen Tagen oder gar Wochen gefunden, sobald sich der Verwesungsgeruch über ganz Gastein ausgebreitet hätte. Aber so wirkt das alles ein wenig inszeniert.«

»Womöglich wollte die Frau noch fliehen?«

»Sie lag aber in Richtung Wohnzimmer und somit weit weg von der Haustür.«

»Kann es nicht sein, dass sie vorher gestritten haben? Sie wollte weglaufen. Er packt sie am Arm und zerrt sie zurück in den Wohnraum. Dort streiten sie weiter. Er wird immer aggressiver und greift dann zum Messer.«

Hofstätter ahmt mit dem rechten Arm eine Messerattacke nach.

»Du liest zu viele Schundromane.«

»Sag sowas nicht. Ich bin grade auf einem Wissenstrip. Falls du was zu COVID wissen möchtest, sieh in mir eine Quasi-Spezialistin. Halb-Ärztin.«

»Nein, danke. Kann von dem Dreck wirklich nichts mehr hören. Reicht ja schon, dass wir jetzt zwei Tote haben, die ausnahmsweise mal nicht an dem Virus gestorben sind. Gibt's eigentlich eine Impfung gegen Gewalt? Das wäre ja mal eine Erfindung.«

»Willst du mich, deine allseits geniale Sekretärin, etwa arbeitslos machen?«

Liebend gerne. Doch die Arbeit würde ihnen leider sowieso niemals ausgehen. Dessen war sich Hauer bewusst.

Antikörper
9.258

»Hi, Schatz.« Irmgard ließ sich erschöpft neben ihrem Mann auf die Couch fallen. Sie gähnte.

»Lange Nacht?« Er legte den Arm um ihre Schultern und zog sie an sich.

»Wie immer.«

»So schlimm?«

Irmgard nickte und ließ den Kopf auf seine Brust sinken.

»Soll ich dir einen Tee machen?«

»Ist es noch zu früh für etwas Stärkeres?« Sie versuchte sich an einem Lächeln. Irmgard hatte noch nie Alkohol getrunken. Nicht einmal als Jugendliche.

Oft wurde sie von Freunden deswegen gehänselt. Aber sie hatte sich mit dem beißenden Geschmack nie anfreunden können.

»Ich mache dir eine Tasse mit zwei Säckchen Schwarztee. Dann springst du voller Teein im Kreis.«

»Lass lieber, danke. Ich möchte ein paar Stunden schlafen. Und vergessen.« Sie kratzte sich am Hinterkopf.

»Was war los?«

»Wir haben heute wieder einen jungen Burschen verloren. Paul. Ging letztlich nach seiner Einlieferung ganz schnell. Es blieb nicht einmal mehr Zeit, dass sich seine Familie von ihm verabschieden konnte. Er ist einfach erstickt. Seine Lunge war völlig kaputt. Als wäre sie von Termiten zerfressen worden.«

Irmgard wagte nicht, aufzusehen. Hätte sie das bemitleidende Gesicht ihres Mannes gesehen, wäre sie in Tränen ausgebrochen. Sie durfte es sich nicht so sehr zu Herzen nehmen. Es war ihr verdammter Job, sich um die Patienten zu kümmern. Wie schon seit so vielen Jahren.

»Er war ein Sportler. Kerngesund. Keine Vorerkrankungen. Gesunde Ernährung. Kein Übergewicht. Strotzend vor Energie. Und geht trotzdem elendiglich zu Grunde. Ohne, dass ihm jemand helfen konnte. Ohne, dass wir ihm helfen konnten.«

Ihr Mann wusste nicht, was er entgegnen sollte. Er verstärkte den Druck und zog Irmgard noch näher an sich heran.

»Eigentlich sollte ich all das Leid gewöhnt sein. Aber irgendwie haben wir eine neue Stufe erreicht. Wir sind völlig hilflos geworden. Als hätte uns jemand sämtlicher medizinischer Kenntnisse beraubt. Als wären sämtliche Errungenschaften der letzten Jahrzehnte nichts mehr wert. Als hätte uns Gott eine neue Plage aufgebürdet.«

»Was wirst du tun?«

Irmgard kratzte sich am Hinterkopf und griff dann nach der Hand ihres Mannes. Sie war warm und beruhigend.

»Was ich immer getan habe: weiterkämpfen.«

»Und du weißt, dass ich dich dafür liebe.«

»Tust du das?« Jetzt blickte sie doch auf und schaute ihrem Mann in die Augen. Sie merkte, dass ihr Schmerz auch in ihm wirkte.

»Nur, wenn du mir endlich mal wieder deine köstlichen Kaspressknödel zubereitest. Ich bin förmlich am Verhungern.«

Er tätschelte seinen Bauch, der den Gürtel voll ausreizte. Seine Mundwinkel hingen enttäuscht nach unten und er hatte einen Dackelblick aufgesetzt. Irmgard musste lachen. Es war ein herzliches Lachen. Und sie konnte gar nicht damit aufhören. Sie lachte, bis ihr der Brustkorb wehtat. Die zentnerschwere Last der vergangenen Nacht war ihr von der Seele genommen worden. Auch wenn sie wusste, dass sie schon bald wieder zu ihrem nächsten Dienst antreten musste und das Leid auf der Intensivstation nicht geringer geworden sein würde.

VIRENLAST X_6
64

Das kleine Caféhaus gegenüber dem Gemeindeamt in Bad Hofgastein war gut besucht. Es roch nach gerösteten Kaffeebohnen. Und nach Süßspeisen. Kalorienhaltigen Süßspeisen. Einige der Anwesenden trugen Gesichtsmasken. Wahrscheinlich weniger, um sich zu schützen, als vielmehr der süßen Versuchungen leichter widerstehen zu können. Einige der Masken saßen so schief auf den Gesichtern, dass sie auch als schlecht gewählte Verkleidung durchgegangen wären.

Debile Krankenschwester.

Beschwipster Oberarzt.

Felix Lackner trug keine Maske. Er wollte Autorität ausstrahlen. Vor den Anwesenden. Vor dem Virus. Er schlürfte an seinem Maria-Theresia-Café und genoss den Baileys-Geschmack auf seiner Zunge. Ein kleiner Schuss Alkohol schadete schließlich nie. Ganz gleich zu welcher Tageszeit.

»Ihr wisst, was passiert ist«, schmatzte er und wischte sich den Schaum von der Oberlippe.

Zustimmendes Murmeln.

Lackner hatte sich hinter dem Bartresen in dem Lokal aufgebaut. Sein Bierbauch drückte gegen die Ablage und sein streng gescheiteltes Haar hätte einem Orkan standgehalten.

»Drüben in der Ferienanlage gibt's zwei Tote. Hat sich wie ein Lauffeuer verbreitet. Da kann der Hauer noch so sehr versuchen, alles geheim zu halten. Es wird gemunkelt, dass ein Tourist seine Freundin abgestochen hat. Wie ein Schwein. Und danach hat er sich selbst gerichtet.«

Das Murmeln wurde etwas lauter. In den vorderen Reihen trank einer der Anwesenden genussvoll einen Schluck Bier und rülpste, was das Murmeln übertönte. Lackner ließ sich davon nicht aus der Ruhe bringen.

»Ich glaube nicht, dass ein verliebter Trottel schuld ist.«

»Was glaubst du denn dann?«, kam vom Biertrinker. Es klang, als hätte er ein einziges Wort ausgesprochen. Waschglaubschddudendann?

»Es war Mord. Kaltblütig. Grausam.«

»Ach, hör doch auf mit dem Schwachsinn«, kam jetzt klarer und erboster. Der Krug krachte auf den Tisch.

»Du wirst es schon noch sehen, Kurt. Da hat einer Jagd auf die beiden gemacht.«

»Willst du jetzt noch die letzten Menschen aus dem Tal treiben? Mit deiner blöden Panikmache? Sollen sich alle vor Angst verstecken?«

»Angst ist genau das Thema.« Lackner fixierte sein Gegenüber, der einen weiteren Schluck aus seinem sich bereits leerenden Glas nahm. »Die Angst geht bereits um. Mit diesem komischen Virus, das sie uns alle weismachen wollen, hat die Angst ein Gesicht bekommen. Aber wie ich es euch schon immer predige: Die Angst ist immer da. Unser Tal wird üblicherweise von Touristen überrannt. Die Touristen bleiben seit Monaten aus. Nur wir sind hiergeblieben. Und ich befürchte, dass immer mehr von uns schön langsam durchdrehen.«

»Gehörst du auch zu denen?« Kurt Schaller erntete ein paar Lacher. Er war als Viehwirt, Fleischhauer und Museumsführer in der Gemeinde angesehen. Auch wenn jeder wusste, dass er gerne viel zu früh mit dem Trinken ansetzte. Wer wollte es ihm verübeln?

»Ich lasse mich nicht von der Angst besiegen. Sicherlich nicht. Und doch gehen seltsame Dinge vor. Wir müssen auf der Hut bleiben.«

»Willst du uns wieder dein Nachbarschaftsschutz-Projekt unterjubeln, Felix?«

»Ich will euch gar nichts unterjubeln.« Lackner schaute zerknirscht. »Wenn ihr bis jetzt noch nicht verstanden habt, dass ich nur für eure und unsere Sicherheit sorgen will, tut ihr mir leid.«

»Du willst doch nur dem Hauer eins auswischen.«

»Lassen ihn in Ruhe, Kurt«, kam von weiter hinten, als wäre jemand einer Maus auf den Schwanz gestiegen. Kowalski, die Putzfrau aus der Ferienanlage, zog alle Blicke auf sich. Sie war den gesamten Vormittag hysterisch durch den Ort gepilgert und hatte jedem, der sie hören wollte, die Geschichte von den Toten erzählt. Ausschweifend. Effektheischend. »Niemand wissen wie schrecklich gewesen. So viel Blut.«

Kowalski fühlte sich wohl, im Mittelpunkt zu stehen. Nicht umsonst war sie als Tratschtante bekannt und Gerüchte konnten nicht schneller verbreitet werden als über sie.

»Felix sein richtig. Wir müssen schützen. Ich nicht wollen kommen in Gefahr.«

»Danke, Rosalinda.«

»Was willst du machen, Felix? Eine Bürgerwehr gründen? Sollen wir mit Gewehren und brennenden Fackeln durch die Straßen ziehen?«

»Warum nicht? Wir müssen jedem zeigen, dass wir Gewalt nicht dulden.«

»Mit Gegengewalt? Und das ausgerechnet von dir.«

»Was willst du damit sagen?«

»Hat dich nicht Hauer gerade deswegen aus dem Polizeidienst geschmissen? Weil du ständig deine Autorität missbraucht hast und auch immer mal wieder handgreiflich geworden bist?«

Felix Lackner lief rot an. Er ballte seine Hände zu Fäusten, wäre am liebsten über die Bar gesprungen und hätte Kurt Schaller erwürgt. »Hauer ist ein Weichei. Er hält nichts aus und kommt schon gar nicht auf die Idee, mal selbst aktiv zu werden.« Er machte eine Pause, in der er jeden der Anwesenden kurz musterte. Einige blickten weg, andere versuchten, sich hinter der Maske zu verstecken.

»Ihr werdet noch dankbar daher kriechen und meine Idee unterstützen.« Damit drehte er sich schwungvoll um und verließ das Café. Sie würden alle schon noch sehen, wohin sie ihre Ignoranz bringen würde. Und dann würden sie ihm zuhören.

VIRENLAST X_7 128

»Wolltest du nicht schon vor zwei Tagen hochkommen?«

Die Gamskarkogel-Hütte ist die höchste Schutzhütte Europas. Sie liegt auf knapp zweitausendfünfhundert Höhenmetern. Bis vor einigen Jahren war sie über eine Materialseilbahn von der Rastötzenalm, knapp siebenhundert Höhenmeter tiefer, versorgt worden. Nach einem schrecklichen Unfall mit zwei Wanderern, die sich den Kraftakt des Aufstiegs sparen und mit der Seilbahn fahren wollten, war ihr Betrieb eingestellt worden. Seitdem werden Lebensmittel und Getränke einmal wöchentlich mit dem Hubschrauber angeliefert.

Johannes Hauer hatte gerade beim Ausladen und Verstauen geholfen und wurde dafür mit einem Plausch und einem Tee mit Rum belohnt.

»Ich wäre sogar schon auf dem Weg zu dir gewesen. Und dann hat mich Ernie zurückgewunken, weil es zu einer Bluttat gekommen ist.«

»Die beiden Jugendlichen in der Ferienanlage?«, fragte Ludwig Bräuer, der Hüttenwirt und Pächter, dessen Vollbart schon bald an den Zehen anstehen würde.

»Nicht einmal vor dir macht der Tratsch halt«, schmunzelte Hauer. »Wobei ›Jugendliche‹ nicht mehr wirklich zutreffend ist. Das waren schon zwei Erwachsene.«

»Und trotzdem findest du Zeit für einen Ausflug zu mir? Musst du keine Protokolle ausfüllen? Irgendwo herumtelefonieren? Untersuchungen anstellen? Schnüffeln?« Ludwig klang vorwurfsvoll, aber Hauer wusste, dass er ihn bloß ein wenig auf die Schaufel nehmen wollte.

»Momentan bleibt mir nur wenig zu tun. Ich warte immer noch auf die Obduktionsergebnisse. Die sind ja alle völlig ausgelastet und überlastet. Du weißt schon, warum. Außerdem kann ich in den Bergen am besten nachdenken. Wenn mich keiner stört. Oder mich mit lästigen Fragen ärgert.« Hauer hob den Becher mit dem Heißgetränk und tat so, als würde er Bräuer zuprosten.

»Und wenn die Ergebnisse da sind?«

»Dann schauen wir mal weiter. Ehrlich gesagt war meine letzte Untersuchung eines unnatürlichen Todes, als dir die beiden Verrückten die Seilbahn ruinierten und wir ihre zerbrochenen Knochenhaufen ins Tal bringen mussten. Mord gab es überhaupt noch nie. Zumindest nicht bei mir. Hat ja einen Grund, dass ich unser Kaff so liebe. Und jetzt? Ich werde wohl mit den beiden aus Bad Gastein zusammenarbeiten. Die wirken wesentlich agiler und motivierter.«

»Du verkaufst dich unter deinem Wert, Joe. Als würde dein Spitzname zutreffen. Dabei wissen wir doch alle, dass du nicht ruhen wirst, bis du auch noch die letzte Unbekannte gelöst hast.«

»Dein Wort in Gottes Ohr.«

»Magst noch ein Schnapserl?«

»Warum nicht? Hab mir vorhin eh die Seele aus dem Leib geschwitzt mit deinem ganzen Klump. Als würden so viele Wanderer hier rauf kommen, um die Vorräte zu rechtfertigen, die du hast einfliegen lassen. Veranstaltest wohl ein paar Mondscheinparties, von denen ich nichts weiß und zu denen ich nicht eingeladen bin.«

»Das Auge des Gesetzes ist nicht immer der beste Motivator für rauschige Jugendliche.« Ludwig Bräuer klopfte Hauer auf die Schulter.

»Lass sie wenigstens nicht mehr absteigen, wenn sie über den Durst getrunken haben.«

»Niemals. Du kennst mich doch.«

»Ja, eben.« Jetzt lachten beide. Die Unbeschwertheit fühlte sich gut an. Hätte Hauer gewusst, was ihn noch erwartete, hätte er die Schnapsflasche gleich zur Gänze geleert.

Virenlast X_8 256

In der Polizeidienststelle in Bad Hofgastein gab es drei Festnetz-Telefone. Und jedes davon versuchte gerade, das andere kreischend zu übertrumpfen. Es hätte nicht viel gefehlt und sie hätten sich gegenseitig scheppernd von den Schreibtischen befördert.

»Jau, Ernie.«

»Du siehst gut aus«, brüllte die Sekretärin über das Telefongebimmel hinweg. Kommandant Johannes Hauer hatte nach seiner Bergtour ausgiebig geduscht und sich in Schale geworfen. Er trug seine Uniform, die sich perfekt an seinen trainierten Körper anschmiegte.

»Du auch.«

»Alter Charmeur. Wärst du nur ein wenig älter. Dann wärst du der Richtige für mich. Hier ist die Hölle los, wie du siehst.«

»Besorgte Mitbürger?«

»Natürlich. Und unser allseits beliebter Pressegeier. Der ruft quasi im Minutentakt an.«

»Schmeiß ihn aus der Leitung.«

Ernie Hofstätter quittierte die Aufforderung mit einem erhobenen Daumen. »Und du hast ein Kuvert bekommen. Von Dr. Adelina Mola, unserer Gerichtsmedizinerin.« Sie hielt ihrem Vorgesetzten einen dicken Umschlag entgegen.

»Endlich.« Hauer zog sich in sein Büro zurück, schloss die Tür und legte den Hörer seines Anschlusses neben das Gerät. Von draußen hörte er Ernie einige Male »Kein Kommentar« brüllen.

Mit einem Brieföffner schlitzte Hauer das Kuvert auf und beförderte einen Stapel Unterlagen zutage. Dr. Mola, die im Klinikum Bad Gastein ihren makabren und gleichzeitig so wichtigen Tätigkeiten nachging, hatte gute Arbeit geleistet. Sie hatte Auswertungen, Diagramme, Fotos und Abbildungen erstellt und mit Schlussfolgerungen zusammengefasst. Bislang kannte Hauer Mola noch nicht persönlich. Er hatte lediglich öfters von ihr gehört, aber noch nie mit ihr zu tun gehabt.

Glücklicherweise.

Keine Mordfälle.

Keine Zusammenarbeit zwischen ihm und Mola.

Konzentriert blätterte Hauer in den Unterlagen. Ab und zu zog er eine Augenbraue nach oben, schnalzte mit der Zunge oder unterstrich einzelne Passagen mit einem Textmarker. Bei den Detailaufnahmen der beiden Opfer kroch ein Frösteln über seinen Rücken.

Steffen Rüttger. Vierunddreißig Jahre alt. Wohnhaft in Garching, einem Münchner Vorort.

Sabine Klement. Neunundzwanzig Jahre alt. Seit kurzem ebenfalls wohnhaft in Garching.

Die beiden waren etwa ein halbes Jahr zuvor zusammengezogen. Steffen Rüttger hatte zuerst ein Schädeltrauma erlitten und ist anschließend an einer Stichwunde im Hals verblutet. Bei Sabine Klement führte der Stich in den Rücken zum Lungenkollaps. Sie erstickte, bevor sie die inneren Blutungen umgebracht hätten. Keinerlei Gewebespuren unter den Fingernägeln. Keine anderen Hautabschürfungen. Klement wurde als Kind der Blinddarm entfernt. Rüttger dürfte einen angeborenen Herzfehler gehabt haben, den er möglicherweise noch gar nicht bemerkt hatte.

Der Bericht der Gerichtsmedizin las sich wie eine nüchterne Bedienungsanleitung. Gewicht der Organe, Körpergröße, besondere Merkmale auf der Haut, Haarfarbe, Eintrittswinkel der Messer, Zahnbefund. Die Körper der beiden waren entmenschlicht worden. Als wären sie bloße Gegenstände, die ausgestellt werden mussten.

Abstrakt.

»Irgendwelche bahnbrechenden Erkenntnisse?«

Hauer hatte gar nicht bemerkt, dass seine Sekretärin das Büro betreten hatte.

»Tja. Es sieht nicht danach aus, als ob es sich um eine Beziehungstat handeln würde.«

Hofstätter ließ sich in den Stuhl vor Hauers Schreibtisch fallen.

»Der Junge weist eine Kopfverletzung auf und ist danach an dem Messerstich verblutet.«

»Vielleicht hat sie sich gewehrt. Sie schlägt ihm auf den Kopf, er nimmt das Messer, sticht zu und richtet sich danach selbst.«

»Gute Überlegung.«

»Klingt nach einem ›Aber‹.«

»Ich habe leider noch nicht herausgefunden, ob Steffen Rüttger Rechts- oder Linkshänder war. Gehen wir davon aus, er war Rechtshänder. So wie die meisten in der Bevölkerung. Dann hätte er sich wohl kaum das Messer auf der linken Seite in den Hals gerammt.«

Hauer demonstrierte seine Gedanken, indem er mit einem Kunststofflineal den Einstich simulierte. Seinen rechten Arm winkelte er steil an und versuchte, das Lineal an der linken Nackenseite anzusetzen. Es sah aus, als würde er irgendeine Yogaübung vorführen, die schief gegangen war.

»Man kann auf diese Weise viel zu wenig Druck ausüben. Und es ist ein glatter Einstich. Es wurde also nicht mehrmals angesetzt. Wenn ich mir das überhaupt vorstellen möchte.«

»Und wenn er Linkshänder war?«

Hauer suchte in den Unterlagen nach einer graphischen Abbildung und platzierte sie vor Hofstätter auf dem Schreibtisch. »Unsere Gerichtsmedizinerin hat den Eintrittswinkel des Messers dargestellt. Er verläuft von hinten, beginnend neben den Halswirbeln, nach schräg vorne in Richtung Kehlkopf.« Wieder nahm Hauer das Lineal zur Unterstützung. »Steffen Rüttger hätte sich also das Messer mehr oder weniger selbst von hinten in den Hals gerammt. Mit einer Selbsttötungsabsicht völlig unrealistisch.«

Ernie Hofstätter schnaufte auf. »Also gehst du …«

»Ja, ich denke, es war Mord«, fiel er ihr ins Wort und erntete ein neuerliches Schnaufen.

»Wer tut denn sowas?«, kam es reflexartig von ihr.

»Das gilt es herauszufinden.«

»Was willst du jetzt unternehmen?«

»Zuerst einmal kein Wort zu irgendjemandem. Scheinbar hat Kowalski – diese Putzschwindelige – schon genug geplaudert und versetzt die ganze Ortschaft in Aufregung. Ich will nicht noch zusätzlich Öl ins Feuer gießen. Jedenfalls möchte ich nochmals an den Tatort. Ich will mir das Ganze besser vorstellen können. Diese ganzen Auswertungen hier«, er schlug mit der flachen Hand auf die verteilten Unterlagen auf dem

Schreibtisch, »sind großteils für kalte Wintermonate geeignet. Lesestoff. Nichts Greifbares. Ich brauche was zum Anfassen. Ich muss mich hineinleben können.« Mit diesen Worten sprang er auf und Hofstätter wusste, dass ihr Vorgesetzter Blut geleckt hatte.

VIRENLAST X_9
512

Die Küchenzeile in der Wohnung der Mordopfer bestand lediglich aus einer Abwasch, einem Elektroherd und einem Geschirrspüler. Darüber waren Hängeschränke montiert, in denen Johannes Hauer Geschirr und Fertiggerichte fand. Einen schmalen Durchgang davon entfernt stand ein Esstisch mit einer an zwei Seiten umlaufenden Sitzbank und zwei Stühlen. Darauf befand sich eine moderne Glasvase, die umgestürzt, aber nicht zerbrochen war.

Hauer drehte sich mehrmals im Kreis. Auf dem Boden hatten Horst und Kathie mit Kreide die Umrisse von Steffen Rüttger markiert. Drei Schritte daneben befanden sich die Markierungen für Sabine Klement. Das Blut war mittlerweile eingetrocknet. Dennoch versuchte Hauer, den Lacken und Spritzern auszuweichen, was zu einem eigentümlichen, langsamen Tanz führte. Er wedelte dabei mit einigen mitgebrachten Fotos, die er in der Hand drehte, um sie korrekt auszurichten.

»Soll ich dich zum Walzer auffordern?«

Hauer schnellte herum. In der Tür zum Vorzimmer stand Hubert Kessler in legerer Kleidung, die an einigen Stellen verknittert war. Er war glattrasiert, seine Haare hatte er mit Gel in Form gebracht.

»Was machst du denn hier?«, erwiderte Hauer sichtlich erfreut, ging auf Kessler zu und umarmte ihn.

»Ernie hat dich verraten. Hab in der Dienststelle nachgefragt, wie es so läuft. Und irgendwie hatte ich das Gefühl, sie traut dir die Sache nicht alleine zu.« Kessler grinste schief und schlug mit der Faust sanft gegen Hauers Brust.

»Du sollst aber noch nicht hier sein.«

»Ehrlich gesagt habe ich genug vom alleine Daheimsitzen. Mir fällt schon die Decke auf den Kopf.«

»Und wie geht's dir?« *Was für eine blöde Frage*, dachte sich Hauer, nachdem er sie bereits laut ausgesprochen hatte.

Kessler winkte ab. »Also, erzähl mal. Was haben wir?«

Gruppeninspektor Hubert Kessler war Hauers rechte Hand. Auf ihn konnte er sich bedingungslos verlassen. Er sorgte mit seiner Genauigkeit und seinen oftmals genialen Eingebungen für so manchen Fortschritt, wenn es darum ging, Verkehrsrowdies zu überführen, Diebstähle aufzuklären oder Streitigkeiten zwischen Nachbarn zu schlichten. Er war etwas kleiner als Hauer. Rundlicher. *Gut genährt* wäre zutreffend gewesen. Während Hauer an Infinite Trails teilnahm und Bergspitzen teilweise auf allen vieren erklomm, saß Kessler gerne zu Hause und übte sich am Chips-Tüten-Stemmen. Leider noch keine olympische Disziplin.

Die beiden sahen nebeneinander wie ein verschrobenes Bud-Spencer-und-Terence-Hill-Duo aus. In Anlehnung an Hauers Spitznamen.

Müder Joe. Wie Terence Hill in den Klamaukfilmen.

»Steffen Rüttger und Sabine Klement. Ich versuche mir gerade den Ablauf des Übergriffs vorzustellen.«

»Du gehst also fix von einem Mord aus?«

»Mittlerweile auf jeden Fall. Ich denke, dass Rüttger dem Mörder die Eingangstür geöffnet hat. Dann wollte er rückwärts flüchten und wurde womöglich vom Angreifer gestoßen. Er dürfte mit dem Hinterkopf hier«, Hauer deutete auf die lange Kante des Esstisches, »aufgeschlagen und bewusstlos geworden sein. Womöglich wollte ihm Sabine Klement zu Hilfe kommen. Oder womöglich wollte sie einfach nur in Richtung Balkon flüchten.« Kessler folgte mit dem Blick Hauers ausgestrecktem Arm, der zur Balkontür neben dem Fernseher im Wohnzimmer zeigte. »Der Mörder hat sie mit dem Messer niedergestreckt. Er muss mit voller Wucht auf sie eingestochen haben, da die Klinge an der Innenseite der Rippen anstieß und diese splitterten. Dr. Mola hat bei ihren Ausführungen keine Details ausgelassen. Jedenfalls hat sie Rückstände von Klements Blut in Rüttgers Wunde gefunden, was eine klare Abfolge widerspiegelt.

Demnach ging der Mörder, nachdem er Klement erstochen hat, zu dem angeschlagenen Rüttger, der sich scheinbar auf den Bauch gedreht hatte und womöglich davonkriechen wollte. Wobei er sowieso nicht weit gekommen wäre, da er auf ein totes Zimmereck zukroch. Oder er wollte sich unter der Eckbank verstecken. Der Angreifer sticht ihm jedenfalls das Messer von hinten in den Hals. In einem Reflex dreht sich Rüttger um und treibt sich dabei die Klinge noch weiter in den Körper.«

»Also ein Messer als Tatwaffe?«

»So wie es aussieht. Selbstverständlich keine Fingerabdrücke darauf. Auch wenn er es mitgebracht haben dürfte. Es sind keine ähnlichen Messer aufzufinden. Womit wir es nicht mit einer Affekttat zu tun hätten. Der Täter hatte das geplant.«

Kessler zog einige Schubladen in der Kochnische auf, bis er bei der Besteckschublade landete. »Ich wiederhole: Deine Vermutungen basieren darauf, dass die Tatwaffe zu keinem der Messer in der Wohnung passt.« Der Gruppeninspektor winkte in Richtung eines der Fotos, das auf dem Esszimmertisch lag und das Mordwerkzeug zeigte. Es hatte einen silbern polierten Metallgriff. Alle anderen Messer in der Wohnung hatten schwarze Kunststoffgriffe.

»Ok. Kann ich so weit nachvollziehen. Wann wurden die beiden gefunden?«

»Dem Autopsiebericht nach etwa einen Tag nach dem Mord. Putzgenie Kowalski hat sie entdeckt.«

»Kowalski?«

»Andere Geschichte.«

»Also hat der Täter mindestens einen Tag Vorsprung und könnte im wahrsten Sinne des Wortes bereits über alle Berge sein.«

»So sieht es aus.«

Kessler schloss sich Hauers Tanz von vorhin an und drehte eine Pirouette.

»Was wissen wir über die Opfer? Sollten wir in deren Umfeld nach dem Täter suchen? Womöglich ist er zurück nach Deutschland geflüchtet? Oder sollen wir die Münchner Polizei die weiteren Schritte setzen lassen?«

Hauer klappte erstaunt den Mund auf. »Woher …?«

Kessler grinste. »Ich habe das Auto auf dem Parkplatz unten gesehen. Münchner Kennzeichen. Das einzige Auto weit und breit. Und da offensichtlich die Anlage ansonsten leer ist, habe ich gemutmaßt. So ein schlaues Kerlchen, nicht wahr?«

Hauer verneigte sich anerkennend. Ein weiterer Vorteil Kesslers war, dass er stets ohne große Erklärungen auskam.

»Gibt es sonst irgendwelche bahnbrechenden Erkenntnisse?«

»Noch nicht wirklich viel. Die Wohnung gehört Jochen Rüttger, Steffens Vater. Beide – also Vater und Sohn – haben hier einen Zweitwohnsitz angemeldet.«

»Und umgehen auf diese Weise die Reisebeschränkungen. Geschickt. Wer träumt nicht in diesen Zeiten von einem Kurzurlaub in den Bergen?«

»Naja. Diesen Traum haben sie jedenfalls mit ihrem Leben bezahlt. Ein zu hoher Preis.«

»Dem muss ich zustimmen. Was findet sich sonst in der Wohnung? Weitere Spuren? Fingerabdrücke? Fussel? Blut vom Täter? Ein Geständnis?«

Hauer schüttelte den Kopf. »Horst und Kathie dürften alles gewissenhaft abgesucht haben. Sie haben mir hunderte Fotos geschickt und eine ganze Auflistung von Fundstücken. Nichts Aufregendes. Wir müssen noch herausfinden, seit wann die beiden in Gastein waren. Es sieht danach aus, als wäre das hier tatsächlich eine reine Ferienwohnung. Kaum persönliche Gegenstände. Alltagskleidung. Fertiggerichte. Toilettartikel. Wir haben eine Tageskarte für die Bergbahn gefunden. Weder Restaurantrechnungen noch sonstige Belege für irgendwelche Aktivitäten. Allzu oft dürften sie sich doch nicht rausgetraut haben.«

»Eine Tageskarte?«

»Spektakulär, gell. Vielleicht wollten sie die herrliche Aussicht genießen. Oder unserer gesunden Bergluft frönen.«

»Hmm. Wenn wir gar nicht mehr wissen, was wir tun sollen, könnten wir uns ja oben im Restaurant nach den beiden erkundigen. Vielleicht haben sie sich mit jemandem getroffen oder es war jemand dabei?«

»Das wäre eine Idee. Am besten jemand mit einem Schild um den Hals ›Ich bin der Mörder‹.«

»Würde uns einiges ersparen. Sonst noch was?«

»Du meinst außer Staub und Essensresten?«

Kessler schaute sich demonstrativ um. »Reinlichkeitsfanatiker dürften die beiden wahrlich nicht gewesen sein.«

»Kowalski hätte hier mit Sicherheit ihre Freude gehabt. Alles putzen.« Der Kommandant ahmte die Stimme der Reinigungsdame nur schlecht nach. Dabei bewegte er seine beiden Hände im Kreis, als würde er ein Auto polieren und erntete dafür fragende Blicke.

»Gibt es irgendwas, an dem wir ansetzen könnten? Außer dieser ominösen Liftkarte.«

Hauer befragte seine Unterlagen. »Äußerst dürftig. Neben den bereits aufgezählten Gegenständen gibt es noch Kondome, billigen Souvenir-Kitsch in Form eines vergoldeten Steines und einem Plastikedelweiß, BluRays für die Abendunterhaltung und zahlreiche Duftkerzen.«

»Daher dieser aufreizende Gestank nach vergammelten Rosen. Irgendwas Spannendes?«

Hauer starrte seinen Kollegen stirnrunzelnd an.

»Na, bei den BluRays?«

»Keine Ahnung. Bin ja nicht so der große Kinogeher. Mein Repertoire beschränkt sich auf Fernsehfilme.«

»Du immer mit deinen Hau-den-Lukas-Filmen. Banause. Du versäumst die besten Streifen.«

Johannes Hauer stemmte die Hände in die Hüften. »Den ersten Tag zurück und schon wieder frech. So angenehm ruhig war es ohne dich. Aber soll ich dir was sagen?«

»Was?«

»Trotzdem kommst du mir jetzt nicht mehr aus. Keine Chance!«

»Ich will dir auch gar nicht mehr auskommen. Meine Zeit der Untätigkeit ist hiermit offiziell vorbei. Stempel und Siegel drunter. Ich werde es einfach so machen, wie du es mir vorlebst.«

»Was meinst du?«

»Na, mich in die Arbeit stürzen. Mich voll und ganz darauf konzentrieren. Akten wälzen. Papierkram erledigen. Mit Leuten quatschen. Allen auf die Nerven gehen.«

»Du weißt aber schon, dass das nicht meine einzige Ablenkung ist.«

»Ja, ja. Die Berge. Immer dieselbe Leier. Aber leider bin ich halt nicht Bergziege im Sternzeichen.«

»Bergziege? Du bist eher ein fauler Sack.«

Kessler lachte auf. »Damit wäre wohl den gegenseitigen Beleidigungen Genüge getan.«

Hauer legte seinen Arm um Kesslers Schulter, als wollte er sich bei ihm abstützen.

»Ich bin jedenfalls heilfroh, meinen Partner zurück zu haben.«

Virenlast x$_{10}$ 1.024

Alois Brunner, dem jedes seiner dreiundsiebzig Lebensjahre anzusehen war, wohnte in einem Häuschen in Bad Hofgastein, das nur wenige Gehminuten vom berühmten »Annencafé« mit seinen köstlichen Marillenknödeln entfernt lag. Und obwohl es bereits etwas abgewohnt und dringend renovierungsbedürftig gewesen wäre, liebte er zwei Dinge ganz besonders an seinem Heim: Aufgrund seiner exponierten Lage einige hundert Höhenmeter über dem Ort bot es einen atemberaubenden Ausblick auf das Treiben in den Straßen und zudem auf das gegenüber liegende Schlossalmgebiet mit seinen Schihängen und Gondelanlagen. Außerdem stand Brunners Haus ein wenig abseits am Ende einer Sackgasse und er brauchte somit keinerlei sinnlose Gespräche mit Nachbarn oder deren grauenhaften Kindern zu pflegen. Schreiende Bälger.

Er selbst war nie verheiratet gewesen und hatte – soweit er wusste – auch keinen Nachwuchs in die Welt gesetzt. Zum Glück. Er musste sich um niemanden scheren.

Der größte Nachteil seines Wohnortes war, dass er etwa dreißig Minuten zu Fuß in die Stadt benötigte, um die wichtigsten Einkäufe zu erledigen. Vor allem der Rückweg über die steilen Serpentinen verlangte ihm körperlich einiges ab. Ihm und seiner Hüfte. Und seinem Knie. Und seiner Achillessehne. Also eigentlich seinem gesamten Bewegungsapparat.

Gut, dass er sich stets fit gehalten hatte. Keinesfalls wollte er von irgendwelchen anderen Leuten – etwa seinen Nachbarn, Gott bewahre! – abhängig sein oder werden.

Gerade als er es sich in dem alten, abgewetzten Lehnstuhl im Wohnzimmer gemütlich gemacht hatte, um in Ruhe den Tag ausklingen zu lassen und sich von einem anstrengenden Einkaufsbummel zu erholen, bimmelte die Türglocke, als wollte sie

Tote aus dem Jenseits zurückholen. Zuerst dachte Brunner daran, den ungebetenen Besucher zu ignorieren. Als ihm bewusst wurde, dass überall im Haus Licht brannte und er somit wie auf dem Präsentierteller saß, rappelte er sich auf, zog den Bund seiner Hose zurecht, kratzte sich am Hintern, zog den Bademantel enger und ging zur Haustür.

»Was willst du?« Brunner hatte die Tür einen Spalt aufgezogen und betrachtete den Besucher abschätzend. »Willst du mir jetzt noch einen Vortrag halten? Hat es dir noch nicht gereicht?«

Er hatte keine Lust auf weitere Diskussionen. Vielmehr war er ob der unerwarteten Störung genervt. Denn er hätte viel lieber einige Schnapserl genossen, um dann gemütlich in seinem Lehnstuhl einzuschlafen. Er hatte keinerlei Bedarf an Unterhaltungen. Und an spießigen schon gar nicht.

»Du bist im Unrecht.« Es war nicht mehr als das Zischen einer Schlange. Jede Silbe wurde nachdrücklich betont. Alois Brunner überkam ein Frösteln. Er kannte sein Gegenüber seit vielen Jahren. Dieser Blick in den funkelnden Augen war jedoch neu. Voller Abscheu. Voller Wut. Voller Enttäuschung.

»Ich habe mich bereits entschuldigt«, versuchte er zu intervenieren und die Situation zu entschärfen. Er klang heuchlerisch. Genauso wie am Nachmittag zuvor. Alle sollten ihn bloß in Ruhe lassen.

»Das ist zu wenig. Wegen Leuten wie dir …«

Brunner versuchte, die Tür zuzudrücken. Doch sein Gegenüber war schneller. Mit voller Wucht presste es sich dagegen, sodass das Türblatt gegen Brunners Stirn knallte. Er taumelte zurück.

»Was willst du noch?«, wisperte er und rieb sich mit dem Unterarm über den Kopf.

»Ich werde dich zur Verantwortung ziehen.«

Brunner wollte um Hilfe rufen. Doch wer hätte ihn gehört? Seine Nachbarn, von denen er nichts wissen wollte? Unwahrscheinlich. Ein zufällig vorbeikommender Wanderer? Ausgeschlossen nach Einbruch der Nacht. Gerade als er nochmals zu einer Entgegnung ansetzen wollte, stieß ihm die Gestalt in dem dunklen Gewand ein Messer in den Bauch.

Brunner schnappte nach Luft. Er spürte, wie warme Flüssigkeit seine Beine hinunter rann. In ihm breitete sich ein Schmerz aus, der alles zu verzehren drohte. Es war, als hätte er Säure geschluckt, die nun in seinem Magen explodierte. Noch einmal wollte er schreien. Doch der nächste Stich in den Brustkorb ließ ihn endgültig verstummen. Er klappte nach vorne. Langsam sackte er zuerst mit den Knien und dann bäuchlings auf den Teppich, der den ärgsten Schmutz draußen halten sollte. *Ich müsste ihn dringend reinigen*, waren seine letzten Gedanken.

*

Gerne möchte ich diesen Tag aus meinem Gedächtnis streichen.
Diesen weiteren Tag.
Entgleist.
Beinahe wäre mir alles entgleist.
Beinahe hätte ich mich in der Apotheke zu sehr hinein gesteigert.
Beinahe hätte ich mich verdächtig gemacht und wäre aufgeflogen.
Auffälligkeiten.
Ich habe mir auf die Zunge gebissen. Bin nicht weiter auf die Provokationen eingegangen. Habe mich nicht aus der Reserve locken lassen.
Contenance.
Ein Zauberwort.
Täuschung und Tarnung.
Unauffällig bleiben.
Unsichtbar bleiben.
Die Mission vorantreiben.

VIRENLAST X_{11} 2.048

Hauer und Kessler fuhren zur Gondelanlage Schlossalmbahn. Sie tappten weiterhin völlig im Dunkeln. Es gab keinerlei verwertbare Spuren, denen sie hätten nachgehen können. Der Mörder war in der Wohnanlage aufgetaucht, hatte Steffen Rüttger und Sabine Klement niedergemetzelt und war ungesehen verschwunden. Sie befanden sich in der sogenannten »Zwischenzeit«. Die Sommersaison mit den Sommerferien und den Wanderern und Kletterbegeisterten war bereits abgeklungen. Bis die Wintersaison startete und die Schipisten eröffnet wurden, dauerte es noch einige Wochen.

Grundsätzlich liebte Hauer diese Zeit. Es war ruhig. Zum Großteil waren nur Einheimische vor Ort. Ausnahmen wie Rüttger und Klement bestätigten die Regel. Der Nachteil dieser ruhigen Zeit war, dass kaum Menschen unterwegs waren, die etwas gesehen haben könnten. Es gab bislang keinerlei Zeugen. Eine schlechte Ausgangsbasis für Ermittlungen.

Obwohl der Herbstandrang bei den Bergbahnen äußerst überschaubar war, erinnerte sich auch niemand beim Ticketschalter an die beiden deutschen Urlauber. Womöglich hatten sie das Ticket bei einem der Automaten gelöst. Jedenfalls konnten Hauer und Kessler auch hier keinerlei Informationen einholen. Somit blieb ihnen nur die Fahrt auf den Berg.

»Ich glaube nicht, dass ich schon jemals so früh mit der Gondel unterwegs war. Und bei dir schaut es auch nicht unbedingt danach aus. Du machst ja heute deinem Spitznamen wieder einmal alle Ehre.« Kessler hatte sich bequem auf der breiten Sitzbank zurückgelehnt und die Hände vor dem Bauch verschränkt.

»Lieber schlaffe Augenringe als schlaffe Muskeln. Bist du überhaupt schon jemals mit der Gondel gefahren?« Hauer saß ihm gegenüber und hatte die Beine ausgestreckt.

»Aber sicher doch. So kann ich meine geliebte Bergluft genießen, ohne mich allzu sehr anstrengen zu müssen. Nur auf den frühen Vogel pfeife ich.«

»Habe ich dir schon mal gesagt, dass ich gerne deinen Bandwurm hätte. Würde ich mich nicht ständig sportlich betätigen, hätte ich um hundert Kilo mehr und du könntest mich durch die Gegend rollen.«

»Wer sagt, dass ich mich nicht sportlich betätige?« Kessler tat beleidigt und entrüstet.

»Deine Computerspielerei kannst du wohl nicht als Sport bezeichnen.«

»Um mich von gestern zu wiederholen: Banause. E-Sport ist ein äußerst einträgliches Geschäft und es werden Millionen damit umgesetzt.«

»Warum bist du dann noch immer bei der Polizei?«

Kessler streckte seinen rechten Daumen in die Höhe und vollführte einige knackende Bewegungen damit. »Steife Gliedmaßen. Wahrscheinlich zu wenige Milchprodukte in der Kindheit. Oder Übersäuerung.«

»Du Ärmster.«

Sie hatten bereits die Mittelstation hinter sich gelassen und passierten gerade den gigantischen Speiseteich für die Schneekanonen. Er war perfekt in die Umgebung eingebettet. Kessler nickte in Fahrtrichtung der Gondel. »Wir sind gleich oben.«

Die Zehner-Gondel, die Hauer und Kessler aufgrund fehlenden Besucherandranges für sich alleine hatten, rauschte in die Bergstation auf zweitausendeinundsechzig Metern Seehöhe.

»Vergiss deine Maske nicht.«

Hauer nickte dankbar und schob sich den Schutz über seinen Mund und seine Nase. Dann öffneten sich auch schon die Türen und die beiden stiegen aus. Sie winkten einem der Mitarbeiter, der in einem Glashäuschen saß und das wenige Treiben gelangweilt beobachtete.

Kessler atmete tief durch, als sie aus der Bergstation ins Freie traten. »Herrlich.«

»Siehst du. Solltest doch öfters hier raufkommen.« Hauer entfernte sich unschlüssig und drehte sich in alle Richtungen. »Was machen wir jetzt?«

»Du bist der Boss. Solange du mich nicht auf die Mauskarspitze oder den Hirschinger schleppen willst, bin ich dabei.«

Sie befanden sich auf einem Plateau, von dem zahlreiche Wanderwege ausgingen. Hinter ihnen lag Bad Hofgastein, vor ihnen einige Berggipfel. Außerdem gab es Einrichtungen für Kinder wie Trampoline oder Seilrutschen, Übungsklettersteige und Sitzgelegenheiten. Vor einer großen Schautafel blieb Hauer stehen. »Wir könnten den See umrunden.« Er wirkte konzentriert. »Dauert knapp drei Stunden, wenn wir die große Runde machen.«

Kessler positionierte sich neben ihm und starrte entgeistert auf die Tafel. »Träum weiter.« Dann erst fiel ihm das Grinsen in Hauers Gesicht auf. »Darf ich meinen Vorgesetzten als Blödmann bezeichnen? Verarsch jemand anderen. Dachte, du hättest eine Eingebung.«

»Wollte dich nur ein wenig ärgern. Lass uns ins Restaurant hinunter gehen und dort mal schauen. Vielleicht fällt uns dann noch was ein.«

Das Gipfelrestaurant lag etwa hundert Meter entfernt in der Bergstation der Pendelbahn, die seit Eröffnung der Umlaufgondelbahn großteils ausgedient hatte und nur zu Spitzenzeiten den Betrieb aufnahm. Solche Zeiten hatte es seit Ausbruch der Pandemie nicht mehr gegeben.

Die beiden Beamten spazierten einen Schotterweg entlang und passierten etliche Wegweiser, die die verschiedenen Wanderrouten anzeigten. Nach einigen Minuten betraten sie das Restaurant »Kleine Scharte«, in dem das ganze Jahr über köstliche Wiener Schnitzel und flaumige Germknödel aufgetischt wurden.

»Was verschafft mir die Ehre dieses hohen Besuches?« Eine schlanke Dunkelhaarige mit Pagenschnitt und eng anliegenden Jeans kam aus dem Küchenbereich des Restaurants. »Soll ich euch mal wieder kulinarisch verwöhnen?«

»Jau, Manu. Schön, dich zu sehen.«

»Würdest du nicht immer auf den anderen Bergen herumkraxeln, könntest ja öfter bei mir vorbeischauen, Joe. Und was ist mit dir, Hubsi? Habens dich endlich mal aus der Dienststelle rausgelassen?»

Manuela Windner war ein Urgestein. Sie betrieb das Restaurant seit über dreißig Jahren. So manchen Besuch bei ihr hatten die beiden Polizisten mit einem kräftigen Vollrausch abgeschlossen. Wenn Windner mal die Schnapsgläser auf den Tisch knallte, war jeder Gast fällig. Entweder man trank mit oder man zog sich den Unmut der Hausherrin zu.

»Hast du von dem Doppelmord gehört?«, antwortete Kessler mit einer Gegenfrage und deutete eine Umarmung an.

»Schreckliche Sache. Aber ich habe ein Alibi, falls ihr mich deswegen verhaften wollt.«

Hauer nahm an einem der Tische Platz, der einen herrlichen Ausblick auf das Tal gestattete. Aus der Innentasche seiner Jacke kramte er ein Foto heraus.

»Eigentlich wollten wir nur wissen, ob du die beiden gesehen hast.«

Windner griff nach dem Foto und hielt es gegen das durch das Fenster hereinscheinende Tageslicht. Dann schüttelte sie den Kopf.

»Bist du sicher? Könnte es sein, dass sie mal in deiner Abwesenheit hier waren?«

»Guter Witz. Wann habe ich schon frei? Nein, ehrlich. Wir schließen nächsten Monat, sobald auch die Gondel für Wartungszwecke ihren Betrieb einstellt. Bevor es mit der Schisaison losgeht. Vier Wochen. Das reicht mir als Urlaub fürs ganze Jahr.

Was sollte ich sonst mit meiner Zeit anfangen? Und glaubt mir eines: Schöner als hier oben kann es nirgendwo anders sein.«

»Also hast du die beiden wirklich nicht gesehen?«, wollte Kessler noch einmal wissen.

»Wenn du willst, kann ich dir meine Antwort auch aufzeichnen. Die beiden waren mit Sicherheit nicht hier im Restaurant. Wie kommt ihr überhaupt auf die Idee?«

Hauer räusperte sich. »Wir haben eine Tageskarte für die Gondelbahn gefunden. Und wir haben gehofft, dass du sie mit jemandem gesehen hättest.«

»Mit dem Mörder?« Windner hatte die Ellenbogen auf dem Tisch aufgestützt und sich nach vorne gelehnt. Ihre Stimme klang aufgeregt. »Ihr macht es ja spannend. Denkt ihr, sie haben ihren Mörder hier oben getroffen?«

»Wäre eine Möglichkeit. Oder sie sind mit ihm heraufgefahren. Meist gibt es zwischen Opfern und deren Mörder eine Verbindung. Freunde. Ehepartner. Arbeitskollegen. Die Tageskarte ließ uns hoffen, dass wir einer diesbezüglichen Spur nachgehen könnten.«

Windner lehnte sich zurück und fuhr sich mit gespreizten Fingern durch die Haare. »Ich muss euch enttäuschen. Sollten sie wirklich auf der Schlossalm unterwegs gewesen sein, haben sie nur die Gegend bewundert.«

Mist.

Hauer war in Versuchung, darauf mehrere Schnäpse zu kippen. Er hielt sich zurück, verabschiedete sich und verließ mit Kessler im Schlepptau das Restaurant. Die beiden Gesetzeshüter streiften noch ein wenig durch die angepriesene Gegend, ohne sie allerdings wirklich zu bewundern.

»Den Versuch war es jedenfalls wert«, bekräftigte Kessler und wirkte, als müsste er sich selbst gut zureden.

»Ich hätte mir einfach mehr erhofft. Wir werden uns gut überlegen müssen, wo wir jetzt ansetzen sollen.«

Der Gruppeninspektor zog seinen Vorgesetzten förmlich zur Gondelbahn zurück. »Wir finden schon was. War ja klar, dass es uns nicht leicht gemacht wird.«

In diesem Moment meldete sich Hauers Diensthandy. »Jau, Ernie.« Der Polizeikommandant blieb unvermittelt stehen, sodass Kessler beinahe in ihn hineingelaufen wäre. »Das gibt es doch nicht.« Hauer war blass geworden. »Wir kommen sofort.« Er starrte durch seinen Kollegen hindurch. »Auf der Schlossalm.« In seinen Augen spiegelte sich Entsetzen. »Ja, wie es aussieht, erwischt du mich tatsächlich bei jedem Mord irgendwo auf einem Berg.«

Mit diesen Worten beendete Hauer das Gespräch und wischte sich mit dem Handrücken über den Mund.

»Was ist los?«

»Ein Nachbar hat Alois Brunner gefunden. Tot. So wie es aussieht, ermordet.«

»Griesgram-Brunner? Den alten Tattergreis? Wer sollte den ermorden?«

Hauer hörte ihm nicht mehr zu. Er war zu einer Aussichtsstelle neben der Bergstation gegangen, die von einem überdimensional großen Gastein-Schild geprägt war. Von hier aus konnte man das ganze Tal bis nach Dorfgastein überblicken. Und genau gegenüber auf der anderen Talseite lag das gelb getünchte »Annencafé«, in dessen Nähe es zu einem weiteren Mord gekommen war.

Hauer hatte bereits als Kind die Entscheidung getroffen, Polizist zu werden. Er wollte Leute beschützen, die selbst nicht dazu in der Lage waren. In all den Jahren seiner Tätigkeit war es nur selten zu Übergriffen gekommen. Kleinere Streitereien. Ehekrach. Aggressive Autofahrer.

Mord?

Niemals.

Bis jetzt.

Mehrfachmord.

Unvorstellbar.

Bei dem Pärchen aus Deutschland hatte er noch auf eine Ausnahme gehofft. Eine unausweichliche Konstellation. Ein Verbrechen, das seine Wurzeln im Ausland hatte. Das nichts mit seinem wunderschönen Gasteinertal zu tun hatte.

Und jetzt das.

Er ließ seinen Blick über das Tal schweifen. Die Bäume an den Berghängen verfärbten sich bereits. Die Ache schlängelte sich träge zwischen Häusern, Wiesen und Feldern hindurch. Bei der nächsten Schneeschmelze im Frühjahr würde sie sich wieder in einen reißenden Fluss verwandeln.

Das Einzelgleis der Zugverbindung nach Böckstein und in weiterer Folge durch die Tauernschleuse verlief entlang des Bergrückens über zahlreiche steinerne Brücken, die vor Ewigkeiten in mühevoller Handarbeit ohne den Einsatz von Kränen errichtet worden waren.

Es war so herrlich. Es war sein Ort der Glückseligkeit. Und jetzt war alles anders. Ein Mörder ging um.

Ungelenk setzte sich Hauer wieder in Bewegung und Kessler hatte Mühe, mit ihm Schritt zu halten. Rasch bestiegen sie die Gondel und setzten sich talwärts in Bewegung.

»Was ist hier los, Hubert? Ist denn die ganze Welt verrückt geworden?« Hauer hatte seinen Kopf an die Scheibe gelehnt.

»Es sieht ganz danach aus.«

Den Rest der etwa zehnminütigen Fahrt verbrachten sie schweigend. Jeder hing seinen eigenen Gedanken nach. Als sich in der Talstation die Schiebetüren der Gondel öffneten, hörten sie einen lauten Schrei. Beide zuckten zusammen und sahen sich hektisch um.

Antikörper
6.461

Sie saß auf einer Bank in dem Kurpark mit seinen alten Baumbeständen und den verschlungenen Pfaden, die zur »Alpentherme« führten. Es waren nur vereinzelt Spaziergänger unterwegs und Irmgard genoss die Stille. Sie blickte auf den künstlich angelegten Teich und beobachtete die Enten, die genüsslich ihre Runden zogen.

Wie gerne wäre auch ich eine Ente, überlegte sie. Kaum Sorgen. Nur, wo sich der nächste Wurm finden lässt.

Irmgard war alleine unterwegs, was sie nicht störte. Vielmehr wollte sie nicht untätig zu Hause sitzen, bis ihr irgendwann die Decke auf den Kopf fiel. Außerdem brauchte sie dringend frische Luft und wollte auf andere Gedanken kommen.

Ablenkung.

Die untergehende Frühlingssonne würde schon bald hinter dem Kamm der Haitzingalm verschwinden. Irmgard blinzelte zu dem Bergrücken und fixierte die Stütze der Seilbahn, die kaum mehr genutzt wurde, seit die Umlaufgondelbahn eröffnet worden war.

Einfacher. Schneller. Komfortabler. Alles drehte sich um Komfort.

Jedem sollte alles möglichst unkompliziert ermöglicht werden. Niemand sollte zu viele Mühen auf sich nehmen müssen. Bequemlichkeit stand im Mittelpunkt.

Warum war es bei ihr nicht auch so?

Warum musste sie so sehr mit den Widrigkeiten ihrer Arbeit kämpfen?

Sie bereute nicht, Krankenschwester geworden zu sein. Niemals. Sie liebte ihren Beruf. Sie liebte es, anderen helfen zu können. Sie liebte die dankbaren Gesichter der Patienten. Und doch stieß sie mitunter an die Grenzen des Ertragbaren. Sie konnte und durfte es sich niemals bequem machen.

Eine der Enten startete zu einem kurzen Flug auf die andere Seite des Teiches, wo eine alte Dame aufgetaucht war, die Brotstücke an die Tiere verteilte. Hektisch eilten ihr die anderen gefiederten Artgenossen hinterher.

Verboten.

Überall standen Schilder, auf denen darauf hingewiesen wurde, die Vögel nicht zu füttern.

Wen kümmerte es?

Ignoranz war allgegenwärtig.

So viele Vorgaben. So viele Vergehen. Oft, weil die Menschen blind geworden waren. Oft, weil die Menschen einfach nur aus Trotz heraus etwas anderes tun wollten. Oft, weil Menschen anderen schaden wollten.

Irmgard wäre am liebsten zu der alten Dame hinüber gegangen und hätte sie auf die Vorschrift der Verwaltungsbehörden hingewiesen. Hätte es Sinn gemacht? Würde sie sich einsichtig zeigen? Oder würde sie die Auflage anzweifeln und Irmgard beschimpfen? Sie als Wichtigtuerin abstempeln?

Irmgard entschied sich, nichts zu unternehmen. Es war ja auch kein Kapitalverbrechen und wem schadete es schon?

Fing es genau damit an?

Kleine Abweichungen von der Norm. Zögerliche Übertretungen.

Irmgard fuhr sich mit den Handflächen übers Gesicht und vergrub ihre Augen zwischen den Fingern.

Wo lagen die Grenzen? Wann schadete man mit seinen Handlungen den anderen? Wann wurden Grenzen überschritten?

Es war eine heikle Gratwanderung. So schnell konnte man auf die andere Seite fallen, auf der Gesetze keine Gültigkeit mehr hatten.

War das auch der Grund für die verzweifelten Zustände im Krankenhaus? Weil sich Menschen nichts mehr sagen lassen wollten? Weil sie nicht bereit dafür waren, Befehle oder Anordnungen auszuführen?

Irmgard hätte alles dafür getan, den Menschen begreiflich zu machen, wie wichtig es gerade jetzt war, an einem Strang zu ziehen. Sich an behördliche Vorgaben zu halten. Die Krankenhäuser und Intensivstationen zu entlasten. Die Ärzte und Pflegekräfte zu unterstützen. Ihnen die Hände zu reichen und die Pandemie gemeinsam durchzustehen.

Sie hätte alles dafür getan.

Alles.

Wieder blickte sie nach oben zu der Stütze, die nun im Schein der Abendsonne glänzte.

Sie wollte endlich wieder zur Ruhe zu kommen.
Doch was sollte sie tun? Was musste sie tun?

VIRENLAST X_{12}
4.096

Die zierliche Blondine trug eine für die Gasteiner Bergbahnen AG typisch blaue Arbeitsuniform und rief lautstark nach den beiden Ordnungshütern. Dabei wedelte sie aufgeregt mit den Armen, was ein wenig so aussah, als würde sie Hampelmänner machen.

»Was ist los, Andrea?«, wollte Hauer wissen, nachdem sie ausgestiegen, die Endstation der Gondel umrundet und wieder beim Zustieg gelandet waren. Die beiden hatten den Schock über den neuerlichen Mord während der Talfahrt zumindest vorerst ein wenig verdaut.

»Ihr müsst mir bitte helfen. Ich weiß einfach nicht mehr, was ich tun soll.« Andrea arbeitete seit ihrem achtzehnten Lebensjahr für die Bergbahnen und hatte zwei Jahre zuvor, nach Fertigstellung der Gondelbahn, von der Pendelbahn hierher gewechselt. Neben ihr stand ein verbissen wirkender Mittfünfziger in herbstlicher Wandermontur wie aus einem Prospekt für Outdoor-Aktivitäten. Seine beige Knickerbocker endete knapp unterhalb der Knie, wo lange, rote Strümpfe ansetzten. Das Wanderhemd war rot-weiß-kariert und der Rucksack wirkte so überdimensioniert, als hätte sich der Mann für eine Himalaya-Expedition gewappnet. Nur ein Schlafsack und ein Biwak fehlten noch. Beinahe wäre Kessler ein Lachen ausgekommen.

»Wer sind Sie? Von der Polizei?«, stieß der Mann dröhnend aus und übertönte damit sogar den Antrieb der Gondel.

»Unschwer zu erkennen«, bestätigte Hauer und ließ seine Hand die Uniform hinabgleiten.

»Gut. Dann erklären Sie gefälligst dieser überwichtigen Zicke hier, dass sie mich passieren lassen soll. Immerhin habe ich ein völlig überteuertes Ticket gekauft. Sowieso schon eine Frechheit. Nur um einmal da rauf zu kommen. Und dann will mich diese Tussi nicht einsteigen lassen.«

Alleine für die Beleidigungen hätte Hauer dem Wanderschreck am liebsten einen Verweis erteilt. »Was ist los?«, fragte er dennoch geduldig und biss sich auf die Zunge, um nicht ebenfalls ausfallend zu werden, und wandte sich dabei an die Mitarbeiterin.

»Er hat keinen 3G-Nachweis«, kommentierte Andrea, noch bevor der Fahrgast den Mund aufmachen konnte. »Ich darf ihn nicht mitfahren lassen.«

»Steck dir deinen dämlichen 3G-Scheiß sonst wo hin. So ein Schwachsinn, du blöde Kuh. Hier ist sonst niemand, den ich gefährden könnte. Ich fahre alleine mit der Gondel. Ist mir sowieso lieber. Also wofür willst du einen Nachweis? Um keine Murmelviecher zu verschrecken?«

Hauer merkte, wie sich Kessler anspannte und legte ihm die Hand auf die Schulter, um ihn zurückzuhalten. Der Gruppeninspektor reagierte wie immer genervt, wenn es um die Nicht-Einhaltung von Vorschriften aller Art ging.

»Sie dürfen das Transportmittel nur mit einem gültigen Nachweis einer Impfung, Genesung oder Testung nutzen.«

Der Wanderknecht holte tief Luft und baute sich drohend vor Hauer auf. Er wog wahrscheinlich fünfzig Kilo mehr und obwohl Hauer bereits groß gewachsen war, überragte er ihn. Dennoch wich der Polizist keinen Millimeter zurück.

»Es ist mir scheißegal, welche behördlichen Vorgaben Sie hier umsetzen wollen. Das ist alles nur Dreck, um uns zu schikanieren. Oder, noch schlimmer, um diese ganzen Scheißtests und Giftspritzen an den Mann zu bringen.«

Kesslers Gesicht war rot angelaufen und Hauer befürchtete schon einen Herzinfarkt, sollte er nicht bald wieder Luft holen.

»Ihr seid alle nur folgsame Diener eines völlig falschen Systems. Plustert euch auf, als hättet ihr alle Regeln der Welt erfunden. Verdammte Wichtigtuer. Ich will jetzt sofort in die Gondel oder ihr könnt mich so richtig kennen lernen.«

»War das eine Drohung?«

Kessler war herangekommen. Und obwohl Hauer hätte schwören können, dass er jeden Moment in die Luft gehen würde, wirkte er völlig ruhig. Nur der sich rasch hebende und senkende Brustkorb verriet seine wahre Erregung.

»Pah. Drohung. Das ist eine Tatsache. Ihr wollt mir mein Recht verwehren? Ich werde euch mit so vielen Beschwerden eindecken, dass ihr die nächsten Monate zu nichts anderem mehr kommt. Und wenn ihr euch dann endlich durch die Flut gearbeitet habt, werden euch eure Vorgesetzten an die Gurgel gehen. Und diese dämliche Blondine hier, die außer mit dem Arsch wackeln sonst wahrscheinlich eh nichts zustande bringt, wird sich in irgendeinem Keller wiederfinden, wo sie Sitzbänke polieren kann.«

»Ich bin so unendlich froh, dass Sie Ihre Weisheiten mit uns teilen«, schritt Hauer wieder ein. »Aber wissen Sie was? Ganz egal, womit Sie uns einschüchtern wollen, Sie werden die Gondel nicht nutzen. Wir haben Auflagen zu erfüllen, die nicht auf unserem Mist gewachsen sind. Die uns aber allen das Leben erleichtern sollen. Die uns endlich wieder in ein normales Leben zurückbringen sollen.«

Ein wenig fiel der verhinderte Wanderer in sich zusammen. »Ist das Ihr letztes Wort?«

»Nein, keinesfalls«, erwiderte Hauer und kurz dachte der Mann, er würde doch noch zu seinem vermeintlichen Recht kommen. »Bevor wir Sie der Bergbahn verweisen, werden wir noch Ihre Daten erfassen. Damit wir zukünftig ganz besonders auf Sie achten können. Es soll sich ja sonst niemand anders mit Ihnen herumärgern müssen.«

Der Zurechtgewiesene wollte neuerlich aufbegehren, doch Hauer brachte ihn mit einer forschen Handbewegung zum Schweigen. »Kannst du bitte die Daten von unserem Uneinsichtigen hier aufnehmen, Hubert? Ich fahre schon mal rüber zu Brunner. Im Gegensatz zu dem Herrn hier haben wir ja auch noch wirkliche Probleme. Falls du Hilfe benötigen solltest, meldest du dich.«

Kessler nickte. »Ich komme schon zurecht.«

»Und bitte tu ihm nicht weh«, flüsterte Hauer seinem Kollegen noch augenzwinkernd zu.

VIRENLAST X_{13} 8.192

Noch ein Mord. Unfassbar.

Jahrelang konnten in Gastein Schäfchen gezählt werden. Und dann gleich drei Tote hintereinander. Gerade jetzt. Als hätten nicht sowieso alle schon genug Sorgen und Ängste.

Johannes Hauer raste über die Bundesstraße bis zum Kreisverkehr bei der Ortseinfahrt von Bad Hofgastein, bog dort in Richtung Ortskern ab, passierte eine Autowerkstatt, eine Konditorei und einen Elektrohändler und fuhr schließlich bergauf in Richtung »Annencafé«. Vor einer steilen Linkskurve nahm er einen schmalen Güterweg, der direkt bei Brunners Haus endete. Wieder waren seine Kollegen aus Bad Gastein schneller gewesen. Deren Dienstauto parkte bereits in der Einfahrt. Hauer stellte sich dahinter. Ein solch verhältnismäßig massiver Polizeieinsatz würde normalerweise die gesamte Bevölkerung auf die Beine bringen. Glücklicherweise waren sie hier etwas abgeschieden.

»Sag mal, was ist denn bitte in deinem Revier los?«, wurde Hauer von Horst Köhler, dem Kommandanten aus Bad Gastein, begrüßt. »Kann mich ja kaum noch um meinen eigenen Kram kümmern.«

Hauer erwiderte nichts. Ihm war nicht nach Smalltalk zumute. Er ging an Köhler und Feldner vorbei zum Eingang des Hauses. Die Tür stand sperrangelweit offen. Schon von weitem konnte Hauer den Toten im Vorraum liegen sehen. Er lag am Bauch, den Kopf von der Tür weggedreht, die Arme nach vorne ausgestreckt. Die Beine waren etwas verdreht.

»Ich habe den Nachbarn, der uns verständigt hat, nach Hause geschickt. Um den kümmern wir uns später.« Köhler zwirbelte an seinem Schnurrbart, während seine Kollegin mit der Kamera hantierte und aus sämtlichen Perspektiven Fotos schoss. *Das würden wieder hunderte werden*, dachte Hauer, kritisierte aber nicht.

»Ich werde mich im Haus umsehen und eine Inventarliste anfertigen. Außerdem alles festhalten, was mir wichtig erscheint.« Kathie Feldner hatte erst vor kurzem ihre Ausbildung abgeschlossen und war mit Feuereifer bei der Sache. Dass sie jetzt sogar gleich bei drei Morden mitarbeiten durfte, erfüllte sie sichtlich mit Stolz (und einer Portion Schaulustigkeit).

»Es war bloßer Zufall, dass der Nachbar vorbeigekommen ist. So wie es aussieht, wollte er hinten im Wald ein paar Gartenabfälle entsorgen. Als er die offene Tür bemerkte, hat er nachgesehen. Das war so etwa um acht Uhr morgens.«

Immer noch hatte Hauer nichts gesagt. Er hatte sich neben dem Toten niedergekniet und versuchte, die Szene in sich aufzunehmen. Brunner war mit einem Bademantel und scheußlichen Stiefeln bekleidet. Als hätte er sich bettfertig gemacht. Dann wurde er von einem Besuch überrascht, schlüpfte in die Stiefel und öffnete die Tür. Sein Todesurteil.

»Ich wollte ihn noch nicht umdrehen.«

»Hilfst du mir mal?«

Gemeinsam packten die beiden Polizisten den Toten. Hauer wartete auf ein schmatzendes Geräusch, als würde ein Klebestreifen abgelöst werden. Doch der Leichnam ließ sich geräuschlos wenden. Die Blutlache war bereits getrocknet.

»Wieder ein Messer.«

Es war zwar keine Tatwaffe zu sehen, aber die Wunden wiesen eindeutig auf Einstiche hin. Einer im Bauchbereich, einer in der Brust. Von vorne. Alois Brunner musste den Mörder also angesehen haben, als dieser auf ihn einstach.

»Er hat Abschürfungen an den Händen«, erklärte Köhler. »Sieh dir das genauer an, Joe.«

»Abwehrverletzungen?«

»Eher nicht. Keinesfalls Messerschnitte. Wenn mich nicht alles täuscht, sind das Holzsplitter. Und wenn ich mich jetzt ganz weit aus dem Fenster lehne, sehen die genauso aus, als würden sie von der Eingangstür stammen.«

»Du meinst, er hat noch versucht, den Angreifer auszusperren? Lass jedenfalls Kathie auch noch Fotos und Detailaufnahmen von der Tür machen. Dr. Mola bekommt wieder Arbeit.«

»Die wird begeistert sein.«

Beide erhoben sich.

»Wer könnte es auf Alois abgesehen haben?«, fragte Köhler, verschränkte die Hände auf dem Rücken, und lehnte sich neben einer Kommode an die Wand.

»Das ist die Millionenfrage. Wir wissen, dass Alois ein unangenehmer Zeitgenosse sein konnte. Nicht zu knapp. Hatte immer was auszusetzen. An jedem. Im ganzen Ort kennt man ihn als Nörgler. Aber Mord? Das geht schon ein ganzes Stück weiter.«

»Ich kenne ihn auch schon ewig«, bestätigte Köhler. »Noch aus der Zeit, in der ich in Hofgastein gewohnt habe. Er war verschroben. Hatte ständig seinen eigenen Kopf.«

Hauer blickte zu Köhler. Dabei wurde er auf einen Zettel auf der Kommode aufmerksam. »So wie es aussieht, hat Alois einen Großteil der Pharmaindustrie finanziert. Das ist eine Rechnung aus der Apotheke. Elendslang.«

Köhler war neugierig geworden und starrte ebenfalls auf den Ausdruck der Registrierkassa. »Da ist ja wirklich einiges beisammen. Benazepril, Celiprolol, Oxybutynin, Vitamine, Aspirin, Ibumetin, Allopurinol. Stolze Summe. Wollte er eine Zweigstelle eröffnen?«

»Sagen dir die Mittelchen was? Also außer den Vitaminkapseln und dem Aspirin?«

»Allopurinol nehme ich auch. Senkt die Harnsäure. Wenn ich die mal vergesse, meldet sich gleich die Gicht in den Fingerknöcheln. Aber alles andere kenne ich nicht.«

Hauer ging zu einem Bild, das neben der Tür zum Wohnraum an der Wand hing. Es zeigte ein blühendes Feld mit einer hölzernen Scheune im Hintergrund.

»Denkst du, dass es der gleiche Mörder wie bei dem Pärchen aus Deutschland ist?«

Der Kollege aus dem Nachbarort stieß sich achselzuckend von der Wand ab, ging an Hauer vorbei ins Wohnzimmer und setzte sich auf einen abgewetzten Lehnstuhl.

»Ich habe übrigens mit Jens Rüttger telefoniert.«

»Hieß der Vater nicht Jochen?« Hauer ließ sich gegenüber auf einen Hocker fallen und schlug die Beine übereinander.

»Richtig.« Köhler schnippte mit den Fingern. »Also ich habe mit Jochen Rüttger telefoniert. Die beiden Opfer sind vor einigen Monaten zusammengezogen. Waren recht glücklich. Haben viel zusammen unternommen. Wollten sich eine gemeinsame Existenz aufbauen. Und sie sind erst vor vier Tagen nach Gastein gekommen. Vier Tage, Joe. Als hätte jemand hier auf sie gewartet.«

»Oder als wären sie zur falschen Zeit am falschen Ort gewesen. Hat er was gesagt, ob sie alleine gefahren sind? Hatten sie mit jemandem Streit?«

»Soweit er wusste, wollten die beiden allein sein. Sie wollten sich ein paar schöne Tage machen. Und recht viel mehr war nicht mehr aus ihm herauszubringen. Er war völlig fertig. Verständlicherweise.«

Hauer stützte seine Ellenbogen auf dem hochgelagerten Knie ab und ließ sein Kinn in seine Fäuste sinken. »Und was denkst du?«

»Worüber?«

»Ob es der gleiche Mörder ist?«

Köhler seufzte und starrte an die Decke. Er war lediglich zwei Jahre älter als Johannes Hauer, wirkte in diesem Moment aber wie ein gebrechlicher Mann.

»Alois wurde ebenfalls mit einem Messer getötet. Und wie hoch wäre die Wahrscheinlichkeit, zwei irre Fleischhauer in der Stadt zu haben?«

»Also haben wir es mit einem Dreifachmord zu tun.« Unwillkürlich erschauderte Hauer. Er zog die Nase hoch. »Was verbindet die Opfer?«

»Entscheidende Frage. Das müssen wir herausfinden. Und soll ich dir was sagen, Joe?«

Hauer war sich nicht sicher, ob er es hören wollte. Dennoch fragte er nach.

»Am meisten habe ich Angst davor, dass es gar keine Verbindung gibt. Dass irgendwo ein Irrer herumläuft, der Spaß an der Sache hat. Der mit der derzeitigen Situation völlig überfordert ist. Dass das hier sein Ventil ist. Seine Art, mit dem Wahnsinn umzugehen. Und wir wissen beide, was das bedeuten würde.«

Ein Gefühl wie ein Klumpen Beton schlug schmerzhaft in Hauers Magengegend ein, als er über die möglichen Konsequenzen von Köhlers Theorie nachdachte.

Sollte es sich tatsächlich um einen wahllos Mordenden handeln, würden sie ihm nur schwer auf die Schliche kommen.

Virenlast X_{14}
16.384

Die Stimmungslage im Ort war trostlos. Keine spielenden Kinder, keine Gruppen, die sich angeregt miteinander unterhielten. Jeder wirkte misstrauisch anderen gegenüber. Ging von ihnen womöglich die unsichtbare Gefahr des Virus aus?

Kurt Schaller schüttelte den Kopf. Wie traurig. Er war auf dem Weg zu einem weiteren von Felix Lackner einberufenen Treffen.

Felix Lackner. Passender Name. Ein Lackaffe.

Eine überhebliche Person, die sich gerne in den Mittelpunkt stellte. Ein unangenehmer Mitbürger, der es dennoch schaffte, Leute auf seine Seite zu ziehen. Und jetzt spielten ihm auch noch die Morde in die Hände.

Morde in Gastein? Faszinierend.

Und damit womöglich – makaber betrachtet – eine Möglichkeit für das Tal, sich interessant zu machen. Wieder in den Mittelpunkt zu rücken.

Kurt Schaller beobachtete den Rückgang an Touristen in den letzten Jahren mit einigen Sorgenfalten. Es war nicht zu leugnen. Trotz verzweifelter Bemühungen, Kundschaft regional und international anzuziehen.

Marketing? Bäh. Außer Spesen nix gewesen.

Ausbau der Infrastruktur? Kostspielig. Unfinanzierbar.

Angebote schaffen? Kostet es nichts, ist es auch nichts wert.

Gab es nicht auch effektive, geldsparende Maßnahmen, um dem Örtchen im Tal mehr Bekanntheit zu verleihen?

Vielleicht würde es im Museum bald eine eigene Abteilung über die Morde geben. Mit Schaubildern, Plandarstellungen, den Mordwerkzeugen und Büsten von den Opfern. Effektheischend. Theatralisch. Ansprechend.

Wie bei »Jack The Ripper« in London.

Hatte sich Schaller vor Jahren einmal angesehen. War ein Geschenk gewesen. Drei Tage hatte er seinen Hof und seine Tiere alleine zurückgelassen.

Lehrreich? Zweifellos.

Auch er würde sich einige unterhaltsame Geschichten einfallen lassen, um die Besucher zu fesseln. Jack hat seine Opfer mit dem Messer erledigt. Hat sie aufgeschlitzt.

Inspirierend.

Damit konnten ganze Museumsräume gefüllt werden und die Leute würden an seinen Lippen hängen. Sie würden es weitererzählen. Noch mehr Schaulustige würden kommen. Ein Multiplikatoreffekt.

Und Alois Brunner? Ein Quengler und Querdenker. Unausstehlich. Wann immer im Ort etwas verändert oder verbessert hätte werden sollen, war er dagegen. An nichts konnte er sich erfreuen.

Schaller dachte an einige Begegnungen mit Brunner zurück, die in heftigen Diskussionen über Nichtigkeiten endeten. Und jetzt war Schicht im Schacht. Aus und vorbei. Na und? Wen kümmerte es? Und erst die beiden Piefke. Was mussten die gerade jetzt nach Gastein kommen? Hatten hier überhaupt nichts verloren. Sie hatten alle Warnungen ignoriert. Trotz Reisebeschränkungen waren sie angerückt. Und hatten dafür bezahlen müssen. Na und?

Als er eine Brücke überquerte, die über die Ache führte, blieb er stehen, stützte sich auf seinen Gehstock und fummelte in der Brusttasche seines Hemdes nach einer Zigarette. Wieder einmal rebellierte seine Hüfte und schickte einen stechenden Schmerz in seinen Hirnstamm.

Blöde Kuh.

Er dachte an sein fatales Zusammentreffen mit einer seiner Leitkühe, die mittlerweile im Schlachthof gelandet war.

Dämliches Vieh.

Als ein leichter Nieselregen einsetzte, zog er den Hut tiefer ins Gesicht und stülpte den Kragen seines schwarzen Ledermantels nach oben.

Dämlicher Lackner. Hätte er dem eingebildeten Quasi-Polizisten nur ein wenig über den Weg getraut, hätte er sich die Teilnahme an der Besprechung erspart. Aber wer weiß, was der Bursche wieder ausheckte.

Nachbarschaftswache. Musste man sich dann bei Lackner anmelden, wenn man raus wollte? Das würde dem Proleten gefallen.

Schallers Gedanken sprangen zurück ins Museum. Er inhalierte tief den Rauch der Zigarette, hustete erneut und überlegte, wie er die Morde am besten verkaufen konnte. Womöglich würde jemand einen Film darüber drehen? Möglicherweise einen »Tatort« oder eine Folge aus der »Landkrimireihe«. Er wäre ein perfekter Statist.

Jedenfalls würden die Morde einträglich für ihn und letztlich auch für das ganze Tal werden.

Durfte man sich das eingestehen? Warum nicht?

Durfte man es laut aussprechen? Lieber nicht.

Jedenfalls kam Kurt Schaller, seines Zeichens Viehzüchter, Fleischhauer und Museumsbediensteter, immer mehr zu der Überzeugung, dass die paar Toten letztlich dem Gemeinwohl dienen würden.

VIRENLAST X_{15} 32.768

Die uringelbe Fassade der Dienststelle mit den vergitterten Fenstern im Erdgeschoss wirkte an diesem Tag besonders deprimierend. Wie ein Gefängnis. Was es teilweise auch war. Johannes Hauer zwängte sich lustlos durch die Flügeltür.

»Jau, Ernie.« Üblicherweise sprühte der Kommandant vor Enthusiasmus. Dieses Mal war er kaum zu verstehen.

»Hi, Joe«, wurde er im Gleichklang von seiner Sekretärin und Gruppeninspektor Hubert Kessler begrüßt. »Himmel, schaust du fertig aus«, ergänzte der Kollege.

»Es war auch nicht wirklich erfreulich oben bei Brunner. Wie war's noch bei der Seilbahn?«

»Gut, dass du gefahren bist. Dieser Volldepp wollte sich besonders aufspielen.«

»Ist er gegangen?«

Kessler schüttelte den Kopf und ließ seine Finger knacken. »War nicht zum Anbringen. Hat keine Ruhe gegeben. Immer wieder hat er sich über Andrea und die miserablen Zustände beschwert. Bis es mir gereicht hat. Jetzt hat er jedenfalls ein Nutzungs- und Betretungsverbot für die Bergbahnen. Ein selten dämlicher Tourist.«

Hauer seufzte laut auf und kratzte sich am Hals.

»Was war bei Alois Brunner?«, lenkte Kessler ein, ohne sich noch mehr über den Wanderrabauken zu brüskieren. Kurz zusammenfassend berichtete Hauer vom Tatort. Er stierte dabei unentwegt geradeaus auf einen Punkt, den nur er sehen konnte.

»Scheiße«, kommentierte Kessler und wollte sich gerade nach weiteren Details erkundigen, als die Tür in die Dienststelle aufflog. Herein kam ein blond gelockter, schlanker Mann, der wohl aus modischen Gründen einen Schal über ein kurzärmeliges Shirt trug und seine Beine in eine eng anliegende Jeans gepresst hatte. Den Abschluss bildeten Sneakers in Wildlederoptik. Hauer war sich nicht sicher, ob Armin Fundner das so beabsichtigte. Für ihn sah er jedenfalls schwul aus. Stockschwul. Und doch wussten alle im Ort, dass er mit einer Bauerstochter liiert war.

»Bekomme ich jetzt endlich eine Stellungnahme?«

Fundner arbeitete bei einer Lokalzeitung und versorgte diese mit Geschichten aus dem Gasteinertal. »Seit Tagen versuche ich, jemanden an die Strippe zu bekommen. Aber euer treuherziger Sekretariatsdrachen stellt sich quer.« Er zwinkerte Ernie Hofstätter zu.

»Hab dich auch lieb, Armin«, warf sie zurück und zog sich hinter das Pult beim Eingang zurück.

»Was willst du hier?«, erkundigte sich Hauer und es klang, als würde er dabei auf Diamantbruchstücken herumkauen.

»Endlich tut sich mal was in diesem elendigen Kaff. Ihr könnt mir die Informationen dazu nicht vorenthalten. Die Bevölkerung hat es verdient, mit Geschichten versorgt zu werden.« Je länger er sprach, umso mehr fuchtelte er mit seinen Armen. Hofstätter musste deshalb einige auf ihrem Pult herumliegende Informationsbroschüren in Sicherheit bringen.

»Bist du fertig?«

»Nachdem es jetzt noch einen weiteren Mord gegeben hat, habe ich auch schon den passenden Namen«, ignorierte er Hauer und zeichnete mit den Händen waagrechte Linien in die Luft, als würde er eine Überschrift aufmalen.

»TK hat zugeschlagen.«

Kessler hüstelte und lächelte schelmisch. »Was hat Tiefkühlkost damit zu tun?«

»Oder meinst du Tarnkappe?«, brachte sich auch Hauer ein.

»Testkörper?«

»Trauerkloß?«

»Tierkadaver?«

»Tortenkünstler«, platzte Ernie hervor und alle drei begannen zu lachen.

»Ihr haltet euch wohl für besonders lustig?« Fundner schaute zerknirscht. Er hatte sich mehr Begeisterung für seinen Einfall erhofft. »Ich spreche natürlich vom Tal-Killer.«

»Äußerst kreativ. Gratuliere. Ist dir das selbst eingefallen oder hat dir deine Oma geholfen?«

»Lass bloß meine Großmutter aus dem Spiel, Joe. Ihr habt ein gravierendes Problem und ich werde darüber berichten. Ob ihr wollt oder nicht. Und wenn ihr mir nichts zukommen lasst, werde ich mir was aus den Fingern saugen. Das ist meine Chance.«

»Deine Chance wofür, Armin? Endlich mal einen Artikel zu verfassen, der auch jemanden interessiert? Für den Pulitzer-Preis? Willst wohl ganz groß rauskommen.« Immer noch hatte sich Hauer keinen Millimeter bewegt. Hätten seine Blicke jedoch töten können, wäre Fundner augenblicklich in Folge eines Hirnschlags tot umgefallen.

»Du bist ein billiger Schmierfink und suchst nach Anerkennung. Profitierst du von den Morden? Hast du was damit zu tun? Sollen wir dein Alibi überprüfen?«

Fundner wirkte erstaunt. Seine Mimik wechselte von Belustigung zu Schock, sodass seine Gesichtsmuskeln beinahe überstrapaziert wurden. Er war eindeutig ein Kandidat für die »Goldene Himbeere«, der Auszeichnung für den schlechtesten Schauspieler der Welt. »Schmarrn«, brachte er noch heraus, wobei er sich beinahe verschluckt hätte. »Ich will nur was Vernünftiges schreiben.«

»Das wäre wohl das erste Mal«, konnte sich Kessler nicht verkneifen.

»Ich mache dir einen Vorschlag, Armin.« Hauer ging auf den Reporter zu und kam ihm so nahe, dass sich beinahe ihre Nasen berührten. »Du hältst dich gefälligst zurück und lässt uns unsere Arbeit machen. Dann werden wir dir immer mal wieder ein paar Brocken vor dein Schandmaul werfen, worüber du dann in deinem Schundblatt berichten kannst. Und vielleicht wird dann ja auch jemand auf dich und deine literarischen Exzesse aufmerksam und befreit dich aus diesem – wie hast du es genannt? – Kaff.«

Fundner blickte nacheinander zu Hauer und Kessler. »Ihr könnt mich kreuzweise«, stieß er schließlich hervor und stürmte aus der Dienststelle.

Draußen streckte er noch den Mittelfinger in die Höhe.

»So ein Vollpfosten. Vielleicht sollten wir dem wirklich auch mal auf den Zahn fühlen?«

»Wenn wir mal gar nichts anderes zu tun haben.«

»Vorsichtig, Hubert, mit solchen Aussagen. Beim letzten Mal hattest du das Vergnügen, mich auf die Schlossalm begleiten zu dürfen.« Und doch starrte Hauer dem Reporter mit einem mulmigen Gefühl hinterher. Er wurde die dumpfe Vorahnung nicht los, dass es wohl nicht bei diesem einen Zusammentreffen bleiben würde.

Antikörper
4.936

Der Tisch war reichlich gedeckt. Verhungern würde mit Sicherheit niemand. Aus den Stoffservietten waren andeutungsweise Schwäne geformt, das Besteck war blitzblank poliert und in der Mitte stand ein dreiarmiger Kerzenleuchter mit Stabkerzen.

Irmgard und ihr Mann hatten ein befreundetes Paar zum Abendessen zu sich nach Hause eingeladen.

»Ihr macht ja jedem Sternerestaurant Konkurrenz«, wandte sich Eva staunend an die Gastgeber.

Irmgard hatte sich tatsächlich mächtig ins Zeug gelegt. Sie hatte den ganzen Tag in der Küche zugebracht und all ihre Kochkünste ausgepackt. Eine willkommene Ablenkung von all dem Irrsinn in ihrer Arbeit. Das Menü bestand aus einer Kürbiscremesuppe mit Speckdatteln und selbst gemachtem Popcorn als Vorspeise, Schweinemedaillons mit gerösteten Kaspressknödeln und Fisolen als Hauptspeise und einem Duett vom Schokoladenmousse als Nachspeise. Alles selbstgemacht, versteht sich. Dazu kredenzte sie eine vorzügliche Weinbegleitung.

»Bin ich froh, dass ich dich schon so gut kenne und deshalb seit Tagen nichts mehr gegessen habe. Die wohl wichtigste Vorbereitung, wenn jemand auf deine Schmankerln trifft.« Die beiden Frauen verstanden sich ausgezeichnet und verbrachten viel Zeit zusammen. Oftmals auch ohne ihre Männer.

»Heute werde ich deine klapprige Gestalt mal wieder gehörig aufpäppeln, was ja dringend notwendig ist«, scherzte Irmgard und knuffte ihre Freundin in die Seite. »Gegangen wird erst, wenn auch der letzte Rest verputzt ist. Alles andere wäre ja eine glatte Majestätsbeleidigung.«

Eva stöhnte übertrieben auf und fasste sich an den Bauch, als würde sie kurz vorm Platzen stehen. »Du klingst wie meine Mutter, die mir immer mit dem Pracker gedroht hat.«

Die beiden Männer hatten sich nach der allgemeinen Begrüßung ins Wohnzimmer zurückgezogen und schlürften an irgendeinem gelbstichigen Gesöff, das sämtliche Keime in Kehle und Magen abtötete. Wahrscheinlich tauschten sie sich über die Arbeit aus, worauf Irmgard sowieso gar keine Lust hatte. Sie hantierte mit einigen Töpfen auf der Herdplatte, nahm einen Löffel und kostete von der Suppe.

»Die Kürbisse vom Lunzer-Bauern haben einen herrlich intensiven Geschmack«, schmatzte sie und ließ auch Eva eine Kostprobe nehmen.

»Lecker schmecker.« Dann schielte Eva ins Nebenzimmer und beugte sich an Irmgard heran. »Ich muss dir was sagen.« Es klang weniger geheimnisvoll als betrübt. Augenblicklich bohrten sich aus böser Vorahnung heraus tausende Nägel in Irmgards Magenwand. Dennoch versuchte sie, sich nichts anmerken zu lassen und drückte insgeheim sämtliche Daumen in der Hoffnung, sich zu täuschen.

»Es geht uns gar nicht mehr gut.«

Irmgard wartete auf weitere Einzelheiten. Doch Eva spielte nur gedankenverloren mit ihren brünetten Locken. Schließlich fragte die Hausherrin nach, woraufhin Eva auf einen Stuhl sank, sich eines der Weingläser schnappte, großzügig einschenkte und noch großzügiger trank.

»Köstlich«, gustierte sie und schwenkte das Glas wie ein Orakel.

»Würdest du mir bitte verraten, was du meinst?« Irmgard hielt die Anspannung nicht mehr aus. Ihr Mann hatte bereits einige Andeutungen gemacht. Scheinbar kriselte es zwischen Eva und ihrem Partner.

»Wir werden Schluss machen.«

»Warum?«, wollte Irmgard schockiert wissen. Etwas Besseres fiel ihr nicht ein. Und es ging ihr eigentlich auch gar nicht um das ›Warum‹. Es war mehr ein Flehen.

»Wir haben uns auseinandergelebt. Mein Job. Sein Job. Kaum noch Gespräche. Kaum noch gemeinsame Aktivitäten. Vom Sex will ich gar nicht erst reden. Zuerst hat alles schleichend angefangen. Wir sind weniger aufmerksam geworden. Immer mehr ist uns egal geworden. Immer mehr sind wir uns egal geworden. In den letzten Wochen ging das dann immer schneller. Wir wurden quasi von unserer eigenen Untätigkeit überrollt.«

Vor lauter Nervosität kaute Irmgard an ihren Fingernägeln.

»Wir wollten es uns nicht eingestehen. Aber heute, kurz bevor wir zu euch gefahren sind, hatten wir einen heftigen Streit. Und ich glaube, wir wollen beide nicht mehr. Wir wollen uns das beide nicht mehr antun.«

Eigentlich wäre es an Eva gewesen, bei diesem Geständnis in Tränen auszubrechen. Sie war allerdings völlig gefasst. Im Gegensatz zu Irmgard, die schlagartig losheulte.

»Irmi, was ist denn los?«

»Ich weiß auch nicht«, brachte Irmgard zwischen zwei Heulkrämpfen hervor, die sie heftig schüttelten. Die Tränen rannen wie Sturzbäche über ihre Wangen und einer der Schwäne musste bereits als Staumauer herhalten. »Es ist alles so schrecklich zurzeit. Überall nur schlechte Nachrichten. Wohin man auch blickt. Mir kommt vor, es gibt überhaupt nichts Positives mehr. Alles nur noch Katastrophen.« Irmgards Nervenkostüm war bis zum Äußersten strapaziert. Statt tröstende Worte für ihre Freundin zu finden, die vor den Scherben ihrer Beziehung stand, musste sie nun von Eva beruhigt werden.

»Zwischen uns ändert das aber doch nichts. Unsere Freundschaft bleibt unangetastet. Deshalb wollte ich auch unbedingt herkommen und mit dir direkt reden. Ich weiß ja, wie unsere beiden Macker sind. Da wird mehr getuschelt als zwischen uns Weibern«, wollte sie spaßig anbringen, woraufhin ihr Irmgard in die Arme fiel.

»Ich möchte endlich mal wieder Freude erleben dürfen. Weg von dieser ganzen Corona-Scheiße. Weg von Todkranken. Weg von Beziehungsproblemen. Weg von allem.«

*

Ich bin einsam.
Haben wir Angst vor ungewollter Einsamkeit?
Vor unverschuldeter Einsamkeit?
Menschen sind Herdentiere. Sie haben schon immer im Kollektiv besser überlebt.
Das einsame Tier war krank.
Ausgestoßen.
Bin ich krank?
Wo endet die Grauzone zwischen einem gesunden und einem kranken Verstand?
Soll der Verstand dafür sorgen, dass wir verstehen?
Ich verstehe nicht.
Ich verzeihe nicht.
Ich akzeptiere nicht.
Ich habe darauf geschworen.
Und ich bin noch lange nicht fertig.
Es fängt gerade erst an.

VIRENLAST X_{16} 65.536

»Ihr wolltet nicht auf mich hören. Obwohl ich es euch gesagt habe. Mehrmals. Und obwohl es so wichtig gewesen wäre, dass wir aktiv werden. Jetzt haben wir den Salat.«

Felix Lackner plusterte sich in dem Innenstadtcafé zur vollen Größe und zu vollem Volumen auf. Die Tasse mit dem süßlichen Mozart-Kaffee zitterte in seiner Hand. Der Likör wirkte allerdings nicht gerade beruhigend auf den Rädelsführer. Kurt Schaller befürchtete schon, dass die Hemdknöpfe rund um seinen Bierbauch als tödliche Geschosse auf den zahlreichen Anwesenden landen würden.

»Drei Tote. Drei Morde.«

Wie ein Prediger breitete Lackner seine Hände aus und streckte Daumen, Zeigefinger und Mittelfinger in die Höhe. Dem Museumsführer und Viehzüchter wäre vor dieser himmelschreienden Dramatik beinahe schlecht geworden. Neuerlich waren etliche Einwohner Gasteins Lackners Aufruf zu einem Treffen gefolgt. Sogar mehr als beim letzten Mal. Nach den Vorfällen irgendwie verständlich. Die Verunsicherung war groß. Noch konnte ein unbeteiligter Beobachter nicht von Angst sprechen. Und dennoch begannen sich erste Anzeichen davon auf den Gesichtern einiger Anwesender abzuzeichnen. Genauso markant wie der breite Kratzer auf Lackners Wange, der rot leuchtete.

»Ihr wisst, dass ich polizeiliche Erfahrung habe.«

Schaller konnte sich ein Lachen nur mit Müh und Not verkneifen. Hauer hatte den übereifrigen Verfechter des Nachbarschaftsschutzes vor einigen Jahren mit Schimpf und Schande zum Teufel gejagt. Kompromisslos.

»Drei Morde! Wir müssen etwas unternehmen. Jetzt. Augenblicklich. Wir müssen den Ort wieder sicher machen. Unseren Ort. Für alle!«

»Und du willst dafür Sorge tragen?«, konnte sich Schaller nun doch nicht mehr zurückhalten.

»Ganz genau«, antwortete Lackner schnippisch.

»Willst du uns etwa auf Rundgänge schicken? Sollen wir Spaziergänger filzen? Ausweise verlangen? Oder sollen wir an Türen klopfen und überprüfen, ob alles in Ordnung ist?«

»Ganz genau.« Lackner schnippte mit dem Finger. »All das und noch viel mehr, falls es notwendig sein sollte.« Er griff sich an seinen Scheitel und Schaller befürchtete schon, seine Hand würde wegen des vielen Haargels kleben bleiben.

»Und du fertigst die entsprechenden Einsatzpläne für uns an? Teilst uns in Mannschaften und Gruppen ein? Gibst uns Anweisungen? Erteilst Richtlinien?«

»Ganz genau«, stimmte Lackner zum dritten Mal zu. Er war das Selbstbewusstsein in Person und liebte es, alle Augen auf ihn gerichtet zu wissen. Sein Brustkorb hob und senkte sich rasch, fast so, als würde er hyperventilieren. »Immerhin bin ich der Einzige, der etwas davon versteht.«

»Glaubst du«, nuschelte Schaller laut genug, damit ihn sein Gegenüber gerade noch hörte. Doch Lackner ignorierte ihn gekonnt.

»Und wir werden schon bald noch mehr Bedeutung erlangen.« Schaller musste nachsehen, ob Lackner auf Zehenspitzen stand. Es machte den Anschein, als wäre er in den letzten Minuten um mindestens zehn Zentimeter gewachsen.

»Was meinen?« Selbstverständlich war auch Kowalski wieder erschienen. Um nichts in der Welt hätte sie sich ein solches Zusammentreffen entgehen lassen. Es hätte ja gut sein können, dass sie neue Gerüchte in Erfahrung bringt. Unweigerlich musste Schaller über so viel Neugierde den Kopf schütteln.

»Habt ihr es noch gar nicht gehört?« Lackner rieb sich tatsächlich die Hände. Wie ein Zauberkünstler, der vor der finalen Enthüllung stand. »Es wird erst noch bekannt gegeben. Offiziell. Aber ich weiß es bereits. Durch meine früheren Tätigkeiten habe ich noch so manche Verbindung, die mich mit verlässlichen Informationen versorgt.«

Sind das jene Verbindungen, die du geschmiert hast? Oder solche, die du eingeschüchtert hast?

Es hätte keinen Sinn gemacht, wenn Schaller seine Gedanken laut ausgesprochen hätte. Die etwa zwanzig Anwesenden im Café hätten nicht auf ihn geachtet. Ihnen war die Spannung vor einer großen Kundgebung anzusehen.

»Bereits ab morgen …«, Lackner hob den rechten Zeigefinger und sah damit aus wie ein tadelnder Lehrer, »tritt eine behördliche Ausgangsbeschränkung in Kraft. Wegen der rasanten Ausbreitung des Virus dürfen wir uns ab zweiundzwanzig Uhr nur mehr zur Befriedigung unserer Grundrechte außerhalb unserer Wohnungen aufhalten.«

Ein leichtes Raunen ging durch die Menge.

»Wir sollen weggesperrt werden, um die Ausbreitung zu verhindern.«

»Breitet sich das Virus in der Nacht schneller aus?«, wollte ein dürrer Kerl mit schütterem Haar in der zweiten Reihe wissen. Schaller starrte ihn an, als wäre er nicht ganz dicht.

»So sieht es jedenfalls aus«, ging Lackner auf die Frage ein. »Und auch wenn mir diese Anordnung gehörig auf den Sack geht, können wir dafür Sorge tragen, dass sie auch eingehalten wird.«

»Seit wann bist du ein Handlanger unserer Regierung, Felix?«, wollte Schaller wissen, woraufhin Lackner hüstelte und noch etwas mehr Blut in seinen Schädel und die Wunde in seinem Gesicht schoss.

»Was notwendig ist, ist eben notwendig.«

»Oder siehst du das als die perfekte Gelegenheit, deine Nachbarschaftsschutzschwurblerei endlich umzusetzen?«

Um die beiden Streithähne herum war es ganz still geworden. Jeder schien den Atem anzuhalten.

»Ganz egal, wofür wir unsere Nach-bar-schafts-wache …«, er betonte das Wort Silbe für Silbe, »letztlich einsetzen. Sie dient dem Wohle unserer Gemeinschaft. Und wenn wir damit zusätzlich sogar noch gegen dieses beschissene Virus ankämpfen, soll das kein Nachteil sein. Zwei Fliegen mit einer Klappe.«

»Hört mir mal gut zu«, wandte sich nun Schaller doch noch an die Anwesenden. Er sprach mit eindringlicher Stimme und wandte absichtlich Lackner den Rücken zu. »Ihr wisst, dass wir keinerlei Berechtigung haben, so etwas auf die Beine zu stellen. Wir dürfen nicht als selbsternannte Ordnungshüter auftreten, nur weil Felix davon träumt. Wir dürfen nicht in das Leben unserer Mitbürger eingreifen, nur weil Felix dafür irgendwelche

Regeln aufstellt. Die Morde sind schrecklich. Aber sie sind nun mal passiert. Wir können die Zeit nicht zurückdrehen. Und wir können sie auch nicht mehr verhindern.«

»Worüber machst du dir solche Sorgen, Kurt?« Lackner war unbeobachtet ganz nahe an Schaller herangetreten und der Viehzüchter wäre beinahe einen Schritt ausgewichen. »Hast du etwas zu verbergen, was niemand in der Nacht sehen soll? Oder willst du lieber vor deinem Kamin schlummern statt einen Beitrag für die Allgemeinheit zu leisten?«

Schaller setzte zu einer Entgegnung an, doch Lackner würgte ihn ab. »Meine Freunde«, wandte er sich an die Versammlung. »Euer Erscheinen zeigt mir, dass ihr nicht untätig sein wollt. Also frage ich euch: Wer will mit mir den Nachbarschaftsschutz auf die Beine stellen? Wer will weitere Morde verhindern? Wer will weiterhin schuldbefreit in den Spiegel sehen können?«

Kowalski reckte zuerst ihren Arm nach oben. Beinahe hätte sie ihn sich ausgerissen. Schnell folgten die anderen ihrem Beispiel. Schließlich zeigte jeder auf. Jeder, außer Schaller, der es gar nicht glauben konnte, wie leicht alle zu beeinflussen waren.

»Dann soll es so sein.«

Lackner drehte sich triumphierend um. »Und du kannst mich mal«, flüsterte er dabei Schaller grinsend zu.

VIRENLAST X_{17} 131.072

Beinahe hätte Felix Lackner aufgeschrien. Aber er war nun mal kein Weichei und verbiss sich den Schmerzenslaut.

»Das sieht ja richtig übel aus. Hat dich eines deiner Betthäschen gekratzt?«

Die Wunde auf seiner Wange wollte einfach nicht zu bluten aufhören. Und sie juckte wie verrückt. Als würden in den Hautschichten Ameisen herumkrabbeln. Tausende davon. Daher hatte Lackner Dr. Hendrik Schwarzenberg aufgesucht. Er war der praktische Arzt von Bad Hofgastein und ein Experte auf seinem Gebiet. Hingebungsvoll traktierte er ihn gerade mit einem Desinfektionsmittel. Als würde er es genießen.

»Hab mich an einem Dornenbusch verletzt«, presste Lackner zwischen den Zähnen hervor.

»Das muss aber ein kräftiger Dornenbusch gewesen sein«, schätzte Schwarzenberg mit seiner langjährigen Erfahrung zynisch ein. »Hast du mit ihm gekämpft? Sieht fast so aus, als hätte er gewonnen.« Er sprach mit einer sanften Stimme, mit der er es immer wieder schaffte, aufgebrachte Patienten zu beruhigen. Bei Lackner war an Beruhigung nicht zu denken. Im Gegenteil. Am liebsten hätte er sich die Wange vom Gesicht gerissen.

»Du hast Glück. Ich werde die Wunde nicht nähen müssen. Ich kann sie zusammenklammern. Dann wird das schon wieder. Und du bekommst eine Salbe, die den Heilungsprozess unterstützt. Aber ein Andenken an den ›Dornenbusch‹«, Schwarzenberg malte Anführungsstriche in die Luft, »wird dir bleiben.« Der Arzt versenkte einen Wattebausch im Mistkübel und klopfte Lackner auf die Schulter. »Ärgere dich nicht darüber. Das macht dich nur noch attraktiver.«

Lackner war sich nicht sicher, ob ihn der Arzt verarschte.

»Wie läufts mit deinem Schutzprojekt?« Schwarzenberg war zu einem seriösen Tonfall zurückgekehrt.

»Dürfte ich unter Dach und Fach haben.«

»Das freut mich.« Auf der Wunde landete ein breites Pflaster. »Das lässt du jetzt mal zwei Tage drauf. Vergiss deine Körperhygiene. Die Wunde darf nicht nass werden. Sonst kann sie sich entzünden und eitrig werden. Erst danach trägst du viermal täglich die Wundsalbe auf. Eine dicke Schicht. Und pass bei deinen Rundgängen auf, dass du nicht mit dem Gesicht im Dreck radierst. In einer Woche schaust du zur Kontrolle noch einmal bei mir vorbei.« Schwarzenberg zog sich schnalzend die Handschuhe aus.

»Hast du genug Leute für dein Vorhaben?«

»Willst du leicht auch noch mitmachen?« Lackners Wange glühte und beim Sprechen störte das Pflaster. Vorsichtig tastete er mit der Zunge in der Mundhöhle herum. Glücklicherweise konnte er sie nicht durch das Wangenfleisch hindurchschieben. Wahrscheinlich wäre er sonst in Ohnmacht gefallen.

»Würde ich gerne. Aber ich bin sowieso voll eingedeckt mit Arbeit. Meine Patienten stapeln sich förmlich. Wollte nur wissen, ob du genug aktivieren konntest.«

»Konnte ich. Und das, obwohl Kurt gegen mich gearbeitet hat.«

Der Arzt desinfizierte seine Hände mit einer Flüssigkeit aus einem Spender. »Seit er sich die Hüfte gebrochen hat, ist er noch griesgrämiger. Er dürfte wirklich Schmerzen haben. Das sollte ihn aber trotzdem nicht dazu anstacheln, deine gute Idee zu vereiteln.«

»Du kennst mich, Hendrik. Ich setze mich durch. So leicht lasse ich mich nicht von der Spur abbringen. Hättest du vielleicht auch noch was Schmerzstillendes?«

Schwarzenberg tat entrüstet. »Bin ich nicht immer schon der Drogendealer deines Vertrauens?«, kicherte er, kramte in einer Schublade und zog eine Tablettenschachtel hervor. »Von denen nimmst du eine am Abend und eine in der Früh. Maximal sechs Stück. Bis dahin sollte deine zarte Haut wieder so weit zusammengewachsen sein, dass das Zwicken aufhört.«

Wieder eine Verarsche. Schwarzenberg trieb es auf die Spitze. Wäre er nicht so gut in seinem Job, hätte ihm mal eine Abreibung keineswegs geschadet.

Virenlast X_{18}
262.144

Ernie Hofstätter gähnte und Gruppeninspektor Hubert Kessler ließ sich davon anstecken. Er riss den Mund so weit auf, als wollte er die gesamte Dienststelle in sich aufsaugen. Nur ihr Vorgesetzter, Johannes Hauer, wirkte trotz seines Spitznamens einigermaßen ausgeschlafen.

»Ihr seid mir ja eine müde Partie. Soll ich euch ins Bett stecken? Jetzt wäre noch Zeit dafür.« Er riss einen A4-großen Umschlag auf. »Ich glaube nämlich nicht, dass wir durch die Ausgangssperre mehr zum Schlafen kommen werden. Hat sich eigentlich irgendjemand überlegt, wer das kontrollieren soll? Und wie?«

»Sicherlich nicht. Da sind lauter Theoretiker am Werk. Was haben wir bekommen?«, wollte Kessler wissen und richtete seine Aufmerksamkeit auf das Kuvert.

»Die Obduktionsergebnisse von Alois Brunner. Ernie, könntest du bitte deine Kontakte spielen lassen? Damit diese leidige Ausgangssperre, die ab heute Mitternacht in Kraft treten soll, auch wirklich allen bekannt ist? Es soll ja bei uns noch Leute geben, die nicht ständig vor Fernseher, Radio oder im Internet hängen. Telefoniere bitte ein wenig herum.«

Mit Feuereifer stürzte sich die Sekretärin auf das Telefon, während sich die beiden Beamten in Hauers Büro zurückzogen. Kesslers Vorgesetzter entnahm dem Kuvert einen Stapel Papiere und teilte sie zwischen sich und seinem Kollegen auf. Einige Minuten blätterten und lasen sie in Stille.

»Eigenartige Sache.«

»Was, Joe?«

»Brunners Schuhe.«

»Was ist damit?«

»Sie passen nicht.« Hauer kratzte sich am Kopf.

»Wozu passen sie nicht?«

»Zu Brunner.«

»Himmel noch mal, Joe. Lass dir nicht alles aus der Nase ziehen. Was meinst du?«

»Ich muss selber noch darüber nachdenken. Mir sind Brunners Schuhe bereits am Tatort aufgefallen. Er war mit einem Bademantel bekleidet, als hätte man ihn gerade von der Couch geholt. Aber an den Füßen trug er völlig ramponierte Stiefel. Wie ein Bauer, der tagelang auf dem Feld geschuftet hat.«

»Naja. Kann mir das schon vorstellen. Der Mörder klopft. Brunner schlüpft schnell in die nächstbesten Dinger, die er zu greifen bekommt. Damit er nicht barfuß raus muss.«

»Das war auch meine Vermutung. Sie stehen neben der Eingangstür. Er zieht sie in der Eile über. So weit, so gut. Aber sie passen ihm nicht. Sie sind ihm viel zu klein. Als wären es gar nicht seine Schuhe.«

Kessler griff nach dem Blatt Papier, auf dem die Ergebnisse vermerkt waren, und überflog den Inhalt. »Warum sollte er in Eile gewesen sein?«

»Eben. Das ist die eine Seite. Denn das wäre er mit Sicherheit nicht gewesen. Und jetzt stell dir zusätzlich noch vor, du würdest alleine wohnen. So wie Brunner. Hättest du unpassende Schuhe neben dem Eingang? Wozu? Hätte er gar von jemand anderem die ausgetretenen Latschen aufgehoben? Gerade er? Unser Eigenbrötler und Menschenfeind? Sicher nicht.«

»Klingt wirklich eigenartig. Aber es wird ihm ja wohl kaum der Mörder die Schuhe angezogen haben. Oder haben wir es mit einem Fußfetischisten zu tun? Sollen wir das ins Profil aufnehmen?«

»Eher nicht.« Hauer kratzte sich am Kinn. »Hast du was gefunden?«

Kessler gähnte. Wenigstens hielt er sich die Hand vor den Mund. »Willst du eine Einführung in Pharmazie? Heißt doch so, oder?«

Hauer zuckte mit den Achseln.

»Unser Toter war ein ganz schöner Tablettenjunkie. Neben einigen bekannten Hausmittelchen wie Vitaminen und Aspirin hat er auch noch Allopurinol Sandoz zur Senkung der Harnsäure geschluckt. Der Arme muss wohl an Gicht gelitten haben. Außerdem steht hier, dass er Benazepril genommen hat. Das ist ein ACE-Hemmer gegen Herzschwäche. Weitet die Blutgefäße, damit das Herzerl nicht so stark pumpen muss. Zusätzlich auch noch Celiprolol, ein BetaBlocker. Ist ein Blutdrucksenker.«

»Das passt auch damit zusammen, was ich gelesen habe. Brunners Pumpe dürfte wohl in den letzten Zügen gelegen haben.«

»Du meinst, er hätte sowieso früher oder später den Löffel abgegeben?«

»Eher früher, wenn ich diesen ganzen Gelehrtenmist hier richtig interpretiere.«

»Zusätzlich hat sich der alte Sack …« Kessler erntete eine hochgezogene Augenbraue. »Bitte um Verzeihung. Ist mir rausgerutscht. Jedenfalls hat er sich auch noch Oxybutynin eingeschmissen. Gegen Blasenschwäche. Gicht – Herzschwäche – Blutdruck – Blase. Der war ganz schön bedient. Ein Wrack, würde ich sagen.«

»Da hat auch das Messer nicht mehr viel zu seinem Abgang beisteuern müssen.«

Kessler lehnte sich nach vorne. »War es denn ein Messer?«

»Eindeutig. Konnte ich bereits mit unserem geschätzten Kollegen Horst am Tatort feststellen. Zwei Stiche. Einmal in den Bauch. Wäre bereits tödlich gewesen. Der Nachschlag in die Brust mit Perforierung der Lunge hat den Tod nur noch beschleunigt.«

»Die gleiche Waffe wie bei diesen Deutschen?«

Hauer blätterte in den Unterlagen. Mit dem Zeigefinger fuhr er die Textzeilen ab.

»Waffe konnte dieses Mal keine sichergestellt werden. So wie es aussieht, ähneln die Schnittverletzungen denen von Steffen und Sabine. Gleiche Schnittmuster.«

Kessler machte ein zischendes Geräusch wie ein Kelomat. »Also keine Einzeltaten.«

»Sieht so aus. Das wäre schon ein zu großer Zufall.«

»Dann müssen wir herausfinden, ob es Verbindungen zwischen Brunner und den Deutschen gegeben hat.«

»Ich möchte noch was anderes wissen.« Hauer griff nach dem Telefon und wählte eine Nummer, die er vom Autopsiebericht ablas. Als sich am anderen Ende jemand meldete, fragte er nach Dr. Mola.

»Sie haben unsere drei Mordopfer untersucht. Ist ja leider alles noch recht dünn. Können Sie zumindest sagen, ob die Morde von einem Mann oder einer Frau begangen worden sind?«

»Und, was sagt sie?«, wollte Kessler wissen, nachdem Hauer einige Minuten schweigend zugehört und dann aufgelegt hatte.

»So wie es aussieht, entsprechen die Stiche bei Brunner dem Muster nach genau dem gleichen Messer wie bei Steffen und Sabine.«

»Das wissen wir ja bereits. Wobei es sich nicht um dasselbe Messer handeln kann. Da das erste ja am Tatort zurückgelassen wurde. Außer es war jemand von der Gerichtsmedizin. Traust du das Dr. Mola zu?«

»Klugscheißer. Jedenfalls wurden alle Stiche ohne zu zögern ausgeführt. Es gibt keinerlei Anzeichen, dass mehrmals angesetzt wurde. Die Klinge ist immer voll eingedrungen. Also es wurde mit richtiger Kraft zugestoßen. Allerdings ist das Messer, das wir bei unserem Pärchen gefunden haben, auch richtig scharf. Gut geschliffen.«

Hauer pausierte und kratzte sich wieder am Kopf.

»Und was heißt das jetzt?«

»Gar nichts. Es könnte sowohl ein Mann als auch eine Frau gewesen sein. Auch die Einstichwinkel lassen nur wenige Aussagen über eine Körpergröße des Angreifers zu. Durchschnittlich.«

»Also keine Anhaltspunkte.«

Seufzen. »Keine.«

»Somit wieder retour zu unserem Problem mit der Verbindung zwischen den Opfern.«

In diesem Augenblick stürmte Ernie Hofstätter ins Büro. Sie wedelte aufgeregt mit einer Zeitung. »Das hier wird euch gar nicht gefallen.«

VIRENLAST X_{19}
524.288

»Tal-Killer hat erneut zugeschlagen – Polizei ratlos.«

Hauer hatte sich die Zeitung von Hofstätter geschnappt und die Überschrift auf der Titelseite vorgelesen – überdimensional große Lettern, zusätzlich fett gedruckt und unterstrichen. Unübersehbar. Darunter eine Außenaufnahme von ihrer Dienststelle. In Schwarz-Weiß und leicht unscharf. Als würde das Gebäude kurz vor dem Abriss stehen.

»Dieser verdammte Mistkerl«, konnte sich Kessler nicht verkneifen, während Hauer einige Passagen aus Armin Fundners Artikel zitierte. Mit jedem Wort wurde er lauter. Er war kurz davor, aufzuspringen und gänzlich zu eskalieren.

»Bad Hofgastein hat das dritte Mordopfer zu beklagen. – Bestialischer Blutrausch. – Gemetzel. – Zwei Touristen unter den Opfern. – Die Angst geht um. – Bevölkerung verunsichert. – Wer wird der Nächste sein? – Polizei untätig und ohne jegliche Anhaltspunkte. – Völliges Versagen bei den Ermittlungen.«

»Dieser verdammte Mistkerl«, wiederholte Hofstätter und prustete dabei wie ein Walross.

»Können wir ihn dafür an die Wand nageln?«, wollte Kessler

zähneknirschend wissen. »Der stellt uns ja wie absolute Vollidioten hin.«

»Pressefreiheit«, stellte Hauer nüchtern fest. »So ein Schmierfink. Ich muss mich beruhigen. Sonst lade ich den Wicht vor, sperre ihn in die Zelle und werfe den Schlüssel in den Gully.« Er atmete tief durch und bewegte dabei die Hände vor dem Brustkorb auf und ab. Nach einigen Sekunden hatte er sich gefasst. »Schauen wir uns das Geschmiere genauer an. Mich würde interessieren, ob in dem Artikel irgendwas drinnen steht, was Fundner gar nicht wissen dürfte. Insiderinfos. Hilfst du mir, Hubert? Lass uns jede einzelne Silbe durchleuchten.«

»Gehst du etwa von einer undichten Stelle bei uns aus?« Ernie Hofstätter verzog verächtlich das Gesicht.

»Auf keinen Fall«, beschwichtigte Hauer augenblicklich. »Mir ist nur unser rasender Reporter nicht ganz koscher.«

»Meinst du, er könnte etwas mit den Mordfällen zu tun haben?«

»Lass es uns herausfinden.«

Hauer stürmte nach draußen und ließ die anderen Anwesenden mit fragendem Blick zurück. Kurze Zeit später kam er retour und knallte eine weitere Ausgabe der hiesigen Zeitung auf den Tisch, die er von der um die Ecke liegenden Trafik geholt hatte.

»Unser Haus-und-Hof-Trafikant hätte sich beinahe zerkugelt über uns. Der wäre fast erstickt vor lauter Lachen. Puh. Ich musste mich richtig zusammenreißen. Fehlt nicht viel und ihr könnt mir Brunners Tabletten besorgen. Meine Blutplättchen dürften grad mit Lichtgeschwindigkeit durch die Adern sausen.«

Jeder der Polizisten schnappte sich eine Zeitung. Getrennt voneinander zerlegten sie den Artikel in seine Bestandteile. Sie achteten auf jegliche Formulierung in Text und Subtext und hinterfragten jede Aussage. Manches Mal nuschelten die beiden, seufzten oder knirschten mit den Zähnen. Nach einigen Minuten – Hofstätter hatte sich wieder zurückgezogen – sagte Hauer: »Alles nur inhaltsleeres Geschwätz. So ein verdammter Wichtigtuer. Im Grunde muss man ihm gratulieren. Aus keinerlei Inhalt doch noch was zu zaubern, grenzt ja schon an eine grandiose Leistung.«

»Was ist damit?« Kessler deutete auf eine Textpassage.

»Du meinst die Feststellung, dass der Nachbar aufgrund der Hilfeschreie Brunners zum Tatort gelaufen ist?«

Kessler nickte und konsultierte einen anderen Ordner auf Hauers Schreibtisch. »In Horsts Protokoll steht ja irgendwas von ›Entsorgungsarbeiten‹, die der Nachbar durchführen wollte. Hat er womöglich gelogen? Hat er den Täter flüchten gesehen? Das wäre ja ein wichtiger Anhaltspunkt. Mag zwar nicht unbedingt Fundner mit dem Mord in Verbindung bringen, aber womöglich wäre das für uns eine neue Spur.«

Hauer lehnte sich in seinem Stuhl zurück. Er gähnte doch noch und rieb sich die Augen. »Was ist realistischer? Dass der Nachbar freiwillig zugibt, irgendwas im Wald entsorgt zu haben und deshalb bei Brunner vorbei gegangen ist? Oder dass er wegen dessen Hilferufe auf ihn aufmerksam wurde? Jeder will sich doch immer nur möglichst positiv darstellen. Der Nachbar dürfte von Horsts Frage überrumpelt worden sein. Und damit sicherlich die Wahrheit gesagt haben.«

»Du glaubst …?«

»Fundner ist ein sensationsgeiler Schmierfink und im Bedarfsfall ein knochentrockener Lügner. Daher saugt er sich irgendwas aus den Fingern, um Aufmerksamkeit zu erregen. Und um was zu Papier bringen zu können.«

»Das mit der Aufmerksamkeit dürfte ihm wohl leider auch geglückt sein.« Weder Hauer noch Kessler hatten bemerkt, dass Hofstätter zurückgekehrt war. Sie war kreidebleich, was offensichtlich nicht mehr ihrer vermeintlichen Herzattacke geschuldet war. Ihren abgespreizten Daumen hielt sie in Richtung

Haupteingang der Dienststelle. »Ihr werdet nicht glauben, was sich da draußen abspielt. So etwas habt ihr noch nie gesehen.«

VIRENLAST X_{20} 1.048.576

Vor der Polizeidienststelle hatte sich ein Pulk an Leuten versammelt. Johannes Hauer zählte etwa dreißig Einwohner von Bad Hofgastein, die er allesamt namentlich zuordnen konnte. Sie blockierten die Straße in Richtung Friedhof, was einen Pensionisten in einem klapprigen Mercedes scheinbar bereits nervös werden ließ. Einmal betätigte er sogar die Hupe, die sich wie ein sterbender Elefant anhörte. Beinahe wäre Hauer *Der-kann-es-wohl-gar-nicht-erwarten* in den Sinn gekommen. Doch dafür blieb keine Zeit. Denn Felix Lackner brüllte ihm schon von weitem entgegen. Er lehnte mit seinem Hinterteil auf der Motorhaube des Dienstfahrzeuges der Polizisten, einem in die Jahre gekommen Skoda Octavia. Dahinter bemerkte Hauer eine überquellende Mülltonne.

Wie passend. Dreck zu Dreck.

»Werden Sie jetzt endlich was unternehmen, Herr Polizeikommandant?«

Es hätte nicht viel gefehlt und Lackner hätte bei der förmlichen Anrede ausgespuckt. Anstelle von Transparenten, wie bei einer Demonstration, schwangen etliche der Anwesenden die Zeitung mit Fundners Artikel. Schmierfinks Aussagen hatten bereits eine Wunde in die Bevölkerung gerissen.

»Jedenfalls werden wir nicht die Menschen in Panik versetzen. Dafür besteht überhaupt keine Veranlassung.« Er hatte absichtlich nicht direkt Lackner angesprochen, sondern seinen Blick schweifen lassen. Was er in den Gesichtern las, gefiel ihm gar nicht. Die meisten schienen ehrlich besorgt. Bei einigen, zusätzlich zu Lackner, konnte er blanke Wut erkennen. Als wollten sie um jeden Preis einen Schuldigen finden.

Für die Morde.

Für ihr bedauernswertes Leben.

Hauer versuchte Blickkontakt mit einzelnen Einwohnern aufzunehmen. Einige wichen ihm aus. Andere stierten ihn aggressiv an. Währenddessen versuchte Kessler, die Anwesenden in Richtung Gehweg zu bugsieren, um dem Mercedes eine freie Durchfahrt zu verschaffen.

»Drei Tote in unserer kleinen Gemeinde sollen kein Grund für Panik sein? Da muss ich euch ja fast schon bösartige Sorglosigkeit unterstellen.«

»Gerade du solltest den Begriff ›bösartig‹ nicht leichtfertig verwenden, Felix. Leute, bitte lasst euch nicht aufwiegeln. Wir haben alles im Griff.«

»Wir wollen euch ja auch gar nichts unterstellen«, kam von Dr. Hendrik Schwarzenberg, Bad Hofgasteins Hausarzt. »Wir wollen nur sichergehen, dass ihr alles in eurer Macht Stehende unternehmt, um diesem Irrsinn Herr zu werden.«

Lackner stierte Schwarzenberg pikiert an. »Und ob ich denen Untätigkeit unterstellen will«, setzte er aufmüpfig nach. »Armin hat es in seinem Artikel ganz richtig dargestellt. Unsere werten Herren hier sind doch völlig überfordert. Die haben keine Ahnung, wie sie an die Sache rangehen sollen. Und statt unsere Hilfe anzunehmen, setzen sie Scheuklappen auf und schalten auf stur.«

»Dein gewaltbereiter Nachbarschaftsschutz ist keine Hilfe, Felix.« Lackner schnappte nach Luft und wollte etwas entgegnen. Doch Hauer hielt den Zeigefinger in die Höhe. »Glaubst du wirklich, dass mir deine Geheimtreffen«, er malte Anführungsstriche in die Luft, »in irgendwelchen Cafés nicht längst zu Ohren gekommen sind?« Hauer versuchte immer noch, ruhig zu bleiben. Er wollte sich keineswegs provozieren lassen.

»Ich finde seine Idee aber gar nicht schlecht, Joe«, legte jetzt Schwarzenberg zugunsten Lackners nach.

»Verdammt noch mal, das müsst ihr schon uns überlassen. Wo kommen wir denn da hin, wenn sich jeder als wer-weiß-wie-wichtig aufspielen will?« Kessler hatte endlich den Mercedes-Fahrer an dem Menschenauflauf vorbei bugsiert und brüllte nun über das Aufdröhnen des Motors hinweg. »Ihr tut so, als würden wir nur Däumchen drehen. Und anstatt uns unsere Arbeit machen zu lassen, plagen wir uns auch noch mit euch ab. Stellt ihr euch eure Unterstützung so vor?« Auf seiner Schläfe pochte eine Ader. Er knetete seine Hände, als würde er sich auf einen Boxkampf vorbereiten. »Geht einfach nach Hause.« Zum Glück ließ er sich nicht noch zu mehr hinreißen, sondern drehte auf dem Stand um und zog sich in die Dienststelle zurück. Hauer blieb alleine zurück.

»Na, deinem werten Kollegen pfeifts ja gehörig aus dem Deckel. Sehr vertrauenserweckend«, stichelte Lackner.

»Lass gut sein, Felix. Du hattest deinen großen Auftritt. Beruhigt euch und macht die Straße frei. Wir sind hier ja nicht in einem Kasperl-Theater.« Hauer wartete keine Antwort mehr ab, sondern ging ebenfalls in die Wache zurück.

»Es tut mir leid, Joe«, kam von Kessler, als sich die Flügeltür geschlossen hatte. »Ich habe mich hinreißen lassen. Aber bei dem Kerl kriege ich so einen Hals.« Mit beiden Händen deutete er einen übergroßen Rettungsring in seinem Kopfbereich an.

»Ist schon gut. Aber ein wenig Sorgen macht mir die Stimmung da draußen schon. Kategorie *Schwarzenberg* ist ja noch in Ordnung. Die Typen sehen so aus, als würde man mit ihnen noch vernünftig reden können. Aber Kategorie *Lackner* ist grenzwertig. Bei denen fehlen ja nur noch Fackeln und Heugabeln, mit denen sie auf uns losgehen. Lackner ist ein Aufrührer. Und das kann er gut.«

»Was willst du dagegen unternehmen, Joe?«, wollte Hofstätter wissen, die immer noch kreidebleich hinter dem Pult saß. Ihre Augen waren leicht gerötet.

»Ich denke, dass wir Fundner auf unsere Seite bringen müssen. Wahrscheinlich wird es am besten sein, wenn wir ihn mit Informationen füttern und er dafür die Massen beruhigt.«

»Du willst dich von dem Autor-für-Arme erpressen lassen? Einen Pakt mit dem Teufel eingehen?«

Hauer stützte sich am Pult ab und warf noch einmal einen Blick nach draußen, wo sich die Versammlung allmählich auflöste. Wenn er sich nicht täuschte, hatte ihm Lackner gerade noch den Stinkefinger gezeigt. Wie Fundner gar nicht so lange zuvor. »Lieber lasse ich mich von Fundner erpressen, als zu riskieren, dass hier noch irgendjemand völlig ausrastet. Die ganze Situation ist eh schon angespannt genug. Da möchte ich nicht noch zusätzlich Öl ins Feuer gießen. Und schon gar nicht soll irgendjemand anderer eins reingießen.«

»Wir müssen halt nur aufpassen, nicht zu viel preiszugeben. Wir wollen ja dem Täter nicht auch noch in die Hände arbeiten. Und schon gar keine Nachahmungstäter auf den Plan rufen.«

»Die Wahrscheinlichkeit dafür erachte ich in unserem Tal als äußerst gering, Hubert. Aber ich bin ganz bei dir. Wir werden uns genauestens überlegen, was wir preisgeben wollen.«

Kessler entgegnete nichts mehr. Er seufzte nur zermürbt und zweifelnd auf.

*

Mein Innerstes ist in Aufruhr.
Ich bin verärgert.
Enttäuscht.
Und ich bin müde.
Unendlich müde.
Körperlich erschöpft.
Geistig ausgelaugt.

Wenn ich in den Spiegel schaue, erschrecke ich.
Ich bin nur mehr ein blasses Abziehbild meiner selbst.
Das Feuer in meinen Augen scheint erloschen.
Erstickt von den dunklen, handtellergroßen Augenringen.
Erstickt von den allseits vorherrschenden Belastungen.
Erstickt von all den Menschen um mich herum.
Von Menschen, die mich müde machen.
Ich bin so müde.
So unendlich müde.

VIRENLAST X_{21}
2.097.152

Die Nacht hatte sich wie ein Leichentuch über das Tal gelegt. Alles erstickend. Außerdem schien es dunkler zu sein als gewöhnlich. Wolken verdeckten Sterne und Mond. Nebelschwaden verschluckten die Straßenbeleuchtung. Nur in wenigen Wohnhäusern brannten noch Lichter. In den meisten hatten sich die Bewohner bereits zur Ruhe begeben. Von den umliegenden Bergen war nicht mehr geblieben als zackige Umrisse. Wie schwarze Scherenschnitte.

Bedrückend.

Eine unheimliche Stille hatte sich ausgebreitet. Selbst auf der Bundesstraße herrschte kaum Verkehr. Und sogar die Ache schien ihren Lauf verlangsamt zu haben.

Die Zeit schien stillzustehen.

Gefangen in einem Alptraum.

Die unlängst begangenen Morde lasteten auf den Einwohnern sogar wesentlich schwerer als die Gefahr, die von dem Virus ausging.

Hubert Kessler streifte mit einem verbissenen Gesichtsausdruck durch die Gegend. Seine neuen Arbeitsschuhe drückten ihn an der großen Zehe. Das Leder war noch nicht weich genug geworden, um komfortabel zu sein.

Er kam von Hundsdorf (*Wuff!*) über den Vogellehrpfad (*Zwitscher!*), ging über den geschotterten Achenweg am »Weitmoser Schlössl« vorbei, machte eine ausgedehnte Runde durch den Ortskern, schlenderte durch die kurze Einkaufspassage, umrundete den Park mit der Theaterbühne und spazierte zum Vorplatz der Alpentherme. Für ihn fast schon ein Gewaltmarsch (*Uff!*).

Am liebsten hätte er sich auf einer der verwaisten Parkbänke ausgeruht und die Beine entlastet. Eine solche Pause kam jedoch nicht in Frage. »Was macht ihr hier?«, fragte er stattdessen zwei altbekannte Gestalten, die neben einer der verlockenden Bänke herumlungerten. Beinahe hätte er sie übersehen. Sie trugen schwarze Tarnkleidung und hoben sich kaum von der Fassade des Thermengebäudes ab. Nur Felix Lackners schlohweiße Haare stachen aus der Dunkelheit wie ein Blitzlichtgewitter hervor. Wohl auf die alles entscheidende Kopfbedeckung vergessen. Trottel.

»Wir wollten noch ein wenig frische Luft schnappen, Hubsi. Das ist ja wohl nicht verboten.« Lackner positionierte sich breitbeinig vor dem Beamten. Sein Begleiter arbeitete tagsüber in einem der Nahversorger-Märkte als Regalbetreuer. Kessler hatte auch ihn bei dem geprobten Aufstand vor der Dienststelle gesehen. Er war klein, rundlich und seine Augen schossen nervös hin und her. Im Gegensatz zu Lackner hatte er seine Haare nicht unter Kontrolle. Vielmehr erinnerte er an ein Starkstromopfer.

»Ihr habt Glück, dass die Ausgangssperre erst um Mitternacht in Kraft tritt.«

»Wir befriedigen unser Grundrecht. Was willst du dagegen unternehmen?«

Das, was Kessler gerne unternommen hätte, durfte er nicht laut aussprechen. Deshalb sagte er: »Ich weiß genau, was ihr vorhabt. Ihr und eure kleine Bürgerwehr. Ich will es euch nochmals ganz in Ruhe sagen. Zum Mitschreiben. Für Analphabeten kann ich es auch aufzeichnen.« Er wartete kurz. »Wir untersagen euch, Recht und Ordnung selbst in die Hand zu nehmen. Nein. Nein. Und nochmals nein.«

Lackner prustete laut auf. Seine Körpersprache mit hoch erhobenem Kopf und den in die Hüfte gestemmten Fäusten betonte die Aggressivität, die er offen zur Schau stellte. »Solltet ihr nicht froh sein, dass irgendwer für Ordnung sorgen will? Ihr selbst seid ja nicht dazu in der Lage. Ihr habt wahrlich jede Hilfe dringend nötig.«

Demonstrativ stieß auch Kessler ein Schnaufen aus, das einem Walross Ehre gemacht hätte. »Hilfe? Ja, gerne. Von dir und deinen Hilfssheriffs? Nein, danke. Du solltest schön langsam mal verkraften, dass dir der Job des Ordnungshüters verwehrt geblieben ist. Und bleiben wird. Für immer. Du bist selbst schuld daran. Niemand sonst. Also hör damit auf, dich wie ein bockiges Kleinkind zu benehmen.«

Lackners rechtes Bein begann zu zucken. Es war aber weniger ein Krampfanfall als ein Zeichen für seine Nervosität. Das musste Kessler nutzen.

»Wissen deine armen Schäfchen eigentlich von deinen Vorstrafen? Hast du jemals mit ihnen über deine Zeit bei der Polizei gesprochen und warum du in hohem Bogen von Joe vor die Tür gesetzt worden bist? Ist eigentlich das Disziplinarverfahren gegen dich bereits abgeschlossen?«

In der Stille konnte Kessler Lackners Herzschlag förmlich hören, der sich um ein Vielfaches erhöht hatte. Der Mund seines Begleiters stand sperrangelweit offen und es wirkte, als würde er in seinen Gehirnwindungen verzweifelt nach einer Frage suchen. Er schien keine zu finden.

»Halt bloß deine Schnauze«, würgte Lackner eilig hervor. »Das tut hier nichts zur Sache. Meine Absichten dienen dem Gemeinwohl. Unbestritten.«

»Gerne streite ich mit dir darüber. Aber wahrscheinlich will es trotzdem nicht in deinen einfältigen Schädel hineingehen, dass wir diese Ansicht nicht teilen.«

Lackner schnappte nach Luft wie ein Fisch auf dem Trockenen. Die Hitze seines Körpers dürfte die Schmiere in seinen Haaren verdampft haben, denn mit jeder Sekunde lösten sich mehr Haarsträhnen aus der Pampe.

Falls das Zeug entzündlich wäre, würde er schon bald in Flammen aufgehen, überlegte Kessler und konnte sich gerade noch ein Lächeln verkneifen. Damit hätte er sein Gegenüber wohl endgültig in ein Kreislaufversagen getrieben.

»Ihr seid doch bloß sauer, weil ihr wegen dieser Morde völlig im Dunkeln tappt. Wäre doch eine richtige Blamage, wenn ich euch mit meinen Leuten vorführen würde.«

Kessler schnalzte mit der Zunge. »Wenn ihr mir morgen nach Inkrafttreten der Ausgangssperre nochmals über den Weg laufen solltet, werde ich euch in Gewahrsam nehmen. Ohne weitere Verwarnung.«

»Mit welcher Berechtigung?« Es klang wie ein lästiger Schluckauf.

»Das lasst ruhig mal meine Sorge sein. Und wenn ich euch nur eine Nacht in der Zelle schmoren lasse, um ein Exempel zu statuieren. Es wird euch mit Sicherheit nicht gefallen. Das verspreche ich euch.«

Damit drehte sich Kessler demonstrativ langsam um und verließ die beiden. Der Anblick von Lackners Begleiter sprach Bände. Der großspurige Initiator der Nachbarschaftswache würde mit der Drohung eines Knastaufenthaltes wohl einige seiner Unterstützer verlieren.

VIRENLAST X_{22}
4.194.304

Die Luft im Büro war angenehm frisch, da beide Fenster weit offenstanden. Kathie Feldner kratzte sich am Kinn, wo sich einige Pickel gebildet hatten. Immer wieder zwirbelte sie an ihren schulterlangen braunen Haaren, als wollte sie die Spitzen auf Spliss untersuchen.

»Wir haben Brunners Haus auf den Kopf gestellt. Von oben bis unten, von links nach rechts«, erklärte Kommandant Horst Köhler, der ein wenig schief auf einem der Holzstühle saß. Vermutlich zwickte ihn seine Gichterkrankung. »Kathie ist in jeden noch so kleinen Winkel gekrochen.« Er schenkte ihr ein anerkennendes Nicken und Johannes Hauer bemerkte einen leicht rötlichen Schimmer auf ihrem Gesicht.

»Irgendwelche interessanten Feststellungen aus euren akribischen Nachforschungen?« Hauer hatte sich gegenüber von Köhler platziert, sodass er mit Kessler auf einer Tischseite saß. Es wirkte, als wäre der Tisch eine Barriere zwischen den Zuständigkeiten für Bad Hofgastein und Bad Gastein.

»›Interessant‹ ist ein dehnbarer Begriff«, stellte Köhler sachlich fest. »Was könnte außerdem spannend sein? Die ewige Frage, die wir uns zu stellen haben.« Er ließ seine Finger knacken. »Es sieht jedenfalls so aus, als wäre euer Mörder über den Eingangsbereich nicht hinausgekommen. Alle anderen Räume wirken unberührt. Es wurde nichts durchsucht oder umgestoßen. Keine offenen Schränke. Keine herumliegenden Papiere. Ob etwas gestohlen wurde, lässt sich nur schwer feststellen. Allerdings hat Kathie in einer der Schubladen eine Geldbörse mit einigen Scheinen gefunden, was ebenfalls gegen einen Raubmord spricht.«

»Oder der Mörder wurde überrascht und musste flüchten«, brachte sich Kessler ein.

»In der Einöde da oben?«, bezweifelte Hauer. »Wo außer der verstreuten Nachbarn keine Menschenseele ist? Unwahrscheinlich.« Er schwenkte abwiegelnd die rechte Hand. »Außerdem hätte sich nach Bekanntwerden des Mordes an Brunner doch sicherlich jemand bei uns gemeldet, wenn er etwas mitbekommen hätte.« Die Hand landete sanft auf dem Tisch. »Wie sieht es mit den Schuhen aus?«

»Wie meinen?«

Hauer brachte die beiden Kollegen auf den neuesten Stand der Autopsieergebnisse.

»Ist dir dazu was aufgefallen, Kathie?«, richtete sich Köhler an seine junge Kollegin, die sich vom angeregten Studium ihrer Fingernägel losriss und langsam den Kopf von einer Seite auf die andere neigte. Dehnübungen für Einsteiger. Oder die Gedanken in die richtige Reihenfolge bringen. Sie wirkte auf Hauer wie ein Schulmädchen.

»Also«, kam gedehnt von ihr. »Ich habe etliche Schuhe herumstehen sehen.« Ihr Blick ging in Richtung Zimmerdecke, als würde sie dort nach den nächsten Worten suchen. »Mir wäre es aber nicht so vorgekommen, als gäbe es da Größenunterschiede. Soweit ich das einschätzen kann. Jedenfalls sicherlich keine groben Ausreißer. Hätte ich die Schuhgrößen aufschreiben müssen?« Es klang, als hätte sie sich eines Verbrechens schuldig gemacht. Fehlte nur noch, dass sie in Tränen ausbrach.

»Nein, die Information war ja jetzt komplett neu für uns. Wer rechnet denn mit sowas?«

»Tut mir leid, dass wir euch nicht früher darüber in Kenntnis gesetzt haben, Horst. Vielleicht könntet ihr das zur Sicherheit noch einmal überprüfen?«

»Und wenn der alte Brunner einfach nur knausrig war, Joe? Dem würde ich es zutrauen, bei irgendeinem Second-Hand-Verkauf zugeschlagen zu haben. Egal, ob die Dinger passten oder nicht. Hauptsache er hatte irgendwas an den Füßen.«

»Kann sein. Muss es aber nicht.«

»Was letztlich bedeuten würde, dass sie ihm der Mörder übergezogen hat. Ist das plausibel? Was hätte er davon gehabt?«

»Ich weiß es nicht, Horst. Vielleicht geilt er sich daran auf? Oder er hat seine Schuhe mit denen von Brunner ersetzt?«

»Du glaubst, unser Mörder läuft jetzt mit Brunners Schuhen durch die Gegend? Die ihm demnach viel zu groß sein müssten? Warum?«

»Vielleicht wollte er nur ein Souvenir von seiner Tat?«

»Abwegig.«

»Wir müssen sämtliche Möglichkeiten in Betracht ziehen. Apropos. Konntet ihr herausfinden, ob Alois Brunner mit den beiden Deutschen irgendwie in Verbindung stand? Kannte ihn Jochen Rüttger, Steffens Vater? Ist er ihm schon mal untergekommen?«

»Wir konnten ihn noch nicht dazu befragen. Er ist immer noch völlig fertig und wollte sich zuerst um die Überstellung der beiden Leichen kümmern. Kathie wird aber noch einmal nachhaken.«

Feldner verzog die Mundwinkel. Es wäre ihr lieber gewesen, sie hätte eine Jauchegrube händisch entleeren müssen. Denn es war immer belastend und nervenaufreibend, mit Hinterbliebenen zu sprechen. Noch dazu mit Angehörigen von Gewaltverbrechen. Darauf konnte einen keine Ausbildung vorbereiten.

»Bitte macht das. Wollen wir uns am Nachmittag neuerlich zusammensetzen und weitere Ergebnisse besprechen? Falls wir dann hoffentlich mit irgendwelchen aufwarten können.«

Köhler blickte demonstrativ auf die Uhr. »Ihr wisst schon, dass wir euch einen Gefallen tun und euch nur deshalb unterstützen, weil es bei uns derzeit ruhiger ist?«

»Wir sind euch auch sehr dankbar dafür. Wir hatten noch nie eine solche Situation und alles bricht grade ein wenig über uns zusammen. Wir wissen gar nicht, wo wir zuerst hingreifen sollen.«

»Ist gut.« Köhler machte eine wegwerfende Handbewegung. »Wir haben derzeit wenigstens nur mit einigen Corona-Leugnern zu tun. Die werden wir wohl auch nicht mehr loswerden. Ach ja, da fällt mir ein: Auch wir hatten mit deiner Lästwanze zu tun.«

»Lästwanze?«

»Dein vehementer 3G-Verweigerer bei der Bergbahn. Mit dem Andrea zusammengestoßen ist. Er dürfte es im Anschluss bei der Stubnerkogelbahn versucht haben. Gleiches Vorgehen. Ein Vollidiot.«

»Seid ihr ihm auch nur so schwer Herr geworden?«

»Ich halte mich kurz«, antwortete Köhler. »Er ist auf einen unserer Techniker gestoßen. Sepp. Den kennt ihr ja.«

»Euren Zwei-Meter-Kraftprotz«, bestätigte Hauer nickend.

»Bei dem ist er gegen eine Wand geprallt. Da hat ihm alles Schreien und Wüten nichts genützt. Jedenfalls hat er jetzt mal fürs gesamte Gasteinertal ein Zutrittsverbot bei den Liftanlagen. Ausnahmslos. Ich habe nämlich auch gleich unsere Dorfgasteiner Kollegen über ihn informiert und ihnen ein Foto geschickt. Und die beim Graukogel wissen auch Bescheid.«

»Vielleicht wäre es für den Hitzkopf sowieso mal besser, wenn er zu Fuß ginge«, grübelte Hauer.

»Ich wäre eher für eine gehörige Abreibung.«

Die drei Männer blickten erstaunt in Richtung Kathie Feldner.

»Ich meine ja nur«, schickte sie entschuldigend hinterher und senkte erneut den Blick auf ihre manikürten Fingernägel.

VIRENLAST X_{23}
8.388.608

Flackern.

Andauerndes Flackern. Nervtötendes Flackern.

Bsss. Bsss.

Kurt Schaller blickte zur Deckenlampe. Sie war die einzige Lichtquelle in dem fensterlosen Büroraum, der hinter der Ausstellungshalle mit den berühmten Dichtern und Komponisten lag, die sich irgendwann in einer fernen Vergangenheit in Gastein aufgehalten hatten.

Schubert. Strauss. Grillparzer. Edle Gäste des Tales. Unendlich oft hatte er von ihnen bei diversen Führungen erzählt.

Wieder flackerte die Lampe. Bsss. Bsss.

Mistding.

Neuerlich überlegte er angestrengt, sich aufzuraffen, eine Leiter zu holen und die Glühbirne auszutauschen. Aber der Aufwand war es ihm nicht wert. Sobald sie ausgebrannt war, würde der Hausmeister wohl dazu gezwungen sein, sie zu erneuern. Bisher hat er wohlweislich darüber hinweggesehen.

Das Büro – sollte es diese Bezeichnung überhaupt verdienen – war nicht mehr als eine Abstellkammer. Zwar freigeräumt von Gerümpel und Reinigungsmaterialien. Dafür vollgestopft mit einem metallenen Schreibtisch, einem unbequemen Stuhl und einem wandfüllenden Bücherregal, in dem sich Werke über das Gasteinertal, das Zeitalter der Goldgräber, die Gasteiner Sagenwelt, die Geschichte der Bergbahnen, die Thermalquellen mit ihrer heilenden Wirkung, etliche esoterisch angehauchte Ratgeber und sogar einige Kochbücher fein säuberlich aufgliederten.

Eines der gebundenen Bücher lag aufgeschlagen auf dem mit Notizzetteln, leeren Schokoriegelverpackungen und benutzten Taschentüchern vollgemüllten Schreibtisch. Schaller klopfte im Takt zur flackernden Beleuchtung mit den Fingerspitzen auf die Seiten. Am liebsten hätte er seine Fingernägel darin versenkt.

Bsss. Bsss.

»Beate! Bitte! Ist das denn wirklich notwendig?«, jammerte er ins Telefon und wickelte dabei das Kabel des Gerätes um seinen Zeigefinger der anderen Hand. Mit jedem Wort rutschte seine Lesebrille weiter nach vorne auf die Nasenspitze.

»Mir ist schon klar, dass die Situation für keinen von uns leicht ist. Aber wir sollten doch auch zusammenhalten. Und noch seid ihr nicht weggesperrt.«

Hätte ihn nicht seine Hüfte malträtiert, wäre er aufgestanden und im Kreis rotiert. Beate Hofleitner, eine der Lehrerinnen der Schimittelschule in Bad Gastein, hatte für vier Klassen eine Führung durch das Museum gebucht.

Vier Klassen. Knapp achtzig Schüler. Für morgen.

Bsss. Bsss.

Und jetzt wollte sie absagen. Die ganze Gruppe. Wegen Corona. Und weil sich so viele Schüler bereits im Home Schooling befanden. Home Schooling. Warum nannte man es nicht einfach Hausschule? So wie Hausschuhe. Genauso unnütz.

»Ich habe alles für euch vorbereitet. Habe mir extra den ganzen Vormittag Zeit genommen, um euch in kleinere Gruppen einteilen zu können. Um ja jegliche Gefährdung auszuschließen. Damit sich niemand anstecken kann.«

Seine Fingerspitzen hinterließen Fettflecken auf den Buchseiten, seit er sich über die Stirn gewischt hatte.

»Es wäre doch immens notwendig, dass die Schüler unterrichtet werden. Waren sie in den letzten Monaten nicht schon oft genug im Home Schooling?« Er sprach das ungeliebte Wort so aus, als würde er angewidert eine gleichgeschlechtliche Beziehung beschreiben. Die Schüler waren wichtig fürs Museum und damit für Schallers Arbeitsplatz. Und die Zusatzeinkünfte waren wichtig für ihn.

Bsss. Bsss.

»Es ist mir egal, was nächste Woche noch passieren wird. Darüber dürfen wir sowieso nicht allzu lange nachdenken. Wer weiß, was unseren Oberen noch alles einfällt, um uns vor dem bösen, bösen Virus zu beschützen. Wir können jedenfalls einen Beitrag leisten, um unsere alten Systeme und Werte aufrecht zu erhalten. Und den Kindern noch was beizubringen.«

Er setzte sich auf. Seine Wirbelsäule bildete einen rechten Winkel zum durchgetretenen Linoleumboden, sein Bauch beschrieb den Winkelbogen.

»Theatralisch? So nennst du mich? Du wirst schon noch sehen, wo wir mit all unserer Theatralik letztlich landen werden. Alles geht den Bach runter.«

Ohne eine weitere Antwort seiner Gesprächspartnerin abzuwarten, donnerte er den Hörer auf das Telefon. Mit dem Sessel rutschte er in Richtung Bücherregal, riss dort zwei Notizzettel von einem der Einlagefächer und zerknüllte sie. Einige weitere Zettel blieben hängen.

»Bin ich froh, dass nicht schon alle Lehrer so dermaßen eingeschüchtert sind. Und keinen Stock in ihrem verdammten Arsch haben.« Er ließ seine Finger über die verbliebenen Zettel streichen.

Home Schooling. Was für eine Scheiße.

Vielleicht sollte er sich selbst mit so einer Kamera aufnehmen und dann ein Video von einem Rundgang in diesem Jutub – oder wie dieses verfluchte Zeug auch hieß – festhalten. Dann könnten die Schüler auch vom Home Schooling aus seinen Ausführungen lauschen. Was für eine Scheiße.

Es war dringend an der Zeit, dass wieder Normalität einkehrte. Und dass endlich wieder Touristen zurückkamen.

Bsssssss. Finsternis.

VIRENLAST X_{24}
16.777.216

»Was wollen wir schon wieder hier?«

Kessler stand auf der untersten Stufe zum Wohnbereich. Mit einer Hand hielt er sich an dem schmiedeeisernen Geländer. Er wirkte ein wenig zappelig.

»Vor Ort kann ich leichter nachdenken.«

Hauer stützte sich auf dem Küchentisch ab. Sein Kollege ersparte sich ein obligatorisches »Aha«, um ihn zum Weiterreden aufzufordern. Wenn er etwas zu sagen hatte, würde er früher oder später damit herausrücken. Hoffentlich eher früher als später. In der Wohnung roch es muffig mit einer dezenten Nuance von getrocknetem Blut. Und irgendwie süßlich.

Kotz.

»Ich hatte noch eine Idee.«

Aha.

Mit einer ausschweifenden Handbewegung beschrieb Hauer den Raum, als würde er bei einem Tennismatch zu einem Rückhandschlag ausholen.

In Zeitlupe.

»Sieh dich hier um.«

Kessler tat, wie ihm geheißen. An einer der weiß getünchten Wände waren noch Blutspuren zu erkennen. Rostbraune Spritzer.

Auf dem Teppichboden im Wohnzimmer lag Unterwäsche verstreut. Boxershorts. BHs. Stringtangas. Socken. Ein fleckiges Unterleibchen.

Der Fernseher vor dem Panoramafenster stand windschief. Die zugehörige Fernbedienung fand sich auf der Couch zwischen Decken und Pölstern.

Sämtliche Hängeschränke und Kästen standen offen. Schiebetüren. Falttüren. Klapptüren. Rollläden. Wahrscheinlich noch von Köhlers und Feldners Aktivitäten bei der Spurensicherung.

»Alles noch wie beim letzten Mal«, grübelte Kessler.

»Genau. Und was siehst du?«

Kessler vollführte noch eine Drehung.

In Zeitlupe.

Um sich seinem Partner anzupassen.

»Ich weiß nicht, worauf du hinauswillst.«

»Sieht doch nicht so aus, als hätten Steffen und Sabine den Herd in der Küche öfter in Betrieb gehabt. Geschweige denn damit gekocht.«

Aha.

»Das mit den Fertiggerichten hatten wir bereits«, murmelte Kessler. »Von gesunder Ernährung dürften sie nicht allzu viel gehalten haben. Ein modernes Pärchen. Ok. Ich weiß aber immer noch nicht, was du mir damit sagen willst.«

»Kein frisches Gemüse. Kein Fleisch. Keine Nudeln. Nichts.«

»Du meinst, wir sollen nach einem verärgerten Lebensmittelhändler suchen?«

Hauer ignorierte die unqualifizierte Aussage. »Nur Fertiggerichte? In ihrem Urlaub. Nicht sehr verlockend. Was wäre, wenn sie stattdessen hauptsächlich über Lieferdienste bestellt hätten?«

»Oder sie sind in Restaurants gegangen. Du weißt schon: diese Schuppen, in denen man bedient und wo doch tatsächlich für einen gekocht wird. Die haben immerhin wieder offen. Oder noch offen. Wer weiß, was kommt.«

»Aha.« Das kam jetzt von Hauer. Und beinahe triumphierend zog er den Geschirrspüler neben dem Backofen auf. Er machte eine Bewegung, als würde er den Vorhang vor einer großen Enthüllung lüften.

Aha.

In dem Geschirrspüler stapelten sich unzählige Teller in allen Varianten. Flache Teller. Suppenteller. Dessertteller. Zusätzlich war der Besteckkasten gerammelt voll. Außerdem Gläser. Trinkgläser. Weingläser. Schnapsgläser. Das volle Sortiment.

Aha.

Ein dezenter Mief breitete sich aus. Zusätzlich zu dem bereits vorhandenen Mief. Verrottete Lebensmittel. Schimmel. Kessler verspürte immer mehr das Bedürfnis, seine Nase in einen Topf mit Wick VapoRub zu stecken. »Deine Schlussfolgerung ist gar nicht mal schlecht«, gestand er hingegen seinem Kollegen zu.

»Voller Geschirrspüler. Benutztes Geschirr. Dann haben sie also unsere Lieferdienste tatkräftig unterstützt. Sehr löblich. Und sie haben wohl hier in der Wohnung gegessen. Scheinbar aufschlussreich. Für dich. Aber ich muss mich leider wiederholen: Worauf willst du hinaus?«

Hauer massierte sich den Nacken und lehnte sich mit seinem Hinterteil an die Arbeitsplatte neben dem Geschirrspüler. »Steffen und Sabine sind alleine in dem riesigen Wohnblock.«

»Das hat uns auch Kowalski, unser liebenswerter Putzteufel, bestätigt.«

»Wie ist ihr Mörder also ins Haus gekommen?«

Aha. Bei Kessler fiel der Groschen. »Du glaubst, es könnte jemand gewesen sein, den sie herbestellt hatten? Wir könnten also davon ausgehen, dass sie jemandem vertrauensselig die Tür geöffnet haben, den sie kannten oder – bei deutschen Touristen wahrscheinlicher – erwarteten. Womöglich ein Lieferdienst.«

Hauer schnippte zustimmend mit dem Finger. Kessler schnippte zurück. »Ich werde mich gleich dranmachen, unsere Lieferdienste abzufragen.«

»Vielleicht haben wir ja bis zu unserer Nachmittagsbesprechung mit Horst und Kathie bereits ein Ergebnis.«

»Und vielleicht ist es ja sogar bei Brunner genauso gelaufen. Wir suchen einen Lieferdienstmörder. Das wäre ja mal eine Masche.«

»Jetzt lehnst du dich zu weit aus dem Fenster, Hubert.« Hauer schüttelte den Kopf. »Unser Oberknauserer hat sich sicherlich noch nie irgendwas bei einem Lieferdienst bestellt. Aber womöglich gibt es einen anderen Zusammenhang zwischen einem der Beschäftigten und Brunner? Schrittchen für Schrittchen, Hubert.«

Es waren wohl kleine Schritte zu einem höchst fragwürdigen Ergebnis.

Antikörper
1.245

Der Gasthof »Burgblick« begrüßte die Reisenden mit seinen Hinweisschildern, zahlreichen Flaggen und dem breiten Schriftzug auf dem Dach gleich nach dem Klammtunnel, dem Zufahrtstunnel ins Gasteinertal. Das holzvertäfelte, ineinander verschlungene Doppelhaus zog mit seinen köstlichen Schmankerln, den komfortablen Zimmern und der großzügigen Außenterrasse Gäste von überall her an.

Irmgard und ihr Mann parkten vor der hohen Steinmauer, die das Gebäude gegen die Flanke des Berges absicherte. Sie stiegen aus und atmeten tief ein. Dann nahmen sie sich an den Händen und blickten einander tief in die Augen. Seit zwölf Jahren kamen sie regelmäßig hierher.

Zwölf Jahre.

Zwölf wunderschöne Jahre voller Herzlichkeiten und Liebe. Voller Vertrauen.

Damals waren sie in der Entrischen Kirche mit Freunden und Bekannten zusammengekommen.

Die Entrische Kirche. Eine weitverzweigte Naturhöhle im Urzustand, hoch oben im Kalkgebirge bei Klammstein, nur wenige Gehminuten vom Gasthof entfernt. Eine Trocken-, Tropfstein- und Wasserhöhle, in deren Zentrum sich eine riesige Halle befand. Dort war ein einfacher Altar mit einem hohen Holzkreuz errichtet worden, ausgeleuchtet von einigen Scheinwerfern, die die wundervollen Sinterbildungen ins rechte Licht setzten. An jenem Ort, wo bereits im sechzehnten Jahrhundert die in Gastein vertretenen Lutheraner geheime Versammlungen abhielten und wo viele Besucher die Wirkung positiver Erdstrahlen verspürten, hatte Irmgard ihrem Mann das Ja-Wort gegeben.

In guten wie in schlechten Zeiten.

»Schön, dass ihr wieder hier seid, ihr Lieben.«

Franz Göttweg, der Eigentümer des Gasthofes, begrüßte seine beiden Gäste mit einem kräftigen Händedruck. Er strahlte förmlich mit seinen roten Pausbäckchen und einem breiten Grinsen. Wie damals, als das frisch gebackene Ehepaar mit seinen Hochzeitsgästen in dem Gasthof feierte und sich von Franz, der als Küchenchef die Löffel schwang, kulinarisch verwöhnen ließ.

»Euer Jahrestag. Und ich habe mir dafür wieder etwas ganz Spezielles einfallen lassen.«

Mit diesen Worten geleitete der Hausherr die beiden an den Rand der Terrasse, wo ein Tisch festlich gedeckt war und von wo aus man einen herrlichen Blick in Richtung Dorfgastein und den Kreuzkogel mit dem daneben liegenden Schuhflicker hatte. Irmgard nickte einigen anderen Gästen höflich zu, wirkte aber leicht abwesend. Zögerlich ließ sie sich auf einen gepolsterten Stuhl nieder, als müsste sie über die Wahl des Sitzplatzes ausgiebig nachdenken.

»Herzliche Gratulation an dieser Stelle. Ist ja alles schon ewig her.« Er zog die Selbstlaute in die Länge. »Wenn ich mich nicht verzählt habe, sollte es euer zwölfter sein.«

»Du hast dich nicht verzählt«, bestätigte Irmgard wie hypnotisiert. Sie wirkte geistesabwesend und stierte ins Leere.

»Ist alles in Ordnung?«, wollte Göttweg wissen, der Irmgards erfrischend lustige Art vermisste.

»In ihrem Job geht es drunter und drüber«, erklärte Irmgards Ehemann entschuldigend und tätschelte dabei zärtlich ihre Hand.

»Dann werde ich wohl für entsprechende Ablenkung sorgen müssen. Nicht nur die Liebe geht durch den Magen. Wollt ihr wie immer mit einem alkoholfreien Aperitif starten? Ich könnte euch beispielsweise einen köstlich prickelnden Traubensaft empfehlen.«

»Gerne.«

»Dann werde ich jetzt an meine bezaubernde Trudi abgeben und mich in der Küche um euer Menü kümmern.« Er deutete eine Verneigung vor seiner Ehefrau, die hinzugekommen war, an und warf dabei einen kummervollen Blick auf Irmgard.

»Grüß euch, ihr beiden«, preschte Trudi gut gelaunt heraus. »Schaut euch die Sonne an. Als würde sie ein Loblied auf euch singen. Wenn das mal kein gutes Zeichen ist.«

Eine Reaktion blieb aus.

»Ihr werdet ein bezauberndes Jubiläum haben.«

Ihre Worte verhallten und selbst Trudi wusste nicht mehr so recht weiter. »Dann werde ich mich mal um eure Getränke kümmern«, brachte sie hervor.

Sie hatte sich schon so auf das Wiedersehen mit Irmgard gefreut, die normalerweise mit ihren Geschichten und Witzen ganze Gruppen zu unterhalten wusste. Und heute war sie nur ein Schatten ihrer selbst. Trudi schwor sich, alles zu versuchen, um sie auf andere Gedanken zu bringen.

Daher legten sich die beiden Gastgeber mächtig ins Zeug und leisteten vollen Einsatz. Irmgard und ihr Mann bekamen ein sechsgängiges Menü aufgetischt. Köstlichkeiten über Köstlichkeiten. Doch jedes Mal, wenn Trudi zum Tisch zurückkehrte, wirkte Irmgard noch mehr in sich gekehrt. Lustlos stocherte sie in dem Essen, mit dem sich Franz wieder einmal selbst übertroffen hatte. Irmgards Mann bemühte sich redlich um seine Frau, plapperte möglichst unbeschwert über alte Zeiten und kramte in wertvollen Erinnerungen. Nur gelegentlich zeichnete sich ein gezwungenes Lächeln auf Irmgards Lippen ab.

»Zum Abschluss wollen wir noch unser Glas auf euch erheben.« Franz Göttweg hatte den Arm um Trudis Hüfte gelegt. Beide hielten ein Stamperl mit einer dunkelbraunen Flüssigkeit in den Händen. Nach einigen Sekunden, die sich wie Stunden zogen, griffen auch Irmgard und ihr Mann nach den Gläsern und hoben sie zu den Wirtsleuten.

»Werdet ihr im Anschluss auch wieder eure Wanderung unternehmen?«, wollte Trudi wissen, von deren Gasthof aus sich ein als magisch bezeichneter Wanderweg bis nach Bad Hofgastein zog.

»Möchten wir schon noch«, bestätigte Irmgards Mann und musterte seine Frau sorgenvoll von der Seite. »Aber ich denke, dass wir heute nur bis nach Dorfgastein spazieren und von dort mit dem Bus zurückfahren werden. Die ganze Strecke wird uns heute wohl zu weit werden.«

»Die Bewegung wird euch guttun«, brachte sich Franz unnötigerweise ein, da er nicht recht wusste, was er noch sagen sollte. Die ganze Situation erinnerte ihn an Zähneziehen. Er hoffte inständig darauf, dass Irmgard ihre betrüblichen Gedanken abschütteln konnte. Er konnte sich zwar lebhaft vorstellen, welch psychischer Belastung sie im Krankenhaus ausgesetzt war. Aber sie hatte sich schon immer gerne und aufopfernd um Kranke gekümmert. Daher war Franz zuversichtlich, dass sie sich auch an die vorherrschende Ausnahmesituation würde gewöhnen können. Er konnte sich gar nicht ausmalen, wie falsch er mit seiner Zuversicht lag.

VIRENLAST X_{25}
33.554.432

Felix Lackner war seit seinem unfreiwilligen Austritt aus dem Polizeidienst etlichen Berufen nachgegangen. Er hatte etwa als Kellner gearbeitet. Ein fürchterlicher Streit mit einem Gast und das Verschwinden von Tageslosungen hatten zu einem unrühmlichen Ende geführt. Er hatte sich auch als Hilfsarbeiter bei einem Spengler versucht, wo ihm seine Trägheit zum Verhängnis wurde. Und seine Tätigkeit als Maler war aufgrund seiner arroganten, aufmüpfigen und besserwisserischen Art ebenso wenig von Erfolg gekrönt gewesen. Sowohl Vorgesetzte als auch Kollegen und Kunden würden wohl kein gutes Haar an ihm lassen.

Aber Felix Lackner war ein Schwätzer. Wo es ihm bei der Arbeit an Motivation mangelte, dort zeigte er sein Engagement mit Worten. Damit konnte er einige seiner Mitmenschen in den Bann ziehen. Und auf diese Weise hatte er sogar einige Gefolgsleute um sich scharen können, mit denen er seine Nachbarschaftswache aufgebaut und sich selbst in eine Art Führungsposition erhoben hatte. Er konnte sich wichtigmachen, wie es ihm seiner Meinung nach zustand. Leider war das Geschäft mit der Überwachung »seiner« Gemeinde nur wenig einträglich (abgesehen von einigen Geschenken, die er von treuen Unterstützern erhielt). Daher musste er sich wohl oder übel mit weiteren Nebenverdiensten über Wasser halten. Im Sommer zuvor hatte er bei der Reinigung der Gehsteige, beim Schneiden der Bäume im Kurpark und bei der Instandhaltung der Wanderwege geholfen.

Niedere Tätigkeiten.

Seiner unwürdig.

Außerdem war er für eine Pizzeria im Ort als Lieferdienstfahrer unterwegs. Eine Arbeit, die ihm noch weniger Freude bereitete. Denn als Dienstleister musste er auf die Wünsche und Anforderungen »seiner« Kunden eingehen. Er musste sich dazu herablassen, zumindest den Anschein von Freundlichkeit zu versprühen.

Arschkriecher.

Wie er das verabscheute.

»Du bist zu spät, Felix«, schimpfte Peter Falkner, der Eigentümer einer prachtvollen Hütte, die sich Lackner wohl selbst niemals würde leisten können. »Und du siehst aus, als hätte dich jemand durch den Fleischwolf gedreht. Hast du Krätze?«

Dämlicher Schnösel.

»Es tut mir leid. Wir hatten so viele Aufträge.« Er versuchte sich an einem schiefen Lächeln, das nicht allzu überzeugend ausgesehen haben dürfte. Zu allem Überfluss juckte seine Wange noch verrückter, seit er sich von Schwarzenberg hatte verarzten lassen. Mit aller Gewalt musste er dem Drang widerstehen, seine Fingernägel tief ins Fleisch zu graben.

»Die Pizza ist kalt«, nörgelte das Großmaul mit seiner nervigen Stimme weiter, nachdem er die beiden Schachteln übernommen und geöffnet hatte. Missbilligend rümpfte er die Nase.

Arschgesicht.

»Ich hatte noch zwei andere Kunden, die ihr Geld ewig nicht finden konnten«, versuchte sich Lackner an einer mühselig zurechtgelegten Rechtfertigung. Beinahe hätte er sich für den Kniefall selbst verachtet.

»Kannst deinem Chef ausrichten, dass ich dafür nicht bezahlen werde. Wo kommen wir denn da hin? Zu spät. Und kalt. Quasi ungenießbar, der Fraß. Nur für die Mülltonne.«

»Das kannst du nicht machen!«, protestierte Lackner und presste seine Leibesfülle gegen das Tor, als wollte er es aus den Angeln heben. Das fehlte ihm gerade noch. In der Nacht zuvor war er schon von dem dämlichen Kessler zurechtgewiesen worden, woraufhin er diese Weicheier, die er um sich scharte, gerade noch in seinem Gefolge halten konnte. Trotz der von diesem Polizistenfuzzi ganz offen ausgesprochenen Warnungen. Und jetzt würde er nicht nur um sein Trinkgeld umfallen. »Dann muss ich selbst dafür aufkommen.«

»Nicht mein Problem, Felix. Du musst endlich mal an deiner Arbeitseinstellung arbeiten. Sei bloß froh, dass ich mich nicht auch noch über dich beschwere. Dann kannst du den Job gleich an den Nagel hängen. Langsam wird es immer enger für dich hier im Tal.«

»Du bist ein Arsch, Peter.« Lackner war laut geworden. Mit dem rechten Fuß stampfte er wie Rumpelstilzchen auf dem Boden auf. »Du nutzt meine Gutmütigkeit aus.«

»Deine Gutmütigkeit? Mach dich nicht noch lächerlicher. Und jetzt hau ab und fahr zu deinen anderen Kunden. Sonst bekommst du noch mehr Probleme.« Falkner drehte sich um und Lackner war kurz davor, ihn durch das Tor hindurch am Schlafittchen zu packen.

»So wirst du mir nicht davonkommen, Peter. Irgendwann trifft es jeden.«

Falkner machte eine wegwerfende Handbewegung und verschwand in der Hütte.

»Warts nur ab, du Scheißkerl. Irgendwann wird es auch dich erwischen.«

VIRENLAST X_{26} 67.108.864

Das Flipchartpapier hing mit Klebestreifen befestigt quer über der linken Wand neben dem Ausgang des Besprechungsraumes. Darauf hatte Johannes Hauer in verschiedenen Farben die Namen der drei Toten notiert: Alois Brunner, Steffen Rüttger und Sabine Klement. Darunter waren Fotos der Verstorbenen und der Tatorte sowie Auszüge aus den Autopsieberichten aufgeklebt. Außerdem ein Foto von der gefundenen Tatwaffe und einige von Dr. Mola angefertigte Skizzen. Alles in allem nur wenig verwertbare Informationen.

Hauer stand davor und hatte das Kinn in einer Hand abgestützt. Womöglich würden die Aufzeichnungen Geheimnisse preisgeben, wenn er sie nur lange genug anstarrte?

»Wenn du dann mit deiner Hypnosetechnik fertig bist, stehen wir zur Verfügung«, keifte Horst Köhler, neben dem Kathie Feldner unruhig auf ihrem Stuhl herumzappelte. Die beiden hatten die Jacken ihrer Polizeiuniformen ausgezogen und auf Haken neben der Tür gehängt. Bei Köhler zeichneten sich unter den Achseln Schweißflecken ab. Und Feldners Haare wirkten wie frisch aus der Waschmaschine nach einer Schleudertour. Ohne Schongang.

»Eigentlich wissen wir überhaupt gar nichts über unseren Täter. Mann. Frau. Groß. Klein. Dick. Dünn. Alter. Hautfarbe. Es könnte sich auch um den Mann im Mond handeln«, maulte Hauer und ließ immer noch nicht von dem Papier ab, das ein Indiz für das bisherige Ermittlungsversagen der Beamten war.

»Es wird dir gar nicht gefallen, wenn wir noch weiter in deiner Wunde herumstochern«, sagte Köhler, woraufhin sich der Hofgasteiner Kommandant doch noch umdrehte.

»Mir ist es nach einer gefühlten Ewigkeit gelungen, Jochen Rüttger ans Rohr zu bekommen«, erklärte Feldner mit ihrer rauchigen Stimme. Niemals hatte sie eine Zigarette auch nur angerührt, was immer wieder zu heftigen Diskussionen mit Köhler führte, der leidenschaftlicher Kettenraucher war. »Zwischen einigen Heulkrämpfen konnte ich mich sogar mit ihm unterhalten. Einigermaßen verständlich.«

Hauer war sich nicht ganz sicher, ob seine junge Kollegin ausreichend Fingerspitzengefühl für die Befragung eines Hinterbliebenen an den Tag legte. Aber er war froh über die Unterstützung und wollte sich diese nicht verspielen.

»Er hat mir versichert, keinen Alois Brunner zu kennen. Oder gekannt zu haben. Ich habe ihm den Namen sogar buchstabiert.«

»Wäre ja auch zu schön gewesen«, seufzte Hauer. »Gibt es sonst irgendwas an den Tatorten, was zusammenpasst? Fotos? Rechnungen? Restaurantbelege?«

»Wir haben uns alles in Richtung Querverbindungen angesehen«, ergänzte Köhler die Ausführungen seiner Kollegin. »Wir haben es dir sogar mit deiner Wandmalerei für Arme nachgemacht. Wenn du willst, kann ich unsere Kritzeleien aus dem Auto holen. Wir haben etwas mehr Farben verwendet. Ein buntes Kunstwerk. Trotzdem völlig sinnlos. Jedenfalls sind wir nicht fündig geworden. Wir konnten keinerlei Berührungspunkte zwischen Brunner und den Deutschen feststellen.«

»Das Einzige, wo sich womöglich eine Begegnung hätte ergeben können, wäre auf der Schlossalm.«

»Du meinst die Tageskarte, Kathie?«

»Das ist zumindest eine Möglichkeit. Alle anderen Beweisstücke, die wir gesichert haben, bringen uns nicht weiter.«

»Das können wir uns dann ja später ansehen«, platzte Kessler heraus, der gerade im Besprechungsraum erschienen war. »Ich habe etwas Interessantes herausgefunden.« Er warf eine Mappe auf den Tisch, zog sich ebenfalls die Jacke aus und krempelte seine Hemdsärmel auf. »Joe hatte die Idee mit den Lieferdiensten.«

Kessler erläuterte kurz die Gedankengänge aus der Wohnung der Mordopfer, um die Kollegen auf den neuesten Stand zu bringen.

»Gar keine schlechte Idee. Und die Sache mit dem Geschirrspüler ist ja beinahe schon Holmes-würdig«, brachte Köhler staunend hervor.

»Die Idee war wirklich nicht schlecht«, bekräftigte Kessler. »Allerdings ist sie leider ein Schuss in den Ofen.«

»Haben dir die Lieferdienste keine Auskünfte erteilt?«, wollte Hauer wissen.

»Doch. Keine Probleme. Ich habe mich – hoffentlich – bei allen erkundigt, die im und ins Gasteinertal liefern. Niemand hat Rüttger oder Klement oder auch nur die Adresse der Ferienwohnung im System hinterlegt.«

»Demnach müssen wir davon ausgehen, dass unser Mörder doch anders ins Gebäude gekommen ist. Naja, einen Versuch war es wert.«

»Wolltest du nicht auch noch was Interessantes beisteuern?«

»Sehr aufmerksam, Kathie. Tatsächlich.« Kessler ließ seine Finger knacken. »Ihr werdet niemals erraten, wer für die Pizzeria im Ort als Lieferfahrer arbeitet.«

Schweigen. Niemand hatte Lust auf ein Ratespiel.

»Unser allseits beliebter und überaus engagierter Felix Lackner.«

»Das ist allerdings wirklich aufschlussreich«, brachte Hauer heraus.

»Glaubt ihr, dass er was mit den Morden zu tun haben könnte?« Köhler klang zweifelnd.

»Bei dem Typen will ich gar nichts ausschließen«, bekräftigte Kessler und verschränkte die Arme hinter dem Kopf.

»Ich bin jedenfalls froh, dass der sich zurzeit mal nur in eurem Revier mit seiner Nachbarschaftsgang austoben will. Der kann mir mit seinen Halbstarken gestohlen bleiben.«

»Und so säuerlich mir dieser Prolet auch aufstößt, bringt das trotzdem meine gesamte Theorie durcheinander.«

»Wieso, Joe?«

»Ich habe gehofft, dass Steffen und Sabine irgendwann mal einen Lieferdienst in Anspruch genommen hätten. Dann hätten wir der Sache nachgehen können. Dann wäre vielleicht sogar Felix Lackner aufs Tablett gekommen. Aber so? Wenn nicht einmal Lackners Pizzeria was von den beiden weiß. War wohl nix.«

»Schade. Wäre froh gewesen, wenn ihr Lackner hops genommen hättet. Dann hätte er keine Leute mehr aufwiegeln können.«

»Das wäre jetzt wahrscheinlich auch zu einfach gewesen, Horst. Wie sieht es mit anderen Spuren aus? Konnten wir nachvollziehen, wo sich Alois Brunner gerne aufgehalten hat? Was hat er gemacht? Unternommen?«

»Die Spur mit der Schlossalm haben wir ja noch offen«, wandte Feldner ein.

»Das schauen wir uns später an. Was noch, Kathie?«

»Unserer Auflistung sämtlicher Belege in Brunners Haus zufolge hatte er drei wesentliche Ziele.«

Sie hob die rechte Hand und streckte den Zeigefinger aus.

»Erstens: Einkäufe. Hauptsächlich für den täglichen Bedarf. Sehr viel Bier. Und es sieht eher danach aus, als hätte er öfters in kleinen Mengen eingekauft. Was wahrscheinlich an seiner abgeschiedenen Lage und der Beschwernis des Aufstieges liegen könnte.«

Es folgte der Mittelfinger, der mit dem Zeigefinger ein V bildete.

»Zweitens: die Apotheke. Über die Medikamente habt ihr euch ja schon schlau gemacht. Brunner hat ja so einiges geschluckt, um Gevatter Tod von der Schippe zu springen. Letztlich hat er ihn dennoch nicht austricksen können.«

Die Männerrunde warf ihr einen erstaunten Blick zu. Ungeniert und ungehemmt streckte sie den Daumen aus.

»Drittens: Schwarzenberg. Wir haben unzählige Terminnotizen für unseren Hausarzt gefunden. Brunner war wöchentlich bei ihm. Manches Mal sogar mehrmals. Vertrauensperson würde ich sagen. Oder Gesprächspartner gegen die Einsamkeit.«

»Es könnte also sein, dass Brunner, Steffen, Sabine und ihr Mörder bei Schwarzenberg aufeinandergetroffen sind?«

»Wieder so eine Idee von dir, Joe? Aber selbst wenn: Warum sollte sich der Mörder gerade Patienten aussuchen?«, wollte Köhler wissen.

»Vielleicht gab es Streitigkeiten in der Praxis? Vielleicht hat sich unser Eigenbrötler Brunner vorgedrängt, was jemanden verärgert hat?«, brachte sich Kessler für Hauer unterstützend in Stellung.

»Vorgedrängt? Sind wir hier im Kindergarten?«

»Auch wenn du mich belächelst, Horst. Ich will dieser Spur trotzdem nachgehen. Was sollen wir sonst tun? Viele Möglichkeiten haben wir ja nicht.«

Köhler zuckte lediglich die Schultern. Hauer hingegen griff zum Telefonhörer und wählte die Nummer von Schwarzenbergs Praxis, die jeder im Ort im Grunde von Kindesbeinen an auswendig kannte. Er ließ sich zu dem Arzt durchstellen und führte ein Gespräch mit ihm, währenddessen Köhler aufstand und zu dem Flipchart ging. Mit einem Marker zeichnete er eine Verbindungslinie zwischen Brunner und dem deutschen Pärchen und malte ein Fragezeichen darüber, das er mehrmals unterstrich. In dem ganzen Fall war die größte Unbekannte, was die Morde miteinander in Beziehung setzte. Würden sie dieses Rätsel lösen, wären sie dem Täter ganz knapp auf den Fersen.

»Schwarzenberg war anfangs ein wenig zickig«, meldete sich Hauer, nachdem er aufgelegt hatte. »Er wollte keine Auskunft geben. Ärztliche Schweigepflicht oder so ein Dreck. Musste ihm ein wenig auf den Zahn fühlen. Und Brunner wird sich wohl kaum mehr beschweren.«

»Konnte er dann was beisteuern?«

»Nicht wirklich, Hubert. Von Brunners Wehwehchen wissen wir ja bereits. Und ob er in der Praxis auf jemanden getroffen ist, kann Schwarzenberg nicht sagen. Selbst in der Corona-Zeit warten unzählige Patienten auf ihre Behandlungen. Da trifft man mit allen möglichen Leuten zusammen. Jedenfalls hat er keine Streitereien beobachtet.«

»Gab es einen Vorfall mit Lackner?«

»Auch dazu gab es nichts. Könnte aber auch sein, dass Schwarzenberg Lackner deckt. Du weißt ja noch, wie die beiden vor unserer Dienststelle aufgetaucht sind. Auch wenn Schwarzenberg der Gemäßigtere von beiden sein dürfte.«

»Dieser Lackner ist mir einfach ein Dorn im Auge«, stieß Kessler unzufrieden aus.

»Eines hat er mir noch gesagt«, ignorierte Hauer seinen Kollegen. »Brunner war ein hartnäckiger Corona-Leugner und Impfgegner, der sich immer wieder in Diskussionen diesbezüglich verstricken ließ. Schwarzenberg hat mehrfach versucht, ihn umzustimmen. War nichts zu machen.«

»Alles in allem also wieder eine Sackgasse«, brachte es Köhler auf den Punkt, was Hauer zu einem missmutigen Aufschnaufen veranlasste. »Corona-Leugner gibt es ja mehrere.«

»Was ist mit der Apotheke?«, wollte Kessler wissen.

»Wahrscheinlich wird auch das ein Reinfall werden.« Hauer wirkte resigniert. »Wir könnten aber zur Sicherheit auch dort anrufen.«

»Ich werde lieber selbst vorbeischauen. Persönlich kitzle ich sicherlich mehr aus den Mitarbeitern heraus. Und kann dabei vor allen Dingen auch ihre Gesichter und Reaktionen beobachten.«

»Mach das, Hubert. Aber erwarten würde ich mir nicht zu viel davon. Wir stolpern über zahlreiche lose Fäden.« Hauer ließ den Kopf in beide Hände sinken.

»Raff dich auf, Joe.« Kessler packte ihn unter der Schulter und zog ihn in die Höhe. »Die frische Bergluft wird dich auf andere Gedanken bringen.«

*

Ich behaupte, ein menschliches Wesen zu sein.
Ein Mensch mit Gefühlen.
Zeigt man zu wenig Gefühle, gilt man als unnahbar.
Trägt man seine Gefühle offen zur Schau, wird man unberechenbar.
Bin ich berechenbar?

Sind meine Taten vorhersehbar?
Habe ich meine Gefühle unter Kontrolle?
Es wird stetig besser.
Ich schaffe mir eine Last vom Hals, die mich wie ein Mühlstein nach unten zieht.
Mache ich das alles nur für mich?

Virenlast X_{27} 134.217.728

Die Gondel ratterte sanft über die Führungsrollen einer Stütze. Kessler saß in Fahrtrichtung. Hauer hingegen konnte den herrlichen Ausblick auf Bad Hofgastein mit der überdimensioniert erscheinenden Kirchturmspitze genießen.

Oder hätte ihn vielmehr genießen können. Wären seine Gedanken nicht haltlos herumgewirbelt.

»Sind wir mit der Angelegenheit überfordert, Hubert?« Er hatte seinen Kollegen direkt angesprochen. Und doch schien es, als hätte er die Worte ins Leere gerichtet. Hauers Augen waren glasig. Hätte ihn Kessler nicht besser gekannt, wäre er davon ausgegangen, er müsse einen Kater auskurieren.

»Müssen wir Hilfe von außerhalb anfordern? Brauchen wir Unterstützung aus Wien?«

»Es arbeiten doch schon alle unter Hochdruck an der Sache. Eigentlich haben wir alles, was wir brauchen. Sogar eine eigene Gerichtsmedizinerin. Dr. Mola steht uns mit Rat und Tat zur Seite.«

»Du weißt, was ich meine.«

»Du kennst das Tal wie deine Westentasche. Du kennst die Einwohner. Du bist hier aufgewachsen. Du kannst dich auf die Gegebenheiten einstellen.«

»So wie du. Und trotzdem kommen wir keinen Zentimeter

weiter. Wir hatten noch nie mit einem Mordfall zu tun. Sind wir unfähige Tölpel, die nur für Verkehrskontrollen taugen?«

»Und du denkst, jemand von außerhalb könnte es besser? Was wird passieren, wenn hier ein Sonderkommando anrückt? Die Gasteiner werden sich in ihren Häusern und Wohnungen verschanzen und niemand wird mehr irgendwas in Erfahrung bringen können. Du darfst dich nicht unterkriegen lassen, Joe. Wir dürfen uns nicht unterkriegen lassen.«

Als sie das Ausklinken aus dem Tragseil hörten, wussten sie, dass sie in der Bergstation angekommen waren. Die Gondel schwankte leicht und verlangsamte die Fahrt. Rumpelnd glitten die Türen auseinander und der Geruch nach Gummi und Maschinenöl nahm sie in Empfang.

»Dein Wort in Gottes Ohr, Hubert. Mal schauen, wie lange sie uns noch selbst herumbasteln lassen. Wenn wir nicht bald Fortschritte erzielen, werden sie uns die Angelegenheit sowieso aus der Hand reißen.«

»Ich werde einfach ganz akkurate Berichte schreiben und all unsere Bemühungen zusammenfassen. Dann sehen sie ja, dass wir nicht untätig sind.«

»Danke für deine Unterstützung.« Hauer klopfte ihm auf die Schulter. Sie folgten dem Pfad von der Bergstation zum Restaurant »Kleine Scharte«. Die Nachmittagssonne hing tief und würde schon bald hinter der Mauskarspitze untergehen. Die Temperaturen waren bereits gesunken und Hauer vergrub die Hände in seinen Hosentaschen.

»Jau, Manu.«

Im Restaurant saßen noch einige letzte Wanderer.

»Ihr müsst ja eine irre Sehnsucht nach mir haben.« Manuela Windner lachte, als hätte sie den Witz des Tages vorgetragen. Eigentlich wäre eher ihr Auftritt zum Lachen gewesen. Sie trug eine Schürze, die wie ein Dirndlkleid gemustert war. Darunter ein hellrosa Kleid und schwere, schwarze Stiefel, mit denen sie jedem Bauarbeiter Konkurrenz hätte machen können. Ihre Haare waren hochgesteckt. Scheinbar mit Mikado-Stäben, die in alle Himmelsrichtungen abstanden. Sie erinnerte damit an einen überfahrenen Igel. Außerdem hatte sie sich mit grellrotem Lippenstift, hellblauem Lidschatten und orangem Wangenpuder so stark geschminkt, dass sie auch für einen Auftritt als Zirkusclown vorbereitet gewesen wäre. Wäre sie gegen die Wand gelaufen, hätte man sicherlich den Abdruck als Portrait anbieten können.

»Wir wollten noch einmal wegen der deutschen Opfer mit dir sprechen«, schmunzelte Kessler und nahm einen Schluck aus dem Wasserglas, das die Hüttenchefin brachte.

»Ich habe ja erst vom Hörensagen von ihnen erfahren. Kann leider nicht viel beisteuern. Eigentlich gar nichts.«

»Aber kannst du dich vielleicht noch dran erinnern, ob Brunner an dem Tag bei dir war?«

»Alois?«

Hauer nickte.

»Nein.«

»Kannst du dich nicht erinnern? Oder weißt du nicht mehr, von welchem Tag wir sprechen?«

»Völlig egal. Brunner war noch nie bei mir im Restaurant. Der alte Geizkragen. Ich bin mir nicht einmal sicher, ob der schon jemals mit der neuen Gondel gefahren ist. Der nimmt doch lieber einen Mehrtagesmarsch in Kauf, nur um sich das Geld für die Seilbahn zu sparen. Und das sogar mit seinen kaputten Gelenken.«

»Scheiße.«

»Der Griff nach Strohhalmen, Joe?«

»Du machst dir keine Vorstellung, Manu.«

»Es tut mir leid, dass ich nicht weiterhelfen kann. Übrigens befürchte ich, dass ihr mich nicht mehr lange hier oben antreffen werdet. Falls ihr weitere Überraschungsbesuche einlegen wollt.«

»Wie meinst du das?«

»Ach, ich habe da so einiges läuten gehört. Meine Ohren sind gut, das weißt du. Und ich bekomme so einiges mit. Sieht so aus, als würden sie bald alles dicht machen.«

»Schade, dass du nicht auch was über unseren Mörder gehört hast«, sagte Kessler augenzwinkernd.

»Sollte sich daran was ändern, seid ihr beiden die Ersten, die davon erfahren.«

»Wir hoffen auf dich, Manu. Und wir hoffen für dich, dass du dein Nacht-Eremitendasein noch lange fortführen kannst.«

Sie knuffte Hauer gegen die Schulter.

»Sollte ich mich jemals als Eremit fühlen, lade ich dich zu mir ein.«

Der grellrote Lippenstift verzog sich zu einer beinahe beängstigenden Grimasse.

VIRENLAST X_{28} 268.435.456

Seine weißen, mit einer Emulsion festgeklebten Haare schimmerten im Mondlicht. Mit seinen langen Koteletten und unförmigen Extremitäten sah Felix Lackner wie ein Playmobil-Männchen aus. Eine Spielzeugfigur mit dickem Bauch, kurzen Beinen und einem etwas zu groß geratenen Schädel mit einer breiten Nase und wulstigen Augenbrauen.

Der Inbegriff eines Frauenhelden aus einem Magazin für abstoßende Beispiele. Und trotzdem konnte er mit seinem derben Charme und seinem selbstbewussten Auftreten das weibliche Geschlecht um den Finger wickeln.

Also zumindest einige Exemplare davon.

Exemplare wie Heidi Löffler.

»Wann kommt dein Mann zurück?«

»Erst morgen.«

Heidi Löffler war siebenundvierzig Jahre alt und damit knapp acht Jahre jünger als Lackner. Sie hatte eine Frisur, die aus einer Kochshow in den Achtziger Jahren stammen könnte: auftoupierte Dauerwelle, blond gefärbt, meist noch mit einer Haarspange im Blümchenmuster. Zudem hatte die Geburt der Zwillinge vor dreißig Jahren bleibende, hüftverbreiternde Spuren hinterlassen. Genauso wie ihr Gesäß, das einem genmanipulierten Kürbis ähnelte.

»Dann lass uns keine Zeit verlieren. Du hast einiges gutzumachen.«

Lackner drängte sich an ihr vorbei. Im Haus roch es nach frisch geschnittenen Blumen und kaltem Zigarettenrauch.

»Es tut mir leid, Felix. Ich wollte dich nicht verletzen. Mir ist die Hand ausgerutscht.«

»Du bist eine eifersüchtige, dämliche Zicke. Ich musste sogar zum Arzt wegen dir.«

Heidi versuchte, ihn zärtlich zu küssen und an der Wange zu berühren. Doch er stieß sie unsanft zur Seite.

»Hör auf mit dem Scheiß. Das juckt immer noch wie verrückt.«

Sie setzte sich auf die Wohnzimmercouch, deren Stoff mit allerlei verschiedenfarbigen Decken geschützt war. »Bitte sei mir nicht böse.«

Mit einem schnellen Schritt kam er auf sie zu und instinktiv riss sie die Arme über ihren Kopf. Es wäre nicht das erste Mal, dass auch er sie hart anfassen würde. »Tu mir bitte nicht weh!«

Er stand über ihr. Sie wagte es nicht, aufzublicken.

»Wie ein Vollidiot muss ich mich überall anstarren lassen. Muss Ausreden verwenden, damit keiner mitkriegt, dass mich eine Frau geschlagen hat.« Er gab ihr einen Klaps auf den Hinterkopf. Obwohl es ihr nicht wehgetan haben konnte, heulte sie leise auf.

»Sei nicht so zimperlich.«

Lackner genoss ihre Unterwürfigkeit. Und ihr Wimmern.

»Jammere nicht rum, sondern zieh dich aus. Ist ja nicht mitanzusehen.« Er meinte ihr Kleid, das aus einem Second-Hand-Verkauf vom letzten Jahrhundert stammen dürfte. Mit Rüschen. Und einem hohen Kragen.

»Lass mich dich verwöhnen«, plapperte sie, während sie an der Schleife des Kleides herumnestelte. Und obwohl sie ihm bereits hörig war, war er sich nicht sicher, ob er ihr nicht doch noch die eine oder andere Tracht Prügel versetzen würde.

Er war ein Mann. Ein richtiger Mann. Ein Mann, der gerne die Fäden in der Hand hielt.

VIRENLAST X_{29} 536.870.912

Der Tag begann regnerisch. Dicke Wolken hatten sich über das Tal gelegt. Es würden somit noch weniger Fahrgäste kommen. Noch weniger als in den letzten Tagen und Wochen.

Ernüchternd.

Der Anruf, den Andrea Moosberger schon am frühen Morgen erhalten hatte, war daher wenig überraschend. Die Bergbahnen würden eine Woche früher in die Herbstpause gehen. Alle Mitarbeiter würden – auch zur Vorsicht im Hinblick auf die vielen Unbekannten für die anstehende Wintersaison – in Kurzarbeit geschickt.

Wer wusste schon, ob im Winter überhaupt ein Betrieb möglich sein würde. Kurzarbeit bedeutete finanzielle Einbußen. Aber nicht nur das. Andrea liebte ihren Job. Sie wollte nicht untätig zu Hause herumsitzen.

Verdammtes Virus.

Andrea hatte die Schnauze gestrichen voll. Immerhin ging es um ihren Arbeitsplatz. Um ihr Geld. Um ihre Existenz.

Ihr Vorgesetzter hatte ihr zwar versichert, dass es maximal ein paar Wochen sein würden. Aber was sollte der sonst schon sagen? Es mussten ja alle irgendwie beruhigt werden. Es mussten ja alle irgendwie bei der Stange gehalten werden.

Sie wollte nicht kurzarbeiten.

Sie wäre sogar dazu bereit, lange zu arbeiten. Überstunden zu machen. Dienste von Kollegen zu übernehmen. Wartungsarbeiten durchzuführen. Drecksarbeiten auszuführen.

Alles wäre besser gewesen. Und am liebsten hätte sie all ihre Sorgen und Ängste hinausgebrüllt. Es wäre ein gutes Ventil gewesen.

VIRENLAST X_{30} 1.073.741.824

Das Messer schnitt tief ins Fleisch, durchtrennte mühelos Sehnen und Knorpel.

Glatte, saubere Schnitte.

Geführt von einer kräftigen Hand.

Ruhig.

Konzentriert.

Unter der hellen Beleuchtung, die von den weißen Fliesen reflektiert wurde, hatte das Fleisch eine knallig rote Farbe.

Frisch.

Blutig.

Köstlich.

Kurt Schaller lief das Wasser im Mund zusammen. Er stützte sich auf einem Barhocker ab, um seine lädierte Hüfte zu entlasten. Dabei schwang er die Klinge, als würde er einen Zauberspruch zitieren. Mit gekonnten Griffen löste er die Filetstücke vom Knochen.

Es würde ein Festmahl geben.

Die biologisch vorbildliche Haltung seiner Tiere machte sich bezahlt. Das Fleisch war zart und hatte einen hervorragenden Eigengeschmack. Er war stolz darauf.

Als er mit dem Zerlegen fertig war, wusch er das Messer unter heißem Wasser ab und hängte es zurück an die Wand zu den anderen. Spickmesser. Ausbeinmesser. Santokumesser. Blockmesser. Zerlegemesser. Abhäutemesser. Aufbruchmesser. Alles war in seiner Sammlung vorhanden.

Er zog die drahtverstärkten Handschuhe aus und seifte sich die Hände ein.

Wenigstens waren ihm die Einnahmen aus seiner Viehzucht geblieben. Die Tiere verkauften sich hervorragend und die Nachfrage war groß. Sämtliche Fleischer im Gasteinertal und bis weit über Schwarzach und St. Johann hinaus rissen sich um seine Erzeugnisse. Das sicherte ihm das finanzielle Überleben.

Denn mit seinem Zweitverdienst ging es rasend bergab. Er hatte läuten gehört, dass das Museum schon bald geschlossen werden sollte. Womöglich endgültig. Die Besuchernachfrage sei zu gering.

Wegen Corona? Oder war das nur eine willkommene Ausrede, um den Betrieb einstellen zu können? Unter dem Deckmantel einer Krankheit? Billig.

Es klingelte. Schaller schlurfte aus dem Anbau neben dem elterlichen Hof ins Freie.

»Du bist zu früh.«

»Pünktlichkeit ist eine Tugend, Kurt.«

»Bist du jetzt unter die Philosophen gegangen? Oder hast du den Spruch in einem deiner Schundromane gefunden, die du unter dem Bett aufbewahrst?«

»Immer wieder witzig mit dir.« Klaus Zehetner streckte übertrieben theatralisch einen Daumen in die Höhe und winkte damit. Er hatte den Laster direkt vor dem Gatter geparkt. »Wie viele hast du für mich?«

»Heute nur drei.«

Schaller hinkte zu einem abgetrennten Bereich. »Ein Kalb und zwei Kühe.« Er öffnete ein Tor, während Zehetner die Ladeklappe herunterließ.

»Heute wirkst du besonders schief. Schmerzen?«

»Kümmere dich um deinen eigenen Kram.«

»Alter Hund. Wäre besser gewesen, wenn dir die Kuh die Birne ein wenig weicher geklopft hätte.«

Schaller trieb die Tiere mit einer Rute in den Lieferwagen. Sie wirkten ängstlich und versuchten, sich zusammen zu pferchen. Das Kalb blieb vermeintlich geschützt in der Mitte. Erschrocken muhte es.

»Nun macht schon. Der Schlachter wartet«, lachte Schaller.

Es waren Nutztiere. Nicht mehr. Sie sorgten für seinen Lebensunterhalt. Sie wurden aufgezogen, um getötet zu werden. Schaller hatte das bereits so von seinen Eltern mitbekommen. Auch sie waren Viehzüchter gewesen. Bis zuletzt.

Virenlast X_{31} 2.147.483.648

Mal einen Tag nicht an die Arbeit denken. Wie schön diese Aussicht doch war. Und wie unrealistisch. Total abwegig.

Horst Kohler hatte dienstfrei. Kathie Feldner, seine treue Untergebene, kümmerte sich in der Bad Gasteiner Polizeidienststelle um Kleinkram. Bei den Ermittlungen in den Mordfällen in der Nachbargemeinde steckten sie sowieso fest. Es gab nichts zu unternehmen.

Gemütlich saß er auf der Couch im Wohnzimmer, von wo aus man einen atemberaubenden Blick auf die Bad Gasteiner Schlucht mit den steilen, fast schwarzen Felswänden hatte. Genüsslich schwenkte er ein Glas Rotwein in der Hand.

»Papa! Essen ist fertig.« Seine neunjährige Tochter Nathalie bog um die Ecke. Sie war sein ganzer Stolz. Nach etlichen psychisch belastenden Fehlversuchen und mit Hilfe der modernen Medizin hatten sie sie erst spät bekommen. Er war bereits siebenundvierzig gewesen. Aber auch wenn er nicht mehr ganz so agil wie ein junger Vater war, so war er doch noch in der Lage, mit ihr herumzutollen. Und ihr all seine Liebe zu schenken.

Nathalie kletterte auf seinen Schoß und schmiegte sich an seine Brust.

»Bin ich froh. Ich könnte einen ganzen Stier verdrücken.«

»Papa! Mama sagt immer, du darfst nicht so viel essen. Und nicht so viel rauchen.«

»Ich werde wohl mal ein ernstes Wort mit Mama reden müssen.«

Er packte seine Tochter bei der Nase, woraufhin sie kicherte. Dann trollte sie sich von ihm herunter und zog ihn an den Händen in die Höhe.

Seine Frau Birgit, um ganze elf Jahre jünger, hatte einen knusprigen Schweinsbraten mit Kartoffelknödel und Krautsalat aufgetischt. Zur Feier des Tages. Weil er frei hatte. Obwohl die Kalorienbombe kontraproduktiv war. Er liebte deftiges Essen und gab seiner Frau einen zärtlichen Kuss.

»Es riecht köstlich, Schatz. Du hast dich mal wieder selbst übertroffen.«

Sie lud ihm ordentlich auf den Teller.

»Mama! Gib Papa nicht so viel. Sonst schimpfst du nachher wieder mit ihm.« Nathalie hatte vorwurfsvoll die Hände in die Hüften gestemmt. In ihrem rosa Kleidchen war sie zuckersüß und der Tonfall passte so gar nicht zu ihr.

»Er soll nicht immer so viel Klump essen, wenn er Dienst hat. Schokoriegel. Krapfen. Sachertorte. Und dann dieses ganze picksüße Gesöff. Würde er das alles weglassen, dann könnte er zu Hause richtig zulangen«, verteidigte sich Birgit.

»Beim Schweinsbraten? Und deinen leckeren Knödeln? Und dem Speckkraut? Naja. Sehr konsequent ist das nicht gerade«, zog er sie auf und erntete dafür einen sanften Klaps auf den Hinterkopf, woraufhin er lachen musste. Seine Familie machte ihn glücklich. Er hatte alles, was er sich wünschte. Unwillkürlich musste er an Hauer denken. Dessen Engagement war grenzenlos. Und er bewies stets Einfallsreichtum. Auch wenn er manches Mal zu stur an eine Sache heranging und sich nur schwer von etwas abbringen ließ. Trotzdem klappte die Zusammenarbeit gut. Vor allen Dingen auch in den besonders stressigen Wintermonaten, wenn die Touristen in Strömen einfielen und so mancher Ausländer glaubte, er könnte seine eigenen Regeln mitbringen. Gerade dann war Teamwork besonders gefragt.

Dass sie allerdings mal gemeinsam in Mordfällen ermitteln müssten, damit hatte wirklich niemand gerechnet. Wie hätten sie auch?

»Du bist schon wieder ganz abwesend«, beschwerte sich Birgit augenzwinkernd. »Kriegst deinen Kopf einfach nicht frei.«

»Ich muss mich ein wenig ablenken. Sonst falle ich über deinen Braten wie eine Herde Wildtiere her«, entschuldigte er sich und dachte dabei schon wieder an seine Kollegen.

Hubert Kessler kannte er bereits seit dessen Kindheit. Kessler war in Bad Gastein aufgewachsen und hatte schon früh den Wunsch verspürt, in den Polizeidienst einzutreten. Ihm gefielen strikte Anweisungen und Vorgaben und er war kaum von Köhler wegzubringen gewesen. Das größte Geschenk konnte ihm Horst machen, wenn er ihn im Streifenwagen mitnahm. Schließlich hatte sich Köhler stark gemacht, um ihm eine Position in der Polizeidienststelle zu verschaffen. Da er damals bereits zu seiner Freundin nach Bad Hofgastein gezogen war, hatte er bei Hauer an die Tür geklopft, der natürlich auch den Werdegang des Burschen mitverfolgt hatte. So war auch Kessler Mitglied der Truppe geworden.

»Wenn du jetzt noch weiter an deinem Knödel herumstocherst, bin ich beleidigt.«

Köhler hob das Rotweinglas und prostete seiner Frau zu. »Bin ich froh, dass du selbst nur zu gut weißt, wie vorzüglich deine Kochkünste sind.«

»Ich will auch zuprosten«, mokierte sich Nathalie und schwenkte ihr Limonadenglas auffordernd. Die Gläser klirrten.

Das Geräusch erinnerte ihn an die Vase, die Kathie in Brunners Haus beinahe umgestoßen hätte, während sie Fotos vom Tatort anfertigte.

Hatten sie etwas übersehen?

Waren sie zu wenig genau an die Sache herangegangen? Hätten sie Beweise finden müssen? Hätten sie Hinweise auf den Täter aufspüren müssen?

Morde im Gasteinertal. Was für eine bizarre Vorstellung. Vor Tagen hätte er das noch als völlig abwegig abgetan. Er war froh, nur als unterstützende Hand daran beteiligt zu sein.

Hätte er sich bloß nicht zu früh gefreut.

VIRENLAST X_{32}
4.294.967.296

Hauer und Kessler hatten es sich auf dem Vorplatz des Cafés mit Blick Richtung Gemeindeamt, der Trafik und dem über die Dächer ragenden Kastanienbaum gemütlich gemacht. Hauer genoss einen Flat-White-Kaffee, Kessler schlürfte an einem Frappuccino. Und beide hatten sich einen warmen Apfelstrudel mit Vanillesauce bestellt. Mit viel Sauce. Den Strudel ertränkend. Wenn schon, denn schon. Es konnte sowieso niemand sagen, wie lange das noch möglich sein würde. Jeden Tag trudelten aufs Neue Schreckensmeldungen über die Anzahl an Neuinfektionen und die steigende Auslastung in den Krankenhäusern ein.

Ganz abgesehen von dem Druck durch die Morde.

»War's das?« Hauer schmatzte und sprach kauend. Mit einem Suppenlöffel schaufelte er Sauce in seinen Mund, als gäbe es kein Morgen.

»Du kannst dir noch einen Strudel bestellen. So ausgehungert, wie du wirkst.«

»Nein. Ich meinte, ob es das mit den Morden gewesen ist. Sind wir durch damit?«

»Du sprichst wieder einmal in Rätseln, Joe.« Kessler nahm einen Bissen und spülte ihn mit dem Getränk hinunter.

»Hat unser Täter aufgegeben? Hat er nach den Morden das Weite gesucht und sind wir daher aus dem Schneider?«

Kessler verschluckte sich und musste so heftig husten, dass er rot anlief. Hauer stand auf und klopfte ihm auf den Rücken.

»Kann ich deinen Anfall als weniger zuversichtlich deuten?«

»Das war jetzt überraschend«, antwortete Kessler und wischte sich mit der Serviette über den Mund. »Ich habe ehrlicherweise noch gar nicht darüber nachgedacht.«

»Wie ist deine Einschätzung? Könnten wir Glück haben und der Täter ist abgezogen? Oder einfach nicht mehr interessiert?«

»Wahrscheinlich müssten wir zuerst in Erfahrung bringen, was er überhaupt bezweckt hat.«

»Und wenn er es einfach nur tun wollte, um es zu tun? Ohne ausufernde Hintergedanken? Einfach ein Verrückter, der sich mit der Tat profilieren wollte. Vor wem auch immer?«

»Echt?« Kessler knüllte die Serviette zusammen und ließ sie auf den Teller fallen. »So schätzt du das Bild an den Tatorten ein? Es gab kein Gemetzel. Es sah nicht aus wie ein Blindflug. Als hätte jemand nur etwas versuchen wollen oder einfach Lust an der Tat gehabt.«

»Dann gehst du also davon aus, dass der Täter eine Botschaft für uns hat. Dass er uns irgendwas damit sagen will.«

»Ich glaube schon.«

Hauer seufzte auf, kratzte mit dem Löffel die letzten Reste der Vanillesauce feinsäuberlich vom Teller und lehnte sich dann zurück. »Dann soll er sich klarer ausdrücken, verdammt noch mal. Seine Rätsel versteht doch keiner. Und falls er tatsächlich noch weitere Aktionen plant, gibt es nur zwei Möglichkeiten. Entweder wir schnappen ihn vorher durch reinen Zufall. Oder er verrät uns endlich seinen übergeordneten Plan«, er malte Anführungszeichen in die Luft, »mit dem wir dann auf ihn losgehen können. Ansonsten sehe ich schwarz für uns.«

VIRENLAST X_{33}
8.589.934.592

Sie war immer noch wütend. Mit dem Fuß kickte sie einen Stein in den Teich. Eine Ente suchte erschrocken das Weite.

Es war nicht fair. Und je öfter sie sich das sagte, umso stärker wurde das Flattern in ihrer Magengegend. Eigentlich war Andrea Moosberger die Ruhe in Person. Sie war stets höflich zu den Fahrgästen. Sie konnte Streitereien meist gut auflösen. Und sie war ausgesprochen tierlieb. Trotzdem hätte sie jetzt gerne die Ente in die Hände bekommen. Sie hätte ihr den Hals umgedreht, um das dämliche Quaken abzuwürgen.

Die Straßenlaternen im Kurpark wiesen ihr nur spärlich den Weg. Sie hatte kein bestimmtes Ziel vor Augen. Die frische Luft tat ihr gut. Und in ihren eigenen vier Wänden wäre sie Amok gelaufen. Sie wurde mit ihrem Leid und ihren Sorgen gänzlich alleine gelassen. Genauso alleine wie in dem Park.

Doch sie täuschte sich.

Denn ganz so alleine, wie sie dachte, war sie nicht. Eine Gestalt hatte hinter einem der Bäume gelauert. Geduldig, um potenzielle Opfer abzufangen. Andrea hatte sie nicht wahrgenommen. Sie war immer noch mit ihrem Selbstmitleid beschäftigt.

Mittlerweile war ihr die finstere Gestalt ganz nahe gekommen. Sie war dunkel gekleidet und hatte sich eine Mütze über den Schädel gezogen. Nur die Augen leuchteten. Nicht mehr als ein bedrohlicher Schatten, der nichts Gutes im Schilde führte.

Mit einem Male spürte Andrea die fremde Präsenz. Automatisch beschleunigte sich ihr Herzschlag und Adrenalin wurde in ihre Adern gepumpt. Ihre Muskeln versteiften sich. Hektisch suchte sie in ihrer Seitentasche nach dem Pfefferspray. Ihre Hände waren schweißnass. Die Dose rutschte ihr aus den Fingern.

»Was machst du um diese Zeit noch hier?«

Sie fuhr erschrocken herum und duckte sich instinktiv. Es hätte nicht viel gefehlt und sie hätte irgendeine Stellung einer japanischen Kampfkunst eingenommen. Kriechender Käfer oder so ähnlich.

»Himmel! Felix!« Sie streckte die Beine durch und richtete sich wieder auf. »Bist du völlig irre geworden? Mich so zu erschrecken!«

Felix Lackner hatte sich vor ihr aufgebaut. Er überragte Andrea um fast einen Kopf und mit seiner gewaltigen Körpermasse verschwand sie fast neben ihm.

»Es ist spät. Du hast hier nichts mehr verloren.«

Andreas Herz klopfte immer noch wie verrückt. »Was geht dich das an?«

»Wir haben Ausgangssperre.«

Sie blickte auf ihre Armbanduhr. »Es ist gerade mal sieben Minuten nach zehn.«

»Also darfst du nicht mehr unterwegs sein. Du machst dich strafbar.«

Langsam wiegte sie den Kopf hin und her. Wie in Trance. Und dann brachen all die aufgestauten Gefühle aus ihr heraus.

Energisch schlug sie mit den Fingerknöcheln auf Lackners Brust. »Und was machst du dann noch hier, du blöder Sack? Wirst wohl kaum zu Hauers schwachsinnigem Stellvertreter ernannt worden sein. Also hast du hier genauso wenig verloren wie ich.«

»Ich arbeite für den Nachbarschaftsschutz«, antwortete er pikiert und trat einen Schritt zurück, um aus ihrer Reichweite zu kommen.

»Der berühmte Nachbarschaftsschutz. Der Verein der Schwachsinnigen. Für den du ja sicherlich mittlerweile eine Genehmigung hast.« Jetzt trat auch sie einen Schritt nach vorne, um die Distanz wieder zu schließen und neuerlich auf ihr Gegenüber einzuschlagen.

»Es ist zu deiner eigenen Sicherheit, Mäuschen. Wir wollen doch nicht, dass deinem süßen Hintern irgendwas passiert«, erwiderte Lackner.

Doch damit reichte es ihr endgültig. »Du brauchst dich überhaupt nicht um meine Sicherheit scheren, du Arschgesicht. Ich kümmere mich selbst um meine Sicherheit«, brüllte sie ihn so laut an, dass er zusammenzuckte. »Du kannst dir deine dämlichen Überwachungsspiele sonst wohin stecken.« Irgendwo hinter ihnen bekundete eine weitere Ente mit aufgeregtem Gequake die Ruhestörung.

»Soll doch nur zu deinem Besten sein.« Felix Lackner war kleinlaut geworden. Er hatte nicht damit gerechnet, dass ausgerechnet sie ihn so angehen würde.

»Was zu meinem Besten ist, entscheide immer noch ich selbst. Mir stinkt es gewaltig, dass immer irgendwer über mich entscheiden will. Also geh mir jetzt bloß aus der Sicht, sonst vergesse ich mich endgültig. Und glaub ja nicht, dass das kein Nachspiel für dich haben wird.«

Lackner schluckte und seine Augen weiteten sich. »Was meinst du?«

Doch sie hatte sich bereits von ihm abgewandt. Sie wusste ganz genau, an wen sie sich wenden würde, um diesem aufgeblasenen Lackel kräftig eins über die Rübe zu ziehen.

Virenlast X_{34}
17.179.869.184

»Den Ersten find' ich, den Zweiten schind' ich, den Dritten schmeiß' ich übers Dach.«

Kurt Schaller stand auf seinen Gehstock gestützt in der Halle mit der ausrangierten Kabine der ehemaligen Standseilbahn auf die Schlossalm. Aus seinem gepflegten Dreitagebart hatte sich ein wildes Gestrüpp entwickelt. Mit der grau-beigen Museumsuniform und in seiner gebückten Haltung wirkte er auf die anwesenden Volksschulkinder wie ein Felsenmonster, das gerade einer Höhle entstiegen war.

»Die Sage über die drei Schindelschneider soll euch immer an eine gewisse Demut erinnern, liebe Kinder.«

Er sprach leise. Seine Stimme hatte einen tiefen Klang und wurde von den Wänden verschluckt. Die neunzehn Kinder mit ihrer Lehrerin verhielten sich mucksmäuschenstill und waren gebannt von Schallers Ausführungen, die er mit ausschweifenden Handbewegungen und seinem fuchtelnden Stock unterstützte.

»Die drei Arbeiter waren auf der Maurachalpe in einem Quartier untergekommen. Die Sennerin verwöhnte sie zum Nachtmahl mit Krapfen. Doch diese Kost schien ihnen zu einfach und zu schlecht zu sein. Verwöhntes Pack. Mit rohen Witzen machten sie sich über das Essen lustig und verhöhnten die Gastgeberin. Einer von ihnen schrie: ›Dieses Fressen soll der Teufel holen.‹«

Schaller war laut geworden und die Kinder zuckten zusammen. Beinahe hätte er geschmunzelt, doch er blieb in seiner Rolle.

»Sie lachten. Sie soffen. Sie grölten. Einer von ihnen gab der Sennerin einen unzüchtigen Klaps auf den Hintern. Doch plötzlich«, er hob seinen Stock in die Höhe und zielte damit auf seine Zuhörer, »öffnete sich die Pforte zur Gaststube. Eisig kalter Wind blies stürmisch herein. Begleitet von einem finsteren Gesellen mit hinkendem Schritt.« Schaller simulierte den trägen Gang, was ihm nicht schwer fiel, da seine Hüfte sowieso wieder tobte. »Durch den Windstoß erloschen einige Kerzen und es wurde schlagartig dunkler. Der Neuankömmling, dessen Gesicht von einem Hut mit breiter Krempe fast verborgen war, setzte sich an den Tisch und verzehrte die verschmähten Krapfen. Ausgehungert. Gierig. Haltlos. Da überkam die drei Schindelschneider eine tiefgreifende Furcht. Sie begannen zu zittern und ihnen stellten sich die Haare auf. Nur der Stärkste hatte Mut genug, packte den unheimlichen Gast unter den Achseln und warf ihn zur Tür hinaus.«

Schaller hieb den Stock auf den Fliesenboden. Die Kinder erschraken. Einige von ihnen hatten sich an den Händen gefasst.

»Als wieder Ruhe eingekehrt war, verließen sie den Gastraum und schliefen zusammengekauert auf dem feuchten Heuboden. Um Punkt Mitternacht ertönte plötzlich ein furchtbares Gepolter.« Wieder schlug er mit dem Stock auf den Boden. »Und zu allem Überfluss hörten sie jemanden brüllen: ›Den Ersten find' ich, den Zweiten schind' ich, den Dritten schmeiß' ich übers Dach.‹ Sie krochen enger zusammen. Doch es nützte nichts. Der Teufel holte sie sich. Alle drei. Denn am nächsten Morgen war die Hütte leer und niemand fand jemals wieder eine Spur von den Schindelschneidern.«

Schaller streckte sein Kreuz durch. »Also, liebe Kinder, denkt immer daran. Seid stets zufrieden mit den Dingen, die euch gegeben werden und ärgert nicht eure Mitmenschen.«

Mit diesen Worten beendete er die Führung und die Gruppe löste sich auf.

»Sehr beeindruckend, Kurt.« Schaller bekam von den Zuhörern, die sich bislang unauffällig im Hintergrund gehalten hatten, Applaus gespendet. »Auch wenn dich einige Eltern verfluchen werden, wenn sie jetzt die ganze Nacht mit angsterfüllten

Kindern zubringen müssen. Von denen wird heute keiner mehr auch nur ein Auge zutun.«

»Joe! Hubert! Was führt euch zu mir? Soll ich euch auch ein paar Sagen-Gruselgeschichten erzählen?«

Die beiden Polizisten hatten neben dem Eingang in die Ausstellung gewartet und kamen nun auf Schaller zu, der mit einem Taschentuch seinen mit Speichel benetzten Bart trocken tupfte.

»Unsere eigenen Gruselgeschichten reichen uns schon völlig.«

»Warum seid ihr dann bei mir?«

Er geleitete die beiden Beamten zu einer Nische mit zwei gegenüberliegenden Sitzbänken.

»Wie läufts im Museum?«, wollte Hauer wissen.

»Ihr macht euch keine Vorstellung. Die Besucher bleiben aus. Gebuchte Führungen von Schulklassen werden in hohem Maße abgesagt. Wir stehen kurz davor, alles dicht zu machen. Home Schooling ist das neue Schlagwort. Was für eine Scheiße.«

»Und sonst so?«, kam von Kessler.

»So lala. Meine verdammte Hüfte zwickt immer mal wieder. Diese blöde Kuh, die mich da erwischt hat. Ich war unvorsichtig und dieses Miststück ist auf mich losgegangen. Und ins Krankenhaus will ich nicht nochmal. Da geht es sowieso zu mit dieser ganzen Corona-Scheiße. Und Reha-Plätze gibt es derzeit ja auch nicht.«

»Es wird hoffentlich bald wieder besser werden.«

»Dein Wort in Teufels Ohr. Aber ihr werdet ja nicht hergekommen sein, um euch mit mir über meine Zipperlein zu unterhalten.«

»Andrea Moosberger war bei uns«, erklärte Hauer, lehnte sich nach vorne und stützte seine Ellenbogen auf den Oberschenkeln ab.

»Die Kleine von den Bergbahnen?«

Hauer nickte. »Sie hatte ein unangenehmes Zusammentreffen mit unserem allseits beliebten Felix Lackner.«

»Was hat dieser Dämlack denn jetzt schon wieder angestellt?«

»Müssen wir uns wegen ihm Sorgen machen?«, ignorierte Hauer die Frage. »So wie es aussieht, will er sich ja als der große Beschützer aufspielen. Und Andrea war wohl eines seiner ersten Opfer. Zumindest diejenige, die uns davon berichtet hat.«

»Und was wollt ihr jetzt von mir?«

»Du bist doch in diese Nachbarschaftsschutzgeschichte involviert.«

»Ich war von Anfang an dagegen. Da kann ja nichts Gescheites dabei rauskommen, wenn wir uns nun gegenseitig auf die Finger schauen. Am besten solltet ihr euch Lackners Anhänger vorknöpfen. Oder ihn verknacken.«

Irgendwie gefiel dem Museumsbediensteten die Vorstellung von Felix Lackner hinter schwedischen Gardinen. Bei Wasser und Brot. Auf einer harten Pritsche. Er konnte sich ein Grinsen nicht verkneifen.

*

Bin ich ein Jäger?
Bin ich ein Rächer?
Bin ich ein Verzweifelter?
Womöglich bin ich eine Mischung aus allem.
Eine brisante Mischung.
Und endlich habe ich ihn gefunden.
Ihn.
Ein entscheidendes Puzzlestück auf meinem Weg.
Es war gar nicht so schwer, an die Akten zu gelangen.
An seine Akten.
Er wohnt in Bad Gastein.
Ortswechsel.
Dennoch bekanntes Terrain.
Dort werde ich ihn mir schnappen.
Ein leichtes Spiel.

Ich bin bereit.
Die Jagd hat begonnen.

VIRENLAST X_{35} 34.359.738.368

Der freie Tag war für Horst Köhler wichtig gewesen, um sich wieder ein wenig zu erden. Nach dringend notwendiger Garten- und Hausarbeit und dem ausgiebigen Abendessen hatte er noch mit seiner Tochter Nathalie ein Brettspiel bewältigt und sich im Anschluss beim Kartenspiel UNO geschlagen geben müssen. Als sie dann schließlich im Bett war, hatte er es sich mit seiner Frau Birgit auf der Couch gemütlich gemacht und irgendeine Schnulze über sich ergehen lassen. Das Programm selbst war ihm völlig gleichgültig gewesen. Er hatte es einfach genossen, seine Frau im Arm halten zu können. Sie war immer wieder auf seiner Brust eingeschlafen. Er hatte sich wohl gefühlt. Entspannt.

An diese ruhigen Stunden dachte Köhler, als er während seines Nachtdienstes von der Polizeiinspektion in Bad Gastein aufbrach, um einen Kontrollgang durch die Ortschaft zu machen. Er spazierte die Hauptstraße entlang Richtung Felsentherme, kam am Zugang zu der Stubnerkogel-Bergbahn vorbei und passierte den Bahnhof, hinter dem er abbog und die steinernen Stufen nach unten in den eigentlichen Ortskern ging.

Dort war er wie immer beeindruckt von den altehrwürdigen, denkmalgeschützten Gebäuden. Mit etlichen Stockwerken ragten sie ins Firmament und trotzten dem Verfall. Noch hatten sich keine Investoren gefunden, die die ehemaligen Hotels, das Casino und auch die Wohngebäude einer Frischzellenkur unterzogen hätten. Sie wirkten wie aus einem anderen Zeitalter, in dem noch Kutschen durch die Gassen ratterten und die ersten Gold- und Thermenfunde gemacht worden waren.

Köhler spazierte über die Brücke, die den tosenden Wasserfall überspannte. Ein leichter Dunst hing in der Luft und benetzte sein Gesicht und seine Uniform. Er liebte dieses idyllische Plätzchen, an dem sich üblicherweise Touristen scharenweise tummelten.

Was würden seine Kollegen Hauer und Kessler als Nächstes unternehmen, um die Mordfälle in ihrer Zuständigkeit aufzuklären? Immer wieder zermarterte sich Köhler das Hirn darüber. Er hätte selbst nicht gewusst, welche Schritte er setzen müsste und war nach wie vor heilfroh, nur assistieren zu müssen. Er beneidete die beiden nicht um ihre Verantwortung und dass sie womöglich nach einer erfolgreichen Suche für lange Zeit im Mittelpunkt sämtlicher Schlagzeilen und Ortsgespräche stehen würden.

Mit diesem Gedanken wandte er sich in Richtung Straubingerplatz und der mächtigen, im neunzehnten Jahrhundert erbauten Nikolauskirche mit ihrem hohen, unverputzten Kirchturm, der die Anwohner und Gäste schon von der Zufahrt aus Bad Hofgastein kommend begrüßte.

Als wäre es so geplant gewesen, schlug die Glocke in diesem Augenblick zur vollen Stunde.

Neun Uhr.

Es war ein helles Donnern, das sich an den Bergflanken brach und die engen Straßen und Gassen lautstark ausfüllte. Er blickte zu dem Turm hinauf, dessen Kreuz sich im dunklen Nachthimmel verlor. Dann setzte er seinen Weg fort. Er war froh, unterwegs zu sein. Der Rundgang half ihm, wach zu bleiben und den anstrengenden Nachtdienst hinter sich zu bringen. Am nächsten Tag würde er mit Nathalie einen Ausflug nach Sportgastein machen und mit der Goldbergbahn den Kreuzkogel bezwingen. Vielleicht ließe sich auch noch Birgit dazu überreden, die eigentlich einen Wasch- und Putztag anstrebte und die beiden dafür aus dem Haus haben wollte.

Manches Mal konnte er das Glück kaum fassen, das er mit seiner Familie hatte. Um nichts in der Welt hätte er es eintauschen wollen. Mit einem zufriedenen Ausdruck im Gesicht beschloss er, seinen Rundgang abzuschließen und zur Polizeiwache zurückzukehren. Er würde sich einen heißen Tee machen und an einigen Berichten über abgeschleppte Falschparker arbeiten. Mit diesem Ziel vor Augen ahnte er nicht, welches Drama sich ganz in seiner Nähe abspielte, das all seine Pläne durcheinander bringen sollte.

Neuerlich blickte er nach oben in den sternenklaren Himmel. Einige Sternbilder waren klar zu erkennen. Der Große Wagen. Kassiopeia. Das Sternbild des Löwen. Sogar die Milchstraße hob sich deutlich vom schwarzen Hintergrund ab.

Es würde eine ruhige Nacht werden, dachte er. *Die Halunken und Gauner schlafen bereits.*

Da ertönte ein verzweifelter Schrei, der Köhler das Blut in den Adern stocken ließ. Ein menschlicher Schrei. Ein Todesschrei. Erschrocken wandte er sich um. Doch es war nichts mehr zu hören.

Hatte er sich getäuscht? War er einer Einbildung erlegen?

Der nächste Klagelaut war hingegen unzweifelhaft. Schlagartig wurde er abgebrochen. Als hätte jemand einen Stecker gezogen. Köhler zog seinen Hosenbund nach oben und rannte los.

VIRENLAST X_{36} 68.719.476.736

Die Zeit heilt alle Wunden.

Was für ein Irrglaube.

Manche Wunden können niemals heilen.

Das musste Erwin Kündner Tag für Tag aufs Neue erfahren. Seine Wunde war nicht körperlich. Es konnte sich kein Schorf bilden. Sie konnte nicht genäht werden. Sie saß in seiner Seele. Und ganz gleich, was er unternahm, sie war nicht zu eliminieren.

Wie fast jeden Tag zog er durch die Straßen von Bad Gastein. Es war der einzige Ausgleich, der ihm geblieben war.

Kein erwähnenswerter Ausgleich.

Es war ihm alles genommen worden.

Seine Liebe.

Seine Familie.

Seine Träume.

Sein Leben.

Am liebsten schlenderte er über die Kaiser-Wilhelm-Promenade in Richtung »Grüner Baum«. Er fütterte die zutraulichen Eichhörnchen. Er hielt seine Füße in die dort noch reißende Strömung der Ache. Er setzte sich neben die Teufelslöcher und genoss den frischen Luftzug, der durch thermische Verwirbelungen im Berg zustande kam.

Und auf seinem Rückweg zündete er stets eine Kerze in der Kirche an. Eine Kerze für seinen Verlust.

Man ist erst gestorben, wenn man vergessen ist. Aber auch das war nur ein schwacher Trost.

Er wischte sich die schweißnassen Hände an seiner speckigen Hose ab. Seine Gedanken versetzten ihn in Aufruhr. Er hätte schon längst im Bett liegen sollen. Doch an Schlaf war sowieso nicht zu denken. Seine Gedanken kreisten um Versäumnisse.

Seine eigenen.

Die seiner Familie.

Die der anderen.

Nicht einmal die längst hereingebrochene Nacht konnte einen Schatten auf seine Grübeleien legen. Er ging von der Kirche den steilen Weg hinunter in Richtung Golfplatz. Das Geländer sicherte ihn vor einem Sturz in die Schlucht, auf deren Boden der Fluss langsam an Geschwindigkeit verlor.

Wäre es besser gewesen, sich einfach hinabzustürzen?

Nein. So durfte er sich nicht aus der Affäre ziehen. Er musste zuvor den Prozess zu Ende führen. Um ein Zeichen zu setzen. Um anderen gleiches Leid zu ersparen.

Versäumnisse.

Es durfte nicht noch einmal passieren.

Einen Augenblick verharrte er und blickte nach unten. Die Welt drehte sich unerbittlich weiter.

Er seufzte. In den letzten Wochen hatte er stark abgenommen. Seine Kleidung flatterte an seinem ausgemergelten Körper. Die Haut in seinem Gesicht war schlaff geworden und seine Wangen hingen bis über den Kiefer. Seine Haare waren kurz geschoren und ungewaschen. Den Drang zur Körperpflege hatte er längst aufgegeben.

So viele Versäumnisse.

Genauso wie er es verabsäumte, seine Umgebung im Auge zu behalten. Erst als ihm die Gestalt bereits ganz nahe gekommen war, drehte er sich von der Schlucht weg.

»Was wollen Sie?«

Es bestand keinerlei Zweifel, dass die Gestalt etwas von ihm wollte. Sie rückte ihm so sehr auf die Pelle, dass er sich gegen das Geländer pressen musste. Es schien eine Gefahr von ihr auszugehen. Eine unterschwellige Aggressivität.

»Gerechtigkeit.«

Die Antwort kam leise. Die Mitlaute klangen wie das Knallen einer Peitsche. Und obwohl Erwin Kündner schon längst mit seinem Leben abgeschlossen hatte, bekam er es mit der Angst zu tun.

»Wofür?«, brachte er stockend heraus.

»Dafür.« Die Gestalt hatte in ihrer pechschwarzen Jacke gekramt und streckte ihm ein Foto entgegen. Trotz der fahlen Beleuchtung konnte Kündner das Abbild darauf ausmachen. Erinnerungen bröckelten auf ihn nieder. Sie trafen ihn mit voller Wucht und beinahe hätte er die Arme nach oben gerissen.

»Was geht mich das an?«

»Alles.«

Es war nicht mehr als ein bösartiges Zischen. Erwin Kündner wurde bewusst, dass sein irdisches Dasein hier und jetzt enden würde. In seiner Ausweglosigkeit schrie er um Hilfe. Es war ein einzelner, eindringlicher Schrei, der sich über das Rauschen des Wassers hinwegsetzte.

»Niemand wird dir helfen. Genauso wenig wie uns geholfen wurde.«

Flink schwang die Gestalt den mitgeführten Stock. Das dünne Metall pfiff durch die Luft. Erwin Kündner wollte neuerlich die Arme in die Höhe reißen. Er wollte ausweichen. Doch alles, was ihm noch gelang, war ein weiterer heiserer Schrei, der jämmerlich erstarb, als ihn das Metall am Schädel traf.

Mit voller Wucht. Die Nase platzte wie eine reife Frucht. Der Wangenknochen wurde pulverisiert. Das Schläfenbein brach und Splitter drangen ins Gehirn ein.

Für Erwin Kündner fühlte es sich wie eine Explosion in seinem Kopf an und ihm wurde augenblicklich schwarz vor Augen. Ohne sich abzufangen kippte er zur Seite. Den Aufschlag auf dem Randstein des Gehweges, der ihm das Genick brach, erlebte er schon nicht mehr mit.

Virenlast X_{37}
137.438.953.472

Der Rettungswagen hatte das Blaulicht abgeschaltet. Es konnte sowieso niemandem mehr geholfen werden. Die Hecktüren standen offen und warteten auf die Rolltrage mit dem Leichensack.

»Jau, Horst.«

»Gute Nacht, Joe.«

»Mach dich ja nicht über mein zerknittertes Aussehen lustig, wenn du mich schon zu dieser gottlosen Zeit herbestellst.«

Köhler blieb ernst. Er hatte die Hände in den Hosentaschen vergraben, als würde er frieren. »Danke, dass du gekommen bist.«

»Selbstredend. Grüß dich, Kathie!« Hauer nickte in Richtung der jungen Kollegin, die selbst wie aus dem Tiefschlaf gerissen wirkte. Sie gähnte herzhaft. »Wie sieht's aus?« Er nahm seine Dienstmütze vom Kopf und packte sie unter die rechte Schulter. Sein windschnittiger, glatt rasierter Schädel glänzte im Licht der Straßenlaternen.

»Jetzt haben wir auch ein Mordopfer, Joe.«

Johannes Hauer warf einen Blick über die Schulter zu dem Rettungswagen, bei dem die Sanitäter soeben mit der Trage hantierten.

»Wer ist es?«

»Erwin Kündner.«

»Tüchtig.«

»Wie meinen?«

»Dass du das so schnell herausgefunden hast. Der Name sagt mir gar nichts.«

»Ich habe ihn gleich erkannt. So ziemlich jeder in Bad Gastein weiß, wer er ist.«

Hauer zog fragend eine Augenbraue nach oben.

»Eigentlich ein ruhiger, liebenswerter Kerl. Pensionist. Hacklerregelung. Ich bin ihm ein paar Mal begegnet. War immer freundlich und zuvorkommend. Geschickter Handwerker. Der Zusammenbruch seiner Familie hat ihn komplett aus der Bahn geworfen. Er hat wochenlang einen Riesenaufstand gemacht, nachdem sein Sohn gestorben war. Und dann hat ihn auch noch seine Frau verlassen. Ist wie ein Gesengter durch die Straßen gerannt. Hat herumgebrüllt. Von wegen alle hätten Schuld auf sich geladen. Alle wären an seinem Leid schuld. Alle hätten versagt. Und lauter solche Sachen. Sämtliche Bewohner haben einen großen Bogen um ihn gemacht.«

»Klingt demnach nicht mehr unbedingt nach einem sehr angenehmen Zeitgenossen. Wie ist er umgekommen?«

Köhler schob Hauer zum Rettungswagen und scheuchte die Einsatzhelfer zur Seite.

»Sein Schädel sieht aus wie eine zerdrückte Zwetschke. Er ist auf den Randstein gefallen.« Köhler zog den Reißverschluss des Leichensackes auf und offenbarte Kündners Gesicht. Hauer verzog keine Miene.

»Gestürzt? Ausgerutscht? Blöd gefallen?«

»Sieh genauer hin, Joe.«

Hauer beugte sich näher an die Leiche heran. »Hm. Ich verstehe, was du meinst. Hat ihn jemand mit einer Stange traktiert? Und was sind das für Flecken? Dreck? Ist das von der Straße?«

»Keine Ahnung. Jedenfalls glaube ich nicht, dass er sich selbst eine übergebraten hat.«

»Nach dem, was du geschildert hast, könnte es also immer noch ein Streit gewesen sein. Irgendjemand, dem sein Getue auf den Geist gegangen ist.«

Köhler zog den Leichensack weiter auf. Neben dem Brustkorb lag ein Kunststoffbeutel, den er hervorzog und vor Hauer damit herumwedelte.

»Es tut mir leid, Joe. Aber ich musste dich ein wenig zappeln lassen.«

»Was ist das?« Sein Kollege betrachtete das verschmierte Kärtchen im Inneren des Beutels. »Sieht aus wie eine Eintrittskarte in die Hofgasteiner Alpentherme.«

»Ist es auch.«

»Und deshalb schlussfolgerst du, dass es sich um einen Mord handeln muss?«

Köhler legte den Beutel zurück und verschloss den Reißverschluss. »Ihr könnt ihn einladen.« Dann wandte er sich wieder an seinen Kollegen. »Wir haben die Eintrittskarte in Kündners Mund gefunden. Der Täter hat sie ihm in den Rachen gestopft. Nicht nur bildlich gesprochen.«

Passend dazu öffnete Hauer staunend seinen Mund.

»Es war also keinesfalls eine Tat im Affekt, Joe.«

Hauer nickte nachdenklich und ging zu dem Straßengeländer. Schwermütig stützte er sich darauf ab und stierte in den Fluss. »Also haben wir noch einen Mörder?«

»Glaubst du das wirklich?«

»Dass die Wahnsinnigen immer mehr werden? Ja, daran glaube ich. Bin sogar felsenfest davon überzeugt.«

»Und dennoch muss ich ungern darauf hinweisen, dass ich von der Theorie eines weiteren Mörders alles andere als überzeugt bin.«

»Warum ungern?«

»Bis jetzt hatten Hubert und du das Problem am Hals. Euer Dreifachmörder war euer Thema. Jetzt liegt es auf einmal auch bei mir. Und das schmeckt mir gar nicht.«

»Die Leiche wird abtransportiert und zu unserer Gerichtsmedizinerin Dr. Mola überstellt«, gab Kathie Feldner kurz und bündig bekannt. Überflüssig, da im Hintergrund der Rettungswagen abfuhr. Ein wenig wunderte sich Köhler, dass keine Schaulustigen gekommen waren. Musste an der späten Uhrzeit liegen. Und vielleicht wirkte die Sperrstunde ja doch noch Wunder?

»Dann sitzen wir wieder einmal im gleichen Boot.«

Köhler hüstelte und klopfte sich auf den Brustkorb. »Übrigens wäre ich beinahe als Zeuge zu dem Mord dazugekommen.«

»Wie bitte?«

»Ich war gerade auf meinem Rundgang und habe einen Schrei gehört.«

»Und ich habe mich noch gewundert, warum die Leiche so schnell gefunden wurde. Hier sagen sich ja Fuchs und Henne gute Nacht.«

»Ich habe jemanden gesehen, Joe«, sprach Köhler weiter. »Auch wenn ich zu spät war und den Mord nicht mehr verhindern konnte. Wobei mir gar nicht klar war, dass es sich womöglich um den türmenden Angreifer handeln könnte.«

»Hast du ihn erkannt?«, fragte Hauer euphorisch. Aber Köhler schüttelte nur bedauernd den Kopf. »Es ging alles zu schnell. Und er war zu weit entfernt.«

»Irgendwelche Besonderheiten? Körperlich? Seine Gangart? Seine Kleidung? Irgendwas?«

»Lass mich noch ein wenig darüber nachdenken. Ich muss den Schock erst noch verdauen. Aber ich befürchte, dass ich keine große Hilfe sein werde. Wie gesagt bin ich völlig überrascht worden.«

»Scheiße.«

»Das kannst du laut sagen.«

Die beiden Beamten starrten in die Nacht und die Hänge hinunter nach Bad Hofgastein. Alles wies darauf hin, dass in diesem Tal ein Serienmörder sein Unwesen trieb. Und sie waren ihm noch nicht einmal auch nur ansatzweise auf den Fersen.

Virenlast X_{38}
274.877.906.944

Es herrschte im wahrsten Sinne des Wortes dicke Luft. Horst Köhler rauchte mit Armin Fundner um die Wette. Im Aschenbecher stapelten sich die Zigarettenstummel. Kathie Feldner hatte entnervt den Raum verlassen. Keuchend. Hustend. Im Schlepptau eine giftige Rauchwolke. Nur Johannes Hauer hielt neben den beiden wandelnden Schloten die Stellung. In einem Büro, das mittlerweile einem Fleischsmoker glich. Wenigstens hatten sie den Reporter in die Dienststelle in Bad Gastein geladen. Ansonsten hätte er nach dieser Zusammenkunft sein eigenes Büro ausmalen, den Boden herausreißen und sämtliches Inventar entsorgen müssen. Am besten wäre es wahrscheinlich sowieso, seine Kleidung zu verbrennen und gleich eine neue Uniform anzufordern. Den Gestank würde er niemals wieder aus dem Stoff herausbekommen.

»Es freut mich außerordentlich, dass ihr euch letztlich doch zu einer Zusammenarbeit mit mir durchgerungen habt«, schnaufte Fundner zwischen dem hektischen Wechseln der Glimmstängel und massierte sich dabei die Ohrläppchen. Es fehlte nicht viel und es wäre wohl der Geist aus der Flasche erschienen. Keuchend. Hustend.

»Und wir sind erfreut, dass du endlich auf unserer Seite bist«, hörte Hauer seinen Kollegen herumsülzen. Er stand kurz davor, die Armlehnen seines Stuhles herauszureißen. Beinahe wäre er auf den Reporter losgegangen, der nichts weiter als ein karrieregeiler Aufwiegler war.

»Also. Was habt ihr für mich? Dass es Erwin Kündner erwischt hat, ist ja kein Geheimnis mehr.«

»Zuallererst musst du uns zusichern, nicht wieder lauter Blödsinn abzudrucken«, konnte sich Hauer nicht zurückhalten und hätte beinahe einen Hustenanfall bekommen. Seine Kehle war rau. Wie nach einem Chemieunfall.

»Blödsinn?«, echauffierte sich Fundner und wurde von Köhler mit einer energischen Handbewegung zum Schweigen gebracht.

»Du darfst die Gasteiner nicht verunsichern. Die Zeiten sind mit Corona bereits hart genug. Sie sollen nicht zusätzlich in Angst und Schrecken versetzt werden.«

»Wäre es dann nicht an der Zeit, dem Schrecken ein Ende zu bereiten? Solltet ihr nicht endlich den Kerl dingfest machen?« Armin Fundner hatte von seinen Ohren abgelassen und widmete sich einer ausgiebigen Daumenmassage. Als könnte er kein Wässerchen trüben.

»Das ist ja genau das, was du auch willst, nicht wahr?«

»Was willst du mir unterstellen, Joe?«

»Tu nicht so scheinheilig. Je aufregender der ganze Fall wird, umso besser ist das für dich«, antwortete Köhler. Die beiden Polizisten wirkten wie Fußballer, die sich einen Pass nach dem anderen zuspielten.

»Um ihn für mich erst mal so richtig aufregend zu machen, brauche ich Details.« Fundner setzte ein breites Grinsen auf. Es hätte nur noch gefehlt, dass er sich die Hände in freudiger Erwartung gerieben hätte. Wie Beelzebub persönlich. Keuchend. Hustend.

»Haben wir dein Wort? Wirst du gemäßigt berichten?«

»Ja, ja, Euer Gnaden Horst. Was immer Ihr wünschet.«

Hauer schüttelte sich innerlich. Sich mit Fundner zu verbünden war so ähnlich wie mit dem Teufel einen Pakt einzugehen. Irgendwann würde man mit Sicherheit dafür bezahlen. Aber sie hatten keine andere Alternative. Der Schmierfink würde sich ansonsten wieder etwas aus den Fingern saugen, was ihre Ermittlungen behindern und die Bevölkerung weiter aufbringen würde.

»Wir gehen davon aus, dass die Morde miteinander in Verbindung stehen«, sagte er daher zähneknirschend und hielt sich zur Sicherheit weiterhin an den Armstützen fest, um nicht aufzuspringen und Fundner an die Gurgel zu gehen.

»Addieren habe ich bereits in der Volksschule gelernt.«

»Was?«, rutschte es Köhler heraus.

»Na, eins und eins zusammenzählen schaffe ich auch noch grade alleine. Da müsst ihr mir schon mehr liefern. Es ist ja klar, dass der TK wieder zugeschlagen hat.«

»TK?«, wollte Köhler wissen, der bei der damaligen Besprechung nicht dabei gewesen war.

»Trauerkloß. Tauchkabine. Tenniskorb. Talkobold«, warf Hauer dazwischen, bevor Fundner reagieren konnte.

»Was? Jetzt verstehe ich gar nichts mehr.«

»Der Tal-Killer, Horst«, stieß Fundner hervor und kratzte sich mit dem Mittelfinger am Ohr. »Sehr witzig, Joe.«

»Ach. Der war aber wirklich gut, Joe.«

»Ich kann mich kaum einkriegen vor Lachen. Ihr seid ja ganz gewieft. Gratuliere. Ich will aber trotzdem mehr von euch. Und wenn ihr mich weiter verarscht, wird euch beim nächsten Artikel der Hintern so richtig auf Grundeis gehen.«

»Du willst uns nicht drohen, Armin.« Hauers Stimme schnitt durch die verrauchte Luft wie ein heißes Messer durch Butter. »Das willst du ganz bestimmt nicht.«

»Ihr habt mich herbestellt. Also müsst ihr mir schon mehr liefern«, ließ Fundner nicht locker.

»Wir haben leider noch nicht viel«, brachte sich Köhler beschwichtigend ein.

»Werft mir zumindest einen leckeren Knochen hin.«

Köhler und Hauer hatten lange darüber gesprochen, was sie Fundner anvertrauen konnten. Bisher hatten sie nur äußerst klägliche Ermittlungsergebnisse, die aber auch keinen Schaden verursachen konnten, sollten sie an die Öffentlichkeit gelangen.

»Alois Brunner stand mit Steffen Rüttger und Sabine Klement in keinerlei Beziehung. Sie kannten sich nicht.«

»Und Erwin Kündner?«

»Das wissen wir noch nicht. Da sind wir aber dran. Wir können aber davon ausgehen, dass sich Kündner und Brunner zumindest schon mal begegnet sind. Immerhin sind die beiden auch schon ewig im Gasteinertal«, ergänzte Köhler.

»Bei Erwin Kündner haben wir eine Eintrittskarte in unsere Alpentherme gefunden.«

»Jetzt wird's ja immer spektakulärer«, maulte Fundner zynisch und gähnte theatralisch.

»Der Mörder hat ihm die Karte in den Mund gestopft.«

Der Kugelschreiber, mit dem sich der Reporter Notizen machte, verharrte schlagartig. »In den Mund?«

»Ich habe sie entdeckt, als ich mir seine Verletzungen angesehen habe«, erklärte Köhler und sog so tief an seiner Zigarette, dass Hauer schon befürchtete, seine Lunge würde in Flammen aufgehen.

»Ein Racheakt?«

»Was meinst du damit, Armin?«

»Naja, womöglich hat sich ein Saunagast von Kündner belästigt gefühlt und das Problem ein für alle Mal aus dem Weg geräumt.«

Die beiden Polizisten starrten ihn an, als hätte er den Verstand verloren.

»Ich merke, ihr seid für Scherze nicht zu haben.«

Die Armlehne von Hauer knirschte gefährlich.

»Alois Brunner trug außerdem zu kleine Schuhe«, warf Köhler dazwischen, der spürte, dass sein Kollege kurz vor einem Ausbruch stand.

»Ihr wollt mich verarschen.« Der Kugelschreiber hatte von seiner Schreibfunktion in ein Klopfinstrument gewechselt.

»Glaub, was du willst.«

Fundner blickte kritisch zwischen den beiden Beamten hin und her.

»Könnt ihr mir wenigstens noch sagen, woran Kündner gestorben ist? War es wieder ein Messer?«

»So wie es aussieht, wurde er erschlagen.«

Das Klopfen beschleunigte sich. »Ein Wechsel der Tatwaffe? Und ihr seid euch wirklich sicher, dass es derselbe Mörder ist?«

Hauer und Köhler warfen sich einen kurzen Blick zu, der auch Fundner nicht verborgen blieb. Sie gingen nach wie vor von ein und demselben Täter aus. Aber sicher waren sie sich absolut nicht.

Virenlast x_{39}
549.755.813.888

Die Garçonnière lag in einem der alten Wohngebäude am Rande von Bad Hofgastein neben der Zufahrtsstraße ins Angertal. Sie sah aus, als wäre ein Tornado hindurchgefegt. Felix Lackner hatte die Polster und die Decke von dem schmalen Bett gerissen, einige Töpfe aus dem Küchenblock auf den Boden geworfen, Kleidungsstücke auf der durchgesessenen Couch verteilt und in seinem Wutanfall den alten Radiorekorder auf dem Mehrzwecktisch zertrümmert. Wie der Darm in einem aufgeschlitzten Bauch hingen die Kabel heraus.

Er war fuchsteufelswild.

Er sah keine andere Möglichkeit, seinen Aggressionen Ausdruck zu verleihen. Sein engagiertes Projekt, die Nachbarschaftswache, stand vor dem Scheitern. Und zwar nicht, weil sie nicht gebraucht wurde.

Im Gegenteil.

Es gab schon wieder einen Mord. Alle wussten, dass es wichtig gewesen wäre, sich gegenseitig zu beschützen. Aber diese dämlichen Polizisten wollten davon einfach nichts hören. Sie fürchteten um ihre Autorität. Oder um ihre Eier. Blödes Pack.

Sie hatten Lackners Gefolgschaft so sehr eingeschüchtert, dass sich die meisten aus dem Projekt zurückgezogen hatten. Das wäre es ihnen nicht wert, hatten sie ihm gesagt. Mit den letzten verbliebenen Armleuchtern konnte er seine Pläne nicht mehr sinnvoll durchziehen. Er hatte alles bis ins kleinste Detail durchdacht. Hatte sich sogar schon Einsatzpläne überlegt. Und Notrufnummern, damit sie sich untereinander verständigen konnten. Schichtpläne, damit niemand von diesen Weicheiern zu lange unterwegs sein musste. Routenpläne, um möglichst die gesamte Ortschaft abzudecken. Kontrollpunkte. Alles höchst professionell.

Es war zum Aus-der-Haut-Fahren. Wie sollte er bloß allen beweisen, dass sein Projekt wichtig war?

Felix Lackner griff nach der bereits ramponierten Stehlampe und knickte sie in der Mitte über seinem Oberschenkel. Er hatte das Mistteil, das er auf dem Sperrmüll gefunden hatte, sowieso noch nie leiden können.

Er konnte überhaupt nichts leiden.

Er konnte niemanden leiden.

Antikörper
397

Sie verharrte im Auto. Bewegte sich nicht. Schloss die Augen.

Durchschnaufen.

Einmal.

Zweimal.

Augen auf. Ein kritischer Blick in den Rückspiegel. Die Haare richten. Die ausgeprägten Krähenfüße mit den Fingerspitzen straffen.

Tief einatmen. Dreimal.

Sie zeigte sich im Spiegel selbst die Zunge. Leicht belegt. In ihren Ohren rauschte es. Wie beim Wasserfall. Der war allerdings zu weit weg.

Atmen. Viermal. Fünfmal.

Endlich konnte sich Irmgard aufraffen. Muskeln anspannen. Das Rückgrat durchstrecken. Dann stieg sie aus. Zog die Bergluft gierig in ihre Lungen. Neuerlich schloss sie die Augen. Achtete neben dem Hintergrundrauschen auf Umgebungsgeräusche.

Vögel. Insekten. Ein Flugzeug.

Dann zog sie mit aller Willensanstrengung die Lider auseinander. In der Hoffnung, das Gebäude vor ihr wäre verschwunden. Vom Erdboden verschluckt. Mitsamt den Krankheiten. Mitsamt dem Leid.

Ihr Wunsch ging nicht in Erfüllung. Der klobige Bau ragte vor ihr auf. Sie schüttelte sich. Angeekelt.

Schließlich betrat sie die Klinik. Der Teppichvorleger verschluckte ihre Schritte. Hinter ihr schloss sich die Schiebetür. Wie in einem Gefängnis. Für die nächsten zwölf Stunden wäre sie hier eingepfercht. Zwischen all den Kranken. Zwischen schmutzigen Bettlaken. Zwischen Medikamenten und stinkenden Arzneimittelchen. Ständig den Tod vor Augen.

Es herrschte eine bedrückende Stimmung. Vereinzelt konnte man leise, zaghafte Gespräche vernehmen, die wie ein unheilvolles Wispern in der Luft hingen. Der penetrante Geruch nach Desinfektionsmitteln und menschlichen Exkrementen vermengte sich mit dem permanenten Piepen und Rumpeln der lebenserhaltenden Gerätschaften. Es war nicht mehr viel übrig von der Rehabilitationsklinik, seit Corona im Tal Einzug gehalten hatte.

Mit jedem Dienstantritt konnte Irmgard weniger Empathie für ihren Arbeitsplatz aufbringen. Sie war am Ende ihrer Kräfte angelangt.

Genauso wie ihre Kollegen, die wie Zombies durch die Gänge liefen. Nur mehr getrieben von ihrem Pflichtgefühl. Mechanisch. Reagierend.

Wie durch einen Schleier nahm sie ein lautes Poltern wahr.

Ein Rumpeln. Gefolgt von einem Aufschrei.

Zögerlich erwachte Irmgard aus ihrer Lethargie. Auf ihrem Körper sträubten sich sämtliche Härchen. Sie erblickte Schwester Hilde, die hinter das Aufnahmepult geflüchtet war. Davor verteilte sich das Wasser aus dem umgestürzten Getränkespender und durchweichte den Teppich. Daneben stand ein Mann mit hochrotem Gesicht. Schweiß hatte sich auf seiner Stirn gebildet. Unter seinen Achseln hoben sich dunkle Flecken von dem hellen T-Shirt ab. Ebenso war seine Hose nass geworden. Als hätte er sich angepinkelt. Erst jetzt konnte Irmgard seine gebrüllten Worte verstehen.

»Ihr seid Mörder. Jeder Einzelne von euch. Ich habe euch durchschaut.«

Seine Stimme hörte sich ganz anders an als noch Tage zuvor. Als sie ihn kennenlernte. Als er um seinen Sohn trauerte.

Erwin Kündner.

Der Vater von Paul Kündner.

Paul.

Der es nicht geschafft hatte. Der den Kampf gegen Corona verloren hatte.

Jetzt klang Erwin Kündner nicht mehr wie der liebevolle Vater. Vielmehr röhrte er wie ein wild gewordener Elch. Am liebsten hätte sie sich die Hände auf die Ohren geschlagen.

»Ihr habt meinen Sohn auf dem Gewissen. Ihr Mörder!«

Am Ende des Ganges näherte sich Adelina Mola. Die Gerichtsmedizinerin war wohl von dem Geschrei aus ihrem Reich im Keller gelockt worden.

»Ihr habt ihn einfach verrecken lassen.« Mit der Faust schlug er gegen die Wand. Er dürfte den Schmerz, der dadurch unweigerlich durch seine Eingeweide ziehen musste, gar nicht wahrgenommen haben. Viel zu sehr stand er unter Adrenalin.

»Du.«

Irmgard hatte gar nicht mitbekommen, dass er sich zu ihr umgedreht hatte. Sie war noch immer damit beschäftigt, seine anklagenden Worte zu verdauen. Mit ausgestrecktem Arm näherte er sich ihr. Ihr fiel auf, dass er keine Maske trug. Als wären das ihre einzigen Sorgen.

»Ich habe dich beobachtet. Dir war es scheißegal, dass Paul krepiert ist. Einer weniger. Einer weniger, um den du dich kümmern musstest.« Hätte er ihr einen Schlag verpasst, wäre es weniger schmerzhaft gewesen.

»Du hast ihm die notwendige Pflege verweigert. Genauso wie dieser Arzt, der wie ein Pfau herumstolziert. Götter in Weiß? Dass ich nicht lache.« Kündners Stimme fraß sich in ihre Gehörgänge und explodierte auf ihrem Trommelfell.

»Ihr seid schuld. Ihr habt meinen Sohn ermordet. Ich werde euch vor Gericht schleppen. Jeden Einzelnen von euch.«

Endlich war Adelina dazugekommen. Unterstützt wurde sie von einem Assistenzarzt. Gemeinsam packten sie Erwin Kündner. Er wehrte sich kaum. Doch sein Mundwerk konnten sie nicht unter Kontrolle bringen.

»Ihr werdet dafür büßen, dass ihr Paul habt sterben lassen.«

Mittlerweile war auch Dr. Volker Herbst aus einem der Operationsräume gestürmt und beobachtete das Szenario mit schreckensgeweiteten Augen.

»Ihr werdet alle dafür büßen, dass ihr euch nicht um ihn gesorgt habt. Eure Versäumnisse werden euch noch teuer zu stehen kommen. Das ist mein Versprechen an euch. Erinnert euch immer daran. Ihr Mörder!«

Irmgard klappte zusammen. Als hätte jemand den Stecker gezogen. Schnell war Herbst bei ihr. Er brachte sie in eine stabile Seitenlage. »Ruf die Polizei,

Hilde. Und ihr beide schafft mir bitte diesen Irren vom Hals. Sperrt ihn von mir aus in die Besenkammer.«

Irmgards Augenlider flatterten. Herbst ballte die Fäuste und biss sich auf die Lippe. Ihm war anzumerken, dass er dem verrückten Kerl am liebsten eine Narkose verpasst hätte, aus der er nicht mehr aufwachen würde.

Virenlast X_{40} 1.099.511.627.776

Der intensive Chlorgeruch begrüßte sie noch vor dem Eintreten. Hauer hatte irgendwann mal gelesen, dass man Chlor nur dann riecht, wenn das Wasser verschmutzt ist. Mit Urin beispielsweise. So viel zu diesem Thema.

Hauer war kein großer Freund der Therme. Auch wenn sie mit ihrer Vielzahl an Becken, Saunen, Liegebereichen und ihren Badeseen wichtig für den Tourismus war. Von überall her strömten die Gäste wegen der heilenden Wirkung des Gasteiner Thermalwassers, das in mehreren tausend Metern Tiefe entsprang und an der Oberfläche immer noch genüssliche sechsunddreißig Grad hatte.

Er selbst bevorzugte es, in der freien Natur unterwegs zu sein. In Sonnenstrahlen zu bräunen, anstatt in einem Solarium zu liegen. Bei einem Berglauf zu schwitzen, ohne sich in eine heiße Kammer zwängen zu müssen. Im erfrischenden Gasteiner Badesee zu schwimmen. Abseits dichtgedrängter Horden von Pensionisten, die im heißen Thermalwasser brutzelten.

»Hallo Joe. Hast du dich endlich mal zu einem unserer Kartonagen-Events verirrt?«, fragte Ursula Lendinger, Gasteiner Urgestein und Kassenmitarbeiterin der Alpentherme, feixend. Hauer wurde rot.

Irgendwann hatte er im Rahmen einer emotionalen Diskussion gegenüber Lendinger über den Auflauf lauter alter Schachteln in der Therme geschimpft. Das war bei ihr wohl hängen geblieben.

»Oder brauchen deine alten Knochen doch mal ein wenig Ruhe und wohltuende Behandlung?«, reichte sie ihm versöhnlich die Hand. Sie wartete aber gar nicht auf eine Antwort, sondern zwinkerte Kessler zu. »Hallo Hubsi. Wenigstens bist du eine treue Seele und lässt dich ab und zu bei uns blicken.«

»Irgendjemand muss ja den Laden am Laufen halten.«

Lendinger kam hinter dem Verkaufstresen hervor. Der Eingangsbereich war mit dunklen Fliesen ausgestattet und erlaubte einen Blick auf das lange Innenbecken. Sie warf den beiden je eine Kusshand zu.

Lendinger war wie eine Birne geformt. Ihre Haut wirkte faltig und ausgedörrt. Ledrig. Als wäre sie zu lange zum Trocknen in der Sonne aufgelegt gewesen. Mittlerweile arbeitete sie mehr als ihr halbes Leben für die Therme und hatte alle Erweiterungen und Umbauten hautnah miterlebt. Erst wenige Jahre zuvor war das gesamte Areal einer Verjüngungskur unterzogen worden. Leider hatte diese bei Lendinger selbst nicht mehr gewirkt.

»Was kann ich für euch tun? Ich werde ja wohl nicht in den Genuss kommen, euch ohne eure schicken Uniformen zu sehen, um eure Astralkörper bewundern zu dürfen?«

»Das gibt's nur für Privatvorführungen. Wir sind wegen Erwin Kündner hier. Hast es schon gehört?«, wollte Hauer wissen.

»Schrecklich. In was für Zeiten leben wir eigentlich?« Sie schüttelte bedauernd den Kopf und presste die Lippen zusammen. »Wüsste aber nicht, wie ich euch helfen könnte. Der war damals ja ganz aus dem Häuschen. Verständlicherweise. Nach dem, was mit Paul passiert ist. Ansonsten habe ich ihn schon ewig nicht mehr gesehen.«

»Ehrlich gesagt hätten wir gehofft, dass er mal hier war. Am besten vor kurzem«, sagte Kessler und lehnte sich mit dem Rücken an eine der runden, tragenden Säulen im Kassenbereich.

»Wir haben eine Eintrittskarte für die Therme bei ihm gefunden.«

Auf Lendingers Stirn kräuselten sich die Falten.

»Ich sitze hier fast täglich an der Kassa. Was sollte ich denn sonst mit meiner Zeit anfangen? Aber Erwin Kündner? Zumindest nicht bei mir. Und schon gar nicht in letzter Zeit. Tut mir leid. Dann muss er die Karte wohl von einem Bekannten haben.«

»Das ist genau das Problem«, gestand Hauer. »Wir haben noch keinen Bekannten aufgetrieben. Seit er sich so aufführte – ob verständlich oder nicht –, haben sich die meisten von ihm abgewandt.«

Aus den Augenwinkeln heraus beobachtete Kessler eine Bewegung neben einer Tür, die zu den Umkleidekabinen führte.

»Was hätte es euch gebracht, wenn er hier gewesen wäre?«

»Vielleicht war er nicht alleine hier? Oder er hatte Streit mit jemandem?«, erklärte Hauer die Überlegungen, die sie zuvor bezüglich der Eintrittskarte angestellt hatten.

Langsam drehte sich Kessler von den beiden weg. Sie wurden beobachtet. Immer wieder lugte ein Augenpaar um die Ecke und zog sich schnell wieder zurück. Nervös. Auffällig.

»Hätte er einen aufreibenden Streit mit jemandem gehabt, hätte ich sicherlich davon erfahren. So etwas entgeht mir nicht.«

Kesslers Körper wirkte angespannt. Wie eine Sprungfeder.

»Was ist mit dir, Hubsi?«

Jetzt drehte sich auch Hauer um. Kessler stand neben der Säule und schaute in Richtung der Umkleiden. Seine Arme waren angewinkelt. Wie bei einem Duellanten kurz vorm Ziehen der Waffe. Dann brach der Tumult los.

Aus dem Bereich mit den Spindkästen rannte ein Mann heraus. Mit der Schulter rammte er die Glastür, die aus den Angeln gehoben wurde. Um eine Abkürzung zu nehmen, sprang er über einen metallenen Mülleimer, der umfiel. Es machte einen lauten Knall. Gebrauchte Papiertücher und Zeitungen verteilten sich über den Boden. Mit einem weiteren Sprung überquerte der Mann das Drehkreuz beim Eingang und riss die Kunststoffwand um, mit der die Kassenmitarbeiter vor den Virus-Aerosolen der Besucher geschützt werden sollten. Noch bevor die beiden Beamten reagieren konnten, war der Mann bereits ins Freie gerannt und türmte in Richtung Marktplatz.

»Ich folge ihm«, brüllte Kessler.

»Hubert!«, schrie Hauer. Doch Kessler war längst draußen und hörte ihn nicht mehr.

VIRENLAST X_{41}
2.199.023.255.552

Der Verdächtige hatte sich mit dem Überraschungsmoment einen Vorsprung erarbeitet. Er umrundete eine mobile Straßensperre, die für Busse und Taxis abgesenkt werden konnte. Hastig steuerte er auf den Kirchenplatz zu. Kessler war ihm auf den Fersen und warf seine Polizeimütze auf eine Parkbank. Gewicht sparen. Jedes Gramm zählte. Was allerdings nur wenig nutzte. Schon nach den nächsten Schritten öffnete er die obersten Knöpfe seiner Uniform, um seine Atmung zu erleichtern. Um seinen Brustkorb herum spannte förmlich ein straffes Korsett.

Er lief über den Platz und passierte die Kurapotheke. Beinahe hätte er sich von dort ein Aufputschmittel geholt. Irgendein isotonisches Getränk. Womöglich lag auch irgendwo ein Defibrillator. Den würde er später mit Sicherheit brauchen.

Mit zitternder Beinmuskulatur gelangte er zum Lokal »Kraut und Rüben«.

Vegetarisch.

Bäh.

Sich vom Restaurant angewidert abwendend versuchte er,

noch einen Zahn zuzulegen, da der Verdächtige bereits hinter der Mariä-Himmelfahrt-Kirche abgebogen und damit aus seinem Gesichtsfeld verschwunden war.

Kesslers Beine fühlten sich schwer an. Als hätte er Blei in den Schuhen. Sein Atem ging bereits stoßweise und Schweißtropfen perlten von seinem Nacken den Rücken hinunter. Sein Schädel leuchtete wie eine Boje. Trotzdem hielt er sich wacker in Bewegung.

Hinter dem Thermalwasserbrunnen auf einem weiteren, kleineren Platz tauchte schließlich der Verdächtige wieder auf. Seine Schritte schienen immer noch federleicht. Keinerlei Erschöpfungsanzeichen. Vielmehr hatte er ein konstantes Tempo angeschlagen, mit dem er den Abstand zwischen sich und dem Polizisten stetig vergrößerte.

Einige Passanten beobachteten die Verfolgungsjagd. Fehlte nicht viel und sie hätten ihre Ferngläser gezückt oder ihre Fotohandys ausgepackt. Hofften manche darauf, dass es zu einer wilden Schießerei kommen würde? Oder waren es großteils mitleidige Blicke, die Kessler geschenkt wurden? Egal.

Seine Kehle war völlig ausgedörrt. In der Wüste konnte es nicht schlimmer sein. Aber er musste weiter. Unerbittlich. Er durfte sich keine Blöße geben. Aber lange würde er das Tempo nicht mehr aufrechterhalten können. Er musste sich dringend etwas einfallen lassen.

Bewegungstherapie? Konditionstraining? Gesunde Ernährung? Alles Schwachsinn.

Was hatte der Flüchtige vor? Er wusste, dass sie sich in Richtung Volksschule bewegten. Der Verdächtige bog gerade nach rechts um eine Ecke. Direkt hinter der Schule. Von dort aus ging es leicht bergauf in Richtung Höhenweg.

Bergauf. Keine Chance für Kessler, auch nur eine einigermaßen vernünftige Geschwindigkeit halten zu können. Vom Einholen ganz zu schweigen.

Doch er kannte Bad Hofgastein wie seine Westentasche. Er hatte jede Straße und Gasse schon so oft passiert, dass er den Verläufen auch blind hätte folgen können. Daher wusste er, dass die Straße hinter der Schule einen scharfen Rechtsknick machte und zu einem Hotel führte. Die Schule war damals so gebaut worden, dass für Lieferwägen keine andere Zufahrtsmöglichkeit übrig blieb. Sie mussten um die Schule herumfahren. Das lag an der Planung des Haupteingangs für die Schüler, womit man ihnen mehr Sicherheit zugestehen wollte. Kein Kind sollte plötzlich im toten Winkel eines Lastwagens auftauchen.

Das war Kesslers Gelegenheit, Terrain gut zu machen. Er riss die Tür der Schule auf und lief in die kleine Aula mit dem Selbstbedienungsladen auf der einen und den Aufenthaltsräumen auf der anderen Seite. Sein keuchender Atem hallte von den Wänden wider. Entweder saßen alle Schüler in den Klassen oder der Unterricht war bereits beendet worden. Kessler hatte keine Ahnung, wie spät es eigentlich war. Er sprintete einige Stufen nach oben, musste dann jedoch nochmals kurz verharren, weil er beinahe ins Straucheln geraten wäre. Entgegen den Empfehlungen seines Kreislaufs befahl er seinem Körper weiterzulaufen, was seine Eingeweide mit einem Aufschrei quittierten. Er folgte dem Gang zum Hausmeisterkammerl. In vollem Schwung – ein Zuseher hätte allerdings in Wirklichkeit eine Zeitlupenbewegung wahrgenommen – stieß er die Tür auf und landete in dem Saustall des Hausmeisters, seines Zeichens wohl ein ausgeprägter Messie. Überall standen leere Kübel, geknickte Leitern, verschmutzte Laken und demolierte Einkaufswägen herum, sodass sich Kessler einen Weg wie durch einen Hindernisparcours bahnen musste. Genervt schob er den Großteil der Gerätschaften und des Inventars zur Seite, um zum Hinterausgang zu kommen.

Mit einem Satz war er wieder auf der Straße. Sofort wusste er, dass sein Plan mit der Abkürzung funktioniert hatte. Der Verdächtige war nur wenige Meter vor ihm und hatte nicht bemerkt, dass Kessler neuerlich aufgetaucht war. Dieses Überraschungsmoment nutzte der Polizist. Mit einer letzten Kraftanstrengung hechtete er auf den Verdächtigen zu und erwischte ihn am Hosenbund. Die weiße Hose rutschte hinunter und offenbarte eine blau-graue Unterhose der Marke »Großvater«.

»Hab ich dich«, stieß Kessler wie ein defekter Dampfkessel aus. Mit dem Schwung des Polizisten und der heruntergerutschten Hose konnten beide das Gleichgewicht nicht mehr halten und gingen auf dem Asphalt zu Boden. Schwer atmend drückte Kessler seinen Gegner mit seinem Körper nieder. Er war sich in diesem Moment nicht sicher, ob er jemals wieder aufstehen könnte.

VIRENLAST X_{42} 4.398.046.511.104

Er hämmerte auf der Tastatur. Sie beobachtete ihn. Er schaute kurz auf den Monitor und aktivierte den Drucker.

Weitere Eingaben.

Sie beobachtete ihn gebannt. Er tippte ungestört weiter. Schließlich kam der Drucker in Bewegung.

Von da an ließ sie den Drucker nicht mehr aus den Augen. Ein Zettel wurde ausgespuckt. Sie fuhr sich mit der Zunge über die Lippen. Noch ein Zettel. Wieder musste die Tastatur herhalten.

Sie beobachtete ihn mit glänzenden Augen. Wie ein Kind, das vor einem Christbaum stand und auf die Bescherung wartete.

So ging es eine ganze Weile zwischen Dr. Hendrik Schwarzenberg und Ernie Hofstätter.

»Ich denke, wir haben dann alles«, sagte der Arzt schließlich zu seiner Patientin. »Ich bin mir nicht sicher, ob wir dich jemals beerdigen dürfen, Ernie. Bei der Chemie, die du da in dich reinwirfst.«

»Damit werde ich sowieso hundert Jahre alt«, entgegnete sie bestimmt. »Außerdem hast du gesagt, dass ich alles bedenkenlos nehmen kann.«

»Ja. Ja. Was man halt so sagt.« Schwarzenberg schob sich die Brille auf die Stirn und griff zum Desinfektionsmittelspender. Dann richtete er seine Schutzmaske neu aus, die unter die Nase gerutscht war. »Dir ist aber schon klar, dass das alles nicht gegen das Virus hilft.«

»Mit meinen Abwehrkräften und der Unterstützung durch die paar Pillen bereitet mir das Virus die geringsten Sorgen. Mir geht es eher um meine zerbröselnden Knochen und die verstopften Arterien.«

»Mit dem Arsenal hier«, Schwarzenberg klopfte auf den Stapel Rezepte, den er ausgedruckt hatte, »werden deine Knochen zu Stahl und deine Adern wie mit einem Rohrreiniger durchgeputzt.«

»Das wäre schön.« Hofstätter griff nach dem Stapel und stopfte ihn in ihre Handtasche.

»Die Apotheke wird's freuen.«

»Bin ich froh, dass ich mit meiner Kundenkarte nochmals zehn Prozent auf alle Einkäufe bekomme. Das zahlt sich mittlerweile aus.«

Schwarzenberg brummelte irgendwas Unverständliches. Wären nur all seine Patienten so diskussionslos bereit, sich mit Chemie vollzustopfen.

»Hast du es bereits gehört?«

»Was meinst du?« Sie blickte von ihrer mit den Schätzen angefüllten Handtasche auf.

Schwarzenberg massierte seinen Nasenrücken. Er wusste, wenn er Ernie Hofstätter davon erzählte, würde das die Runde machen. In Windeseile.

»Die Infektionszahlen schnalzen so dermaßen in die Höhe, dass wir auf die bisherige Weise nicht mehr weitermachen können.« Der Hausarzt hatte sich dazu entschlossen, das Gerücht zu nähren. »Es wird einen neuerlichen Lockdown geben.«

Hofstätter schnaufte auf und klammerte sich an ihre Handtasche wie an einen Rettungsring. Die Rezepte raschelten.

»Bist du sicher?«

»Macht bei den Experten und Regierungsberatern bereits die Runde. Und es wird ein harter Lockdown werden. Alles zu. Geschäfte. Schulen. Veranstaltungen. Betriebe sollen ins Home Office. Und Österreich soll sich abschotten. Kein Grenzverkehr mehr.«

»Bist du sicher?« Sie klang wie eine hängengebliebene Schallplatte. Das Ticken der Wanduhr im Arztzimmer war immer lauter geworden. Als würde sie bereits einen Countdown einläuten.

»Ich gehe davon aus, dass es unvermeidlich wird.«

»Wann?«

»Bald.«

Er erschrak, als Hofstätter aufsprang und beinahe den Stuhl umgestoßen hätte.

»Ich muss gehen, Hendrik.« Sie biss die Lippen verkniffen zusammen, um sie kurz danach wieder auseinander zu reißen. Der berühmte »Fisch auf dem Trockenen« wäre ein passender Vergleich gewesen.

»Ich muss dringend in die Apotheke. Nicht dass denen die Mittelchen ausgehen. Das wäre ja verheerend.« Ungewöhnlich geschmeidig glitt sie zum Ausgang. »Und außerdem muss ich noch ganz dringend Klopapier besorgen. Am besten gleich stapelweise.« Damit war sie weg. Es hätte Schwarzenberg gereizt, ihr nachzulaufen und sie zu fragen, was alle mit dem verdammten Toilettenpapier vorhatten. Jeder schien sich ganze Vorräte davon anzulegen. Was hätte nur seine Frau zu all dem Wahnsinn gesagt? Wahrscheinlich würde sie sich noch im Grab umdrehen.

VIRENLAST X_{43}
8.796.093.022.208

Das verschwitzte Hemd hing neben der Polizeiweste im Eingangsbereich der Dienststelle. Es verströmte einen süßlichen Geruch und Hauer rümpfte beim Eintreten die Nase.

»Jau, Hubert. Bist du geschmolzen?«

»Scherzkeks.« Kessler kam aus seinem Büro und schloss gerade den obersten Knopf seines Ersatzhemdes, von dem er niemals angenommen hatte, es zu brauchen.

»Danke, dass du mir so aufopfernd geholfen hast. Hätte dich bei der Jagd gut brauchen können.« Er nahm ein Taschentuch und putzte sich damit die angestaubten Schuhe. »Vielleicht wäre ›Fauler Joe‹ als Spitzname für dich besser angebracht.«

Hauer ging auf seinen Kollegen zu und berührte ihn am Oberarm. »Du bist jetzt aber nicht wirklich sauer auf mich?«

»Der ganze Ort hat gesehen, wie mir die Puste ausgegangen ist und ich beinahe den Straßenbelag geküsst hätte.«

»Du übertreibst. So viele sind derzeit auch wieder nicht unterwegs. Und zu meiner Entschuldigung: Ich habe dir noch nachgerufen.«

»Ich habe nichts gehört.«

»Und außerdem habe ich gewusst, dass du ihn kriegen würdest. Auch ohne meine Hilfe. Und ein bisschen Bewegung schadet dir ja nicht. Echte Bewegung. Nicht nur die am Joystick.«

»Arsch.« Kessler klang nicht spaßig.

»Und wenn du ihn nicht erwischt hättest, wäre es ja auch egal gewesen.«

In Kesslers Bauchraum löste sich eine Feder und versetzte alle Organe in Schwingung. »Häh?«

Hauer hatte seinen Kollegen immer noch nicht losgelassen und verstärkte jetzt leicht den Druck. Womöglich um ihn auf Abstand zu halten, wenn ihm sein Fehler bewusst wurde. »Naja.

Mir war klar, dass es sich um einen Mitarbeiter unserer Therme handelt.«

»Häh?« Kesslers Krächzen ähnelte immer mehr einem altersschwachen Papagei.

»Sein Gewand ist dir doch sicherlich aufgefallen. Weiße Hose, weiße Schuhe, weißes Oberteil. Die Dienstkleidung der Therme.«

»Scheiße. Damit haben wir natürlich auch seinen Namen.«

»Und selbstredend seine Wohnadresse.«

»Scheiße.« Kessler löste sich aus Hauers Griff. »Den verdammten Marathon hätte ich mir sparen können. Und wahrscheinlich auch meinen sich ankündigenden Muskelkater. Von den durchgemachten Herzinfarkten ganz zu schweigen.«

»Ich habe Magnesium in meinem Büro.«

»Scherzkeks.«

»Hast du Matej Nagy in unsere Zelle verfrachtet?«

Kessler nickte. »So heißt also mein ausdauernder Flüchtling. Hatte noch gar keine Zeit, seine Personalien abzufragen. Wollte mich zuerst umziehen.«

»Er ist ein Saisonarbeiter aus Slowenien. Zum ersten Mal hier bei uns. Ursi war eigentlich voll des Lobes für ihn. Er sei sehr fleißig und motiviert.«

»Hast du mit ihr noch ein Kaffeekränzchen abgehalten, während ich mir die Lunge aus dem Leib geschnauft habe?«

»Bevor ich dich neuerlich auf deine mangelnde körperliche Fitness anspreche, holen wir besser Nagy und stellen ihm ein paar Fragen.«

»Vielleicht hat er was mit den Morden zu tun? Die Hoffnung stirbt zuletzt. Warum sollte er sonst Reißaus genommen haben?«

Ernie Hofstätter betrat die Dienststelle. Auf jeder Seite trug sie eine Stofftasche aus der Apotheke, vollgefüllt mit Tablettenschachteln. Zudem hatte sie sich noch zwei Großpackungen Toilettenpapier unter die Arme geklemmt.

»Wer hat was mit den Morden zu tun?«

»Bereitest du dich auf eine Belagerung vor?«, entgegnete Kessler amüsiert.

»Ihr werdet mir noch dankbar für die Vorräte sein.«

»Lass uns unseren Gefangenen verhören«, unterbrach Hauer die beiden.

»Gefangener? Verhören?« Mit jeder verstreichenden Sekunde konnte man beobachten, wie die Ohrmuscheln von Hofstätter anwuchsen.

»Du hältst hier vorne die Stellung, Ernie«, wimmelte Hauer sie ab und zog Kessler nach hinten in den Gang, wo sich die einzige Zelle befand. Mit einem schweren Schlüssel öffnete er die Tür.

»Folgen Sie uns.« Nagy trug Handschellen und schlurfte mit gesenktem Kopf hinter den beiden Beamten her in den Besprechungsraum. Dort drückte ihn Hauer auf einen der Stühle und öffnete die Metallringe.

»Matej Nagy.«

Der Mann schaute erstaunt auf, versenkte seinen Blick aber gleich wieder in der Tischplatte.

»Warum sind Sie geflüchtet?« Hauer hatte sich neben das Flipchart gestellt, auf dem sie die bisherigen, dürftigen Hinweise zu den Morden notiert hatten. Kurz überlegte er, ob er sie vor Nagy verdecken sollte. Doch im Grunde stand dort nichts, was nicht hätte an die Öffentlichkeit dringen dürfen.

»Es tut mir leid.« Nagy sprach fast völlig akzentfrei. Er hatte eine helle Stimme, die sich zum Ende des Satzes hin beinahe überschlug. »Ich wollte das nicht.«

»Was wollten Sie nicht?« Mit einem Satz war Hauer bei Nagy und setzte sich ihm gegenüber. Am liebsten hätte er ihn am Kragen gepackt und geschüttelt. Sollte ihnen der Zufall in die Hände gespielt haben? Sollten sie tatsächlich auf diese Weise die Mordfälle aufklären können?

»Es war so einfach.«

Der Verdächtige wurde immer ruhiger. Im Gegensatz zu Hauer, den es kaum mehr auf seinen Pobacken hielt.

»Was war so einfach?«, drängte der Kommandant.

»Es gibt einen Zentralschlüssel.«

»Wie bitte?« Beinahe hätte sich Hauer verschluckt.

»Ein Zentralschlüssel.« Zum ersten Mal schaute der Verdächtige auf. Im Weiß seiner Augen, das mit seiner Kleidung harmonierte, waren einige Äderchen geplatzt. Er blinzelte kaum, was ihm einen starren, entrückten Blick verpasste. »Er hängt beim Hausmeister. Kann ganz leicht entnommen werden.«

»Die Wohnanlage. So sind Sie also ins Gebäude gekommen.«

Kein Lieferdienst. Kein Werbefuzzi. Nur ein schlampiger Hausmeister. Und ein geschickter Beobachter. Das hatte ausgereicht, um dem Verbrecher Zugang zu gewähren.

»Aber warum bloß haben Sie die beiden Deutschen ermordet?«, wollte Hauer aufgebracht wissen.

»Wie bitte?« Nagy stieß die Frage schrill und empört aus. »Wieso ermordet? Welche Wohnanlage? Was reden Sie da? Ich spreche von den Spindkästen in der Therme. Ich habe doch niemanden ermordet. Was wollen Sie mir da anhängen?« Er versuchte, aufzuspringen.

Doch Kessler drückte ihn zurück in den Sessel. »Was haben Sie mit dem Schlüssel gemacht?«

»Ich habe gestern einen Spind damit geöffnet.« Nagy hatte sich zu Kessler umgedreht, schielte allerdings immer wieder misstrauisch zu Hauer. »Dann habe ich mir die Geldbörse geschnappt. War nicht viel drinnen. Aber der Typ hat mich mehrmals beleidigt. Keinerlei Anstand. Hat sich über meine Arbeit lustig gemacht. Dabei habe ich lediglich den Boden gewischt. Auch für ihn. Da wollte ich ihm einen Denkzettel verpassen.«

»Das ist alles?«, entfuhr es beiden Polizisten im selben Moment. Hauer hatte inständig darauf gehofft, den Mörder überführt zu haben. Und Kessler hätte sich wohl gewünscht, nicht wegen eines Kleinstkriminellen einen Dauerlauf durchgeführt zu haben.

»Als Sie beide aufgetaucht sind, bin ich erschrocken. Dachte, der Typ hätte mich angezeigt.«

»So eine Scheiße.« Hauer schlug mit der geballten Faust so fest auf den Tisch, dass sowohl Nagy als auch Kessler zusammenzuckten. Dann sprang er auf und stürmte aus dem Zimmer. »Nimm seine Aussage auf, Hubert. Ich muss an die frische Luft, sonst muss ich noch irgendjemandem wehtun.«

VIRENLAST X_{44}
17.592.186.044.416

Langsam streifte sie ihren Pullover über den Kopf und beförderte ihn schwungvoll auf das Nachtkästchen. Spielerisch. Neckisch. Mit den Händen fuhr sie sich durch ihre braunen Haare und warf sie nach hinten. Sie hob ihr Kinn und befeuchtete ihre Lippen mit der Zunge. Dann löste sie ihren BH und ließ ihn nach unten gleiten. Auffordernd streckte sie ihm eine Hand entgegen, woraufhin er näher an sie heranrückte. Sie spürte seinen warmen Atem. Ihre Fingerspitzen wanderten über seine Oberarme und tasteten sich zu seinen Hemdknöpfen. Ihr Atem wurde schneller, während er ihren Gürtel aufzog und den Hosenknopf samt Reißverschluss hastig öffnete. Sie ließ sich von ihm aufs Bett ziehen. Die Hitze in ihrem Körper hatte sich mittlerweile in einen Feuersturm verwandelt. Ihre Zungenspitzen berührten sich und …

»Alles in Ordnung mit dir?«

Kathie Feldner blinzelte.

»Du siehst aus, als wäre dir ein Gespenst begegnet.«

Sie schüttelte den erotischen Tagtraum beiseite.

»Endlich mal eine erfreuliche Ablenkung von diesem ganzen Mist, der uns umgibt«, sagte Hubert Kessler und stocherte in seiner Gemüsepfanne. »War eine gute Idee von dir, Kathie.«

Verstohlen blickte sie sich um. Hatte jemand etwas mitbekommen? Hatte sie womöglich laut aufgestöhnt? Sie hatte sich mit ihrem Kollegen im Restaurant »Bellevue Alm« zu einem gemütlichen Abendessen getroffen. Mit dem Einsersessellift waren sie von Bad Gastein auf den Berg gefahren und in der mondänen Hütte eingekehrt. Schon während der Vorspeise gönnte sich Kathie einige alkoholische Getränke. Und als Kessler seine Weste auszog und wegen des flackernden Kaminfeuers sein Hemd aufknöpfte, waren ihre Fantasien mit ihr durchgegangen.

»Ich dachte mir, wir bräuchten einfach mal ein wenig Abstand«, brabbelte sie und errötete. Denn eigentlich wollte sie alles andere als Abstand zu Kessler. Sie schwärmte für ihren Kollegen, der charmant, witzig und einfallsreich war. Eilig schlürfte sie einen weiteren Schluck des Rotweins und musste sich zusammenreißen, das Glas nicht in einem Schwung zu leeren. Energisch stellte sie es zurück auf den Tisch und tastete zaghaft nach Kesslers Hand. »Ich fühle mich wohl in deiner Gegenwart.«

»Ich mich auch in deiner«, sagte Kessler. »Aber ich kann das nicht, Kathie.« Er entriss ihr förmlich die Hand und rutschte mit dem Stuhl ein Stück rückwärts, um mehr Abstand zu ihr zu gewinnen. Es fehlte nicht viel und er wäre gegen die Rückwand geprallt. Ihr wurde schwarz vor Augen. Als wäre ein Amboss von einem Hochhaus direkt auf sie gefallen. »Ich bin noch nicht so weit. Das geht mir alles zu schnell.«

Seine Worte trafen sie wie Giftpfeile und sie begann zu hyperventilieren. »Es ist in Ordnung«, stammelte sie und wäre am liebsten im Erdboden versunken. Hatte sie sich alles eingebildet? Waren nie Annäherungsversuche von ihm ausgegangen?

»Du bist eine wunderbare Frau.«

Hör auf! Bitte!

»Lass gut sein, Hubert«, brachte sie schnippisch hervor und leerte ihr Glas. »Alles gut. Wollen wir uns noch ein Gläschen bestellen?«

In den Rausch des Vergessens abdriften?

Er musterte sie zweifelnd von oben bis unten. Dachte er, sie hätte den Verstand verloren? Sollte er doch glauben, was er wollte. Sie hatte sich jedenfalls lächerlich gemacht. War sie zu forsch an die Sache herangegangen? Hätte sie ihm mehr Zeit geben müssen?

»Gerne«, sagte er.

Du kannst mich mal.

»Vermutlich könnte ich jetzt auch etwas Stärkeres vertragen«, schmunzelte er und wollte sichtlich die Situation auflockern.

Sauf von mir aus Benzin.

Sie lächelte verbittert. Enttäuscht. Den restlichen Abend verbrachte sie mit Selbstvorwürfen und einem alles verzehrenden Schamgefühl. Erst als sie wieder auf dem Sessellift talwärts saß – alleine –, beruhigte sie sich. So schnell würde sie noch nicht von ihm ablassen. So schnell würde sie nicht aufgeben.

Virenlast X_{45}
35.184.372.088.832

Gruppeninspektor Hubert Kessler ähnelte Faschiertem frisch aus dem Fleischwolf. Unförmig und zerknautscht. Sein Bartschatten war fleckig, als hätten Mäuse daran gefressen. Seine Frisur war schief und verdrückt. Seine Uniform war zerknittert und bei näherer Kontaktaufnahme war der Schweißgeruch aufdringlich.

Johannes Hauer fühlte sich so, wie Kessler aussah. Auch er hatte kaum geschlafen und sich von einer Bettseite auf die andere gewälzt.

»Na, ihr beide seht ja prächtig aus. Richtig knackig.« Ernie Hofstätter kam beschwingt in die Dienststelle. Sie lächelte wie eine Lottogewinnerin. Womöglich lag es an den weiteren Toilettenpapier-Beschaffungsmaßnahmen, mit denen sie nun endlich ausreichend Vorräte für die nächsten Jahrzehnte haben sollte. »Hattest du gestern noch einen netten Abend mit Kathie?«, wollte sie etwas zu sensationsgierig wissen. Kessler gähnte nur, ohne sich die Hand vor den Mund zu halten.

»Armin Fundner war brav«, fuhr sie fort, nachdem sich Kessler nicht weiter äußerte. Ein Exemplar der Tageszeitung landete auf Hauers Schreibtisch. »Das Gespräch mit euch dürfte ihn zur Vernunft gebracht haben.«

»Würdest du uns bitte Kaffee machen, Ernie?«

»Klaro, Joe.«

»Und bitte immer für Nachschub sorgen«, gähnte Kessler.

»Vielleicht solltet ihr es mit etwas Stärkerem versuchen. Red Bull? Vitaminkonzentrate?«

»Kaffee reicht«, entgegnete Hauer, fuhr sich über die Glatze, kratzte sich im Ohr und blätterte dann in der Zeitung.

»Irgendwelche besonderen Ergüsse unseres unbeliebten Schmierfinks?«, wollte Kessler wissen. Er hatte den Besucherstuhl in Hauers Büro an die Wand geschoben und sich darin wie ein Häufchen Elend niedergelassen.

»Er hat zumindest Wort gehalten«, kommentierte Hauer und versenkte noch einmal seinen Finger in der Ohrmuschel. »Sachlicher Bericht mit einigen Details, die wir ihm zugesteckt haben. Keine aufrührerischen Worte. Keine Beschimpfungen uns gegenüber.«

»Das ist gut.«

»Trotzdem peinlich.«

»Wieso?«

Kessler hatte die Augen geschlossen und den Kopf nach hinten gelehnt. Als würde er jeden Augenblick ein Nickerchen antreten. Oder vom Stuhl kippen. Jedenfalls nichts Produktives beitragen.

»Wir haben immer noch nichts, was wir der Öffentlichkeit präsentieren können. Unsere bisherigen Indizien sind lachhaft. Nicht mehr. Ein Witz sondergleichen. Ein neutraler Beobachter muss sich wohl fragen, was wir den ganzen lieben langen Tag machen.«

»Und was machen wir?«

»Beispielsweise sinnlose Wettrennen mit einem Kleinganoven. Übrigens hat mich gestern noch Ursi angerufen. Matej Nagy wurde fristlos entlassen.«

»Verständlich. Hat er sich aufgeführt?«

»Hat es ruhig aufgenommen. Wahrscheinlich hat er damit gerechnet. Diebstahl ist untragbar.«

»Vielleicht sollten wir unseren Zeitungsfritzen Fundner darauf ansetzen? Er könnte einen ausschweifenden Bericht über meine Heldentat verfassen. Mit allem Pipapo. Immerhin habe ich einen Langfinger dingfest gemacht. Wie viel hat er gestohlen? Ach, egal. Grenzt jedenfalls ja fast schon an die Rettung der Welt.«

»Für Autogrammstunden wird dieser Ruhm wohl nicht reichen.«

Kessler setzte sich schwerfällig auf und streckte sich. Er stieß dabei Laute aus, die an das Wimmern eines Babys erinnerten. »Und was machen wir jetzt?«

»Ich weiß nicht, was du jetzt tust«, meinte Hauer. »Ich werde jedenfalls wandern gehen. Brauche frische Luft. Und Ruhe. Außerdem muss ich meinen Kreislauf in Schwung bringen. Sonst hänge ich irgendwann genauso schlapp da wie du.«

»Ich habe es verstanden. Ich bin träge. Der Gag bekommt langsam, aber sicher, einen Bart, Joe. Geh ruhig kraxeln. Dann werde ich halt, während du Steinbock auf Abwegen spielst, hier die Stellung halten. Und in mich gehen.«

»So nennst du das also? Die Couch steht jedenfalls im Besprechungsraum.«

Kessler klatschte daraufhin begeistert.

VIRENLAST X_{46} 70.368.744.177.664

In den höheren Lagen war es in der Nacht zuvor bereits bitterkalt gewesen. Auf den Mooshügeln zwischen den Bäumen lag daher Reif. An einigen Stellen mit darunter liegenden Wasserläufen dampfte der Boden. Der Winter war nicht mehr fern und schon bald würde die grüne Landschaft unter einer weißen Decke verschwinden. Dann würde Hauer die Laufschuhe ablegen und sich Schneeschuhe und Tourenschi anschnallen. Er konnte es kaum noch erwarten, seine Schwünge auf unberührten Berghängen zu machen und die absolute Einsamkeit abseits der Touristenhotspots und dem Getöse in den Schihütten zu genießen.

Der Weg zu den Gadaunerer Hochalmen war anstrengend. Vom Angertal aus führte er zuerst steil aufwärts, folgte dann einem langen, schier endlosen Waldweg. Am Ende der Waldgrenze wurde aus dem breiten, güterwegähnlichen Pfad ein schmaler Weg in tiefen Erdmulden, an denen man sich abstützen konnte. Von dort ging es in unzähligen Serpentinen hinauf zu den vier Hütten, die in einer flachen Senke eingebettet waren. Während der Öffnungszeiten im Sommer konnte man sich mit selbst geräuchertem Speck, Getränken und lustigen Geschichten der Wirtsleute stärken. Mittlerweile waren die Hütten verwaist, die Fensterläden geschlossen und die Bänke und Tische in den Lagerräumen verstaut. Sie waren bereit für den Winterschlaf.

Hauer zog an den Unterkünften vorbei und stieg unermüdlich weiter hinauf zur Stanzscharte. Neben dem Gipfelkreuz verharrte er, blickte hinunter ins Rauristal und hinüber zu den Dreitausendern Sonnblick und Schareck. Keine andere Menschenseele war unterwegs. Als wäre er der letzte Erdbewohner.

Wie schön das doch gewesen wäre. Er hätte sich keine Gedanken über Mörder machen müssen. Oder etwa Überlegungen zur Ermordung von Alois Brunner. War der Pensionist überfallen worden? Die Eingangstür war gegen die Wand geprallt und hatte dort eine Kerbe hinterlassen. Sie musste also gewaltsam aufgerissen worden sein. Hatte Brunner noch versucht, den Angreifer auszusperren? Wollte er den Zugang blockieren?

Erwin Kündner wurde von vorne niedergestreckt. Die Frakturen in seinem Gesicht verliefen von der Mitte nach hinten. Er stand also seinem Mörder frontal gegenüber. Hatte er ihn gekannt? Hatten sie womöglich wirklich einen Streit ausgefochten? Oder hatte er sich einfach nur genau in dem Moment, in dem der Schlag ausgeführt wurde, umgedreht?

Sie hatten nach wie vor keinerlei Anhaltspunkte. Sogar die Spur mit der Therme hatte sich in Luft aufgelöst. Was wollte ihnen der Mörder mitteilen? Oder legte er falsche Fährten, die sie von ihm wegführen sollten? Hingen die Morde überhaupt zusammen?

Hauer hielt sich am Gipfelkreuz fest. Es tat ihm gut, etwas Standfestes zu spüren. Ansonsten waren ihm nicht viele Ankerpunkte in seinem Leben geblieben. Seine langjährige Lebenspartnerin fehlte ihm in dem Augenblick mehr als jemals zuvor. Sie hatte ihn abserviert, nachdem es ihr zu viel mit ihm geworden war. Nie hatte sie seinen Anforderungen genügt. Und jetzt war er alleine. Er hatte niemanden mehr, an den er sich anlehnen konnte.

Ein letztes Mal blickte er seufzend zu den schneebedeckten Gletschern. Dann machte er sich an den Abstieg, um im Tal wieder für Recht und Ordnung zu sorgen.

Oder es zumindest zu versuchen.

Virenlast X_{47}
140.737.488.355.328

»Sag mal, müsst ihr mich jetzt auch noch mit Arbeit versorgen? Als würden die Corona-Toten und die Leichen aus Bad Hofgastein nicht schon längst ausreichen.«

»Hallo, Adelina.«

Horst Köhler saß mit dem Mobiltelefon auf einer Parkbank und schaute auf die noch grüne Schipiste neben der Stubnerkogelbahn. Er hatte den Kragen seiner Uniform als Schutz gegen die Windböen hochgestellt.

»Und dann noch dazu mit den sterblichen Überresten dieses Unsympathlers.« Dr. Mola, die Leiterin der Bad Gasteiner Pathologie, schnaufte am anderen Ende der Leitung tief durch. »Bitte entschuldige. Das war unprofessionell.«

»Egal.« Er winkte ab, obwohl sie seine Bewegung aus dem Handgelenk nicht sehen konnte. »Jedenfalls tun wir unser Bestes, damit niemandem langweilig wird.«

»Glaub mir. Von Langeweile findest du bei mir keine Spur.«

»Wie weit bist du mit der Untersuchung von Erwin Kündners Leiche?«

»Aufgrund der Dringlichkeit habe ich sie vorgezogen.«

Köhler wusste, dass Mola schier unermüdlich an klinischen und gerichtsmedizinischen Sektionen arbeitete, wobei Letztere bis vor kurzem ausgeblieben waren.

»Jedenfalls ist unser hartnäckiges Virus dieses Mal komplett unschuldig. Es hat förmlich ein Alibi. Er ist also definitiv nicht an Corona gestorben.«

»Sehr aufschlussreich. Danke. Hatte ich bereits so vermutet.« Köhler wechselte das Mobiltelefon in die rechte Hand und schob die linke in die Jackentasche zum Aufwärmen.

»Es war der Genickbruch, der ihn auf dem Gewissen hat. Keine Inkubationszeit. Kein schwerer Verlauf. Zack. Tot.«

»Also so, wie ich ihn gefunden habe. Somit sind die wahren Täter die ungepolsterten Randsteine. Mistkerle.«

»Die laufen wenigstens nicht vor der Verhaftung davon.«

»Was ist mit den Spuren im Gesicht?«

Köhler hörte ein Rascheln. Entweder zog Mola Unterlagen zu Rate oder sie hatte gerade eine Wurstsemmel ausgepackt.

»Es war ein einzelner Schlag. Mit einem geraden Gegenstand. Schmal.« Sie schmatzte nicht. »Den Frakturen nach deutet alles auf ein rundes Rohr hin.«

»Ein Rohr? So wie eine Eisenstange?«

»Möglich. Die Ermittlungsarbeiten überlasse ich dir. Es muss jedenfalls ein kräftiger Schlag gewesen sein.«

»Könnte es sich beim Angreifer trotzdem um eine Frau gehandelt haben?« Der Polizist erinnerte sich an die Besprechungen mit seinem Kollegen.

»Du meinst, weil wir das schwache Geschlecht sind?«

»Bitte jetzt keine Vorträge über Gleichstellung.«

»Die Frage kann ich dir leider nicht beantworten. Mit ausreichend Schwung hätte wohl sogar ein Kind die Verletzungen herbeiführen können.«

»Wurde Kündner vor seinem Tod mit der Stange geschlagen? Oder hat sich jemand danach noch an ihm ausgetobt?«

»Du meinst die zeitliche Abfolge von Verletzung des Axis und dem Schlag?«

»Ax… was?«

»Dem zweiten Halswirbel.«

»Genau.«

Köhler hatte bereits mehrfach überlegt, wie viel Zeit zwischen den Schreien und seinem Auftauchen am Tatort vergangen war. Er kam mit seinen Gedankenspielen auf keinen grünen Zweig. Es hätte sich um Sekunden oder auch Minuten handeln können. Der Adrenalinstoß verzerrte seine Wahrnehmung. Was war zwischen den Schreien geschehen?

»Eindeutig davor. Es dürfte sich auch um einen klar nachvollziehbaren Ablauf gehandelt haben. Dein Täter schlägt zu. Dabei bricht das Ossa Nasalia, also das Nasenbein. Der Schlag setzt sich fort bis zum Ossa Zygomatica, dem Jochbein. Splitter davon dringen in den Schläfenlappen des Gehirns ein, was Kündner ausgeknockt haben dürfte. Er fällt und schlägt auf dem Randstein auf. Zack.«

»Zack gefällt dir, oder?«

»Beschreibt es am besten.« Er stellte sich vor, wie sie mit den Zetteln in der Hand mit den Schultern zuckte.

»Gibt es sonst irgendwelche Spuren, die uns zum Täter führen könnten?«

»Du meinst seine Visitenkarte? Mit Ausweisfoto? Und Anschrift?«

Köhler antwortete nicht.

»Lass mich dich ein wenig aufziehen. Es gibt tatsächlich noch was. Aber ob du damit was anfangen kannst, lasse ich mal dahingestellt. Der Schlag war wirklich heftig. Er hat nicht nur die Knochenstruktur im Gesicht zerstört, sondern auch die Haut zum Platzen gebracht. Dabei dürften sich in den Wundrändern Rückstände des Schlagwerkzeuges abgelagert haben.«

Die Flecken, die bereits Hauer aufgefallen waren.

»Könnte es sich auch um Schmutz von der Straße handeln?«

»Falls sie nicht vor kurzem schwarz lackiert worden ist, dann eher nicht.«

»Schwarzer Lack?«

»Matt.«

»Wir suchen also nach einem mattglänzenden, schwarzen Rohr. Toll. Kaum Verwechslungsgefahr. Somit eine ganz leichte Aufgabe.«

»Niemals den Nachrichtenüberbringer töten.«

»Bin dir eh dankbar. Sonst noch was Außergewöhnliches?«

»Deine Dankbarkeit spüre ich förmlich über sämtliche Telefonmasten hinweg. Und sie wird nicht drastisch zunehmen, befürchte ich. Denn leider kann ich sonst nichts beisteuern. Nicht einmal die Eintrittskarte für die Therme liefert was. Außer Kündners Speichel. Naheliegend, wenn man bedenkt, wo ihr sie gefunden habt.«

»Keine Fingerabdrücke?«

»Was verstehst du nicht an nichts?«

»Nichts.«

»Geistreich. Darf ich mich jetzt bitte endlich wieder um die Toten kümmern, die mir das verdammte Virus schickt? Gibt noch einiges zu tun.«

Köhler beendete ohne Verabschiedung das Telefonat.

VIRENLAST X_{48} 281.474.976.710.656

Sein Schnurrbart wippte bei jedem Schritt.

Horst Köhler absolvierte mehrere Umrundungen und schob dabei seine schlaksige Figur mit dem auffälligen Haargestrüpp auf der Oberlippe zwischen den Stühlen und dem Tisch hindurch, was wie ein Slalomtraining aussah. Hauer, Kessler und Feldner ließen ihren Kollegen kommentarlos gewähren.

»Ich will den Scheißkerl in die Finger kriegen und ihm genauso das Genick umdrehen«, schimpfte er vor sich hin. Sein Bart hatte in den letzten Tagen an Geschmeidigkeit und Glanz verloren. Einzelne Härchen hatten sich aus dem Konglomerat gelöst und zeichneten ein Bild seiner inneren Aufgeregtheit. Denn so gefasst er bei dem Telefonat mit der Gerichtsmedizinerin noch gewirkt hatte, so schnell war das danach verflogen.

»Stecke deine Energie lieber in unsere Ermittlungen.«

»Hast du das aus einem Ratgeber, Joe?« Endlich blieb er stehen.

Er verschränkte die Arme vor der Brust und fixierte das Flipchart, auf dem mittlerweile auch Kündners Name auftauchte.

Vier Tote.

Köhler kam unpassenderweise das Lied »Zehn kleine Negerlein« in den Sinn.

Vier kleine Negerknaben, die kochten einen Brei;
Der eine fiel zum Kessel rein, da blieben nur noch drei.

Die Lebenden wurden weniger, die Toten wurden mehr. Wie viele Opfer sollten noch folgen?

»Konntet ihr noch was zu unserem deutschen Pärchen in Erfahrung bringen?«, wollte Kessler wissen. Köhler drehte sich mit einer missbilligenden Grimasse zu seinem ehemaligen Schützling um.

»Es tut mir wirklich leid, Hubert. Aber mich interessieren diese Touristen grade überhaupt nicht. Kathie und ich kümmern uns jetzt um die Sache mit Kündner. Geht das hoffentlich in Ordnung für dich? Wir haben euch unterstützt, solange es ging.«

Kessler hob entschuldigend beide Arme.

»Wenn wir davon ausgehen, dass es sich um den gleichen Täter handelt, müssen wir an einem Strang ziehen«, beschwichtigte Hauer, der die Stimmung nicht kippen lassen wollte.

»Und wenn wir nicht davon ausgehen?«, fragte Feldner und untersuchte dabei ihre Fingernägel mikroskopisch präzise. Wäre sie ihnen noch nähergekommen, hätte sie sich die Augäpfel ausgestochen. Dazwischen spähte sie mehrmals verstohlen zu Kessler, der ihre Blicke jedoch nicht erwiderte. In der Luft zwischen den beiden lag eine gewisse Spannung, die beinahe greifbar war. Immer noch. Oder schon wieder.

»Dann haben wir ein noch größeres Problem.«

»Vielleicht haben wir das, Joe«, sagte Köhler und setzte sich. Er überschlug die Beine und vergrub die Hände in seinem Schoß. Hauer kaute an seiner Unterlippe, wollte aber nicht weiter auf die Aussage seines Kollegen eingehen.

»Ich habe übrigens bezüglich Kündner recherchiert«, setzte Feldner an und eine gewisse Erleichterung machte sich breit. Immer noch bearbeitete sie ihre Finger. Scheinbar hatte sie auf dem Daumen einen abstehenden Hautfetzen entdeckt, den sie mit den Zähnen abkaute. »Außer einer Anzeige gibt es nicht viel über ihn. Und einige Strafzettel wegen Schnellfahrens. Aber das ist schon ewig her.«

»Was für eine Anzeige?«, fragte Kessler fahrig und knetete dabei unentwegt seine Hände. Hauer fiel auf, dass seinem Partner der Fall und die privaten Probleme immer mehr zuzusetzen schienen. Er wirkte immer noch derangiert. Seine Augen waren leicht geschwollen, als hätte er seit Tagen nicht mehr richtig geschlafen. Und er hatte abgenommen. Hauer erinnerte sich, dass es ihm damals genauso ergangen war. Als er von seiner Freundin verlassen worden war. Hauer wurde klar, dass er versuchen müsste, ihn ein wenig zu entlasten. Soweit das in der derzeitigen Situation möglich war.

»Dr. Herbst hat Kündner wegen übler Nachrede angezeigt«, antwortete Feldner. »Und dürfte dabei gleich richtig auf den Putz gehauen haben. Hat sich direkt an Wien gewandt. Unsere Polizeidienststelle war ihm wohl zu wenig. Deshalb müssen wir uns erst die Unterlagen schicken lassen«, ergänzte sie und betrachtete das abgerissene Hautstück.

»Sollen wir uns Herbst schon mal vorknöpfen?« Kessler klang wenig begeistert.

»Ich würde auf die Unterlagen warten«, entgegnete Hauer. »Wenn wir wissen, was vorgefallen ist, tun wir uns leichter, ihn in die Mangel zu nehmen.«

»Falls das dann überhaupt notwendig sein sollte«, wandte Köhler ein. »Noch wissen wir ja nicht, worum sich die Angelegenheit dreht. ›Üble Nachrede‹ ist ein dehnbarer Begriff. Und wir alle kennen Herbst. Mit dem ist nicht unbedingt gut Kirschen essen.«

»Ich habe übrigens auch noch mit Dr. Mola gesprochen«, sagte Köhler und berichtete den Kollegen über die Ergebnisse der Autopsie.

»Also ein schwarzes Rohr als Tatwaffe«, fasste Hauer zusammen. »Das ist ja ein großer Schritt nach vorne.«

»Was für ein Rohr soll das überhaupt sein?«, wollte Feldner wissen.

»Vielleicht ein Stock?«, kam von Köhler.

»Ein Gehstock? Ein Wanderstock? Ein Schistock? Oder gleich einer unserer Schlagstöcke?«

»Das konnte Mola leider nicht näher einschränken«, antwortete Köhler seiner Partnerin. »Eher schmal beziehungsweise dünn.«

»Also so wie alle, die ich aufgezählt habe.«

Kessler stand auf und ergänzte die Details auf dem Flipchartpapier. »Behalten wir das mal im Hinterkopf. Wer weiß, wohin uns das noch führt.«

»Irgendwie wirkst du heute leicht neben der Spur, Hubert«, sagte Hauer.

»Es zermürbt mich einfach.«

Dem gab es nichts hinzuzufügen.

VIRENLAST X_{49}
562.949.953.421.312

»Sie lag ausgestreckt auf dem Boden. Das Propofol wirkte. Sie war leicht sediert und hatte keine Gewalt mehr über ihre Muskeln. Bewegungsunfähig. Ich hatte es gut dosiert. Sie konnte sich nicht zur Wehr setzen. Trotzdem würde sie alles mitbekommen. Das war wichtig für mich. Vielleicht würde ich das Entsetzen in ihren Augen ablesen können. Vielleicht würde ich in ihren Pupillen ihre Schmerzen orten.

Ich griff nach dem Messer mit der gezackten Klinge, die im Mondlicht glänzte, das durch die breite Fensterfront in den Raum fiel. Das Versteck lag abgeschieden. Einsam. Niemand würde mich stören.

Die Plastikplane, die ich ihr untergelegt hatte, knisterte, als ich mich ihr näherte. Ihre Augenlider flatterten und sie versuchte, mich zu fixieren. Unverständnis zeichnete sich in ihren glatten, noch jungen Gesichtszügen ab.

Ich würde meinen Spaß mit ihr haben.

Den ersten Stich versetzte ich ihr in den Bauchraum. Ganz dicht neben dem Bauchnabel. Zaghaft. Erst als die Messerspitze die Hautschichten durchstieß und das Blut aus der Wunde sickerte, führte ich das Messer tiefer ein. Es perforierte den Dünndarm und zum Blut mischten sich stinkende Verdauungssäfte.

Sie stöhnte auf und mir lief ein Schauer über den Rücken. Ich beugte mich an sie heran, presste mit der Hand ihre Wangen zusammen und spreizte die Lider nach oben. Konnte ich ihr Leiden in ihren Augen ausmachen?

Doch da war nichts. Außer Panik.

Ihre Beine begannen zu zucken. Das Propofol verlor an Wirkung. Ich zog eine weitere Spritze auf und injizierte eine kleine Menge in ihren Oberarm. Nicht zu viel. Sie durfte nicht einschlafen.

Mit einem Ruck zog ich das Messer aus dem Bauch, um es augenblicklich in einem hohen Bogen in ihren Brustkorb zu rammen. Es rutschte am Sternum, dem Brustbein, ab und zwängte sich zwischen den Rippen in einen Lungenflügel. Blubbernd entwich die Luft daraus. Jetzt würde die Sauerstoffsättigung rasend schnell abnehmen und die Wirkung des Sedierungsmittels verstärken. Ich musste darauf achten, sie nicht zu bald zu verlieren.

Aber immer noch erkannte ich nichts in ihren Augen.

Wie konnte das sein?

Die Augen waren das Tor zur Seele. Aber da war nichts.

Ich war frustriert.

In meiner Enttäuschung setzte ich das Messer an ihrem linken Auge an. Ich schälte es zwischen Bindehaut und Glaskörper hinein und konnte förmlich spüren, wie sich der Augenmuskel löste. Langsam drang ich noch weiter vor, schob die Lederhaut zur Seite und näherte mich dem Sehnerv. Fest drückte ich dagegen und hob dann das gesamte Auge aus seiner Höhle. Es machte einen leichten Plopp wie beim Zerdrücken von Noppenfolie.

Sie schrie. Es war immer noch nicht mehr als ein heiseres, verzweifeltes Röcheln. Aber für mich klang es wie ein Schrei. Dennoch blieb das unversehrte Auge anteilslos. Es hätte schon längst Anzeichen für den Todeskampf geben müssen. Die Blutlache auf der Kunststoffunterlage wurde stetig größer. Ihr Gehirn musste längst begriffen haben, dass sie nicht überleben würde. Doch ihr Ausdruck veränderte sich nicht.

Jetzt war es an mir zu schreien.

Keine meiner Vorstellungen wurde auch nur ansatzweise erfüllt.«

Herbst blickte nachdenklich von seinen Notizen auf. »Und? Was sagst du?«, wollte er von seiner Frau Sybille wissen, die ihm gegenüber saß.

»Nicht schlecht«, antwortete sie.

Die beiden wohnten in einer modernen Villa am Fuße des Graukogels. Das Gebäude war geprägt von grauen Sichtbetonwänden, Stahl und Glas. Es wirkte wie ein Geschwür zwischen den denkmalgeschützten, reichlich mit Stuck verzierten Gebäuden der Bad Gasteiner Altstadt. Das Bewilligungsverfahren für den Neubau war zäh und langwierig gewesen. Sämtliche Anrainer waren auf die Barrikaden gegangen, hatten ihn mit Einsprüchen überschüttet und die Verhandlungen verzögert. Bei einem Ortsaugenschein wäre die Situation beinahe gänzlich eskaliert.

Doch Herbst war es gewohnt zu kämpfen. Im Operationssaal für das Leben seiner Patienten. Und außerhalb davon für seine persönlichen Interessen.

»Sehr bildlich«, ergänzte sie ihren Kommentar. »Da wird einigen Lesern sicherlich schlecht werden.«

Er grinste breit. »So soll es ja auch sein.«

Herbst genoss es, in seiner Freizeit blutige Thriller zu schreiben. Einige davon waren bereits veröffentlicht worden. Eine Mischung aus medizinischen Tatsachen und veranschaulichter Gewalt, die ihre Leserschaft fand.

Mit Sybilles Lob im Hinterkopf ging er zurück in sein Arbeitszimmer, um die nächsten Kapitel zu Papier zu bringen.

*

Eine Schlinge liegt um meinen Hals.
Von Anfang an war sie da.
Seit ich begonnen habe.
Nun zieht sich die Schlinge enger.
Um die Wahrheit.
Um mich.
Noch habe ich freie Bahn.
Es sind viele Ablenkungen vorhanden.
Ablenkungen, die nicht von mir stammen.
Sie fußen im Übel der Menschen.
Sie verselbstständigen sich.
Eine Tat.
Eine Lüge.
Es beginnt ganz klein.
Und wächst sich aus. Wird immer undurchsichtiger.
Kann mit einem Male nicht mehr rückgängig gemacht werden.
Die Ablenkungen helfen mir.
Sie lockern die Schlinge.
Und jeder in diesem Tal trägt unbewusst dazu bei.

Virenlast x_{50}
1.125.899.906.842.624

Eilmeldung.

Sie wurde überall verkündet. Im Fernsehen. Im Radio. Online.

Und doch waren die Medien zu langsam. Denn Ernie Hofstätter war schneller. Sie hatte sich wie ein Wirbelsturm durch den Ort bewegt und jedem, der es hören wollte, von Dr. Schwarzenbergs Vermutung erzählt.

Und Gerüchte verbreiteten sich rasend.

Genauso rasant wie Corona. Das Virus, dem einfach kein Einhalt geboten werden konnte. Es ließ sich nicht unterkriegen. Kämpfte. Übertrug sich. Mutierte. Infizierte. Tötete. Als wäre es in einem Labor dafür gezüchtet worden, die Menschheit auszurotten.

»Aufgrund der Explosion der Infektionszahlen, die wir in den letzten Tagen beobachten mussten, hat die Bundesregierung einen landesweiten Lockdown beschlossen. Dieser soll um Mitternacht des kommenden Tages in Kraft treten, um der Ausbreitung entgegenzuwirken. Es handelt sich bereits um die vierte Welle. Damit wird erneut das gesamte öffentliche Leben stillgelegt.«

Die Nachrichtensprecherin behielt ihre eiserne Miene bei. Sie betete die Informationen emotionslos herunter. Dankte zum Schluss den Zusehern und wünschte allen eine gute Nacht.

Gute Nacht.

Das dachte sich auch Hauer, der die Sendung zu Hause verfolgt hatte. Na, gute Nacht. Schon wieder.

So sicher waren sich alle gewesen, dass es dazu nicht mehr kommen würde. Die bereits vor Monaten ermöglichte Impfung sollte dem Virus den Garaus machen.

Wie man sich doch täuschen konnte.

Genauso wie bei den Mordfällen.

Wenigstens würde der Lockdown dafür sorgen, dass weniger Leute unterwegs waren. So würde es dem Mörder erschwert, an seine potenziellen Opfer zu kommen. Würde die Mordserie damit auch abreißen?

Doch was, wenn der Mörder bereits genug hatte? Wenn er seine Mordrate bereits erfüllt hatte? Wenn sein Blutrausch bereits gestillt war? Würde ihm das Virus helfen, unterzutauchen?

Hauer goss sich ein Bier ein und trank einen großen Schluck. Er verkniff sich einen Rülpser, hieb sich nur ein paar Mal mit der flachen Hand auf die Brust.

Würden sie überhaupt noch Zeit haben, den Mörder zu jagen? Oder mussten sie sich jetzt wieder auf die Jagd nach Lockdown-Sündern begeben? Unweigerlich kam ihm Felix Lackner in den Sinn. Jemand, der grundsätzlich gegen alles war. Gegen Vorschriften. Gegen Gesetze. Der sich nichts von niemandem vorschreiben lassen wollte. Würde mit dem neuerlichen Lockdown seine Gefolgschaft wieder aus den Löchern kriechen und sich ihm anschließen? Ein schwacher Geist verlangte nach Führung. Und Felix Lackner war jemand, der überzeugend auftreten und an den richtigen Stellschrauben drehen konnte.

Die Angelegenheit mit dem Nachbarschaftsschutz hatte Hauer gemeinsam mit Kessler noch einigermaßen gut abwenden können.

Doch was würde als Nächstes kommen?

VIRENLAST X_{51}
2.251.799.813.685.248

Kuhglocken.

Kettenrasseln.

Schritte auf dem Schnee. Sie kamen näher.

Schnaufen. Unmenschliches Schnaufen.

Horst Köhler bewegte sich durch die Nacht. Immer wieder schoben sich Wolken vor den Mond. Ein leichter Nebel hatte sich über den Weg gelegt, der auf beiden Seiten von hohen Nadelbäumen gesäumt war.

Es hatte geschneit. Die Luft war kalt und jeder Atemzug brannte in den Lungen. Trotzdem hatte sich Schweiß auf Köhlers Stirn gebildet.

Die Kuhglocken wurden bedrohlicher.

Er drehte sich um die eigene Achse. Konnte jedoch nichts erkennen. Nur weißen Dunst, der nach Verbrennung stank.

Er setzte einen Schritt. Noch einen. Als würde er durch Gelee waten. Mit jedem Schritt wurde der Nebel dichter.

Mittlerweile waren die Kuhglocken bereits ganz nah.

Köhler schloss die Augen und konzentrierte sich auf das Schnaufen und Kettenrasseln. Waren da Stimmen? Stimmen von Menschen?

Die Geräusche waren so laut geworden, dass Köhler seine eigenen Schritte nicht mehr hörte. Der Nebel hatte die Bäume in einer milchig weißen Suppe aufgelöst. Er konnte kaum noch die Hand vor Augen erkennen.

Etwas kam auf ihn zu. Er wollte schreien. Aber kein Laut drang aus seiner Kehle.

Hinter sich hörte er ein Rascheln.

Er wirbelte herum.

Vor ihm tauchte ein Kopf auf.

Blutrote Augen. Geschwollene Lippen. Spitze Zähne. Wulstige Hautfalten. Gebogene Hörner.

Noch einmal wollte Köhler schreien. Doch die pelzüberzogene Kreatur packte ihn mit ihren langen Klauen an der Gurgel und hob ihn in die Höhe. Zog ihn an sich heran. Er roch ihren faulen Atem.

»Stirb«, hörte er noch, bevor er …

… erwachte.

Schweißgebadet setzte er sich im Bett auf.

»Schatz, alles in Ordnung?«, wollte seine Frau Birgit besorgt von ihm wissen. Er konnte nicht antworten. Er musste erst zur Ruhe kommen. »Wieder dieser blöde Traum?«

Er nickte. Als kleines Kind hatte er mit seinen Eltern an einem Perchtenlauf teilgenommen. Sie hatten sich an der Straße postiert und auf die prächtig kostümierten Teilnehmer gewartet. Die Perchtenläufer hatten getrunken und was eigentlich ein Spaß hätte sein sollen, eskalierte, indem sie auf die Zuschauer losgingen und mit den Ruten auf sie einprügelten. Köhlers Vater hatte noch versucht, ihn zu beschützen. Aber er würde trotzdem niemals den einen Angreifer vergessen, der beide anstieß, hämisch lachte und die Rute schwang.

Sie traf ihn im Nacken und im Gesicht.

Eine kleine Narbe auf seiner Stirn zeugte noch heute von der damaligen Nacht. Und immer wieder träumte er von diesem Vorfall. Es waren weniger die Schmerzen als die undefinierbare Bedrohung, die sich in sein Unterbewusstsein fraß.

Noch nie war ihm der Traum so real erschienen. Und mit einem Male war Köhler davon überzeugt, dass etwas Tragisches passiert war. Oder noch passieren würde.

VIRENLAST X_{52} 4.503.599.627.370.496

Der Tal-Killer, wie er reißerisch in der Presse bezeichnet wurde, hatte nicht damit gerechnet, dass ihm dieser aufmüpfige Mitbürger zufällig über den Weg laufen würde. Wie das Leben so spielt.

Die Gelegenheit ergab sich in einer Gasse hinter den beiden Großmärkten an der Ortseinfahrt von Bad Hofgastein. Dort führte Günther Bamhauser seinen Pudel spazieren. Einen alten Kläffer. Mehr weiß als grau. Borstig. Kurze, gekrümmte Beine. Kugelrunder Bauch. Wie ein Hängebauchschwein. Das Scheißvieh kackte neben eine Mülltonne. Die Scheiße wurde natürlich nicht beseitigt. Am liebsten hätte er dem Haustier auch gleich den Kragen umgedreht.

Doch es ging um den Hundehalter.

Einen Scheißkerl wie sein Drecksvieh. Einen Störenfried.

Ohne Hast ging der Tal-Killer auf ihn zu. Der Köter begann zu kläffen. Klang wie rostige Scharniere. Er machte Schnalzgeräusche, um das Vieh zu beruhigen. Und um Bamhauser nicht zu verunsichern. Er musste das Überraschungsmoment für sich nutzen. Er hatte sich nicht vorbereitet.

Als er bemerkte, dass Bamhauser das Weite suchen wollte, musste es schnell gehen. Er packte die Peitsche, die eigentlich für jemand ganz anderen bestimmt gewesen war. Damit griff er Bamhauser von hinten an und legte sie ihm um den Hals.

Fest stemmte er das Knie in seinen schwabbeligen Rücken, um den Druck zu verstärken.

Bamhauser wehrte sich. Wie verrückt. Wie ein bockiger Esel. Er schüttelte sich und versuchte, ihn zu fassen zu bekommen. Dabei schnitt die Peitsche immer tiefer in seinen Hals und er begann zu röcheln.

Der Pudel tänzelte um sie herum und keifte sich die Seele aus dem Leib. Zum Glück war niemand sonst unterwegs. Trotzdem hätte er dem Köter am liebsten einen Tritt verpasst. Aber er durfte bei Bamhauser nicht lockerlassen, der schließlich zu Boden ging, nachdem der Sauerstoff in den Blutgefäßen immer weniger und das Gehirn nicht mehr ausreichend versorgt wurde. Er fiel vornüber.

Das Gekeife des Hundes ging in ein leises Heulen über. Der Tal-Killer ließ die Peitsche fallen und blickte sich nochmals um. Sollte er sich wegen seiner spontanen Tat Sorgen machen?

Seine Fingerabdrücke würden nicht auf der Peitsche oder sonst wo zu finden sein. Er hatte Handschuhe getragen. Hautpartikel? Ach, woher. Das war ja nicht CSI Irgendwo. Das war Gastein.

Er machte sich keine Sorgen.

Und irgendwann wäre es ihm sowieso gleichgültig, aufgespürt und überführt zu werden. Irgendwann würden sie alle verstehen, dass der Aufschrei notwendig war. Irgendwann hätte er seine Mission erfüllt und sein Versprechen eingelöst.

VIRENLAST X_{53}
9.007.199.254.740.992

Die orangegefärbte Herbstsonne läutete einen schönen Tag ein. Sie stand klar am Himmel. Doch kaum jemand schenkte dem lebensspendenden Stern mit seinen wärmenden Strahlen Beachtung.

Die Leute hatten anderweitig zu tun. Es war der Tag vor dem neuerlichen Lockdown. Das gesamte Gasteinertal glich einem verrückt gewordenen Jahrmarkt. Alles, was der Fortbewegung diente, war hervorgeholt worden. Aus Kellern, Garagen, Schuppen, Einfahrten oder Abstellräumen. Teilweise verrostet, klapprig und verstaubt. Autos. Motorräder. Fahrräder. Rollstühle. Rollatoren. Skateboards. Es wuselte wie in einem aufgescheuchten Ameisenhaufen.

Abstandsregeln?

Niemand hielt sich daran. Völlig nebensächlich. Die Ellbogentaktik war ausgepackt worden.

Felix Lackner hatte sein Scherflein dazu beigetragen, die Leute in Aufruhr zu versetzen. Auch wenn ihm mit der Nachbarschaftswache die Hände gebunden waren, so hatte er immer noch sein Netzwerk. Ein Netz voller Gleichgesinnter. Und das hatte er genutzt, um seine Theorien zu spinnen und zu verbreiten. Überall hatte er verlautbart, dass das Herunterfahren des öffentlichen Lebens erst der Anfang war. Dass die Bevölkerung ruhig gehalten werden sollte. Bis die nächsten Maßnahmen verkündet wurden. Der einfache Lockdown war zu wenig, um das Virus einzudämmen. Und dann würde alles geschlossen werden. Alles. Ausnahmslos.

Wer sich bis dahin nicht ausreichend eingedeckt hatte, würde durch die Finger schauen. Es würde Anarchie ausbrechen im Kampf um die letzten Lebensmittel.

Die meisten, denen er davon berichtete, hatten ihn belächelt. Doch Gerüchte waren bösartig. Sie waren wie ein Keim, der sich festsetzte, unbeobachtet erblühte und seine giftigen Blüten überall verteilte. Der Keim war auf dankbaren Nährboden gefallen. Eine einzige Nacht hatte dafür ausgereicht.

Vor den Lebensmittelgeschäften parkten Autos kreuz und quer. Kunden verließen die Geschäfte mit vollgepackten Einkaufswägen und jeder beobachtete die anderen misstrauisch. Hatten sie womöglich etwas erworben, was einem selbst noch fehlte? Hatten sie zu viel für sich selbst beansprucht?

Bei den Tankstellen stauten sich die Fahrzeuge. Jeder füllte seinen Tank randvoll. Die meisten hatten noch verbeulte Reservekanister ausgegraben, mit denen sie zusätzlich die Zapfsäulen leerten.

Vor den Apotheken bildeten sich lange Schlangen, da die Geschäftsräume bereits überfüllt waren. Die Gierigen waren so dicht gedrängt, dass sich unter dem Ansturm Regale zu verschieben begannen. Eine Mitarbeiterin setzte eine Trillerpfeife ein, um sich Gehör zu verschaffen. Vergebens.

In all diesem Tumult sprang ein Pudel aufgeregt kläffend vor den Einkaufswagen eines Familienvaters, der gerade dabei war, die hastig zusammengerafften Artikel im Kofferraum seines Autos zu verstauen. Das Tier drehte sich mehrmals um die eigene Achse und lief dann immer wieder einige Schritt vor und wieder zurück. Der Vater beobachtete das Hundespektakel. Und obwohl er eigentlich noch mehrere Stationen hatte, wurde er misstrauisch. Zögerlich folgte er dem Hund zur Rückseite des Supermarktes, wo ein Mann an der Wand neben einigen Mülltonnen lehnte. Apathisch. Der Hund sprang wie verrückt auf ihm herum. Und dennoch zeigte der Mann keinerlei Reaktionen. Vielmehr starrte er unbewegt geradeaus. Seine Augäpfel waren blutunterlaufen und wirkten gebrochen. Das Gesicht war aufgedunsen.

Entsetzt hielt sich der Familienvater eine Hand vor den Mund. Es gab keinen Zweifel.

Der Mann war tot.

VIRENLAST X_{54}
18.014.398.509.481.984

Kathie Feldner war unterwegs, um bei einer Tankstelle nach dem Rechten zu sehen. Zwei Kunden hatten sich in die Haare bekommen. Jeder behauptete, zuerst da gewesen zu sein. Und anstatt nachzugeben, verbrachten sie ihre Zeit lieber mit sinnlosen Diskussionen.

Egoisten.

In der Not zeigten sich die wahren Gesichter der Menschen.

Horst Köhler war daher alleine in der Dienststelle. Er konnte das Gesicht des Perchten aus seinem Traum nicht vergessen. Es war so plastisch gewesen. So echt.

Stirb.

Der Traum hatte ihn zermürbt. Er saß in seinem Büro, stierte durch das vergitterte Fenster hinüber zu dem Sessellift, der erst in einigen Wochen – hoffentlich – wieder den Betrieb aufnehmen würde.

Perchten.

Den Geschichten und Mythen nach sollten sie die bösen Geister vertreiben. Bei ihm hatten sie ein Trauma ausgelöst. Unaufmerksam kramte er in den Unterlagen auf seinem Schreibtisch. Anzeigen. Aussagen. Erwin Kündner.

Ein Mordopfer in seinem Revier.

Unfassbar.

Das Opfer eines Serienmörders. Im Gasteinertal. Unvorstellbar. Wie waren sie alle gestorben? Durch Messerstiche. Erschlagen. Von einem Triebtäter. Doch was trieb ihn an?

Stirb. Perchten.

Horst Köhler fröstelte, obwohl der Elektroheizkörper auf höchster Stufe lief. Es hatte nichts mit der Raumtemperatur zu tun. Es war eine Erkenntnis, die sich seiner soeben bemächtigt hatte. Was war bei allen Opfern gefunden worden?

Er kramte in den Akten und seinen Mitschriften. Er dachte an die Flipchartwand in Hauers Büro. Es waren Kleinigkeiten gewesen, die sie als Ermittler zusammengetragen hatten.

Unbedeutende Gegenstände.

Wenn man wusste, worauf man zu achten hatte, bekamen sie eine Verbindung.

In diesem Augenblick meldete sein Computer den Eingang einer Mailnachricht. Er deaktivierte den Bildschirmschoner und öffnete die Nachricht. Sie kam von der Strafbehörde in Wien. Als Antwort zu seiner Anfrage bezüglich Erwin Kündner. Langsam scrollte er durch die PDF-Datei. Je weiter er las, umso übler wurde ihm.

Die Anzeige gegen Erwin Kündner stammte von Dr. Volker Herbst, einem erfahrenen Chirurgen und dem Abteilungsleiter in der Bad Gasteiner Klinik. Ein angesehenes Mitglied der Gesellschaft. Hobbyautor. Liebender Ehemann. Dem es allerdings gehörig gegen den Strich ging, wenn er sich ungerecht behandelt fühlte. Das hatten sie bereits gewusst.

Neu war, dass Kündner in der Klinik getobt haben musste. Laut Aussage von Herbst. Wegen seinem Sohn. Paul. Er hat den behandelnden Ärzten und Schwestern Schlamperei vorgeworfen. Irmgard hatte sich um Paul gekümmert. Kündners verbaler Angriff hatte damals ihr gegolten.

Köhler hatte bislang nichts davon erfahren. Zu keinem Zeitpunkt war Kündners Ausraster zum Gespräch gestanden.

Warum? War es unwichtig? Verrannte er sich in etwas? Womöglich hatte Irmgard sehr viel schneller mit Kündners Ausraster abschließen können. Im Gegensatz zu Herbst, der das nicht auf sich sitzen lassen wollte. Er hatte sich gleich an die oberste Strafverfolgungsbehörde gewandt. Womöglich hatte er gute Kontakte.

Und dann schlossen sich in Köhlers Verstand einige Kontakte.

Irmgard.

Er erinnerte sich an ihre Hochzeit an diesem ganz besonderen Ort. Selbstverständlich war er dabei gewesen. Als Freund der Familie.

Perchten.

Köhler kam gar nicht mehr nach mit dem Anzünden seiner Zigaretten. Qualm stieg ihm aus Mund und Nase. Fehlten nur noch die Ohren. Sollte das der entscheidende Hinweis sein?

Gleichzeitig wusste Köhler, was das bedeuten würde. Konnte er sich mit diesem Gedanken auch nur ansatzweise tragen? Durfte er das?

Die äußerst gewagte und in weiterer Folge höchst erschütternde Theorie musste noch überprüft werden. Zweifel mussten ausgeräumt werden. Erst dann dürfte er mit jemandem darüber reden. Der Schaden könnte ansonsten nicht wieder gut gemacht werden.

Schnell verstaute er die Zigarettenpackung in seiner Brusttasche, während er am Glimmstängel in seinem Mund kräftig zog. Wie ein Ertrinkender, der zu einem weiteren Atemzug durch die Wasseroberfläche stach.

Er sprang auf, schnappte sich seine Jacke und machte sich auf den Weg. Insgeheim hoffte – betete – er, dass er sich mit seiner Vermutung irrte.

VIRENLAST X_{55}
36.028.797.018.963.968

Das Gelände war großräumig mit Polizeiband abgesperrt, um all die Einkaufswütigen, die sich plötzlich in aufgekratzte Schaulustige verwandelt hatten, vom Tatort fernzuhalten. Aufgeregtes Getuschel lag in der Luft und Johannes Hauer hatte große Mühe, die Menge unter Kontrolle zu halten.

Hauer hatte einen Anruf erhalten.

Aufgeregt. Hysterisch.

Aus den Wortfetzen hatte er »Supermarkt«, »Kreisverkehr« und vor allem »Toter« herausgehört. Daraufhin hatte er die Rettungskräfte alarmiert und war losgefahren.

Kessler hatte er noch nicht verständigt. Er wollte sich zuerst selbst ein Bild machen. Und weil sein Kollege ohnehin in letzter Zeit mitgenommen wirkte, würde seine Unterstützung zu einem späteren Zeitpunkt ausreichen.

So hatte er sich das zumindest vorgestellt.

Jetzt wäre er froh gewesen, Kessler an seiner Seite zu haben. Die Leute drängten sich dicht an dicht. Jeder wollte den besten Blick auf den Tatort erhaschen. Es wurde gerempelt, gestoßen und geflucht. Außerdem rotierte ein Pudel in dem abgesperrten Kreis wie eines dieser Batteriehäschen aus der Werbung. Hauer versuchte trotz des Tumults, Gelassenheit auszustrahlen und seiner Tätigkeit nachzugehen. Dafür händigte er einem der glotzenden Passanten das struppige Wollknäuel aus, das ihn zwar anknurrte, sich dann aber doch ohne weitere Gegenwehr beiseiteschaffen ließ.

Dann begutachtete er den Toten und fotografierte ihn mit seinem Mobiltelefon. Unprofessionell. Egal. Die Kollegen würden das später in aller Perfektion nachholen. Aber er musste sich zumindest einen Überblick verschaffen. Er kniete sich neben den Toten, den er schon längst erkannt hatte.

Günther Bamhauser.

Dieser Kotzbrocken. Gott habe ihn selig.

Er war es gewesen, der den Radau bei der Bergbahn veranstaltet hatte. Der seinen Corona-Nachweis nicht erbringen wollte und auf Andrea losgegangen war. Der scheinbar sowieso überall mit seinen Verschwörungstheorien prahlte und wohl in Lackner einen begeisterten Kumpanen gefunden hatte.

So wie es aussah, hatte es einem Mitbürger wohl endgültig gereicht. Die Wundmale auf seinem Hals sprachen Bände. Und als würde der Täter die zuständigen Beamten – also ihn, Hauer – verhöhnen, hatte er die Tatwaffe auch gleich noch liegen gelassen.

Die Peitsche schien »Ihr könnt mich alle mal« zu schreien.

Eine Peitsche. Kreativ.

Gehörte die nun auch noch in das Arsenal ihres gesuchten Serienmörders? Ein weiteres Tatwerkzeug nach Messer und Stange?

Scheiße.

Es wurde immer undurchsichtiger. Oder hatte Bamhauser den Bogen überspannt und bei einer Diskussion den Kürzeren gezogen? Es sah jedenfalls nicht danach aus, als hätte er sich an der Mülltonne mit der Peitsche selbst erhängt. Zumindest Selbstmord konnte Hauer ausschließen.

Ein Wahnsinns-Ermittlungserfolg. Er war nur ganz kurz versucht, sich selbst auf die Schulter zu klopfen.

»Brauchen Sie mich noch?«

Hauer wandte sich an den Mann, der ihn angerufen hatte. »Danke. Ist Ihnen etwas Besonderes aufgefallen?«

»Sie meinen außer dem Toten mit der Schlinge um den Hals?«

»Irgendein Verdächtiger?«

»Falls es nicht der Hund war, dann nicht.«

Scherzbold.

»Ich müsste wirklich dringend weiter, Herr Kommissar. Sonst wird es eng mit dem Toilettenpapier.«

Kommandant. Egal.

»Wir haben Ihre Personalien und werden uns für eine Aussage mit Ihnen in Verbindung setzen.«

Der Zeuge verschwand. Wenigstens einer, der den Tatort freiwillig verließ.

»Sag mal, veranstaltest du hier einen Protestzug?« Hubert Kessler zwängte sich durch die Zuschauermenge. »Willst wohl den ganzen Ruhm alleine abstauben. Ist Fundner schon hier? Ich will auch aufs Titelblatt.«

»Noch so ein Scherzkeks. Aber danke, dass du gekommen bist.«

»Du weißt ja: Vor mir kann man nichts verheimlichen. Also, wen hat es erwischt?«

»Einen alten Bekannten von dir. Günther Bamhauser.«

Kessler überlegte kurz und zog dabei die Stirnfalten kraus. »Nein! Gibt's nicht. Den Störenfried bei der Seilbahn? Woran ist er gestorben? Vielleicht an Corona? Würde passen.«

»Falls sich das Virus jetzt nicht auf einmal durch eine Peitsche zu erkennen gibt, dann wohl eher nicht.«

»Peitsche? Wie bei Indiana Jones?«

»Sieh es dir an.«

Die beiden Beamten gingen zu dem Toten zurück. Mittlerweile hatten die Sanitäter Tücher aufgespannt, um den Schaulustigen den Blick zu verwehren.

»Himmel. Das schaut aus, als ob jemand versucht hätte, ihm den Kopf abzureißen. Die Einschnitte gehen ja bis ins Fleisch.«

»Da dürfte jemand sehr wütend auf ihn gewesen sein.«

»Wütend? Trifft es meiner Meinung nach nicht ausreichend. Hasserfüllt würde wohl eher passen.«

Hauer pflichtete ihm bei. Der Täter hatte Bamhauser auf offener Straße überfallen. Als hätte er ihm aufgelauert. Kompromisslos.

»Ich lasse die Leiche wegbringen.«

»Ich kümmere mich währenddessen um Fotos, Joe. Und dann werde ich mir noch ein paar unserer Zuschauer vorknöpfen. Vielleicht hat doch jemand was gesehen.«

Mit einigen kurzen Anweisungen verständigte sich Hauer mit den Sanitätern. Sie brachten eine Rolltrage herbei und verluden den Toten.

Hauer blieb zurück und spürte die vorwurfsvollen Blicke der Anwesenden. Schon wieder war es ihm nicht gelungen, einen Mord zu verhindern. Es fehlte nicht mehr viel und sie würden ihn mit Schimpf und Schande aus dem Tal jagen. Wahrscheinlich mit Rechen, Fackeln und Heugabeln. Und dem elenden Felix Lackner an der Spitze.

Antikörper
182

Sie war blass, als sie ihren alten Skoda auf dem Mitarbeiterparkplatz neben dem schnittigen Porsche von Dr. Herbst abstellte. Es war bereits ein Spießrutenlauf gewesen, um überhaupt bis dahin zu kommen. Die gesamte Zufahrt war von einer Menschenmenge blockiert. Mindestens hundert Personen hatten sich versammelt und skandierten irgendwas von »Freiheit« und »Menschenrechten«.

Unisono.

Als hätten sie es tagelang einstudiert. Womöglich hatten sie das sogar.

Irmgard klammerte sich ans Lenkrad. Sie wollte keinesfalls aussteigen. Um zum Haupteingang zu gelangen, musste sie durch die aufgebrachte Menge.

Weswegen waren sie aufgebracht? Weil sie ihr Recht auf freie Meinungsäußerung nutzten. Ohne Rücksicht auf Verluste.

Als es an das Beifahrerfenster klopfte, erschrak sie. Das ansonsten freundliche Gesicht von Herbst begrüßte sie verbissen. Sie löste die Hände vom Lenkrad und stieg zögerlich aus. Irmgard war in den letzten Wochen und Monaten merklich gealtert. Ihre Lebhaftigkeit war ihr vollständig abhandengekommen. Sie wirkte durchsichtig. Maßlos erschöpft.

Zum Glück hatten die Demonstranten keinen Zugang zum Mitarbeiterparkplatz. Ein Schranken versperrte ihnen den Weg. Trotzdem waren die Rufe nun deutlich lauter geworden. Sie wollte sich gar nicht weiter mit deren Inhalten beschäftigen. Sie wollte nur wegkommen.

»Lass uns gemeinsam gehen.«

Sie nickte dankbar und hätte sich am liebsten bei ihm eingehängt. Doch zu viel Schwäche wollte sie auch nicht zeigen. Im Gleichschritt stiegen sie den kleinen Hügel hinauf, der zum Haupteingang führte.

Dort wartete die aufgebrachte Menge.

Männer. Frauen. Sogar Kinder, die wahrscheinlich nicht einmal wussten, warum sie dabei waren. Schutzbefohlene, die den kranken Vorstellungen ihrer Eltern schutzlos ausgeliefert waren.

Was für eine Welt.

Einige hielten Plakate in die Höhe. Größtenteils handgeschrieben. »Gegen Impfung«. »Mein Körper«. »Gift«. »Verbrecher«. »Jesus schützt unsere Kinder, nicht die Impfung«.

Völliges Unverständnis für die Arbeit, die Irmgard und ihre Kollegen tagtäglich leisteten. Sie wollten nur Unruhe stiften. Am meisten schockierte Irmgard, dass sie viele der Anwesenden kannte. Persönlich. Und dennoch stellten sie sich gegen sie. Als hätte das Zusammentreffen mit Pauls Vater nicht schon ausgereicht. Als hätten nicht dessen Vorwürfe bereits ihre Seele angegriffen.

»Lass dir nichts anmerken«, flüsterte Herbst und schob sie vorwärts. Die Wut und der Hass der Demonstranten waren wie eine unüberwindbare Mauer, auf die sie prallte. Liebend gerne wäre sie schreiend davongelaufen und hätte sich zu Hause in ihrem Bett verkrochen. Um erst wieder herauszukommen, wenn der ganze Spuk vorüber war.

Sollte er das denn jemals sein.

Oben auf dem Hügel angekommen, konnten die Demonstranten all ihren Zorn direkt gegen die beiden richten. Irmgard verstand einige von ihnen und die Worte fraßen sich in ihre Gedanken.

»Wir lassen uns von euch nicht töten.«

»Kümmert euch um die Kranken, so wie es eure Aufgabe ist.«

»Die Ausrede mit der Impfung ist einfach.«

»Ihr seid bezahlte Boten der Pharmaindustrie.«

»Auch eure Strafe wird noch folgen.«

Beinahe wäre Irmgard gestolpert. Herbst fing sie auf und zerrte sie weiter. Er wurde immer schneller, um der Meute zu entkommen, die sich bislang noch auf Abstand gehalten hatte.

Irmgard erkannte unter den Anwesenden auch Felix Lackner, der am lautesten von allen schrie. Er wollte sich wohl zum Anführer aufspielen. Doch diese Position gehörte wohl Friedl Gerstner.

Jung. Schlank. Mittelgroß. Blonde Locken. Markante Gesichtszüge mit einer spitzen Nase. Er trug einen Tarnanzug. Wie ein Bundesheersoldat im Kampfeinsatz. Mit breitem Gürtel und schweren Schuhen. Nur die Kappe fehlte.

Behände löste er sich aus der Menge und kam auf den Arzt und die Krankenschwester zu. Seine Lippen waren geschlossen. Er sagte kein Wort. Stetig näherte er sich, als wollte er ihnen den Weg abschneiden. Bedrohlich. Unberechenbar.

Seine rechte Hand schwang locker hin und her. Er hielt etwas darin. Etwas Längliches. Rundes. Schwarzes. Im ersten Moment dachte Irmgard an eine Waffe. Würde er auf die beiden schießen? Würde er sie einfach kaltblütig ermorden? Weil er sich im Recht sah?

Sein Arm wanderte nach oben. Ruckartig. Der unbekannte Gegenstand offenbarte sich ihr in Augenhöhe. Sie wollte noch ausweichen. Fliehen. Doch es war zu spät. Und als sie begriff, womit sie attackiert wurde, ergoss sich bereits eine brennend heiße Flüssigkeit über sie. Sie saugte sich in ihre Kleidung und brannte auf der Haut. Glücklicherweise war sie von Herbst im letzten Moment zur Seite gestoßen worden. Daher wurde sie nur seitlich am Hals getroffen. Ansonsten wäre ihr Gesicht verbrannt worden.

Ein intensiver Geruch breitete sich aus. Kaffee.

»Ihr Abgesandten des Teufels«, brüllte der Fehlgeleitete und versuchte dabei, weitere Flüssigkeit über die beiden Krankenhausbediensteten zu leeren. Glücklicherweise war die Öffnung der Thermoskanne nicht groß genug, um einen intensiveren Schwall herauszulassen. »Ihr sollt alle in der Hölle schmoren.«

Irmgard war völlig schockiert. Sie war zu keiner Bewegung mehr fähig und starrte Friedl Gerstner nur hilflos an. Erst als sie Herbst unter der Achsel packte, kam wieder Leben in sie. Ohne sich auf eine sinnlose Diskussion einzulassen, torkelten sie wie verletzte Soldaten zum Haupteingang der Klinik und brachten sich dahinter in Sicherheit. Erst dort begann Irmgard zu weinen.

Hemmungslos.

Unaufhaltsam.

Virenlast X_{56} 72.057.594.037.927.936

Es hatte zu regnen begonnen. Dicke, schwere Tropfen prasselten vom Himmel und verwandelten die Wiesen und Felder in Schlammflächen. Zusätzlich war Nebel im Tal aufgezogen. Die Sicht auf der Bundesstraße war eingeschränkt, obwohl die Scheibenwischer von Horst Köhlers Fahrzeug auf Hochtouren arbeiteten. Er versuchte, sich auf die Straße zu konzentrieren, auch wenn er mit seinen Gedanken ganz woanders war.

Konnte das wirklich wahr sein?

Durfte er überhaupt diese Vermutung in Betracht ziehen?

Er schüttelte sich. Im Grunde war es völlig abwegig. Sicher würden sich die Beschuldigungen in Luft auflösen. Aber der Verdacht hatte sich in ihm eingenistet und er konnte ihn nicht einfach belanglos zur Seite schieben. Deshalb fuhr er auf den Parkplatz des Gasthofes »Burgblick«, wo Köhler vor unzähligen Jahren an Irmgards Hochzeit teilgenommen hatte. Im Laufschritt nahm er die Steinstufen nach oben zur Terrasse und betrat die Gaststätte, wo ein offener Kamin wohlige Wärme verbreitete.

»Horst. Was verschafft uns die Ehre?« Franz Göttweg, der Eigentümer, begrüßte ihn mit Faustschlag. Knöchel auf Knöchel. Coronakonform.

Gute Frage.

Ich habe einen Verdacht. Mehr nicht.

»Ich brauche deine Hilfe.«

»Setz dich. Magst was trinken?«

»Nein, danke.«

Trudi, die Ehefrau von Franz, kam aus einem Nebenraum. Auch sie begrüßte Köhler und setzte sich dann zu den beiden an den Tisch. Das Mittagsgeschäft war bereits vorbei und die Gaststätte war ansonsten leer. Die nächsten Hungrigen würden erst am Spätnachmittag den Speisesaal belagern.

»Irmgard«, stieß Köhler hervor.

Die beiden Wirtsleute starrten ihren Gast fragend an.

»Hat sie jedes Jahr ihren Hochzeitstag bei euch gefeiert?«, ergänzte er.

»Jedes Jahr«, bestätigte Trudi. »Bis zu dem schrecklichen …«, sie suchte nach einem passenden Wort und blinzelte dabei heftig, »Vorfall.«

Der Vorfall. Das Ende.

»Haben die beiden auch immer ihre Wanderungen unternommen? Oder hat sich die Faszination mit der Zeit gelegt?«

Franz grinste schief. Er kratzte sich in der Ohrmuschel und rieb sich die Nase.

»Keine Chance. Du weißt es doch selbst. Sie waren ganz besessen von dem Thema. Und gemeinsam haben sie das so richtig ausgelebt.«

»Irmgard dürfte das schon von ihren Eltern mitbekommen haben«, ergänzte Trudi. »Es war ihnen wichtig.«

»Du erinnerst dich, Horst, dass sie in der Entrischen Kirche geheiratet haben. Auch nicht unbedingt der schnuckeligste Ort für eine Hochzeit. Aber das passte zu ihnen.«

»Und erst ihre anderen Unternehmungen. Meine Güte. Ich möchte nicht wissen, auf wie vielen Almen sie herumspaziert sind. Oder wie viele Schluchten sie inspizierten. Das war ihr Hobby.«

Horst Köhler musste schlucken und bereute es, das Getränk abgelehnt zu haben. Seine Kehle war ausgedörrt. Seine Zunge klebte am Gaumen. Alles passte perfekt ins Bild. Und das Bild gefiel ihm gar nicht.

Die Gegenstände an den Tatorten. Das Hobby. Die Verbindung.

Gerade als er nach einem Schluck Wasser fragen wollte, läutete sein Telefon. Es war Johannes Hauer. Er hörte ihm schweigend zu und dabei setzte sich das Puzzle immer weiter zusammen.

Hauer war neuerlich an einem Tatort. Günther Bamhauser. Köhler erinnerte sich sofort. Bamhauser hätte beinahe bei der Talstation der Stubnerkogelbahn randaliert. Nun war er erwürgt worden. Mit einer Peitsche.

Ein weiteres Puzzleteil. Sie waren bislang so blind gewesen. In diesem Augenblick fiel Köhler ein, wen er am Tatort des Mordes an Erwin Kündner in Bad Gastein gesehen haben könnte. Die Gestalt war zwar bereits zu weit weg gewesen, aber an deren Umrisse konnte sich Köhler immer noch erinnern. Damals hatte er keine Verbindung hergestellt. Warum auch?

Göttweg räusperte sich unbehaglich und Köhler wurde bewusst, dass er bereits einige Minuten nichts mehr gesagt hatte. Langsam blickte er auf. Das Bild der Puzzleteile brannte auf seiner Netzhaut. Am liebsten hätte er sich die Augen ausgekratzt. Neugierig beobachteten ihn die Wirtsleute. Doch sie sagten nichts. Fragten nicht. Darüber war Köhler froh. Er wollte jetzt nichts erklären. Wollte seinen Verdacht nicht laut aussprechen.

Schleunigst verabschiedete er sich. Eigentlich hatte er vorgehabt, den Wanderweg in Richtung Bad Hofgastein zu erkunden. Jenen Weg, den das Hochzeitspaar regelmäßig beschritten hatte, um ihrem Hobby zu frönen. Doch das grausige Wetter ließ Köhler davon Abstand nehmen. Außerdem wusste er, von wem er die letzten Informationen bekommen würde, die er noch brauchte.

Virenlast X_{57} 144.115.188.075.855.872

Es war so weit.

Schon wieder.

Absehbar?

Wahrscheinlich, wenn man die Entwicklungen in den letzten Tagen und Wochen beobachtete.

Verständlich?

Möglich. Auch wenn man sicherlich über andere Maßnahmen hätte nachdenken können.

Existenzbedrohend?

Auf jeden Fall.

Frustrierend?

Unbeschreiblich.

Mit diesen Überlegungen ging Kurt Schaller durch das Museum. Über die offenen Ausstellungsstücke hängte er Leinentücher, um sie vor Staub zu schützen. Wer wusste schon, wie lange es dieses Mal dauern würde. Und ob sie überhaupt jemals wieder aufsperren würden.

Er schloss den Haupthahn, um keine Wasserschäden zu riskieren. Der Brunnen im Eingangsbereich versiegte, wie seine Hoffnungen. Sorgfältig verriegelte er alle Fenster und kontrollierte sie mehrfach. Nicht dass irgendwelche Randalierer ins Museum eindrangen und Unfug anstellten.

In seinem Büro sortierte er einige Unterlagen und verstaute sie in der Schreibtischlade. Auch über das Bücherregal hängte er ein Tuch. Den Schreibtischsessel schob er abschließend unter den Tisch. Er würde ihn wohl eine ganze Weile nicht mehr benötigen. Dann ging er zurück in die Ausstellungsräume. Er atmete durch. Mit der Handfläche berührte er die Kabine der ehemaligen Standseilbahn. So oft war er selbst damit gefahren. Mit seinen Eltern, die längst verstorben waren. Mit seinen Geschwistern, die mittlerweile in alle Himmelsrichtungen verstreut waren. Es war immer ein besonderes Erlebnis gewesen, mit der Bahn auf den Berg zu fahren. In der Mitte der Strecke gab es ein Ausweichgleis, um die entgegenkommende Kabine vorbeilassen zu können. So ging es permanent auf und ab.

Auf und ab. Wie Schallers Leben.

Wobei in letzter Zeit die Tiefpunkte zunahmen. Er liebte seinen Job im Museum. Er genoss strahlende Kinderaugen, wenn er ihnen mystische Geschichten auftischte und dabei als Schauspieler glänzte. Auch das war jetzt wieder vorbei.

Obwohl es sinnlos war, steckte er sämtliche Vitrinen aus. Zum Schluss würde er sowieso noch die Hauptsicherungen umlegen und damit alles stromlos schalten. Es war mehr eine Gewohnheit. Eine Angewohnheit wie viele andere.

Etwa, dass er jeden Tag in der Früh zuerst in den Stall ging, um nach seinen Kühen zu sehen. Ganz gleich bei welchem Wetter. Oder dass er jeden Tag seinen Gehstock, der ihm einigermaßen die Schmerzen von der Hüfte nahm und ihm überhaupt noch eine Fortbewegung ermöglichte, fein säuberlich polierte. Außerdem war er es auch gewöhnt, mindestens drei Mal in der Woche im Museum zu arbeiten. Das würde nicht mehr so schnell geschehen. Es wurde gemunkelt, dass der neuerliche Lockdown bis weit ins neue Jahr hineinreichen würde. Wieder würde eine Schisaison ohne Touristen vergehen. Wieder würde das Tal darunter leiden.

Schaller ging zum Sicherungskasten und trennte das Museum vom Stromnetz. Die letzten Lichter gingen aus. Es wurde dunkel. In seiner Hosentasche kramte er nach dem Hauptschlüssel, als es ans Eingangsportal des Museums klopfte.

»Ich bin gerade am Dichtmachen.«

»Ich brauche was von dir, Kurt«, sagte Horst Köhler und betrat das Museum.

»Jetzt noch?«

»Es ist wichtig. Und ich denke, dass mir deine Expertise helfen kann.«

»Worum geht es?«, wollte Schaller geschmeichelt wissen und stützte sich auf seinen Stock, um das Gewicht zu verlagern.

»Es geht um eines deiner Bücher.« Köhler erklärte dem Museumsbediensteten, wie er ihn unterstützen konnte. Gemeinsam gingen sie ins Büro zurück, wo Schaller das Tuch vom Bücherregal zog. Er griff nach einem dicken Band.

»Darin solltest du alles finden, was du brauchst. Jedes noch so kleine Detail wurde vermerkt. Und die Erzählungen sind auch sehr ansprechend geschrieben. Die Kinder lieben diese Geschichten.«

Dankbar nahm Köhler das Werk entgegen. Damit würde er seine Vermutung untermauern können. Wobei er sich immer noch nicht sicher war, ob er das tatsächlich wollte.

Virenlast X_{58}
288.230.376.151.711.744

Horst Köhler hatte sich in seinem Büro verbarrikadiert, um ungestört zu sein. Außerdem wollte er verhindern, dass womöglich falsche Schlussfolgerungen ans Licht kamen.

Das Buch aus dem Museum lag auf seinem Schreibtisch. Es hatte eine Weile gedauert, bis er die richtigen Stellen gefunden hatte. Stellen, die mit den Tatorten in Verbindung standen. Doch jetzt war die Sachlage eindeutig. Noch einmal betrachtete er die Unterlagen zu den Mordopfern.

Steffen Rüttger.

Sabine Klement.

Alois Brunner.

Erwin Kündner.

Günther Bamhauser.

Sie waren unterschiedlich alt, unterschiedlichen Geschlechts und gingen verschiedenen Berufen nach. Rüttger und Klement waren nicht einmal aus Gastein. Es gab keinerlei Gemeinsamkeiten. Auf den ersten Blick. Und doch verband sie etwas. Zumindest aus der Sicht des Mörders.

Immer noch wagte Köhler nicht, an die Konsequenzen zu denken. Es würde alles zerstören, was für ihn von Bedeutung gewesen war.

Mit diesem erschütternden Gedanken griff er zum Telefon. Er musste Klarheit schaffen.

Es regnete immer noch. Der Wasserfall in Bad Gastein war reißerischer geworden. Gischt schob sich über die Brücke und benetzte Köhlers Haut und Uniform. Er hatte sich diesen Ort ausgesucht, um ungestört zu sein. Bei dem Wetter war keine Menschenseele unterwegs. Denn das, was er vorhatte, bedurfte keiner Zeugen.

»Ein lauschigeres Plätzchen hättest du dir wohl nicht für ein Treffen aussuchen können?« Die Person war aus dem Nebel aufgetaucht und blieb in einigen Metern Entfernung stehen. Abwartend. Lauernd? »Was ist so dringend?«

Köhler zögerte. Er kaute auf seiner Unterlippe und knetete seine Hände. Rang mit sich selbst. Formte in seinem Mund Buchstaben, die sich kaum zu einem Wort zusammensetzen ließen.

»Irmgard«, stieß er letztlich hervor und hätte sich dabei beinahe auf die Zunge gebissen.

Die Person verharrte regungslos. Ihre Mimik zeigte keinerlei Verunsicherung.

»Ich hätte es schon früher erkennen müssen.«

»Was meinst du?« Emotionslos.

»Mir hätte klar sein müssen, worum es geht. Und wenn man weiß, wonach man suchen muss, sind die Hinweise eindeutig. Die Hinweise bei den Tatorten. Die gemeinsamen Unternehmungen. Das Wissen, das ihr euch aufgebaut habt. Die Leidenschaft dafür. Und letztlich die Katastrophe.«

»Scheinbar nicht. Sonst wärt ihr nicht so lange im Dunkeln getappt.«

Keine Widerrede. Kein Leugnen.

Köhlers Magen krampfte sich schmerzhaft zusammen. Am liebsten wäre er davongerannt. Weit weg. Um alles zu vergessen. Um alles zu ignorieren. Doch er hatte den Stein ins Rollen gebracht.

»Warum bist du nicht zu mir gekommen?« Es klang mehr wie ein Flehen. So sehr hätte er sich das gewünscht.

»Was hätte das geändert?«

Ja, was?

Die Zeit konnte nicht zurückgedreht werden. Nichts konnte rückgängig gemacht werden.

»Vielleicht alles?«

Es war nicht mehr als ein Flüstern.

»Mach dich doch nicht lächerlich. Wir leben in einer grausamen Welt. Wo jeder sich selbst am nächsten steht. Ohne Rücksicht auf Verluste. Daran kannst du nichts ändern.«

»Du aber schon? Indem du mordest?«

Die Person zuckte mit den Schultern. Gleichgültig.

»Wolltest du nicht irgendwann mal deinen Mitbürgern helfen?«

»Mir hat auch niemand geholfen. Uns hat niemand geholfen.«

»Was bezweckst du damit?«

Köhlers Gegenüber schnaufte laut auf. »Das letzte große Rätsel. Das Motiv. Immer braucht man ein Motiv. Vielleicht bin ich einfach nur verrückt? Verrückt geworden? Könnte mir wohl auch niemand verübeln.«

»Nein. Das kann ich nicht akzeptieren. Das ist eine zu billige Ausrede für dich.«

Neuerliches Zucken. »Nennen wir es Gerechtigkeit.«

»Gerechtigkeit?« Der Kloß in Köhlers Magen wurde immer dichter. Es würde nicht mehr lange dauern und er müsste sich übergeben. »Du sprichst von Gerechtigkeit?«

»Du kannst es auch ein Wachrütteln nennen, wenn dir das lieber ist. Es wird den Leuten begreiflich machen, wie verheerend sich ihre Taten auf andere auswirken. Wie vernetzt wir alle miteinander sind. Wir sehr sich Handlungen des einen auf die Gemeinschaft der anderen auswirken.«

Köhler war einen Schritt zurückgegangen. Er stützte sich auf dem Brückengeländer ab. Nach dem ersten Schock überkam ihn nun traurige Gewissheit, die ihn schwächte und beinahe wanken ließ.

»Und wie oft musst du noch wachrütteln? Wie viele Morde willst du noch begehen, um zu scheinbarer Gerechtigkeit zu kommen?«

Schulterzucken.

Zu Köhlers Magen gesellte sich seine Galle. Der Schock und die Enttäuschung wandelten sich in Wut. »Dir ist bewusst, dass ich dich nicht unbeschadet davonkommen lassen kann? Ich muss deinem Treiben ein Ende setzen. Hier und jetzt.«

»Mir war immer klar, dass dieser Zeitpunkt kommen würde. Dass all meine Taten auf einen großen Abschluss hindrängen. Aber ich habe noch eine Rechnung offen. Und davon werde ich mich nicht abbringen lassen. Du solltest dich mir dabei nicht in den Weg stellen. Danach kannst du von mir aus machen, was immer du für notwendig erachtest. Danach.«

Köhler schüttelte den Kopf. »Es gibt kein Danach. Es endet augenblicklich. Hier und jetzt.«

»Ich werde die Rechnung begleichen. Komme, was wolle. Denn er hat mir alles genommen. Er! Verstehst du das nicht?« Die Person begann zu brüllen wie ein Tier, das in einer Schlagfalle saß. »Er hat das Fass zum Überlaufen gebracht. Ich habe selbst nicht erkannt, wie schlimm es steht. Ich hätte das doch sonst niemals zugelassen.«

Für einen kurzen Augenblick hatte Köhler Mitleid. »Ich weiß nicht, von wem du sprichst. Es spielt aber auch keine Rolle. Du musst aufhören. Ganz egal, welche Rechtfertigungen du für dich findest.«

»Du bist genauso boniert wie alle anderen.« Das Brüllen übertönte das Rauschen des Wasserfalls. Köhler schloss die Augen, um sich zu sammeln. Irgendwie musste er eine Möglichkeit finden, dieses Teufelswerk zu unterbinden. Irgendwie musste er versuchen, sein Gegenüber wieder auf vernünftige Gedanken zu bringen.

Durch diese Ablenkung übersah er, wie die Person auf ihn zustürmte. Die Schritte donnerten auf dem Asphalt. Der Atem seines Angreifers verlor sich im Nebel. Mit voller Wucht wurde Köhler gerammt. Er versuchte noch, sich am Geländer festzuhalten.

Doch er hatte keine Chance. Wegen der Luftfeuchtigkeit war alles rutschig. Er kippte nach hinten. Vor Überraschung gab er nicht einmal mehr einen Laut von sich. Er stürzte in den tosenden Wasserfall und ging in den Fluten unter.

Die Person blickte hinterher. Sie hatte Tränen in den Augen.

»Es tut mir leid.«

Virenlast X_{59}
576.460.752.303.423.488

Die Regenwolken waren abgezogen. Nur der Nebel war geblieben. Er lag wie ein grauer Schleier über dem Tal, das sich in einem Ausnahmezustand befand.

Der Lockdown war angebrochen. Stillstand.

Einige der Geschäfte in Bad Hofgastein hatten ihre Schaufenster mit Brettern verbarrikadiert. Mülltonnen quollen über, weil alle noch Großeinkäufe getätigt hatten. Einige wenige Menschen schlichen mit gesenkten Köpfen umher, mieden andere Kontakte und machten einen großen Bogen um ihre Mitmenschen.

Es war ruhig geworden. Gespenstisch.

Dazu trug auch die reduzierte Beleuchtung der Straßenlaternen in der gesamten Ortschaft bei. Mit den geschlossenen Geschäften fehlten die bunten Lichter in den Einkaufspassagen. Nur zögerlich konnten sich die verbliebenen Lichtstrahlen durch die Nebelwand kämpfen.

Es sollten alle Kontakte auf ein Minimum reduziert werden, um der Ausbreitung des Virus Einhalt zu gebieten.

Johannes Hauer machte eine Kontrollrunde durch den Ort. Langsam ging er die Ache entlang. Er hatte schlecht geschlafen. Wieder einmal. Er konnte an nichts anderes mehr denken als an die Mordfälle. Und trotzdem kam er nicht weiter damit. Allerdings reifte in ihm immer mehr ein Gedanke, den er bereits vor Tagen zum ersten Mal ins Auge gefasst hatte. Ein Gedanke, der ihn nicht mehr losließ.

Der Mörder.

Alle Opfer im Gasteinertal.

Corona.

Sollte er gemeinsam mit der Landesregierung einen Plan aushecken? Würden sie ihm zuhören und sein Ansinnen für durchführbar halten? Könnte er damit den Mörder nervös machen und vielleicht sogar aus der Reserve locken?

Er würde es versuchen. Mehr Möglichkeiten sah er nach wie vor nicht, um endlich Fortschritte zu erzielen. Der Lockdown war der erste Schritt und half ihm, seine Idee zu entwickeln.

In der kleinen Drei-Zimmer-Wohnung ging es rund. Die beiden zehnjährigen Zwillinge veranstalteten eine Polsterschlacht und Andrea Moosberger hatte alle Hände damit zu tun, Geschirr und Mobiliar in Sicherheit zu bringen.

Nachdem die Bergbahnen, wie viele andere Betriebe, geschlossen waren und Andrea in Kurzarbeit geschickt wurde, musste sie sich um den familiären Zusammenhalt kümmern. Und das war nicht leicht. Aus Erfahrung der vorangegangenen Monate wusste sie, dass es von Tag zu Tag schwerer werden würde. Sie hatten nicht einmal einen Balkon, auf dem sie frische Luft schnappen konnten. Die Familie würde wieder von früh bis spät aufeinander hocken. Ohne Möglichkeit, sich großartig zurückzuziehen. Sie sollten gemeinsam essen, schlafen, lernen, spielen, fernsehen und sich waschen. Tagein. Tagaus. Ohne Abwechslung. Ohne Unterbrechung.

Eine immense psychische Belastung für alle.

Es fehlte gar nicht mehr viel und Andrea würde ausrasten.

Mit dem Zigarettenrollen hatte Armin Fundner einen neuen Zeitvertreib gefunden. Am Anfang war das gar nicht so einfach gewesen und er hatte etliche Papierstreifen zerrissen. Mittlerweile ging es fast schon perfekt und er hatte einen Vorrat produziert, den er nun in der Redaktion kontinuierlich verfeuerte. Den Artikel über den Tal-Killer und den Mord an Günther Bamhauser hatte er am Vortag unter Zeitdruck gerade noch rechtzeitig für die Abendausgabe der Printversion fertig gestellt. Über den Lockdown hatte er bereits zuvor geschrieben.

Er würde noch einen kurzen Bericht über die Auswirkungen der Komplettschließung verfassen. Recht viel mehr fiel ihm aber nicht mehr ein. Und er befürchtete, dass mit dem Herunterfahren auch die aufregenden Ereignisse ausbleiben würden, über die er informieren konnte.

Er kritzelte auf seinem Schreibblock. Unterbewusst hatte er mehrmals die Zahl »Fünf« aufgemalt. Wie ein Mantra hatte er sie zigmal niedergeschrieben. In allen erdenklichen Formen und Größen.

Fünfmal hatte der Tal-Killer zugeschlagen.

Was für ein Segen. Für ihn und seine Arbeit. Sollte er die Fälle nochmals aufrollen? Würde er sich damit Publikum verschaffen? Oder sollte er einfach nach Hause gehen?

Ein wenig reizvoller Gedanke. Bislang hatte er es noch nicht geschafft, seine Mietwohnung in ein gemütliches Heim zu verwandeln. Sogar in der tristen Redaktion war es heimeliger. Daher würde er noch bleiben. Und womöglich tat sich doch noch etwas auf, über das es sich zu berichten lohnte. Armin Fundner drückte sich selbst die Daumen.

»Wo ist Papa?«

Birgit Köhler hatte keine Antwort auf die Frage ihrer Tochter. Horst war am Vorabend nach seinem Dienst nicht nach Hause gekommen. Förmlich im Minutentakt rief sie auf der Dienststelle an und erkundigte sich nach Neuigkeiten. Jedes Mal vergeblich. Am liebsten wäre sie ins Auto gestiegen und durch die Gegend gefahren, um Horst zu suchen. Doch sie hatte keine Idee, wo sie mit der Suche beginnen sollte.

Unruhig ging sie in der Wohnung auf und ab. Wie ein Krebsgeschwür breiteten sich die Sorgen aus und wurden von Sekunde zu Sekunde drängender.

Virenlast X_{60}
1.152.921.504.606.846.976

Hauer würde Kessler nicht in seinen Plan einweihen.

Noch nicht.

Er war sich ja selbst noch nicht sicher, ob er ihn wirklich durchziehen sollte. Und wollte. Da er intensiv darüber nachdachte, hätte er beinahe die Ausführungen von Dr. Mola überhört, die sich bei ihm wegen der Autopsie von Günther Bamhauser gemeldet hatte. Das Telefon war auf Lautsprecher gestellt. Kessler saß ihm in dem Dienstzimmer gegenüber. Hauers Plan musste warten.

»Tod durch Erdrosseln. Der Täter hat nicht lange gefackelt. Er hat die Peitsche – ja, es handelt sich tatsächlich um eine Peitsche, wie sie im Reitsport verwendet wird – so fest um Bamhausers Hals geschlungen, dass sie sich tief ins Fleisch gefressen hat. Die oberen Hautschichten sind völlig zerstört. Und die darunterliegenden Blutgefäße sind geplatzt. Weitere Blutergüsse habe ich auf seinen Knien, auf dem Brustkorb, auf den Ellenbogen und auf den Handflächen gefunden. Es sieht alles danach aus, als wäre Bamhauser im Stehen angegriffen worden und schließlich bewusstlos umgefallen. Interessant ist auch ein Bluterguss im unteren Lendenwirbelbereich.«

»Wieso ist der interessant?«, fragte Kessler, der die geistige Abwesenheit seines Kollegen bemerkt hatte.

»Meinen Untersuchungen zufolge ist er zum gleichen Zeitpunkt wie die anderen entstanden. Er kann aber nicht vom Sturz kommen.«

»Wir haben das Opfer auf dem Rücken liegend gefunden. Vielleicht ist er entstanden, als ihn der Täter umgedreht hat?«

»Guter Einfall. Aber auch das glaube ich nicht. Dafür ist er zu kleinflächig. Ich gehe eher davon aus, dass der Täter sein Bein oder sein Knie gegen Bamhausers Rücken gepresst hat, um den Druck verstärken zu können.«

»Erbarmungslos«, nuschelte Hauer.

»Wie bitte?«

»Es kommt mir immer mehr so vor, als hätten wir es mit einem besonders abartigen Täter zu tun, Dr. Mola. Der Spaß daran hat, seine Opfer zu quälen. Der die Macht über sie genießt. Die Macht, ihnen das Leben zu nehmen.«

»Mit mir können Sie leider nur medizinische Gutachten besprechen. Für psychologische Einschätzungen brauchen Sie jemand anderen.« Hauer brauchte keine psychologische Studie, um den Täter als Perversen abzustempeln. Würde er ihn endlich in die Finger bekommen, würde er ihm die Psychologie schon noch aus dem Schädel prügeln.

»Gibt es irgendwas zu dem Tatwerkzeug?«, sprang neuerlich Kessler in die Bresche.

»Wenn Sie auf Fingerabdrücke oder Ähnliches anspielen, muss ich Sie wieder enttäuschen. Vorhandene Hautpartikel lassen sich ausschließlich Bamhauser zuordnen. Vom Blut ganz zu schweigen. Ansonsten sind auf der Peitsche keine Spuren zu finden. Deshalb habe ich mich ein wenig im Internet umgesehen. Es ist eine sehr gängige Peitsche, die von etlichen Anbietern verkauft wird. Ich will Sie ja nicht entmutigen, aber Ihr Täter ist geschickt.«

»Was ist mit Bamhausers Kleidung?«

»Ich habe jeden Quadratzentimeter unter die Lupe genommen. Außer Hundehaaren war nicht viel zu finden.«

»Gibt es vielleicht mal irgendwas, das uns helfen könnte?«, platzte Kessler genervt heraus.

»Von meiner Seite her leider nicht«, antwortete Dr. Mola und beendete das Gespräch.

»Es ist echt zum Aus-der-Haut-Fahren, Hubert«, beklagte sich Hauer. »Wir haben nichts. Wir wissen ja noch nicht einmal, ob es derselbe Täter ist. Womöglich ist das ganze Tal verrückt geworden und die Leute meucheln sich gegenseitig nieder. Wegen

Corona? Wegen der Isolation? Einige werden sicherlich schon einen Lagerkoller haben. Dann wäre das gar nicht so weit hergeholt. Was übersehen wir? Wo liegen die Zusammenhänge? Gehen wir zu geradlinig an die Sache heran?«

Kessler wiegte seinen Kopf nachdenklich von einer Seite auf die andere.

»Auch wenn du es wahrscheinlich schon nicht mehr hören kannst: Ich weiß es nicht. Der Typ ist uns überlegen.«

»Echt jetzt? Damit sollen wir uns abfinden? Dass wir unseren Meister gefunden haben? Jeder macht Fehler. Das ist menschlich. Und ich bin mir sicher, dass unser Geisteskranker hier sich ebenfalls Fehler erlaubt. Nur sind wir zu kurzsichtig, um sie zu erkennen.«

Kessler stand auf. »Lass uns mal auf andere Gedanken kommen. Wir kommen momentan ja sowieso nicht weiter. Kümmern wir uns jetzt erst einmal um die Einhaltung des Lockdowns. Das verschafft uns ein wenig Abstand zu den Mordfällen. Und vielleicht haben wir dann eine Erleuchtung.«

Diese Aussage katapultierte Hauer wieder auf seine Gedanken von vorhin zurück. Er sollte sich baldigst entscheiden, ob er das Risiko eingehen wollte.

VIRENLAST X_{61}
2.305.843.009.213.693.952

Er betrachtete sich im Spiegel. Sein einst feistes Gesicht war eingefallen. Die fahle Haut straffte sich über seinen Knochen und die Adern blitzten in einem ungesunden Blau darunter hervor.

Er hustete. Sein Rachen fühlte sich an, als hätte er Säure geschluckt. Er spuckte aus. Zum Vorschein kam ein eitrig gelber Klumpen.

Unsicheren Schrittes legte er sich wieder in sein Bett, das er bereits vollgeschwitzt hatte. Polster, Bettdecke, Leintuch. Alles war feucht und klamm. Neuerlich überkam ihn Schüttelfrost, der sich über den gesamten Körper ausbreitete und seine Zähne klappern ließ. Das Fieberthermometer zeigte neununddreißig Grad an. Davon kamen sicherlich auch seine Gliederschmerzen. Sand im Getriebe. Überall zwickte es.

Der Selbsttest zeigte ein eindeutiges Ergebnis. Zwei Striche.

Wo hatte er sich bloß angesteckt?

Keine Ahnung. Nicht nachvollziehbar.

Er holte tief Luft. Versuchte es zumindest. In seinem Brustkorb war ein Höllenfeuer ausgebrochen. Erneut hustete er. Kurz wurde ihm schummrig, als würde seinem Körper die Energie ausgehen.

»Wie geht es Ihnen?«

Traumhaft. Du blöde Gurke. Deshalb wähle ich den Notruf.

»Symptome?«

Such dir welche aus.

Zwanzig Minuten später stand die Rettung vor seiner Tür. Als er auf die Sanitäter zuging, drehte er sich noch einmal um. Würde er zurückkehren?

Die beiden Burschen in voller Schutzmontur nahmen ihn in Empfang. Sie setzten einen Kunststoffsensor auf seinem rechten Zeigefinger an und erklärten ihm irgendwas von Sauerstoffsättigung.

Der Pulsoximeter maß neunundachtzig Prozent. Normal waren zwischen sechsundneunzig und hundert Prozent.

Er war kein mathematisches Genie. Aber das klang sogar für ihn schlecht. Auf dem Weg in das Klinikum starrte er auf das Blechdach des Rettungsfahrzeuges. Er entdeckte einige Dellen wie von Faustschlägen. Gerne hätte er selbst mit der Faust irgendwo dagegen geschlagen. Wenn er die Kraft dafür hätte aufbringen können.

Mit der Rollbahre wurde er vom Standplatz beim Haupteingang direkt in das Klinikum geschoben. Eine Schwester übernahm von den Sanitätern. Sie wirkte freundlich. Obwohl er nicht viel von ihr erkennen konnte. Mund-Nasen-Schutz, Vollvisier, Plastikmütze. Die Augen dezent geschminkt. Ein wenig müde.

Hilde. Hilde, die Wilde.

Ihm war nicht zum Lachen zumute. Und schon gar nicht, als er in einem Zimmer landete, wo bereits vier andere Patienten lagen. Anteilslos. Ohne jegliche Reaktionen. Keine Willkommensfeier. So ein Saftladen.

Ein Arzt schaute vorbei. Souveränes Auftreten. Volker Irgendwie. Plötzlich musste er an Jahreszeiten denken. Er hörte dem Arzt zu. Erstmaßnahmen. Therapie. Unterstützung. Ein Antibiotikum sollte ihm injiziert werden, um den Körper vor Bakterien zu schützen. Damit es nicht zu anderen Erkrankungen kam. Zusätzlich zum Virus.

Aha. Na dann. Lasst laufen. Hilde platzierte einen Tropf neben seinem Bett und befestigte eine Flasche daran. Drei Liter. Wohin wollten sie das Zeug bloß pumpen? Wahrscheinlich würde er platzen. Wie ein prall gefüllter Luftballon.

Dann zog ihm Hilde eine Sauerstoffbrille über die Nase. Aus den Schläuchen trat das lebensnotwendige Gas. Was für eine Wohltat. Neben ihm hustete einer seiner Zimmergenossen. Es klang grausig.

Der Arzt kam zurück.

Volker Irgendwie erteilte Anweisungen an Hilde, die sich von ihm abwandte. Er hätte sie gerne noch an seiner Seite gewusst. Ihre Augen beruhigten ihn. Doch sie musste zu seinem Bettnachbarn, der immer noch hustete. Eine weitere Schwester kam dazu. In gelben Uniformen. Wie drei Astronauten.

Sie müssen ihn wegbringen. Seine Werte haben sich massiv verschlechtert. Intensivstation. Künstliche Beatmung.

Würde es ihm letztlich auch so ergehen? Würde er sterben?

Virenlast X_{62}
4.611.686.018.427.387.904

Der Ortsteil Kötschachdorf liegt am Fuße von Bad Gastein. Er hat knapp dreihundert Einwohner und damit nicht einmal zehn Prozent von der darüber liegenden Ortschaft. Kleine Einfamilienhäuser wechseln sich mit breiten Grünflächen ab. Die Ache sowie der Achtzehn-Loch-Golfplatz dominieren das Ortsbild.

Klaus Zehetner parkte den leeren Viehtransporter bei der Ortseinfahrt auf einem Grünstreifen, stellte den Motor ab und stieg aus. Seit seiner Blasenoperation überkam ihn der Urindrang plötzlich und unerwartet. Steif stakste er die Böschung zum Fluss hinunter. Immer wieder wandte er sich um. Keinesfalls wollte er erwischt werden. Doch überall war es menschenleer.

Sobald er sich erleichtert hätte, könnte er endlich nach Hause fahren. Er musste an diesem Tag keine Tiere mehr in den Schlachthof bringen. Mit diesem Gedanken knöpfte er seine Hose auf und stellte sich breitbeinig an den Rand des Flusses. Dabei dachte er daran, was er am Abend noch alles unternehmen wollte. Viele Möglichkeiten aufgrund des Lockdowns gab es ohnehin nicht mehr. Den Laster reinigen. Seine Wurfmesser schleifen und vielleicht im Garten noch ein paar Zielübungen durchführen. Einen Film ansehen. Vielleicht einen Western.

Als er endlich fertig war, erregte etwas seine Aufmerksamkeit. So wie es aussah, hatte jemand einen dunkelblauen Mantel in den Fluss geworfen.

Verdammtes Pack.

Vorsichtig stieg er über die Befestigungssteine der Böschung. Er musste aufpassen, da sie wegen des Nebels rutschig waren und er keine Lust auf einen Tauchgang hatte.

Polizei. Die weißen Lettern des Wortes sprangen ihm förmlich entgegen.

Da wird ja das Brathendl im Reindl narrisch.

Vor ihm lag ein Teil der hiesigen Polizeiuniform.

So eine Sauerei.

Klaus Zehetner würde alles einsammeln und gleich am nächsten Tag zu einer der Polizeidienststellen bringen und gehörig Radau schlagen. Es musste ja sicherlich herauszubekommen sein, wem die Uniform gehörte. Vielleicht klebte sogar noch das Namensschild daran, wenn sich der Umweltsünder sicher gewesen war, dass das Kleidungsstück auf Nimmerwiedersehen verschwinden würde.

Nicht mit ihm.

Er ging noch einige Schritte näher. Langsam sickerte die Erkenntnis in Zehetners Verstand. Vor ihm lag ein Toter. Ein toter Polizist allem Anschein nach. Schlagartig war Zehetners Abendprogramm in den Hintergrund getreten. Der Western würde warten müssen.

VIRENLAST X_{63}
9.223.372.036.854.775.808

Sie verstand schnell, was passiert war. Sie hatte ihm dafür nur kurz in die Augen blicken müssen.

»Nein! Sag es nicht! Ich verbiete es dir!«

Birgit Köhler war aufgebracht. Tränen lösten sich aus ihren Augenwinkeln und sie zitterte am ganzen Körper. Krampfhaft hielt sie sich am Türrahmen fest. Die Knöchel ihrer Finger färbten sich weiß.

»Es tut mir leid.« Dieser einzige Satz kostete Johannes Hauer seine gesamte Energie. Es war die schlimmste Nachricht, die einem Angehörigen überbracht werden konnte.

»Nein! Ich glaube dir nicht.« Sie kam auf ihn zu und hämmerte mit den Fäusten auf ihn ein. Er ließ es geschehen, ohne auch nur den Mundwinkel zu verziehen. Nach einigen Sekunden nahm er sie in die Arme und drückte sie fest an sich.

»Es tut mir so leid.«

»Was ist los, Mami?«

Hauer spürte, wie sich Birgit in seinen Armen versteifte. Wie sollte sie ihrer Tochter beibringen, dass ihr Vater tot war?

»Ich komme gleich zu dir, mein Schatz.« Sie drehte sich nicht um. Und Hauer verstand sie. Nach dem Notruf von Zehetner hatten sie noch versucht, Horst Köhler wiederzubeleben. Im Grunde war von Anfang an klar gewesen, dass das nicht mehr möglich sein würde. Und doch mussten die Sanitäter Hauer erst von der Leiche wegziehen, um ihm das begreiflich zu machen.

Horst Köhler.

Sein herzlicher, engagierter Kollege war tot.

Wie unnützes Treibgut lag er im Fluss.

Was war geschehen?

Mit dieser Frage konnte sich Hauer noch nicht beschäftigen. Zuvor schlang er einen Arm um Birgits Hüfte und führte sie in die Wohnung. Er platzierte sie auf der Couch und brachte ihr ein Glas Wasser. Nathalie beobachtete die Vorgänge regungslos. Eine böse Vorahnung dürfte sich ihrer bereits bemächtigt haben.

Und dann musste Hauer Zeuge einer Unterhaltung werden, die er sich für sein Leben gerne erspart hätte. Nathalie war bereits alt genug, um nicht mehr an Engel zu glauben. Aber am Himmel und dem Paradies durfte sie noch festhalten. Und dass ihr Vater sie von dort aus beschützen würde. Dass er immer zu ihr herabsehen würde.

Als Nathalie und Birgit in Tränen ausbrachen, hätte Hauer am liebsten mitgeheult. Doch er wollte Stärke für sie zeigen, nahm sie an den Händen und versuchte, sie zu trösten. So gut es in dieser Situation ging. Im Grunde unmöglich.

Nach etwa einer Stunde verließ er die zutiefst Schockierten.

Bis zuletzt hatte sich Birgit nicht danach erkundigt, wie Horst ums Leben gekommen war. Und Hauer war heilfroh darüber. Er hätte ihr keine Antwort geben können. Er wusste es einfach nicht.

*

Bin ich ein Held?
Ein trauriger Held?
Ein schicksalsgetriebener Held?
Vielleicht würde mich irgendwann mal jemand
zu einem Helden stilisieren.
Sobald es alle verstanden haben.
Den Grund meiner Taten verstanden haben.
Und sie werden es letztlich verstehen.
Bin ich deshalb fremdgesteuert?
Ich darf die Verantwortung für meine Taten nicht abladen.
Ich muss dazu stehen.
Auch zu dem Mord an Horst Köhler.
Letztlich war es notwendig.
So sehr es mich schmerzt.
Dieser Narr.

VIRENLAST X_{64}
18.446.744.073.709.551.616

Seit er das Klinikum in Bad Gastein betreten hatte, wurde er den Geruch von Desinfektionsmittel nicht los. Im Keller des Gebäudes war es sogar noch schlimmer, weil sich der Geruch nach Blut und Verwesung dazugesellte.

Unwillkürlich musste sich Johannes Hauer schütteln. Bislang hatte es in seiner beruflichen Laufbahn keine Veranlassung gegeben, die Pathologie aufzusuchen. Wäre es nach ihm gegangen, hätte das auch so bleiben können. Doch die Umstände hatten sich geändert.

»Freut mich, Sie persönlich kennen zu lernen, Dr. Mola. Auch wenn es mir unter anderen Umständen lieber gewesen wäre.«

»Nennen Sie mich bitte Adelina. Es ist einfach furchtbar.«

Hauer wusste darauf nichts zu erwidern.

»Wie können sich Menschen derartige Grausamkeiten antun? Werde ich nie verstehen. Ich wurde ins Gasteinertal delegiert, um mich hier um die Corona-Opfer zu kümmern. Und nicht, um an Mordermittlungen beteiligt zu sein.«

»Könnten wir den unangenehmen Teil bitte schnell hinter uns bringen?«, lenkte er ab, woraufhin Mola zu einem hüfthohen Metalltisch ging, der in der Mitte des kahlen, weiß gefliesten Raumes stand. Ausgeleuchtet von mehreren Neonbalken. Kalt. Abstoßend.

Sie zog das Tuch vom Körper des Toten. Und obwohl Hauer versucht hatte, sich darauf einzustellen, musste er schockiert durchschnaufen.

Da lag er.

Sein einstiger Kollege.

Nackt. Ausgeliefert. Tot.

Nur mehr die Hülle dessen, was Horst Köhler einst ausgemacht hatte.

»Er …«, sie stockte. Wahrscheinlich überlegte sie, ob sie ihn beim Namen nennen sollte. Ob sie ihn personifizieren oder nur als Ding betrachten sollte. »Er dürfte vor nicht einmal vierundzwanzig Stunden gestorben sein«, fuhr sie etwas leiser fort. »Ich gehe davon aus, dass es in der vorangegangenen Nacht, eher am späten Abend, passiert ist. Wasser ist leider teuflisch.«

»Wie darf ich das verstehen?«

»Wasser verzerrt die Realität. Die niedrige Temperatur wirkt sich sowohl auf die Körpertemperatur als auch auf die Muskeln – also die Totenstarre – aus. Umso länger ein Körper im Wasser liegt, umso schwieriger wird es, genauere Umstände festzustellen. Ich habe, soweit möglich, diesen Faktor berücksichtigt.«

Hauer versuchte sich daran zu erinnern, was er am Vorabend gemacht hatte. Es wollte ihm partout nicht einfallen. Hätte er bei seinem Kollegen sein müssen? Hätte er seinen Tod verhindern können?

»Was ich jedoch eindeutig bestimmen kann, ist die Todesursache.«

Wenn sie ihm jetzt mit Messerstichen, Schlägen oder Würgemalen kam, würde er durchdrehen.

»Es liegt eine massive Fraktur seines Hinterhauptbeines vor.«

Oh Gott. Doch ein Schlag.

»Unter Berücksichtigung der Form der Bruchstelle und der Wucht der eindringenden Knochen in das Gehirn müssen wir von einem Sturz ausgehen. Und zwar einem Sturz aus großer Höhe. Ich gehe daher davon aus, dass er von der Brücke in den Wasserfall gestürzt ist.«

»Könnte es sich dennoch um einen Angriff mit einem Rohr oder Stock handeln?« Hauer brauchte Gewissheit.

»Wenn Sie nicht nach einem übermenschlichen Angreifer Ausschau halten wollen, dann nicht.«

»War er sofort tot?«

Wenigstens auf diese Gnade für seinen Kollegen hoffte er. Hilflos zu ertrinken wäre noch schrecklicher gewesen. Jenseits jeglicher Vorstellungskraft.

»Ich habe kein Wasser in seiner Lunge gefunden. Was zusammen mit der Schwere seiner Verletzung eindeutig auf einen sofortigen Todeseintritt beim Aufprall schließen lässt.«

»Gibt es irgendwelche Hinweise, ob nicht doch ein Fremdverschulden vorliegt?«

Hauer war von dem Leichnam zurückgetreten und bewegte sich langsam in Richtung Ausgang. So schnell wie möglich wollte er wieder hinauskommen. An die frische Luft.

»Sein Körper ist mit Blutergüssen übersät. Außerdem hat er eine Fraktur des rechten Oberschenkelknochens und der linken Speiche. Seine Hüfte weist Splitterungen auf. Er war nicht alkoholisiert. Außerdem habe ich auch keinerlei Rückstände von Drogen in seinem Blut gefunden. Wovon ja auch nicht auszugehen war.«

Wie eine Lehrerin bewegte sich Mola entlang des Leichnams und deutete zur Veranschaulichung mit der Hand auf die beschriebenen Stellen.

Hauers Wunsch nach Flucht verstärkte sich. Lediglich der Respekt und die Verantwortung seinem Kollegen gegenüber hielten ihn noch davon ab.

»Zusammenfassend?«

»Ich kann es nicht sagen.«

Wieder einmal.

»Wenigstens eine Vermutung?«

Mola zuckte mit den Schultern. »Der Grad der Verletzungen spricht eindeutig dafür, dass er tief gefallen ist. Dann dürfte ihn die Strömung im Flussbett mitgerissen haben. Zum Zeitpunkt seines Todes war er, wie ich bereits sagte, nüchtern. Für mich ist es daher unrealistisch, dass er unabsichtlich über die Brüstung gestürzt ist.«

»Also könnte es ein weiterer Mord sein? Ein Mord an einem Polizisten?« Hauer war geschockt. Die letzten Reste an Gesichtsfarbe hatten sich verflüchtigt, als ihm die Tragweite dieser Vermutung bewusst wurde. Falls es sich um die Tat des Mörders handelte, schreckte dieser vor gar nichts zurück.

»Gerne hätte ich diese Möglichkeit gerichtsmedizinisch untermauert. Leider lassen sich Spuren, die ein Angreifer hinterlassen hätte, um das Opfer hinunter zu stoßen, nicht von den anderen Verletzungen unterscheiden.«

Hauer hörte gar nicht mehr richtig zu.

»Wir müssen allerdings auch eine andere Möglichkeit in Betracht ziehen. Eine Möglichkeit, die uns allen nicht schmecken wird.«

Diese Aussage ließ den Polizisten wieder aufblicken.

»Womöglich hat Horst Selbstmord begangen. Womöglich hat er sich selbst in den Wasserfall gestürzt.«

Nein. Mit Sicherheit nicht.

»Ich möchte etwas ganz anderes in unsere Betrachtungen einfließen lassen, Adelina.« Er sprach langsam, als müsste er jedes Wort auf die Waagschale legen. »Was ist, wenn Horst unserem Mörder zu nahe gekommen ist? Was ist, wenn er Beweise gefunden hat, die zu seiner Identifizierung führen würden?«

»Und er hätte gerade deswegen aus dem Weg geräumt werden müssen.« Eine schlichte Feststellung mit immenser Tragweite.

Virenlast X_{65} 36.893.488.147.419.103.232

Kathie Feldner war paralysiert. Wie ein Geist schlich sie ziellos in der Dienststelle umher. Jedes Mal, wenn sie eine Tätigkeit aufnehmen wollte, brach sie in Tränen aus. Seit sie von Köhlers Tod erfahren hatte, hatte sie sich mehrfach übergeben. So lange, bis sie nur mehr Magensäure nach oben würgen konnte. Es war unvorstellbar, dass Horst nicht mehr da sein würde. Nie wieder.

Beinahe wäre sie neuerlich auf die Toilette gerannt. Davon wurde sie von Johannes Hauer abgehalten, der soeben eintrat.

»Es tut mir so leid, Kathie.«

Am liebsten hätte sie sich an seine Brust geschmissen und all ihren Kummer bei ihm abgeladen. Doch sie nickte nur langsam.

»Ich muss mich bitte in Horsts Büro umsehen.«

Sie hatte bislang nicht den Mut gefunden, sein Reich zu betreten. Immer wieder hatte sie vor seiner Bürotür gestanden, hatte nervös auf den Fußballen geschaukelt und zur Klinke gegriffen.

Immer wieder hatte sie im letzten Moment gezögert und einen Rückzieher gemacht.

Da sie nichts erwiderte, ging Hauer an ihr vorbei. Business as usual. Bad Gasteins Polizeikommandant war tot.

Ihr Vorgesetzter.

Ihr Partner.

Ihr Freund.

Und mehr als ein »Es tut mir leid« war dafür nicht zu bekommen?

Ungestüm betrat Hauer das Büro. Als wollte er alles niederreißen. Als wollte er Köhlers Arbeitsplatz entweihen. Am liebsten hätte sich Feldner dazwischengeworfen und den Kollegen der Dienststelle verwiesen.

»Hat er irgendwas zu dir gesagt, woran er zuletzt gearbeitet hat?«

An den Mordfällen. Woran sonst?

»Habt ihr vor seinem Tod über die Morde gesprochen?«

Ständig.

Sie brachte kein Wort heraus. Eine grausame Vermutung sickerte in ihren Verstand. Hatte jemand Horst auf dem Gewissen? Hatte womöglich sogar der gesuchte Mörder etwas damit zu tun? Wieder begann ihr Magen zu flattern.

»Hast du irgendwas in seinem Büro entdeckt, was uns helfen könnte?«

Ich war noch nicht einmal drinnen.

Und dann zog sie die gleichen Schlüsse, die Hauer bereits im Klinikum gegenüber Dr. Mola aufs Tablett gebracht hatte. »Du meinst, er hat die Identität des Mörders herausgefunden?«

»Könnte das sein?« Hauer hatte damit begonnen, sich in Köhlers Büro umzusehen. Es war halbwegs ordentlich aufgeräumt. Auf dem Schreibtisch lagen die Akten zu den Mordfällen. Auf einem DIN-A4-Blatt hatte Köhler die Namen der Opfer notiert und mit geraden Linien untereinander verbunden. Über die Linien hatte er mit einem schwarzen Marker ein »?« gesetzt. Feldner blickte ihrem Kollegen über die Schulter. Liebend gerne hätte sie einen Beitrag geleistet.

Der Computer war ausgeschaltet. Daneben lag ein Buch über die »Gasteiner Sagenwelt«. Es wirkte ein wenig abgenutzt und speckig. Hauer nahm es in die Hand und schüttelte es umgedreht. Wahrscheinlich hoffte er, dass irgendeine Notiz herausfallen würde. Schließlich legte er es wieder zurück. Feldner merkte, dass er kurz innehielt. Neben dem Buch stand ein Foto von Köhlers Familie. Er inmitten seiner Frau und seiner Tochter.

Birgit und Nathalie.

Neuerlich stiegen der jungen Beamtin Tränen in die Augen. Schnell trat sie einen Schritt zurück, damit Hauer die Schreibtischschubladen aufziehen konnte. Dort fand er Lineale, Stifte, eine Lochmaschine, eine Klammermaschine, leere Zettel und Aspirin. Im Schrank hinter dem Schreibtisch befanden sich Unterlagen zu alten Fällen, an denen Köhler gearbeitet hatte. Obenauf lag die Anzeige des Seilbahnmitarbeiters gegen Günther Bamhauser. Feldner hatte sie selbst protokolliert. Es war nicht aufregend gewesen. Hauer las sie sich trotzdem durch.

Wollte Köhler dem Mitarbeiter auf den Zahn fühlen?

Sepp?

Diesem ungelenken Grobmotoriker?

Feldner konnte sich beim besten Willen nicht vorstellen, dass er etwas mit der Sache zu tun hatte. Abwegig.

Hinter der Zugangstür hing noch eine Uniform auf dem Haken. Über einer Zwergpalme, deren Blätter saftig grün waren. Sie würde sich weiterhin um die Pflanze kümmern. Es war das Mindeste, was sie noch tun konnte.

Frustriert ließ sich Hauer in den Schreibtischsessel fallen. »Fällt dir irgendwas auf, Kathie?«

Sie stellte sich ein Schild vor. Darauf der Name des Mörders. Blinkend. In Neonfarben. Leider fehlte ein solcher Hinweis.

»Was hat er bloß herausgefunden?«

Sie konnten sich beide nicht den Hauch einer Vorstellung machen.

*

Die Ereignisse überstürzen sich.
Ich habe keine Zeit mehr zu verlieren, um meine Mission zu beenden.
Um mein Versprechen einzulösen. Ich muss zu einem Abschluss kommen. Horst war gut. Oder auch nicht. Je nachdem, wie man es sieht. Man hätte bereits sehr viel früher die notwendigen Schlussfolgerungen ziehen können. Dann wäre mein Plan vereitelt worden.
Ich kann mir aber nicht sicher sein, wie viel er bereits weitergegeben hat. Hat er Notizen hinterlassen, die zu mir führen? Dann würden sie schon bald auf meiner Schwelle stehen.
Die Zeit drängt.
Friedl Gerstner. Mein Ziel. Ein Zeitgenosse,
auf den leicht verzichtet werden kann. Unnütz.
Er hat nicht geahnt, welche Konsequenzen seine Handlungen haben könnten. Sein Name ist mir so zuwider, dass ich beinahe würgen muss.
Es war leicht, seine Unterlagen auszugraben. Es war eine Fingerübung, seine Anschrift herauszufinden. Die Peitsche war für ihn bestimmt gewesen. Bis mir dieser nutzlose Günther Bamhauser dazwischengekommen ist.
Im Grunde bin ich froh darüber. Es wäre ein viel zu schnelles Ende für Gerstner gewesen. Zu schmerzlos. So leicht soll er sich nicht aus der Affäre ziehen können.
Friedl Gerstner. Er würde mein letztes Opfer sein.
Seit alles seinen Anfang genommen hat, war mir immer klar, dass ich mich bis zu ihm durchkämpfen wollte. Jetzt endlich stehe ich vor ihm. Nichts ahnend hat er mir die Tür zu seiner Wohnung in dem Mehrparteienhaus am Rand von Bad Hofgastein geöffnet. Teilnahmslos.
Mein Schlag gegen sein Nasenbein saß.
Er ließ ihn augenblicklich ohnmächtig werden. Danach fesselte und kne-

belte ich ihn und verfrachtete ihn in sein Badezimmer.
Ebenso teilnahmslos.
Beige Fliesen. Zierleisten. Abgeschlagene Keramik.
Gelbliche Kalkreste in der Toilette. Billig.
Offenbar verdient man als Aufrührer doch nicht so gut.
Seine Gliedmaßen hängen in dem Stuhl. Seine Augen sind geschlossen.
Seine Nase ist demoliert. Eingedrückt. Das Nasenbein steht quer.
Ich verpasse ihm eine Ohrfeige. Und noch eine.
Es tut gut.
Ich bin so unsagbar wütend auf ihn.
Langsam kommt er wieder zur Besinnung. Als er bemerkt, was mit ihm geschehen ist, brabbelt er in seinen Knebel. Unverständlich. Leise. Niemand würde ihn schreien hören. Und er würde schreien. So viel ist sicher.
»Du weißt, wer ich bin?«
Er zögert. Schließlich ringt er sich zu einem Murmeln durch und zerrt dabei an seinen Fesseln, wobei das Klebeband immer weiter in seine Haut schneidet. Das muss höllisch wehtun. Ein guter Anfang.
Ich klopfe ihm mit der Faust auf den Kopf. Tok. Tok.
Dann gehe ich in die Küche, wo ich auf dem altertümlichen Ofen in einem ramponierten Topf Wasser zustelle.
Auge um Auge.
Während das Wasser zu kochen beginnt, kratze ich mich im Nacken und vollführe Kreisbewegungen mit meinem Kopf. Sollte ich zwecks der Authentizität Kaffee kochen? Ich entscheide mich dagegen. Das heiße Wasser reicht. Mit dem Topf kehre ich zu meinem Gefangenen zurück.
Gerstner sieht mich kommen. Und jetzt erinnert er sich. An seine Tat.
Womöglich hat er sie begangen, um vor seinen Anhängern gut dazustehen?
Womöglich geschah es einfach im Eifer des Gefechtes?
Egal.
Seine Tat hat weitere Ereignisse in Gang gesetzt. Kettenreaktion.
Und jetzt bekommt er die Abrechnung serviert.
Ich halte den Topf über seinen Kopf. Verzweifelt zuckt er hin und her. Versucht, sich aus der Gefahrenzone zu bringen.

Er hat keine Chance.
Er fleht.
So viel kann ich durch den Knebel hindurch gerade noch verstehen. Er fleht um Gnade. Dafür ist es längst zu spät.
Beinahe andächtig kippe ich den Topf. Das heiße Wasser schwappt heraus und ergießt sich über seine blonden Locken, breitet sich weiter über die Schläfen auf seine Wangen aus und fließt weiter bis auf seine Schultern und seinen Oberkörper.
Es zischt.
Augenblicklich färbt sich seine Haut tiefrot. An einigen Stellen bilden sich weiße Brandblasen in Kirschgröße. Bei so hohen Temperaturen platzt das Eiweiß in den Zellen und einzelne Hautfetzen lösen sich wie feuchtes Pergamentpapier.
Er schreit. Er brüllt. Er tobt.
Beinahe wäre er mitsamt dem Sessel in die Höhe gesprungen.
Wie fühlt sich das an, du Schwein?
Sein Bewusstsein schwindet schlagartig. Er wird ruhig.
Gelassen trage ich den Topf zurück in die Küche.
Gerstner dürfte sich sein Fehlverhalten in den letzten Minuten seines Lebens eingestehen. Doch auch das wird ihm nichts mehr nützen.
Aus einem Holzblock nehme ich ein Messer. Eines mit einer breiten Klinge. Ich kontrolliere die Schärfe, indem ich mit einer Fingerkuppe darüberstreiche. Es würde meine Zwecke erfüllen.
Fest entschlossen gehe ich zurück.
Unumkehrbar.
Man wird ihn nicht gleich finden. Er ist alleinstehend. Ich werde meinen letzten Hinweis platzieren und dann dem Schicksal seinen Lauf lassen. Einige Stunden – im besten Fall Tage – werde ich Vorsprung haben. Ausreichend Zeit, um meine Mission zum Abschluss zu bringen. Um der ganzen Welt wissen zu lassen, worum es mir geht.
Armin Fundner, der rasende Reporter, wird mir dabei zur Hand gehen. Mit seinem Geltungsdrang wird er mir gute Dienste leisten. Ein unfreiwilliger Verbündeter. Ein hervorragender Plan.

Neuerlich versetze ich Gerstner einige Ohrfeigen. Dabei lösen sich weitere Hautfetzen. Teilweise bröckelt Gewebe aus seinem Körper. Wie verfaultes Gelee. In seiner Wange hat sich ein Loch gebildet. Sein Atem stößt keuchend daraus hervor.

Er kommt wieder zu Sinnen. Seine Augenlider flattern und er kann mich nicht fixieren. Die Schmerzen müssen unvorstellbar sein.

»Ich werde dich von deinen Qualen erlösen. Auch wenn du es dir noch gar nicht so schnell verdient hast.«

In dem Badezimmer riecht es nach gekochtem Schinken. So wie er aussieht, weiß Gerstner jedoch meine Kochkünste nicht zu schätzen.

»Hast du dich schon jemals mit deinem Tod auseinandergesetzt? Kannst du dir vorstellen, wie es ist, zu sterben?«

Ich bekomme keine Antwort.

»Es gibt so viele Möglichkeiten, zu sterben. Und sollte es dich beruhigen: Auch ich bin bereits gestorben. Dank ignoranten Menschen wie dir.«

Ich löse einen Streifen Klebeband und fixiere seinen Oberarm.

Zuerst den linken, dann den rechten. Dann entferne ich die Fesseln um seine Handgelenke.

Authentizität.

Jetzt ist sie auf jeden Fall angebracht.

Gerstner leistet kaum Widerstand. Ich ziehe seine Hände nach vorne.

Schutzlos.

»Keine letzten Worte. Keine Entschuldigungen. Kein Vergeben.«

Ich hocke mich hin und tätschle seinen Oberschenkel.

»Es ist an der Zeit, zu sterben.«

Ich setze das Messer an.

Es dringt tief in die Haut ein, kämpft sich in Richtung Handballen und schneidet durch Fleisch und Muskeln. Die Pulsader wird perforiert. Blut sprudelt in einem breiten Strom aus dem Körper. Auf dem Boden bildet sich eine rasch größer werdende Lache.

Die zweite geöffnete Pulsader leistet ihr Übriges.

Authentisch.

Ich empfinde keine Freude daran.

VIRENLAST X_{66}
73.786.976.294.838.206.464

Armin Fundner streckte sich. Es war an der Zeit, nach Hause zu gehen. Ob er wollte oder nicht. In der Redaktion gab es nichts mehr für ihn zu tun. Die Sache mit Köhler hatte er ausgeschlachtet. Auf Biegen und Brechen. Es würde mit einem Bericht über seinen Tod beginnen. Mit Fotos vom Wasserfall. Einem Interview mit Klaus Zehetner, der die Leiche gefunden hatte.

Einen Tag später wollte er die Leistungen und Verdienste des Polizisten ehren. Sein Vermächtnis. Danach wollte Fundner noch einen Artikel über seine Familie veröffentlichen. Die armen Hinterbliebenen. Vielleicht würde es ihm sogar gelingen, ein Foto von Nathalie zu bekommen. Am besten eines mit tränenverschmiertem Gesicht. Sie vermisste ihren Papa. Wie herzzerreißend.

Skrupel? Nein, Armin Fundner hatte keine Gewissensbisse. Es war immerhin seine Arbeit. Als würde sich ein Soldat darüber Gedanken machen, jemanden im Krieg zu erschießen. Was getan werden musste, …

Er räumte seine Aktentasche ein. Einige Unterlagen würde er zu Hause studieren. Immer mal wieder kamen ihm die besten Ideen, wenn er nicht darüber nachdachte. Als er alles beisammenhatte und das Büro verlassen wollte, läutete sein Telefon. Gierig nach neuem Schreibmaterial langte er danach.

»Alles dreht sich um Corona.«

Die Stimme war so stark verzerrt, dass Fundner nicht sagen konnte, ob sie einem Mann oder einer Frau gehörte. Für ihn ähnelte sie einem Teletubby, der in eine Mülltonne gefallen war. *Winke. Winke.*

»Wer ist da?«

Welch glorreiche Frage. Jemand nahm die Mühe auf sich, die

Stimme zu verändern, um sich dann vorzustellen. Gestatten, Fundner. Volldepp Fundner.

»Das ist nicht wichtig. Vielmehr müssen Sie den Menschen begreiflich machen, warum ich morde.«

Beinahe wäre Fundner die Aktentasche aus der Hand gerutscht. »Und Sie tun es wegen Corona? Nimmt Ihnen das Virus nicht schon genug Arbeit ab?«

»Halten Sie Ihr vorlautes Mundwerk. Ich möchte, dass Sie einen Artikel verfassen, der auf die Unzulänglichkeiten der Corona-Politik hinweist. Dass viel zu vielen Menschen eine Stimme gegeben wird, die gar nicht erst Gehör finden dürften.«

Winke. Winke. Ein Spinner. Das fehlte Fundner gerade noch. Er hatte sich in den letzten Wochen und Monaten ausreichend mit Corona-Verfechtern und Corona-Leugnern auseinandergesetzt. Oft gab es dazwischen kaum etwas. Keine Grauzonen. »Aber gerade Sie haben eine solche Stimme, die gehört werden muss? Eine Stimme, die Sie verstellen. Klingt das nicht auch für Sie ein wenig wirr?«

»Ich verschaffe mir Gehör. Mit meinen Taten. Niemand wird mich überhören können. Und Sie werden mein Sprachrohr sein.«

Das wiederum ging Fundner gehörig gegen den Strich. Keinesfalls wollte er sich von irgendjemandem für die Verbreitung seiner Ansichten missbrauchen lassen.

»Sollten Sie mir nicht glauben wollen, wird Ihnen die Story Ihres Lebens entgehen.«

Ja. Ja. Winke. Winke.

Der Reporter war kurz davor, einfach aufzulegen. Obwohl man ihm beigebracht hatte, jede noch so kleine Möglichkeit auszuschöpfen.

»Und sollten Sie daran zweifeln, ob ich tatsächlich derjenige bin, hinter dem alle her sind, möchte ich Ihnen etwas anvertrauen.«

Fundner musste ein Gähnen unterdrücken.

»Einen weiteren Mord.«

Dem Reporter blieb die Luft im Rachen stecken. Er hustete.

»Schön, dass ich nun Ihre volle Aufmerksamkeit habe. Noch wurde die Leiche nicht gefunden. Aber das wird sich bald ändern. Und dann werden Rückschlüsse gezogen. Sollten Sie bis dahin nicht an Bord sein, werden Sie es bereuen.«

Der unbekannte Anrufer legte auf. *Ausgewunken.*

Und Armin Fundner stand da wie ein begossener Pudel. Unentschlossen. Übertölpelt. Sollte er tatsächlich auf die Forderung des Anrufers eingehen? Sollte er über die unzulängliche Corona-Politik schreiben? Er würde sich der Lächerlichkeit preisgegeben, wenn die Verbindung zu den Morden unhaltbar wäre. Sollte er das riskieren? Er focht einen inneren Kampf aus, der noch nicht entschieden war. Eines wollte er aber mit Sicherheit unternehmen. Entschlossen rief er Kommandant Hauer an.

VIRENLAST X_{67}
147.573.952.589.676.412.928

Sobald im Tal der Tag anbrach, machten sie sich auf den Weg. Es reichte Hauer. Mittlerweile warf er sich selbst Untätigkeit vor. Und er gab sich eine Mitschuld an Köhlers Tod. Wäre es ihnen bereits fruher gelungen, den Mörder zu überführen, würde Horst noch unter ihnen weilen.

Außerdem hatten Fundners Informationen einen wertvollen Beitrag geleistet.

Corona. Als würde die Krankheit nicht sowieso schon alle verrückt machen.

Ein weiteres Opfer.

Nicht auszudenken. Und falls es tatsächlich bereits zu einem weiteren Mord gekommen war, um wen handelte es sich?

Mit Vollgas rauschte er nach Dorfgastein. Kurz war er in Versuchung gewesen, das Blaulicht einzuschalten. Da aber auf der Bundesstraße kaum Verkehr herrschte, ersparte er sich das Bild eines dramatischen Auftrittes. Mit quietschenden Reifen bremste er vor dem Haus, das kaum größer als eine Telefonzelle schien. Es war so schmal, dass sich auf der Vorderseite in jedem der zwei Stöcke lediglich zwei kleine Fenster befanden. Eine Großfamilie würde hier jedenfalls nicht unterkommen.

Hatte Klaus Zehetner auch nicht. Im Gegenteil. Den Unterlagen zufolge war seine Frau verstorben. Bereits in der ersten Corona-Welle. Kinder hatte das Paar keine gehabt.

Klaus Zehetner hatte Horst Köhlers Leiche im Fluss gefunden. An einer kaum zugänglichen Stelle. Hauer hatte sich das angesehen. Zehetner musste auf allen vieren hinuntergeklettert sein. Wozu? Um zu pinkeln? Hatte er tatsächlich Köhler dort gefunden oder hatte er ihn mit seinem Transporter dort abgeladen?

Verdacht Nummer eins.

Der Berufsfahrer war – keiner konnte es ihm in Anbetracht des Ablebens seiner Frau verdenken – ein vehementer Maßnahmenbefürworter. Kompromisslos. Hatte er sich bei Fundner gemeldet und den Hinweis gegeben?

Verdacht Nummer zwei.

Ebenfalls aus den Unterlagen hatte Hauer erfahren, dass Zehetner gut mit Messern umgehen konnte. Mit Wurfmessern, um genau zu sein. Bis auf ein einziges Mal, bei dem er sich verschätzt und einen Mitbürger verletzt hatte. Körperverletzung. Minderschweres Delikt. Aber es war eingetragen.

Verdacht Nummer drei.

Und zum Drüberstreuen konnte Hauer noch anführen, dass er in seinem Job täglich Tiere zur Schlachtbank führte.

Verdacht Nummer vier.

Jedenfalls für Hauer ausreichend, um der Angelegenheit nachzugehen. Was hätten sie auch sonst tun sollen?

Er läutete an der Tür. Keine Reaktion. Er löste den Finger nicht mehr von der Klingel. Schließlich öffnete sich die Tür schwungvoll.

»Hey! Was soll das? Ich bin ja nicht taub.«

Klaus Zehetner stand in einem Bademantel vor Hauer. Auf einer Gesichtshälfte zeichneten sich Abdrücke vom Polster ab. In Bezug auf die Augenringe hätten sie auch im Partnerlook auftreten können. Offensichtlich hatte er noch geschlafen.

»Was wollen Sie noch von mir? Ich habe nichts mehr zu sagen und bereue es mittlerweile, Sie verständigt zu haben.«

»Es tut mir leid, Sie schon so früh zu stören.« Zuckersüß. Mit Speck fing man Mäuse. Wo auch immer jetzt der Speck herkommen sollte. »Ich würde mich gerne trotzdem noch einmal mit Ihnen unterhalten.«

Und mich dabei auch gleich ein wenig umsehen.

»Ihr müsst ja so richtig die Not in Dosen haben.« Zehetner machte auf dem Stand kehrt, ließ aber die Tür offenstehen, was Hauer zum Betreten der Unterkunft einlud. Er folgte dem Minihaus-Eigentümer in die Wohn-Ess-Schlaf-Küche und setzte sich an einen Resopaltisch, der leicht wackelte. Dort änderte Hauer seine Taktik und packte die Anschuldigungen aus.

Überrumplungseffekt. Alte Polizeischule. Oder was auch immer.

Klaus Zehetner blieb ruhig. Er prüfte die Länge seiner Fingernägel, kontrollierte die Dicke der Staubschicht auf der Fensterbank neben dem Tisch und tastete in einen Blumentopf, um den Flüssigkeitsstand zu messen. Zuletzt zündete er sich eine Zigarette an und blies Hauer den Rauch ins Gesicht.

Der Polizist wurde das Gefühl nicht los, dass sein Plan nicht aufzugehen schien. Bestätigung für diese Vermutung erhielt er, als ihn Zehetner zum augenblicklichen Verlassen seiner bescheidenen Hütte – im wahrsten Sinne des Wortes – aufforderte.

Verdammt. Er war eindeutig aus der Übung.

Eigentlich hatte er gar keine Übung im Verhören verdächtiger Personen. Wozu auch? Hatte er noch nie benötigt.

Da ihm mit der Darlegung seiner Verdachtsmomente auch sämtliche Argumente ausgegangen waren, folgte er der Aufforderung und versuchte dabei, sämtliche Details der Einrichtung, der wenigen Schränke und des einzigen Regals, in sich aufzunehmen. Womöglich würde er einen Blick auf etwas erhaschen, das mit dem Fall in Verbindung stand. Beispielsweise ein Selfie, auf dem Zehetner mit Köhler posierte, kurz bevor er ihn in den Wasserfall stieß. Dem Eindruck nach stellte sich nichts Auffälliges in den Vordergrund.

Verdammt.

Kessler hatte mittlerweile die Unterlagen aus Wien übernommen, die sie wegen der Anzeige von Herbst gegen Kündner angefordert hatten. Damit hatte sich Kessler auf den Weg zu dem Arzt gemacht. Hauer hoffte inständig, dass wenigstens sein Kollege bei der Vernehmung von Herbst erfolgreicher sein würde.

Virenlast X_{68} 295.147.905.179.352.825.856

Online-Bestellungen waren etwas Tolles. Jeder konnte im Internet eine schier unbegrenzte Zahl an Artikeln aufrufen, mit einem fingierten Nutzernamen und einem sinnlosen Passwort die Bestellung durchführen und die Produkte an eine beliebige Adresse liefern lassen.

»Soll ich übernehmen?«, fragte ein Mann, der mit Sicherheit auf ein dreistelliges Alter zuging, den Lieferfahrer, der offensichtlich erfolglos einen Karton in der Größe einer Schuhschachtel zustellen wollte. Dem kam das Angebot nur recht. Er ersparte sich damit einen neuerlichen Zustellversuch. Außerdem Alpträume und jahrelange psychologische Betreuung.

Der Pensionist packte die Schachtel unter seinen Arm und quälte sich am Stiegengeländer festhaltend ein Stockwerk nach oben. Hierhin kam er nur selten, da er im Erdgeschoss wohnte und seine alten Gelenke bereits mehr als verrostet waren. Nach einer gefühlten Ewigkeit des Aufstiegs klopfte er schließlich an die Tür seines Nachbarn. Zur Sicherheit.

Es würde niemand zu Hause sein. Ansonsten wäre ja auch dem Paketdienst geöffnet worden. Er würde daher die Schachtel in der Türleibung ablegen. Doch zu seiner Überraschung klickte die Tür, die aus dem Rahmen glitt und ein Stück aufschwang.

»Friedl?« Noch einmal klopfte er. Aus dem Wohnungsinneren strömte ihm ein angenehmer Geruch entgegen, der ihn an einen Selchbraten erinnerte.

Eine seiner Leibspeisen. Mit knuspriger Haut und zartem, saftigem Fleisch. Mit Sauce. Und Kartoffeln. Ihm lief das Wasser im Mund zusammen.

Wahrscheinlich hatte Friedl Gerstner, der sowieso ständig in Eile war, vergessen, die Wohnung abzuschließen. Er würde die Schachtel irgendwo im Vorraum hinterlassen und danach die Tür zuziehen. Neugierig blickte er sich um. Der ersten Einschätzung nach legte sein Nachbar nicht viel Wert auf Einrichtung. Alles hätte aus der zigsten Nutzungsgeneration stammen können. Der abgeschlagene Vorzimmerschrank, die windschief in der Wand montierten Haken, der verbeulte Schuhschrank, aus dem einige Schuhbänder wie Würmer heraushingen.

Wenigstens dürfte Friedl ein guter Koch sein. Und von Kulinarik hatte man sowieso mehr als von teuren Einrichtungsgegenständen.

Der Pensionist schlurfte einige Schritte weiter, schielte in Richtung Wohnbereich, mahnte sich dann aber dazu, nicht weiter in fremdem Besitz herumzuspionieren. Er wollte das Paket auf dem Schuhschrank positionieren. Dabei fiel sein Blick in den Spalt der angelehnten Badezimmertür. Dort sah er Blut.

Viel Blut.

Es hatte den einsehbaren Teil des Bodens völlig verklebt und dürfte seinen Ursprung in den schlaff nach unten hängenden Armen eines auf einem Stuhl Sitzenden gehabt haben, dessen Kopf durch die Tür verdeckt war. Der Aushilfspaketbote schob die hölzerne Raumtrennung weiter auf. Der Anblick dahinter ließ ihn mit einem plötzlichen Kreislaufversagen zusammenbrechen. Kurz dachte er noch daran, nie wieder einen Braten essen zu wollen.

Antikörper
68

Es begann mit einer leichten Übelkeit.

Wie schon vor Wochen.

Damals war der Test ebenfalls positiv gewesen.

Ein freudiges Ereignis.

Ihre Familie würde wachsen. Ihr Traum würde sich erfüllen.

Der positive Selbsttest in diesem Fall zeichnete ein gänzlich anderes Bild.

Kein Jubel. Keine Freudentränen.

Auf die Übelkeit folgten Halsschmerzen, dann dröhnende Kopfschmerzen, schließlich hohes Fieber. Die ganze Palette. Müdigkeit. Unendliche Müdigkeit.

Der trockene Husten tat Irmgard weh. Honig verschaffte ihr ein wenig Linderung. Halsschmerztabletten unterstützten. Sie bekam keine Luft durch die Nase. Selbst wenn sie mit diversen Sprays arbeitete. Ständig musste sie sich schnäuzen, wodurch die Nasenflügel schon ganz wund waren.

Eincremen.

Ihr Mann versorgte sie mit allen möglichen Medikamenten, Tinkturen, Salben und Vitaminen. Er wich nicht von ihrer Seite.

Impfdurchbruch.

Sie opferte sich immer für ihre Patienten auf. Und so wie es aussah, opferte sie sogar ihre eigene Gesundheit dafür. Sie konnte sich nur im Krankenhaus infiziert haben. Ansonsten pflegte sie kaum mehr Kontakte. Sie wollte das Risiko minimieren. Zum Schutz ihres Lebens. Zum Schutz des Lebewesens, das in ihrem Bauch aufwuchs.

Die Übelkeit verstärkte sich. Gefolgt von Unterleibsschmerzen. Sie krümmte sich.

Bitte nicht. Bitte, Gott, lass das nicht zu.

Doch alles Flehen nützte nichts. Das Fieber war zu hoch gewesen. Die Infektion zu stark. Die einsetzenden Blutungen zeugten vom verlorenen Kampf.

Irmgard zerbrach innerlich.

Das Virus hatte ein weiteres Leben gefordert. Ein noch ungeborenes Leben.

VIRENLAST X_{69} 590.295.810.358.705.651.712

Asche zu Asche. Staub zu Staub.

Horst Köhlers Begräbnis. Nur wenige Trauernde nahmen auf dem gepflasterten Platz vor der zierlichen Friedhofskapelle in Bad Gastein teil. Coronabedingt. Obwohl der Ort einen beliebten und hochrangigen Bürger verloren hatte.

Der Priester sprach ausschweifend über Horst. Über seine Arbeit. Über seine Tätigkeiten für die Gemeinde. Über seine Familie.

Dann übernahm Kessler. Birgit Köhler hatte ihn darum gebeten.

»Horst war mein Mentor. Er war mein Vorbild. Er war mein Freund. Horst hat sich durch seine Leidenschaft ausgezeichnet. Alles, was er machte, machte er mit Begeisterung. Er hat eine Lücke hinterlassen, die nicht zu füllen sein wird.« Die Notizen, die er hastig angefertigt hatte, zitterten in seiner Hand. Für so etwas taugte Kessler nicht. Er war kein großer Redner. Noch dazu wallten Erinnerungen in ihm hoch, die er gerne für immer begraben hätte.

Nach seiner Ansprache wurde Köhlers Sarg in den Leichenwagen verladen und der Konvoi mit seinen sterblichen Überresten zog von der Kapelle in Richtung Böckstein ab. An der Ortseinfahrt passierten die zehn Fahrzeuge eine geschnitzte Gams auf einem runden Holzblock. Neben Hirsch und Reh war die Gams das wichtigste Wildtier im Gasteinertal und symbolisierte den Bezug zur Jagd. Horst Köhler war ein leidenschaftlicher Wildhüter und Jäger gewesen und hatte jahrelang als Hegemeister gedient. Sein testamentarisch festgelegter Wunsch war es daher auch gewesen, auf dem Böcksteiner Friedhof beigesetzt zu werden.

Noch während sie auf dem Weg waren, meldete sich Ernie Hofstätter, die in der Polizeiwache die Stellung hielt, bei Hauer. Ein weiteres Mordopfer. Sofort ging Hauer davon aus, dass es sich dabei um jenes Opfer handeln musste, über das der anonyme Anrufer mit dem Zeitungsfritzen Fundner gesprochen hatte.

Friedl Gerstner.

Gemeinsam raste Hauer mit Kessler nach Köhlers Beisetzung zum Tatort, einem mehrstöckigen Wohnhaus in Bad Hofgastein. Dort versorgten immer noch zwei Sanitäter einen Pensionisten, der den Notruf abgesetzt hatte. In Gerstners Wohnung stießen die Beamten zuerst auf das Blut, das sich über den gesamten Badezimmerboden ausgebreitet hatte, mittlerweile aber eingetrocknet war. Die Handgelenke des Opfers, das auf einem Stuhl saß, waren der Ursprung der Blutlache.

»Wir haben eine neue Eskalationsstufe erreicht«, sagte Hauer zu Kessler, während er bestürzt die Verbrennungen im Gesicht und auf dem Oberkörper des Opfers begutachtete. »Es ist nicht mehr nur ein Mord. Hier wurde gefoltert. Der Mörder steigert sich immer weiter in seine Handlungen hinein.« Er dachte gar nicht mehr daran, dass es sich womöglich um mehrere Täter handeln könnte. Das war zu weit hergeholt. Der Mörder verfolgte einen Plan, den Hauer bislang noch nicht entschlüsselt hatte. Selbst die Vernehmung von Zehetner, dem Lastwagenfahrer, war ohne jegliche Erkenntnis geblieben. Und nachdem die Unterlagen aus Wien eingetroffen waren, hatte Kessler Dr. Herbst befragt, der Erwin Kündner wegen übler Nachrede angezeigt hatte. Herbsts Aussage zufolge war Kündner auf das Klinikpersonal losgegangen und hatte es als Mörder beschimpft. Doch auch diese Spur verlor sich. Denn Herbst hatte laut Kessler schon längst mit dem Vorfall abgeschlossen. Sie hatten einfach nichts in der Hand.

»Diesem Vorgehen des Täters liegt blanker Hass zugrunde. Das ist etwas Persönliches. Zwischen dem Mörder und Friedl Gerstner«, flüsterte Hauer erschöpft.

»Du meinst, dass sie sich gekannt haben?«

»Sieh dir seine Nase an.«

Kessler beugte sich nach vorne.

»Irgendwie zerdrückt. Schief. Von den Verbrennungen? Oder was meinst du?«

»Lass mich jetzt einfach mal philosophieren und die Geschehnisse rekonstruieren. Der Mörder klopft an Gerstners Tür. Er öffnet sorglos. Hat nichts zu befürchten. Kennt womöglich den Angreifer. Daraufhin wird er mit einem Schlag gegen die Nase außer Gefecht gesetzt. Er wird ins Badezimmer geschleppt, gefesselt, gefoltert und schließlich ermordet. Das hier war keine schnelle Hinrichtung. Im Gegensatz zu den beiden Deutschen und Brunner. Auch damals schon hätte er ausreichend Zeit gehabt, sich an ihnen auszutoben. Aber erst jetzt ist er zu dieser extremen Brutalität übergegangen. Warum? Das muss von Bedeutung sein.«

»Sicher. Nur leider erkennen wir diese Bedeutung nicht.«

»Wird er waghalsiger? Braucht er einen größeren Kick? Oder lag es an Gerstner?«

Kessler schüttelte nur den Kopf.

»Reich mir mal bitte einen Handschuh.« Hauer streifte sich eine zusätzliche Latexhaut über. »Was haben wir denn hier?« Er griff in Gerstners Hosentasche, aus der ein Zettel ragte. Vorsichtig zog er ihn heraus. Die Rückseite war weiß. Leer. Unbeschrieben. Hauer drehte ihn um.

»Ach du Scheiße. Was soll das jetzt?«, stieß Kessler hervor, der Hauer über die Schulter geblickt hatte. Auf der Vorderseite des Fundstücks war die Abbildung einer Gams, die auf einem Felsen thronte. Einer weißen Gams.

Wie das Tier, das sie erst vor einer knappen Stunde an der Ortseinfahrt zu Böckstein passiert hatten.

Die weiße Gams.

In Hauers Kopf ratterte es wie bei einer alten Registrierkasse.

Selbstverständlich kannte er die Bedeutung der weißen Gams. Jeder im gesamten Gasteinertal kannte sie.

Die Himmelwand.

Im Kötschachtal.

Ein Jäger war davon besessen gewesen, eine weiße Gams zu erlegen. Das Jagdfieber trieb ihn weit hinauf ins Gebirge. Immer weiter. Über schroffe Felsen und steile Hänge. Er stieg in die Himmelwand ein, kletterte nach oben, bis er weder vor noch zurück wusste. Ohne Hilfe würde er der Wand nicht mehr entrinnen können. In seiner Verzweiflung setzte er einen Schuss aus seiner Büchse ab, wodurch Talbewohner auf ihn aufmerksam wurden. Doch er hatte sich bereits so weit verstiegen, dass sie ihm nicht helfen konnten. Daher holten sie einen Pfarrer, der für den Verirrten beten sollte. Der Pfarrer hob seinen goldenen Kelch und unter dem Chor der Betenden erhob sich daraus eine Hostie, die bis hinauf zum Jäger stieg. Dieser wollte vor Ehrfurcht die zitternden Knie beugen, als ihn seine letzten Kräfte verließen und er zu Tal stürzte. Anstatt die weiße Gams zu erlegen, hatte ihn der Herr zu sich geholt.

Die Himmelwand-Sage. Eine der Gastein-Sagen.

Hauer bekam eine Gänsehaut. Ihm kam Köhlers Büro in den Sinn. Das Buch auf seinem Arbeitstisch. War das die Spur, die er verfolgt hatte?

»Nachdem ich von dir scheinbar keine Antwort bekomme und du gerade so abwesend wirkst, werde ich mich mal mit unserem Zeugen unterhalten, der Gerstner gefunden hat«, sagte Kessler und zog sich aus der Wohnung zurück. Hauer sammelte sich und schaute sich im Badezimmer weiter um. Er inspizierte den Schrank über dem abgeschlagenen Waschbecken, fand aber lediglich Zahnputzutensilien, Aspirin, ein paar Cremen und eine angerissene Packung Kondome. Die Toilette und die Duschkabine waren stark verkalkt und der Abfluss war mit Haarbüscheln verklebt. Gerstner war wohl kein Putzfanatiker.

»Ich habe mich mit dem Herrn unten unterhalten«, sagte Kessler bei seiner Rückkehr. »Und jetzt rate mal, wen er immer wieder hier in der Nähe gesehen hat.«

»Ich bin nicht in der Stimmung für Ratespiele, Hubert.«

»Felix Lackner.«

»Hat er Gerstner ausspioniert?«

»Scheint fast so.«

Lackner.

Um den Zusammenhang mit den Sagen weiterzuspinnen, würde er Köhlers Buch zu Rate ziehen. Aber zuvor wollte er sich um diesen Aufrührer kümmern.

VIRENLAST X_{70} 1.180.591.620.717.411.303.424

Hatte Felix Lackner bei Fundner angerufen? Irgendwie passte das nicht. Aber warum hätte er Friedl Gerstner ausspionieren sollen? Hatte er etwas mit dem Opfer zu tun? Wäre er in der Lage gewesen, Gerstner zu foltern?

All diese Fragen hätte ihm Hauer gerne gestellt. Doch Felix Lackner war nirgends aufzufinden. Hatte sich der Mistkerl etwa abgesetzt?

Die ganze Angelegenheit wurde immer vertrackter und Johannes Hauer rotierte förmlich. Es gab eine Unzahl an Verdächtigen, von denen sie niemandem etwas nachweisen konnten. Und jetzt verschwanden sie auch noch.

Mit zunehmender Dauer der Ermittlungen hatte Hauer genau das befürchtet. Deshalb hatte er an seinem Plan gefeilt. Doch in dem ganzen Durcheinander und nach Köhlers Tod war ihm sein Vorhaben entglitten. Er klemmte sich daher ohne weitere Verzögerung ans Telefon und versuchte, einen Zuständigen im Chiemseehof, dem Sitz der Salzburger Landesregierung, in die Leitung zu bekommen. So wie er es bereits vor Tagen hätte machen sollen.

Bevor Lackner das Weite gesucht hatte.

Ein neuerliches Versagen seinerseits.

Lange konnte er sich allerdings nicht in Selbstvorwürfen suhlen. Zuerst musste er eine Standpauke vom Landespolizeidirektor über sich ergehen lassen. Immerhin hatte Hauer allen Verantwortlichen versichert, die Lage im Griff zu haben und keine Unterstützung zu benötigen. Mittlerweile waren innerhalb kürzester Zeit sieben Personen im Gasteinertal eines unnatürlichen Todes gestorben. Und es stellte sich die Frage, ob Hauer inkompetent oder einfach nur selbstüberschätzend war.

Beides keine guten Eigenschaften. Das Ganze würde ein Nachspiel für die Ermittler haben, allen voran Hauer selbst. Es war ihm gleichgültig. Er wollte den Mörder aufspüren. Daher preschte er schließlich mit seiner Idee heraus.

»Das ist keine Entscheidung von einer Sekunde auf die andere«, musste er sich jedoch vom Landespolizeidirektor als Antwort auf seinen Vorschlag anhören. »Dafür benötigen wir gesetzliche Vorgaben. Und wahrscheinlich auch das Bundesheer.«

»Aber gerade die zeitliche Komponente ist der springende Punkt. Noch können wir darauf hoffen, dass sich der Mörder im Tal aufhält. Auch der Lockdown wurde innerhalb kürzester Zeit umgesetzt. Und wir müssen sicherlich nicht gleich die Streitkräfte mobilisieren. Das Gasteinertal ist ein Sacktal. Das erleichtert uns das Ganze.«

»Was ist mit der Bevölkerung? Wird die mitspielen?«

»Sie wird keine Wahl haben. Und sie ist ja sowieso schon einiges gewöhnt.«

»Und als Rechtfertigung wollen Sie wirklich Ihre Argumente heranziehen?« Sein Gesprächspartner klang immer noch in höchstem Maße skeptisch. Nicht zu unrecht.

»Dann würde uns das Virus wenigstens mal in die Hände spielen.«

»Sie wissen aber auch, dass Sie sich danach nicht herausreden werden können. Wenn das schief geht, wird man Sie an den Pranger stellen.«

Das war Hauer mittlerweile gleichgültig. Sollten sie ihn doch als Sündenbock verteufeln.

»Ich habe Lackner gefunden«, platzte Kessler in das Büro und Hauer schöpfte Hoffnung, seinen Plan vielleicht doch nicht mehr umsetzen zu müssen. Noch würde er die Reißleine ziehen können.

»Wo ist er?«

»Das wird dir nicht gefallen.«

Hauer klopfte mit einem Lineal auf die Tischplatte und verlieh damit seiner Ungeduld Ausdruck.

»Er wurde ins Krankenhaus gebracht. Schwere Coronainfektion.«

»Scheiße«, zischte Hauer und wollte die alles entscheidende Frage gar nicht stellen. »Wann wurde er eingeliefert?«

»Vor vier Tagen.«

»Verdammte Scheiße.« Das Lineal knickte in der Mitte. »Hätte er dazwischen rauskommen können?«

»Er braucht Sauerstoffunterstützung und bekommt Infusionen. Mit Ach und Krach kann er selbst aufs Klo gehen.«

Hauers mit Hoffnung gefüllte Seifenblase platzte schlagartig. Das ging sich zeitlich nicht aus.

Der Mord an Gerstner. Der Anruf bei Fundner.

Lackner war damals bereits im Krankenhaus gewesen. Dieses verdammte Virus hatte ihm zu einem wasserdichten Alibi verholfen. Damit zurück zu Hauers Plan.

Virenlast x_{71} 2.361.183.241.434.822.606.848

Hauer war mit Kessler im Schlepptau in die Dienststelle nach Bad Gastein gefahren, hatte sich an Feldner vorbei gedrängt und sich auf das Buch gestürzt, das Köhler hinterlassen hatte.

Einen dicken Wälzer. Unzählige Geschichten. So viele Sagen.

Verdammt.

Wie sollte er da rechtzeitig durchkommen und die entsprechenden Hinweise finden? Worauf war Köhler gestoßen? Entmutigt klappte Hauer das Buch wieder zu, wobei das Deckblatt offen liegen blieb. Auf der Innenseite befand sich ein Stempel. Eigentum des Gastein Museums.

War es Köhler womöglich gar nicht um die Sagen gegangen? Hatte es gar nichts mit Felix Lackner zu tun?

Kurt Schaller.

Die Schmetterlinge kehrten in Hauers Magen zurück. War es nach all den ermittlungstechnischen Rückschlägen so offensichtlich? War es das die ganze Zeit über gewesen? Hatte sich der Mörder bereits bei dem Überfall auf Erwin Kündner selbst den Strick gedreht? Er war erschlagen worden. Hatten sie die Tatwaffe schon die ganze Zeit vor Augen gehabt?

Ohne weitere Erklärungen zerrte er Kessler zurück ins Auto. Sie mussten zurück zu ihrer Dienststelle. Den Ordner mit den Fällen einpacken. Anschauungsmaterial. Und dann weiter zu Kurt Schaller, dem Museumsführer.

Bei ihrer Ankunft auf Schallers Anwesen meldeten sich lautstark einige Kühe aus den Ställen. Hauer wäre beinahe versucht gewesen, zu antworten. *Muuuhhh.*

Ansonsten wirkte der Hof verlassen. Hauer konnte kein Auto entdecken, wobei die Scheune, die womöglich als Abstellplatz diente, geschlossen war. Schnurstracks gingen die Beamten durch das Tor, überquerten eine sauber gemähte Wiese und stiegen eine Steintreppe zum Eingang des Hauptgebäudes hinauf. *Muuuhhh.*

Hauer klopfte. Stürmisch.

Kessler beobachtete das Spektakel. Noch immer hatte sich Hauer nicht dazu geäußert, warum sie hier waren. Die Fahrt über hatten sie schweigend verbracht. Jeder seinen eigenen Gedanken hinterher hängend.

»Was verschafft mir die Ehre?«

Muuuuh.

Schaller hatte sich rasiert, wobei er sich einige Schnitte zugefügt haben dürfte, die er mit Streifen von Toilettenpapier abgeklebt hatte. *Riskant*, wäre Hauer beinahe herausgerutscht. Mit Toilettenpapier durfte man nicht verschwenderisch umgehen in diesen Zeiten.

»Wir brauchen deine Expertise.«

Kessler spitzte die Ohren, als hätte er sich gerade verhört.

»Ihr auch?« Schaller wirkte erstaunt und geschmeichelt zugleich.

»Wer noch?«

»Kommt erst mal rein.« Er führte die Beamten in die Wohnstube, wo neben einem gemauerten Kamin Speck zum Trocknen aufgehängt war. Der köstlich würzige Geruch hatte sich ausgebreitet und Kesslers Magen gab ein gieriges Rumoren von sich. Mit beiden Händen versuchte er, das Geräusch zu unterdrücken. Unnötig. Niemand achtete auf ihn. Hauer hatte sich bereits auf einen der altmodischen Holzstühle gesetzt, die um einen länglichen Tisch herum angeordnet waren. Kessler tat es ihm gleich.

»Horst war unlängst bei mir«, ergänzte der Viehzüchter, nachdem er den beiden Beamten gegenüber Platz genommen hatte. »Kurz vor seinem … ach, ihr wisst schon.«

»Vor seinem Tod. Sprich es ruhig aus«, warf Hauer ein. Seine Körperspannung ähnelte einer Feder, die mit hohem Gewicht zusammengepresst wurde. »Er hat sich das Buch über die Gastein-Sagen von dir geborgt.«

»Das müsste ich dann bitte wieder zurückbekommen. Also, sobald halt …« Er verstummte und wurde rot. Für seine Sorge um Museumseigentum war wohl kaum der richtige Zeitpunkt.

»Keine Angst. Ich habe es hier.« Hauer griff zu der mitgebrachten Tasche. Daraus angelte er das Buch und einige Akten. »Es ist eine sehr umfangreiche Lektüre.«

»Wir können auch auf eine sehr umfassende Sagenwelt zurückblicken, Joe.«

»Ganz toll«, würgte Hauer die Begeisterung ein wenig ab. »Ich habe aber keine Zeit für ausgedehnte Studien. Daher möchten wir dich um Hilfe bitten.« Er nahm die Mappe über die Mordfälle, die er mitgebracht hatte, zur Hand und breitete etliche Fotos auf dem Tisch aus. Schaller rückte neugierig näher. »Das alles sind Tatortfotos. Bitte sieh sie dir genau an. Es geht mir um die Gastein-Sagen. Du bist bekannt für dein Wissen darüber. Findest du Gegenstände, die zu dem Thema passen würden?«

Es war eine reine Finte. Ein Ablenkungsmanöver. Hauer ging mittlerweile zwar davon aus, dass die Fälle über die Sagen zusammenhingen. Aber Köhler war noch auf etwas anderes gestoßen, das mit dem Museum zusammenhing. Oder besser gesagt mit seinem Bediensteten. Hauer hatte lediglich einen Vorwand gebraucht, um sich etwas ganz anderes näher ansehen zu können. Etwas, das er hoffentlich begutachten konnte, sobald Schaller sein Wissen ausufernd präsentierte. So wie bei der Führung mit der Schulklasse vor gar nicht allzu langer Zeit. Da Hauer kein besonders guter Schauspieler war, hatte er auch Kessler nicht in sein Vorhaben eingeweiht, da er ansonsten mit Sicherheit aufgeflogen wäre.

»Das ist spannend, Joe. Und es freut mich, dass du mein Fachwissen respektierst.«

Ganz genau. Dein Fachwissen, du Lügenbaron.

»Also sehr einfach ist es mal mit diesem Goldklumpen hier.«

»Der stammt aus der Wohnung der beiden Deutschen«, brachte sich Kessler ein, der bislang geschwiegen hatte.

»Das könnte ein Hinweis auf den ersten Goldfund hier im Tal sein. Ihr wisst ja, dass Gastein früher ein Paradies für Goldgräber war. Einer Sage nach soll ein Jäger vor vielen hundert Jahren in die Berge gestiegen sein, um Hochwild zu jagen.«

»Eine Gams?«, wollte Kessler wissen.

Schaller zuckte mit einer Schulter. »Wahrscheinlich auch. Ist aber nicht relevant. Jedenfalls war er ziemlich erfolglos unterwegs und am Ende des Tages ließ er sich erschöpft auf einem Felsen nieder. Dort versank er in ein Gebet, als sich plötzlich mit gewaltigem Poltern und Tosen eine Felsspalte auftat. In ihrem Inneren, im tiefsten Bergesgrund, erblickte der Jäger glänzendes Metall, das sich als reinstes Gold erwies. Er dankte dem Heiligen Hubertus, dem Schutzpatron der Jäger, und kehrte reich beladen ins Tal zurück. So hat der Goldrausch angefangen.«

»Interessant«, flunkerte Hauer weiter und schob sein Bein möglichst unauffällig in Richtung Schaller. Gleichzeitig fragte er sich, ob diese Schmierenkomödie überhaupt notwendig war.

»Hier ist noch ein sehr eindeutiger Hinweis auf eine Sage.«

Schaller kam immer mehr in Fahrt. Er schob die Fotos wie bei einem Memory-Spiel herum. »Eine Eintrittskarte in unsere Therme.«

»Du willst gar nicht erst wissen, wo wir die gefunden haben«, nuschelte Kessler.

»Wüsste ich schon gerne. Aber das werdet ihr mir sowieso nicht verraten. Drum erzähle ich euch einfach von der berühmten Sage über die Heißen Quellen.«

Mach das, du Narr. Gefällst dir wohl in deiner Rolle als Oberlehrer. Hast du deshalb die Hinweise platziert?

»In der Sage heißt es, dass inmitten der damaligen Wildnis – also bevor die große Zuwanderung begann – im Gasteinertal zwei Einsiedler lebten. Primus und Felician. Eines Tages kam über die Anhöhe der Drei Waller ein verwundeter Hirsch. In seinem Hinterlauf steckte ein Pfeil. Die beiden Einsiedler lockten den Hirsch heran und als er genug Zutrauen gefunden hatte, wuschen sie ihn mit dem warmen Wasser, das aus einer Felsspalte drang. Als die Jäger eintrafen, die der blutigen Spur gefolgt waren, baten die frommen Einsiedler um das Leben des edlen Hirsches. Die Jäger sollten stattdessen Berichte von der Heilkraft des warmen Wassers in die Welt hinaustragen, um so allen kranken Menschen Heilung und Genesung zu ermöglichen.«

»Du bist ja echt ein wandelndes Lexikon, Kurt.« Hauer hatte das Objekt seiner Begierde schon fast mit der Fußspitze erreicht. Es fehlten nur noch wenige Zentimeter.

»Du machst mich verlegen. Aber die Schulkinder lieben meine Geschichten. Und die hier ist auch ganz nett.« Mit einem Fingerknöchel klopfte er auf ein Foto, das Alois Brunner mit den viel zu kleinen Stiefeln zeigte.

»Dir ist aber schon bewusst, dass Brunner ermordet wurde.« Lange würde sich Hauer nicht mehr zurückhalten können.

»Ihr habt mich nach den Sagen gefragt«, rechtfertigte sich Schaller und verschränkte abwehrend die Arme vor der Brust.

»Jedenfalls geht's dabei um eine Alm«, plapperte er weiter, als hätte er seit Tagen niemanden mehr zum Reden gehabt. »Eine sehr fruchtbare Alm mit saftigen Wiesen und viel Vieh. Dort lebte ein selbstgefälliger und übermütiger Hirte. An einem hohen Festtag, den alle im Tal in Andacht verbrachten, bereitete sich der Hirte ein köstliches Mahl, trank Schnaps und begann unter lästerlichem Singen, Pfeifen und Fluchen, Schuhe zu flicken. Die Sennerin war ganz bestürzt und mahnte ihn, dem gotteslästerlichen Treiben ein Ende zu setzen. Doch er verhöhnte sie nur. Schließlich kam ein grauhaariger Mann in die Almhütte und forderte ihn auf, den entsetzlichen Frevel einzustellen. Vergebens. Er wollte weiterhin alles in seiner Überheblichkeit genießen.«

Womöglich kommt auch deine Überheblichkeit bald zu Fall.

»Da wurde es plötzlich finstere Nacht und ein schweres Gewitter ging über der Alm nieder. Blitze züngelten, ein Eisschauer prasselte auf die Wiesen und das laute Donnergrollen verschreckte die Tiere. Am Ende des Gewittersturms war die einst prächtige Alm verschwunden. Und der gottlose Hirte, der am Festtag seine Schuhe geflickt hatte, war zu Stein erstarrt. Als ewige Mahnung wird diese Bergspitze noch heute Schuhflicker genannt. Drüben in Dorfgastein.«

Als Schallers Stock von der Tischkante rutschte und umfiel, sprang Hauer auf. Er hatte der Gehhilfe mit den Zehenspitzen einen leichten Stoß verpasst und bückte sich nun danach. Hilfsbereit. Aber eigentlich hatte er ihn nur in die Finger bekommen wollen.

»Lass ruhig liegen, Joe. Ich kann euch auch noch was zu der Peitsche erzählen, wenn ihr wollt.«

»Du wirst noch viel Zeit haben für deine Geschichten, Kurt.« Hauer streckte Kessler den Gehstock entgegen.

»Wieso? Ich verstehe nicht.«

»Sieh dir den Griff an, Hubert.«

Kessler drehte den Stock in der Hand. »Du meinst den abblätternden Lack?«

»Ich meine die schwarze Farbe. Wie in Erwin Kündners Wunden.«

»Was geht hier vor, Joe?«

Hauer drehte sich zu Schaller zurück und fixierte ihn. »Möchtest du uns was beichten, Kurt? Hast du womöglich deine Liebe zu den Sagen etwas zu sehr ausgelebt? Bist du gar nicht der arme Krüppel, den du die ganze Zeit zur Schau stellst?«

Schaller schnappte nach Luft und fingerte nervös nach einer Schachtel Zigaretten. »Was willst du mir unterstellen?«

»Ich unterstelle gar nichts. Ich konfisziere hiermit deinen Gehstock. Und wenn wir das nachweisen können, wovon ich ausgehe, werden wir uns schon bald wiedersehen.«

Schaller hatte einen Glimmstängel entfacht und zog hektisch daran. Hyperventilieren mit Zigarette. »Du kannst mich mal kreuzweise, Joe.« Er schlug mit der Faust auf den Tisch. »Ihr werdet gar nichts finden.« Die Zigarette hüpfte in seinem Mundwinkel.

»Sei dir da bloß nicht zu sicher.« Hauer schluckte. Er hätte eine andere Reaktion von Schaller erwartet. Er hätte nicht gedacht, dass Schaller den Vorwurf so leicht wegstecken würde.

Die Polizisten verließen die Gaststube.

Muuuhhh.

»Halte dich für uns verfügbar, Kurt«, schickte Hauer dem qualmenden Viehzüchter noch nach. Auch wenn schon wieder Zweifel in ihm wuchsen. War er neuerlich auf dem Holzweg? Waren seine Rückschlüsse allesamt falsch?

Umso wichtiger war es, dass Hauers Plan kurz vor der Umsetzung stand. Dann würde ihnen weder Schaller noch sonst irgendwer entkommen können.

Muh. Und Punkt.

Virenlast X_{72}
4.722.366.482.869.645.213.696

Trotz zahlreicher bürokratischer Hürden war es letztlich schnell gegangen. Die Behörden gaben in einem Eilverfahren der Empfehlung und dem Vorschlag von Johannes Hauer statt und verlautbarten die entsprechenden Auflagen und Anpassungen rechtlicher Grundlagen.

»Aufgrund der dramatischen Entwicklung der COVID-19-Infektionszahlen in den Gasteiner Gemeinden wird mit sofortiger Wirkung eine Totalsperre des Tales ausgesprochen. Zumindest für die nächsten achtundvierzig Stunden ist es somit ausnahmslos niemandem mehr gestattet, das Tal zu betreten oder zu verlassen.«

Von einem Augenblick auf den anderen waren die Gasteiner von der Außenwelt abgeschnitten. Wegen des Virus, das nicht unter Kontrolle zu bringen war. Aufgrund steigender Inzidenzen.

Hauer wusste es besser. Er hatte Kessler über die Tatsachen in Kenntnis gesetzt. Corona war keineswegs der Grund für die neuerlichen Eingriffe in das Leben der Bewohner. Denn in dem so prächtigen Tal trieb vielmehr ein bösartiges Individuum sein Unwesen. Hauer hatte gehofft, es würde sich um Felix Lackner handeln. Doch der war von dem Virus aus dem Spiel genommen worden.

Hauers Verdacht hatte sich auf Kurt Schaller verlagert, nachdem ihm das Buch in Köhlers Büro aufgefallen war.

Die Gastein-Sagen. Schallers Gehstock.

Die Beweislage reichte aber keinesfalls aus, um Schaller zu überführen. Sie mussten mehr über ihn zusammentragen. Gleichzeitig waren Hauer neuerlich Zweifel gekommen. Er war bislang an der Nase herumgeführt worden. Mit Hinweisen und Fährten, um ihn auf Trab zu halten. Um ihn abzulenken, während der Mörder weiterhin sein Spiel spielte.

Hauer musste verhindern, dass sich der Täter absetzte. Dass er aus dem Gasteinertal verschwand und irgendwo untertauchte, solange Hauer immer noch im Dunkeln tappte und so viele verdächtig waren.

In all dem Wirrwarr war in Hauers Gedanken das Projekt »Abschottung« gereift. Der Mörder musste im Tal gehalten werden, um sich nicht seiner Verantwortung entziehen zu können. Das Problem sollte im Gasteinertal bleiben.

Die Zugverbindung wurde eingestellt. Somit blieb noch die Straße, die auf der einen Seite in Böckstein oder Sportgastein endete und auf der anderen Seite in den Klammtunnel führte. Vor dem Tunnel wurden Betonblöcke positioniert, die üblicherweise der Fahrbahnbegrenzung dienten. Eine Durchfahrt wurde so unmöglich. Auf dem LKW-Parkplatz davor wurde eine Umkehrspur eingerichtet.

Die gesamte Aktion wurde innerhalb kürzester Zeit mit Unterstützung der Salzburger Behörden und dem Bundesheer durchgezogen.

Zwar gab es immer noch einzelne Fußwege aus dem Tal, über die einst auch die ersten Siedler gekommen waren. Doch diese waren beschwerlich und teilweise bereits durch Schnee und Eis unpassierbar geworden. Dieses Restrisiko einer Fluchtmöglichkeit mussten Hauer und alle Beteiligten in Kauf nehmen.

Die Nachricht der Sperre verbreitete sich in der Bevölkerung wie ein Buschfeuer und löste Schock und Ungläubigkeit aus. So etwas hatte es noch nie gegeben. Als hätten die nächtliche Ausgangssperre und der darauffolgende Lockdown der Psyche der Einwohner nicht schon genug zugesetzt.

Hauer hatte alle Register gezogen, um seinen Plan umzusetzen. Er war dafür verantwortlich. Jetzt musste er endlich auch Resultate liefern. Ansonsten bestand wohl die Gefahr, dass man ihn, sobald die Wahrheit über die Talsperre ans Licht kam, auf dem Marktplatz lynchen würde.

*

Ich bin eingekesselt.
Ein vermeintlich kluger Schachzug.
Sollte ich nervös werden?
Wahrscheinlich.
Sinnlos?
Mit Sicherheit.
Ich bin überlegen.
Ausnahmslos.
Auch wenn ich ein Gefangener des Gasteinertals bin.
Aber war ich das nicht schon immer?

VIRENLAST X_{73} 9.444.732.965.739.290.427.392

Sie ging ihnen im Laufschritt voraus. Ihr weißer Mantel flatterte. Die niedrigen Absätze ihrer Schuhe klapperten in dem schmalen Gang.

»Danke, dass du dir gleich Zeit genommen hast, Adelina.«

»Gerne, Joe. Ich bin sowieso lieber hier, als zu Hause zu versauern. Noch dazu jetzt.«

»Wenn es noch schlimmer wird, bilden wir einfach eine Kommune.«

»Darauf werde ich dich irgendwann noch festnageln, Hubert.«

Die beiden Polizisten folgten der Gerichtsmedizinerin ins Untergeschoss des Klinikgebäudes. Anstatt dort in Richtung des Obduktionssaales abzubiegen, gingen sie an den Leichenkühlfächern vorbei in ein fensterloses Büro, das einem Labor ähnelte. Auf mehreren Tischen verteilt standen allerlei Gerätschaften, deren Aufgaben sich den Polizisten nicht erschlossen. Einzig das Mikroskop, auf das Dr. Mola zusteuerte, war ihnen bekannt. Sie legte Schallers Gehstock, der ihr von Hauer ausgehändigt worden war, daneben ab und zog eine metallene Schublade auf.

»Das hier sind die Farbpartikel, die ich aus Kündners Wunde entnehmen konnte.« Mola präsentierte den beiden Ermittlern einen kleinen Kunststoffbeutel, in dem sich ein Probenröhrchen befand. Die Spuren sahen aus wie zerfranste Muttermale. »Auf einen rein optischen Vergleich würde ich mich hier nicht verlassen. Unser Auge ist zu wenig sensitiv, um etwa Schattierungen in Schwarztönen zu unterscheiden. Das wäre nicht professionell.«

»Was schlägst du vor?«, wollte Hauer wissen, der neben sie getreten war.

»Meine Ausbildung in forensischer Spurenanalyse umfasste ein einziges Semester. Und das liegt schon ein Weilchen zurück. Aber ich würde im ersten Schritt eine Schichtdickenmessung der Lackspuren vornehmen. Wenn wir dabei auf eine Übereinstimmung stoßen, dann müssten wir die chemischen Bestandteile der Farben vergleichen, um ganz sicher zu gehen. Dafür bräuchten wir aber ein Spektralanalysegerät, um etwa eine Emissionsspektralanalyse durchführen zu können.«

»Ich verstehe irgendwie nur Bahnhof«, gab Kessler zu und erntete dafür ein aufmunterndes Lächeln. »Belassen wir es einfach mal bei der Schichtdickenmessung. Und dann sehen wir weiter.«

»Die Lackspuren müssen einfach übereinstimmen, Adelina«, wünschte sich Hauer und es hätte nicht mehr viel gefehlt und er wäre bittend vor ihr auf die Knie gegangen.

»Lass uns das überprüfen«, konterte sie bestimmt. Sie würde ihm keinen Gefallen tun und die Ergebnisse verzerren oder gar manipulieren. Dafür war sie zu professionell und würde das mit ihrem Gewissen nicht vereinbaren können. Ohne sich in weiteren Diskussionen zu verlieren, griff sie nach dem Gehstock und schraubte den Griff davon ab. Sowohl am Griff als auch am Schaft entdeckte sie Stellen, die nachbearbeitet worden waren.

»Der Besitzer dürfte jedenfalls seine Gehhilfe gut gepflegt haben.«

»Kannst du trotzdem was damit anfangen?«

»Wenn man ganz genau hinsieht, entdeckt man einzelne Bereiche, in denen die Farbe abblättert oder sich zumindest vom Metall darunter ablöst.«

»Es könnte also tatsächlich die Tatwaffe sein? Mit der Erwin Kündner niedergeschlagen worden ist!«, stieß Kessler aufgeregt hervor.

»Nicht so hastig, liebe Herren. Darauf hättet ihr selbst auch kommen können. Dafür benötigt ihr wohl kaum mein schier unfassbares Wissen.« Sie zwinkerte den beiden zu und nahm ein Skalpell zur Hand. Damit löste sie fein säuberlich eine Farbblase auf dem Schaft des Stockes und ließ die Probe in eine Petrischale fallen. Diese spannte sie in das Mikroskop, das wie ein Kaffeevollautomat mit zwei Linsenaufsätzen aussah. Die Petrischale befand sich dort, wo eine Tasse hingehört hätte. Dr. Mola regulierte einige Einstellungen, indem sie Stellräder drehte.

»Und dadurch erkennst du jetzt die Dicke der Farbschicht?«

Sie starrte weiterhin in das Mikroskop. »Nein. Ich muss nur die Grundeinstellungen vornehmen. Danach erfolgt die Auswertung über eine spezielle Software.« Mit der freien Handfläche klopfte sie auf den Monitor, der neben dem Mikroskop stand.

»So. Dann wollen wir mal nachschauen.« Sie langte nach dem Beutel mit dem Probenrohrchen, in dem sich ein Zettel befand. »Darauf habe ich meine Analyseergebnisse zusammengefasst. Falls es mal jemanden im Detail interessiert.«

»Du weißt, was mich interessiert.«

»Dir brennts ja ganz schön unter den Zehennägeln, Joe. Ich möchte nicht der Besitzer des Stockes sein. Den dürftest du ja ganz schön auf dem Kieker haben.«

Hauer erwiderte nichts. Doch sein Blick dürfte Bände gesprochen haben.

»So schlimm?«

Er nickte.

»Na, dann werde ich dich mal erlösen. Die Probe, die ich unserem Mordopfer entnommen habe, hat eine Stärke von 0,07 mm. Und der Lack auf dem Gehstock hier hat eine Stärke von«, sie konsultierte die Ergebnisse auf dem Monitor und fuhr mit dem Fingernagel ihres Zeigefingers eine Tabelle entlang, »0,04 mm.«

Die beiden Beamten standen da wie Rehe im Scheinwerferlicht.

»Also sind sie nicht gleich«, brachte Kessler nach einigen Schweigesekunden hervor.

»Der Lack, der die Tatwaffe umhüllt, ist qualitativ wesentlich besser. Dicker. Der Unterschied ist gravierend für einen solchen Materialvergleich. Ihr könnt daher davon ausgehen, dass die Proben nicht identisch sind. Tut mir leid.«

»Könnte es sein, dass der Lack ungleichmäßig aufgetragen worden ist und es dadurch zu den unterschiedlichen Messergebnissen kommt?«, stotterte Hauer und hielt sich dabei an der Tischplatte fest. Schon wieder drohte sich ein Hinweis in Luft aufzulösen.

»Der Gehstock wurde eindeutig maschinell angefertigt. Das ist kein Sammlerstück oder eine Handarbeit. Das erkennt man an der Regelmäßigkeit der aufgetragenen Lackschicht. Hier hat niemand nachträglich mit einem Pinsel nachgeholfen. Natürlich werden sich trotzdem kleine Schwankungen nachweisen lassen.«

»Bitte fertige zur Sicherheit noch diese andere Dings-Bums-Analyse an«, brachte Hauer zerknirscht hervor. »Vielleicht haben wir ja doch noch Glück?« So sehr hatte er gehofft, dass es sich bei Schallers Gehstock um die Tatwaffe handeln würde und er endlich eine Verhaftung vornehmen könnte. Hoffnung war ein gemeiner Verbündeter.

Virenlast X_{74}
18.889.465.931.478.580.854.784

Es war kälter geworden. Das Wetter hatte endgültig umgeschlagen. Die angenehmen Herbstwochen lagen in den letzten Zügen.

»Ich möchte mich in aller Form bei dir entschuldigen«, sagte Hauer zerknirscht.

»Du kannst mich mal, Joe. Kreuzweise.« Kurt Schaller riss dem Kommandanten den Gehstock aus der Hand.

»Es hat alles auf dich hingedeutet. Dein Wissen über die Sagen. Dein … na, du weißt schon.« Hauer deutete auf die Gehhilfe, auf die sich Schaller im Türrahmen seines Hofes stützte.

»Du kannst mich wirklich mal. Bist du allen Ernstes davon ausgegangen, dass gerade ich dieser – wie hat ihn Fundner genannt? – Tal-Killer bin? Dass ich mit meiner lädierten Hüfte durch Gastein schleiche und Leute überfalle? Sie dahinmeuchle? Abschlachte? Bei aller Liebe, Joe. Aber von etwas mehr Hausverstand wäre ich bei dir schon ausgegangen. Du verhältst dich wie ein frisch gefangener Polizeischüler, der nicht anständig bis drei zählen kann.«

Hauer ließ die Schimpftirade über sich ergehen. Er hatte es gar nicht anders verdient. Auch wenn ihm Kessler mehrmals versichert hatte, dass er an seiner Stelle nicht anders vorgegangen wäre. Das Wissen über die Sagen und der Gehstock hatten einfach perfekt zusammengepasst.

»Hast du dir eigentlich auch überlegt, was es mir gebracht hätte, diese Typen abzumurksen? Du willst mir doch nicht ernsthaft erzählen, dass deine einzigen Indizien mein Sagen-Fachwissen und mein Gehstock waren«, streute Schaller gerade weiter Salz in die Wunden. »Ist das wirklich alles, was ihr in den letzten Tagen herausbekommen habt?« Er wandte sich Kessler zu. »Habt ihr euch das gemeinsam echt so zusammengereimt?«

»Lass ihn da raus, Kurt. Hubert hat mit der Sache nichts zu tun. Das ist alles auf meinem Mist gewachsen.«

»Dann darf ich ja herzlichst gratulieren, Herr Gruppeninspektor Hubsi. Deine Ermittlungsbeiträge sind offensichtlich äußerst wertvoll. Kannst nicht einmal deinen Vorgesetzten von irgendwelchen waghalsigen, völlig absurden Theorien abbringen. Bist wohl so ein kleiner Wackel-Dackel, der zu allem Ja und Amen sagt.«

Kessler zuckte zusammen und Hauer spürte, dass er am liebsten auf den Viehzüchter losgegangen wäre und ihm mit seinem Gehstock eins übergebraten hätte.

»Ich kann euch gar nicht sagen, wie sehr ich die Schnauze voll habe von all den Arschlöchern, die hier herumirren. Es gibt überhaupt kein Miteinander mehr. Jeder ist nur mehr von einem völlig überzogenen Selbsterhaltungstrieb angespornt. Als gäbe es niemand anderen mehr. Egoismus pur.«

Schaller hieb mit seinem Stock auf den Boden, was Hauer an die Führung im Museum erinnerte.

»Habt ihr eigentlich eine Vorstellung davon, welche Probleme mir meine Hüfte macht? Unser lieber Dr. Schwarzenberg versorgt mich mit Medikamenten. Toll. Und das wars? Ich schaufle die Dinger wie Zuckerl in mich hinein. Und trotzdem helfen sie kaum noch was. Ständig habe ich Schmerzen. Jeder Schritt wird zur Qual. Und unser allseits beliebter Haus- und Dorfarzt kann auch nicht mehr machen.«

Inmitten von Schallers Gekeife hatte Hauer neuerlich einen Gedankenblitz.

Schwarzenberg.

Die Tabletten.

Alois Brunner.

Hauer war abgelenkt und hörte nicht mehr richtig zu. Dann schlug er sich mit der flachen Hand gegen die Stirn. Er musste endlich damit aufhören, jeden aufgrund unhaltbarer Vermutungen zu verdächtigen. Er durfte nicht auch noch den praktischen Arzt ins Spiel bringen.

»Entgegen deiner hirnverbrannten Unterstellung, Joe, dass es mir mit meiner Hüfte schon wieder gut ginge, müsste ich dringend zu einer Reha. Damit mir irgendjemand meine Gebeine einrenkt und ich diesen Drecks-Stock endlich in einem Graben entsorgen kann.«

»Was hindert dich daran?«, fragte Kessler gelassen. Offensichtlich hatte er Schaller seinen verbalen Angriff bereits wieder verziehen.

»Was mich daran hindert, willst du wissen? Dreimal darfst du raten, Hubert. Diese ganzen Coronainfizierten, die mit ihren kranken Ärschen die Kliniken und Reha-Zentren verstopfen. Wofür habe ich bloß mein ganzes Leben lang in diese verfluchte Krankenkasse eingezahlt? Damit ich jetzt krank sein muss? Damit mir eine ärztliche Versorgung verweigert wird, weil alle Krankenbetten wegen Corona belegt sind?« Schaller redete sich immer mehr in Rage. »Ich will auch zu meinem Recht kommen. Corona hin oder her.«

Hauer schnitt eine schiefe Grimasse.

Corona. Schallers Worte verpufften nicht wirkungslos.

Der Anruf bei Fundner. Der Mord an Friedl Gerstner.

Der telefonischen Offenbarung des Motivs waren sie bislang nicht weiter nachgegangen. Zu viele Ablenkungen. Zu viele andere Baustellen.

»Jedenfalls tut es mir wirklich leid, Kurt«, wiederholte Hauer. »Und wenn das alles hier mal ausgestanden ist, dann werde ich dir ein Festmahl bei der Manu oben auf der Schlossalm spendieren.«

»Du weißt, wie du mich ködern kannst, Joe.« Tatsächlich hatte Schaller ein schiefes Lächeln aufgesetzt, was so gar nicht zu seinem groben Auftreten passen wollte. »Ich werde dich beim Wort nehmen.«

»Mach das.«

Kann dir halt nicht versprechen, wie lange das noch dauert oder ob man mich bis dahin sowieso schon aus dem Tal verwiesen hat, hätte Hauer beinahe noch angefügt, als sich die beiden Polizisten umdrehten und den Viehhof verließen. Neuerlich schlugen die Kühe im Stall Radau. *Muuuhhh.*

Virenlast x_{75} 37.778.931.862.957.161.709.568

Der Klammtunnel hat eine Länge von knapp eintausendfünfhundert Metern. Er ist mit zwei Fahrspuren und zusätzlich einem Radweg ausgestattet, um auch den Sportlern ein sicheres Passieren zwischen dem Gasteinertal und dem Bezirk Lend zu ermöglichen. Die Einfahrten sahen aus wie das Maul eines Walhaies – weiß gefleckt und eckig mit abgerundeten Kanten. Das österreichische Bundesheer hatte auf beiden Seiten des Tunnels die Fahrbahnen mit Betonklötzen und Stahlträgern gesperrt, davor – in Abständen von fünfzig, hundert und zweihundert Metern – Warnschilder angebracht und neben den Absperrungen Soldaten in Kampfmontur und mit ABC-Schutzmasken postiert.

Wie in einem Kriegsgebiet.

Klaus Zehetner konnte es nicht glauben. Sie hatten tatsächlich ernst gemacht. Im Schritttempo fuhr er mit seinem Viehtransporter von Dorfgastein aus kommend auf die Absperrung zu. Es war der einzige Weg aus Gastein. Und er musste raus. Er war dazu berechtigt. Komme, was wolle.

Schon von weitem fuchtelte einer der Soldaten und deutete ihm an, umzukehren.

Scheiß drauf.

Sie würden wohl kaum auf ihn schießen.

Zwar verlangsamte er zusätzlich das Tempo und quälte die Kupplung. Doch er hielt nicht an. Zehetner hatte ja schon vieles in seinem Leben durchgemacht. Aber das schlug dem Fass wohl endgültig den Boden aus.

»Halt.«

Die Stimme durch das Megafon klingelte in seinen Ohren. Schockiert bemerkte er, dass neben dem Sprecher, der vermutlich irgendein höherer Offizier war, tatsächlich zwei Soldaten in Stellung gingen. Als würden sie sich dafür rüsten, ihn zu überwältigen. Im Notfall mit Gewalt. Zehetner brachte den Lastwagen zum Stehen und verließ die Fahrerkabine. Beinahe hätte er die Hände gehoben.

»Sie können hier nicht weiter«, ergänzte der Offizier sinnloserweise. Die Straßensperre würde sich wohl nicht von alleine in Luft auflösen.

»Ich muss hier durch«, versuchte er sich an einer möglichst autoritären Stimmlage, um seinem Gegenüber die Stirn zu bieten. Aus den Augenwinkeln heraus beobachtete er die beiden Soldaten, die das Sturmgewehr zwar noch nicht angelegt, aber dennoch griffbereit hatten. Dezent nervös.

»Es tut mir leid. Die Straße ist gesperrt. Niemand darf den Tunnel passieren.« Der Bundesbedienstete hatte das Megafon vom Mund genommen.

»Ich muss berufliche Erledigungen machen.« Zur Unterstreichung seines Argumentes deutete Zehetner in Richtung Lastwagen, auf dem seitlich der Firmenname prangte. »Ich bin für die Grundversorgung der Bevölkerung notwendig und unentbehrlich.«

War ihm gerade eingefallen.

Grundversorgung. Das klang immer gut. So wichtig.

»Es tut mir leid«, wiederholte der Beamte, klang aber nicht danach. »Wir können in den nächsten achtundvierzig Stunden keinerlei Ausnahmen machen. Das Tal ist dicht.«

»Achtundvierzig Stunden?« Beinahe hätte sich Zehetner verschluckt. *Sind Sie völlig irre?*, wäre ihm fast herausgerutscht. »Ich bin Tiertransporter. Ich muss zum Schlachter.« Dass er derzeit gar keine Tiere geladen hatte, musste er dem Rambo für Arme ja nicht auf die Nase binden.

»Keine Ausnahmen.«

Zehetner bekam einen Schweißausbruch. Dieser Scheißkerl wollte ihn um seine Verdienstmöglichkeiten bringen. Außerdem ließ er sich keinesfalls einsperren. Weder hier noch sonst wo.

»Wie heißen Sie?«

»Das tut nichts zur Sache.«

»Oh doch. Ich werde mich bei Ihrem Vorgesetzten über Sie beschweren«, drohte Zehetner und hoffte damit auf ein Einlenken. Hatte der Offizier die Schultern gesenkt? War das ein Zeichen dafür, dass er einknickte?

»Wir befinden uns in einer Krisensituation. Sie können jederzeit gerne bei der Regierung Ihren Unmut kundtun. Aber wenn Sie nicht sofort umdrehen, nehme ich Sie in Gewahrsam und beschlagnahme Ihr Fahrzeug.«

Ein Schweißtropfen sammelte sich in Zehetners Nacken und er widerstand der Versuchung, ihn wegzuwischen. Noch wollte er sich nicht geschlagen geben. »Was wollen Sie tun, wenn ich die Absperrung umgehe? Wollen Sie mich erschießen? Wollen Sie meinen Laster mit Raketen bewerfen? Wollen Sie sich eine Verfolgungsjagd mit mir liefern?« Er versuchte, die Alternativen möglichst lächerlich klingen zu lassen, um dem Offizier die Gesamtsituation begreiflich zu machen. Niemand konnte das tatsächlich ernst meinen. Niemand konnte allen Ernstes davon ausgehen, dass ein ganzes Tal einfach gesperrt wurde.

»Wir haben den Auftrag, die Zu- und Abfahrt ins Gasteinertal mit allen Mitteln zu verhindern.«

Dem gab es nichts hinzuzufügen. Mittlerweile sammelte sich der Schweiß in Zehetners Unterhose.

»Sie werden von mir hören«, brachte er wenig überzeugend heraus und drehte auf dem Stand um. Er konnte das Tal nicht verlassen. In Zehetners Innerem breitete sich ein brennendes Gefühl aus, das alles zu verzehren drohte.

VIRENLAST X_{76} 75.557.863.725.914.323.419.136

»Steht in den gerichtsmedizinischen Befunden irgendwas über den Impfstatus der Ermordeten?«, fragte Hauer seinen Kollegen, als sie nach dem Zusammentreffen mit Schaller wieder im Streifenwagen Platz genommen hatten.

»Glaubst du, dass wir es mit einem Spritzenjunkie zu tun haben? Jemandem, der es auf Ungeimpfte abgesehen hat?«

»Warum nicht? Es hat sich ein möglicher Zusammenhang mit den Gastein-Sagen herauskristallisiert. Was aber nichts über die Opfer selbst aussagt. Und wenn wir nicht davon ausgehen wollen, dass blindlings gewütet wird, muss es auch zwischen den Opfern Verbindungen geben. Das alles ist sowieso nur ein Fischen im Trüben.«

Kessler drehte sich auf die Rückbank, wo er die Akten der Ermordeten abgelegt hatte, und holte sie nach vorne.

»Adelina dürfte das routinemäßig mit überprüft haben. Ebenso, ob zum Zeitpunkt des Todes eine Coronainfektion vorlag, falls es dich interessieren sollte.«

»Tut es nicht.«

»Okay. Also. Ich habe hier mal Erwin Kündner. Ermordet in Bad Gastein. Erschlagen. Er hatte keine Impfung gegen Corona und damit auch keine Antikörper.«

»Treffer.« Hauer schlug aufs Lenkrad und wäre beinahe zu schnell in eine Kurve gefahren. Sie waren auf der richtigen Spur. Das fühlte er.

»Alois Brunner. Erstochen. In seinem Haus.« Kessler schnalzte mit der Zunge. »Hm. Eigentlich unverständlich. Du erinnerst dich an sein Tablettenarsenal? Und obwohl er so ein Tablettensuchtler war, ließ er sich nicht impfen. Und das in seinem Alter.«

»Doppeltreffer«, jubelte Hauer, auch wenn er noch gar nicht wusste, wie er diese neuen Erkenntnisse weiterverarbeiten sollte. Sie hatten endlich den roten Faden gefunden, der sich durch diese ganze Geschichte schnitt. Jemand machte Jagd auf Ungeimpfte. Oder Corona-Leugner. Es fügten sich die Teile zusammen.

Kessler blätterte weiter. Abrupt stutzte er.

»Was ist?«

»Das wird dir jetzt gar nicht gefallen. Unsere Theorie bricht gerade in sich zusammen. Friedl Gerstner war doch tatsächlich geimpft.«

»Nein.« Der Wagen kam quietschend zum Stehen. »Du verarschst mich. Lass mich sehen.«

Hauer zog die Unterlagen an sich. Seine Kopfbewegungen verrieten den Lesefortschritt. Langsam von links nach rechts, ruckartig zurück.

»Das gibt es doch einfach nicht. Ich war mir so sicher.«

»Dein Ansatz war auch gar nicht schlecht. Es kommt sogar noch besser. Hast du dir die nächste Seite angesehen?«

Hauer blätterte weiter. »Friedl Gerstner hat sich als besonders aggressiver Corona-Leugner aufgespielt. Er hat Demonstrationen gegen Gesundheitseinrichtungen organisiert. Immer an der Spitze.«

»Und hat sich in Wahrheit selbst so ein, wie er es bezeichnete, Giftgebräu in die Adern jagen lassen.«

»Also nichts weiter als ein Scharlatan. Ein Blender. Mit solchen Typen müssen wir wohl leben. Ob es uns gefällt oder nicht.«

»Jetzt wohl nicht mehr.« Kessler zog entschuldigend die Arme nach oben. »Du weißt, wie ich das meine.«

»Ich kann mit solchen Typen auch nichts anfangen«, winkte Hauer ab. »Aber weißt du was, Hubert? Das nimmt ihn daher noch gar nicht von meiner Liste.«

Kessler ließ die Arme sinken und schaute fragend.

»Gerstner hat sich als Impfverweigerer verkauft. Wer hätte herausfinden sollen, dass er sich doch hatte impfen lassen? Der Mörder hatte nicht unsere Quellen.«

»Guter Einwand.«

»Ach, Scheiße.« Hauer klappte die Unterlagen zu und schmetterte sie aufs Armaturenbrett, wo sie sich auffächerten. »War ja klar, dass unsere beiden deutschen Musterbürger auch geimpft waren. Es ist doch wirklich zum Ausrasten. Dieser ganze Drecksfall kann folglich nichts mit dem Impfstatus zu tun haben. War auch wieder nur so eine selten dämliche Idee von mir.«

Kessler schob die Unterlagen zusammen und sah sie neuerlich durch.

»Vielleicht hast du deine Auswahl einfach nur zu eng eingegrenzt, Joe?«

Jetzt war es an Hauer, ein Fragezeichen auf seiner Stirn abzubilden.

»Wenn ich mir die Unterlagen mit den näheren Angaben zu den Opfern, die Kathie für uns ausgearbeitet hat, so durchsehe, dann muss ich feststellen, dass alle in irgendeiner Weise negativ in Bezug auf diese Krankheit aufgefallen sind.«

»Du meinst …?«

»Es könnte um Verantwortung seinen Mitmenschen gegenüber gehen.«

Soziale Pflichten? Trieb das den Täter an?

*

Bin ich ein Feigling?
Von Anfang an war mir klar, dass ich für meine Taten zur Rechenschaft gezogen werden würde. Ich war dazu bereit.

Weil es für mich auch keine Alternative gab.

Und jetzt stellt sich unerwartet die Frage, ob ich mit meinem Feldzug doch davonkommen könnte. Habe ich meine Fallen so geschickt ausgelegt, um alle hineintappen zu lassen?

Könnte ich mich so aus der Affäre ziehen? Aber will ich überhaupt damit davonkommen? Würde es mir dann immer noch gelingen, allen begreiflich zu machen, worum es mir ging?

Ich muss das Andenken in Ehren halten. Ich muss die Leute wachrütteln. Wäre es sinnvoll, weiterzumachen? Weiterzuleben?

Aber will ich überhaupt noch leben?

Das ist die alles entscheidende Frage.

Die Antwort darauf wird bestimmen, ob ich jemand anderem die Schuld zuschieben sollte.

Wenn ich weiter darüber nachdenke, würde mir sogar jemand dafür einfallen. Ich müsste an den richtigen Fäden ziehen. In den entscheidenden Augenblicken gehörig auf der Hut sein.

Und dann? Ich würde weitersehen.

VIRENLAST X_{77}
151.115.727.451.828.646.838.272

Kessler ließ sich in den Stuhl an Hauers Schreibtisch fallen. Er atmete laut aus. »Du wirst das alles nicht glauben, Joe.«

Sie waren in die Dienststelle zurückgekehrt. Die Idee mit der sozialen Verantwortung ließ sie nicht mehr los.

»Kathie hat tiefer gegraben und noch so einige Details über Friedl Gerstner ans Licht gebracht.« Kessler breitete die Unterlagen auf seinem Schoß aus.

»Sie bewährt sich zunehmend besser und stellt sich wirklich geschickt an. Wäre eine ganz gute Partie«, sagte Hauer schmunzelnd, woraufhin Kessler energisch abwinkte. Und schnaufte. Mit aufgeblähten Backen.

»Jedenfalls wussten wir ja bereits, dass unser lieber Gerstner gerne mit Schildern und Parolen herumlief und diese am liebsten gleich auch lautstark zum Besten gab«, presste Kessler hervor. »Kathie hat Informationen von etlichen solcher Veranstaltungen zusammengetragen. Und weißt du, welcher Name da auch immer besonders heraussticht?«

»Felix Lackner.«

»Bingo«, kam von Kessler erstaunt. »Du überraschst mich.« Er schnippte mit dem Finger.

»Die beiden passen für mich einfach zusammen. Wie Faust auf Auge und so.«

»Denkst du, Felix könnte herausgefunden haben, dass Gerstner nichts weiter als ein billiger Heuchler und Blender war? Sind ihm seine Lügen zu bunt geworden? Hat er ihn aus dem Weg geräumt? Dann hätte er noch dazu in einem Aufwasch seine Vorherrschaft als Anführer einnehmen können.«

»Das würde passen. Das Problem ist nur, dass es Lackner ja nicht gewesen sein kann.«

»Vielleicht hat er das mit der Infektion nur vorgetäuscht?«

»Und hat sich dann in einer Nacht-und-Nebel-Aktion aus der Klinik geschlichen, gemordet und sich danach wieder in seinem Bettchen verkrochen und krank gestellt?«

Kessler kratzte sich am Kopf. »So wie du das sagst, klingt das wirklich lächerlich. Und wenn wir es doch mit mehreren Tätern zu tun haben?«

»Dann sollten wir wohl auch endlich mal zumindest auf einen stoßen.«

»Naja.« Kessler zog die Wangen nach innen und machte Schmatzgeräusche.

»Was?«

»Gerstner hat sich wegen seiner oft illegal abgehaltenen Demonstrationen auch diverse Anzeigen eingehandelt. Und du wirst niemals erraten, wer ihn auch mal angezeigt hat.«

»Dr. Volker Herbst.«

»Verdammt. Jetzt läufst du aber wirklich zur Hochform auf.«

»War nicht so schwer zu erraten. Ist bislang der Einzige, bei dem wir auf eine gewisse Anzeigenwut gestoßen sind. Aber hättest du ihn wegen der Morde verdächtigt? Du bist ja schon wegen Erwin Kündner bei ihm gewesen. Da ist dir auch nichts aufgefallen. Kann es sein, dass du was übersehen hast? Hat er dich eingewickelt?«

»Ich hatte damals ja keine konkreten Anhaltspunkte, nur lose Verdächtigungen. Und der Typ ist mit allen Wassern gewaschen. Ein sturer, zielgerichteter Hund. Auf seinen Vorteil bedacht.«

Hauer kramte nach seinem Mobiltelefon und wählte eine Nummer.

»Jau, Adelina. Joe hier. Ich habe eine Frage zu den Messerstichen unserer ersten drei Mordopfer.«

Kessler beobachtete das Gespräch zwischen Hauer und der Gerichtsmedizinerin, bei dem Hauer länger zum Zuhören verdonnert war. Entweder musste Mola erst nach einer Antwort suchen oder ihre Ausführungen waren äußerst ergiebig. Kessler wetzte währenddessen unruhig auf dem Stuhl herum und kippte ihn nach hinten. Schließlich beendete Hauer das Gespräch und wandte sich wieder seinem Kollegen zu.

»Meine Frage lässt sich nicht eindeutig beantworten. Wieder einmal.«

»Wenn ich das jetzt also richtig mitgekriegt habe, könnten laut Dr. Mola die Verwundungen sowohl in blinder Wut als auch mit gezielter Tötungsabsicht ausgeführt worden sein?«

»Genau. Sie traut sich nicht zu sagen, ob dafür medizinische Kenntnisse erforderlich wären. Oder ob es einfach nur Glückstreffer waren. Für den Täter wohlgemerkt. Oder ob er einfach so lange auf seine Opfer eingestochen hat, bis sie sich nicht mehr bewegten. Hätte der Gesuchte eine Bypass-Operation ausgeführt, wäre die Sachlage wohl eindeutiger.«

»Denkst du, dass Mola ihren Kollegen in Schutz nimmt? Immerhin arbeiten sie miteinander.«

Hauer schüttelte vehement den Kopf. »Sie hat keine Ahnung, wen wir in den Kreis unserer Verdächtigen aufgenommen haben.«

»Dann wollen wir das mal so glauben.« Beinahe wäre Kessler mit dem Stuhl umgekippt. »Aber weißt du, was unsere liebe Kollegin noch über Herbst herausgefunden hat?«

»Kathie arbeitet wohl auf Hochdruck an einer Beförderung.«

»Sieht ganz so aus. Jedenfalls betätigt sich unser vorbildlicher Arzt nebenbei als Autor.«

»Fachliteratur?«

»Eher Schundliteratur. Thriller. Je blutiger, desto besser. Und in einem seiner letzten Werke hat er seine Opfer ebenfalls mit einem Messer bearbeitet.«

»So wie in tausenden anderen, völlig austauschbaren Krimis, die unsere Polizeiarbeit darstellen, als wären wir alle miteinander Volldeppen.«

»Ja, natürlich. Allerdings hat Kathie ganz bezeichnende Parallelen zwischen seinen Formulierungen und den Todesursachen in unseren ersten drei Fällen festgestellt.«

»Das Urlauberpärchen. Ermordet mit einem Messer. Alois Brunner. Ebenfalls mit einem Messer ermordet. Und Erwin Kündner. Erschlagen«, fasste Hauer zusammen und richtete sich dabei auf.

»Kathie zufolge passt das.«

»Und du denkst, er wollte jetzt einfach mal seine Geschichten an lebenden Objekten umsetzen?« Hauer zog eine Augenbraue nach oben.

»Warum nicht? Er könnte es auch auf Inspirationen angelegt haben. Klingt für mich nicht allzu weit hergeholt.«

»Du hast recht. Und mehr als daneben liegen können wir sowieso nicht, wie wir bereits bewiesen haben. Das Beste wird sein, wir statten unserem Multitalent einfach mal einen Besuch ab. Wissen wir, wo er ist?«

»Als hätte sie es geahnt, hat uns Kathie auch gleich noch seinen Dienstplan mitgeschickt.« Triumphierend hielt Kessler einen Zettel in die Höhe. »Demnach müsste er heute in der Klink anzutreffen sein.«

Antikörper
0

Die Widerstandskräfte waren ausgegangen. Sämtliche Antikörper waren aufgezehrt.

Antikörper gegen das Leben. Ein grausames Leben. Ein ungerechtes Leben.

Irmgard hätte niemals erwartet, dass sie so empfinden könnte. Dass sich diese Gedanken in ihr Bewusstsein schleichen würden. Sie hatte ihr irdisches Dasein immer geliebt. Ihren Partner. Ihre Mitmenschen. Ihren Beruf. Ihre Welt.

Das Geschwür, das ihr Dasein zerfraß, war schleichend aufgetreten. Es war die Summe an Vorfällen, die das Geschwür langsam nährten. Einerseits unbedeutende Kleinigkeiten, über die üblicherweise hinweggesehen werden konnte. Die ausgebügelt werden konnten.

Wie Übelkeit wegen verdorbenem Essen.

Oder ein Stau auf dem Weg zur Arbeit.

Ein unangenehmer Dienstplan.

Ein Streit mit Freunden.

Eine Diskussion mit dem Ehemann.

Eine Falschabbuchung auf dem Konto.

Kleinigkeiten. Unbedeutend.

Und dann gab es in Irmgards Leben die wirklich gravierenden Probleme. Probleme, die das bereits wohl genährte Geschwür endgültig aufbrechen ließen.

Wie die Belastungen in ihrem Job.

Die tägliche Konfrontation mit dem Tod.

Das Virus.

Das Herunterfahren des öffentlichen Lebens.

Das Kind, das sie verloren hatte.

Alles zusammen hatte Irmgard ausgehöhlt. Sie war am Ende ihrer Kräfte.

Mehrmals hatte sie versucht, mit ihrem Mann darüber zu sprechen. Er zeigte sich stets einfühlsam und verständnisvoll. Wollte ihr eine starke Schulter anbieten. Es hatte nicht gereicht.

Daher hatte sie zusätzlich fremde Hilfe konsultiert. Bei einem Psychiater. Wo sie sich alles unbeschwert und vorbehaltlos von der Seele reden konnte.

Auch das war zu wenig gewesen. Ihr blieb die Flucht in ihre Leidenschaft. Die mystische Welt der Sagen. Eine Welt, die menschliche Fehler aufdeckte und gleichzeitig Ratschläge erteilte. Ein Wegweiser für Verhaltensmuster und zwischenmenschliches Zusammensein.

In schlaflosen Nächten hatte sie in ihren Lieblingsbüchern gelesen und nach Antworten gesucht. An einsamen Abenden hatte sie sich an die geheimnisvollen Stätten begeben, um dort Energie zu tanken. Und wann immer sie dachte, es ginge aufwärts, hatte sie ein neuerlicher Schicksalsschlag getroffen.

Ihr Leben war gescheitert.

Sie konnte nicht mehr. Zu viel war geschehen, was ihre Seele dem Geschwür zum Fraße vorwarf.

Es war die Zeit gekommen, zu handeln. Abzuschließen.

Irmgard fuhr zum Gasthof »Burgblick« in Dorfgastein, ohne jedoch die Gastfreundschaft von ihren Freunden Franz und Trudi zu genießen. Vom Auto aus schritt sie ohne Umschweife steil hinauf zu dem Weg, der zurück nach Bad Hofgastein führte.

Zu ihrem Lieblingsweg.

Dem Sagenweg.

Die einzelnen Schautafeln kannte sie bereits in- und auswendig. Inmitten der Geschichten und Legenden hatte sie sich stets wohl und behütet gefühlt.

Bevor ihr Leben all diese grauenvollen Wendungen genommen hatte.

Das Messer steckte locker in ihrem Hosenbund. Die scharfe Spitze durchlöcherte den Stoff, kratzte an ihrem Oberschenkel. Sie ignorierte den Schmerz.

Das Leben hatte ihr übel mitgespielt. Hatte sie gezeichnet. Verstümmelt.

Es waren die Menschen, die in ihr Leben getreten waren.

Bösartige Menschen. So viele von ihnen.

Irmgard setzte sich auf den Boden und lehnte sich mit dem Rücken an jene Schautafel, die ihre Lieblingssage von der »Weißen Gams auf der Himmelwand« erzählte. So gerne hätte sie die Geschichte ihrem Kind vorgelesen. Von dem Jäger in den Bergen. Von der Predigt. Ihrem Kind, das niemals das Licht der Welt erblickt hatte.

Sie weinte nicht. Alle Tränen waren aufgebraucht.

Irmgard warf einen Blick über ihre Schulter in den Wald hinein, der die Bergflanke bewuchs. Kräftig atmete sie ein und genoss den Geruch nach Tannen und Moos. Sie hörte das Knacken der Äste und den Ruf eines Vogels.

Und dann blickte sie nach vorne. Sie schaute zu der Bundesstraße, auf der dichter Verkehr herrschte. Menschen in Fahrzeugen. Menschen mit Wünschen, Hoffnungen und Sorgen. Menschen mit guten Absichten. Menschen mit unheilvollen Vorhaben. Menschen, die in ihrer kleinen Blase dahinvegetierten und sich nicht um andere scherten.

Irmgards Blick wanderte weiter zu der wunderschönen Naturhöhle, der Entrischen Kirche. Sie verdrängte all die Schrecklichkeiten der letzten Wochen und konzentrierte sich auf die Freude, die sie einst verspürt hatte. Bei ihrer Hochzeit. Bei den Feierlichkeiten, die ihr neues Dasein einläuten sollten. Mit den Menschen, die ihr gratulierten und sie beglückwünschten. Mit ihrem Ehemann, der sie verliebt anblickte und ihr die Welt zu Füßen legen wollte.

Sie spürte kaum den Schmerz des Messers. Mit der rechten Hand hatte sie sich die Pulsader der linken Hand aufgeschnitten. Der Länge nach. Um sicher zu gehen. Fasziniert beobachtete sie, wie das Blut zwischen der Haut hervorquoll. Wie es sich auf ihrem Arm ausbreitete und dann auf den Weg tropfte. Jeder Herzschlag drängte die kostbare Flüssigkeit aus ihrem Körper und verteilte sie auf den runden Kieselsteinen. Es versickerte zwischen Löwenzahn und Grashalmen. Und mit ihm versickerte Irmgards Leben.

Das Ende. Der Auslöser für den Anfang.

Der Anfang.

»Es tut mir so unendlich leid.«

Die hochstehende Vormittagssonne warf kurze Schatten über die Gräber. Der nahe Kirchturm verkündete die volle Stunde. Von der aufgrund der Reisebeschränkungen verwaisten Kurzone war nichts zu hören. Wo sich normalerweise unzählige Menschen tummelten, ihren Einkäufen nachgingen oder unterwegs in die Heiltherme waren, herrschte gähnende Leere. Deshalb beachtete auch niemand die einsame Gestalt auf dem Friedhof, die mit hochgestelltem Mantelkragen und tief in den Taschen vergrabenen Händen Selbstgespräche führte.

»Es tut mir so leid, dass ich dir nicht helfen konnte.«

Alle Tränen waren bereits vergossen. Es schien, als wäre keinerlei Flüssigkeit mehr in dem Körper zurückgeblieben, seitdem das Leben die verheerende Wendung genommen hatte.

»Ich hätte alles dafür getan.«

Die Gestalt stand mit dem Rücken zu der kleinen Rundkapelle mit dem zierlichen Erker und dem verwitterten Kupferdach vor einem schlanken Steinsockel, in dem ein Name eingraviert war. Alles, was übrig geblieben war.

Ein Name. Eine bloße Erinnerung.

»Es ist einfach nicht fair.«

VIRENLAST X_{78}
302.231.454.903.657.293.676.544

Seit Tagen überlegte Eva, ob sie sich bei ihrem Exfreund melden sollte. Der Gedanke belastete sie. War sie verpflichtet dazu? Würde sie sich danach besser fühlen? Würde es ihm danach besser gehen? Unschlüssig zwirbelte sie ihre Locken, roch daran, zwirbelte weiter. Ein nervöser Tick von ihr. Was sollte sie sagen? Würde er sich überhaupt über ihren Anruf freuen?

Plötzlich erwachte das Display ihres Mobiltelefons, irgendeine Push-Nachricht ging ein. Das musste ein Zeichen sein. Zögerlich suchte sie seinen Kontakt in der Liste. Der grüne Punkt auf dem Telefon leuchtete grell. Auffordernd.

Schließlich drückte sie ihn.

Am anderen Ende der Leitung tutete es. Sie zählte mit. Ihr Daumen ruhte auf der roten Taste. Noch gäbe es ein Zurück.

»Jau, Eva«, wurde sie von Hauer begrüßt. Seine Stimme war brüchig. Kratzig. Angeschlagen. Als wäre er unermesslich müde.

»Wie geht's dir?«

Sicherlich blendend, so wie du dich anhörst.

»Geht so. Wird besser«, antwortete Hauer.

»Ich wollte mich mal bei dir melden.«

»Danke.«

Es folgte eine peinliche Pause.

»Das mit Horst …«, setzte sie schließlich an und stockte neuerlich. Sollte sie ihr Beileid bekunden? »Wie geht's Birgit und Nathalie?« *Noch eine blöde Frage.*

»Du warst nicht beim Begräbnis.«

»Es tut mir leid. Hättet ihr mich dabeihaben wollen?«

»Ich hätte dich dabeihaben wollen.«

Das hätte sie nicht erwartet.

Du wirst doch nicht etwa doch mal Gefühle zeigen können?

»Ich bin nicht in Gastein.«

Bin noch rausgekommen, bevor alles dicht gemacht wurde.

»Wo bist du?«

»Auf Dienstreise in Frankreich.«

Sie blickte aus dem Fenster des Hotelzimmers und betrachtete den Eiffelturm.

»Das ist doch schön. Immer die richtigen Prioritäten setzen.«

Das muss gerade der Richtige sagen. »Du hättest dich genauso bei mir melden können.« *Nur nicht auf die alten Probleme eingehen. Das waren oft genug Streitpunkte gewesen.*

»Hätte ich.«

Im Hintergrund hörte sie Fahrzeuggeräusche.

»Du weißt, dass ich jederzeit für dich da bin. Auch wenn wir nicht mehr zusammen sind.«

»So wie beim Begräbnis? So wie jetzt?« Vorwurfsvoll. Verbittert.

Sie wollte sich trotzdem kein schlechtes Gewissen machen lassen. Es war ihre gemeinsame Entscheidung gewesen, die Beziehung auf Eis zu legen. Nachdem sie wochenlang, wenn nicht sogar monatelang, daran herumgezerrt hatten. Eine Beziehung sollte die Menschen bereichern und ihnen nicht das Leben erschweren. Jeder sollte sich darauf freuen, den anderen zu sehen. Denn immerhin ist Liebe das einzige Gut, das sogar mehr wird, wenn man es teilt.

Romantischer Stuss. Entbehrlich.

Und doch hatten sich Eva und Johannes die Liebe geteilt. Über einen langen Zeitraum hinweg. Schließlich wurde sie aufgeteilt und letztlich niedergetrampelt. Fein säuberlich. In kleinen, kaum merklichen Dosen. Und irgendwann war es zu spät und die Gefühle füreinander waren so weit abgeflacht, dass sich das Zerren nicht mehr lohnte.

»Wenn du mich brauchst, bin ich für dich da, Joe.«

Er legte ohne Verabschiedung auf, was ihr einen Stich ins Herz versetzte. Sie befand sich in der Stadt der Liebe und hatte ihre einstige Liebe wohl endgültig verloren.

VIRENLAST X_{79}
604.462.909.807.314.587.353.088

Bei der Auskunft saß eine Dunkelhaarige, die ihn freundlich begrüßte. Wie in den letzten Tagen nickte Hauer ihr lediglich zu. Kessler murmelte ein paar Worte. Dann folgten sie den farbigen Wegweisern am Boden, ohne anhand der zugeordneten Nummern die Richtung feststellen zu müssen. Das Büro von Dr. Herbst lag im ersten Stock der Klinik. Am Ende eines langen Ganges. Auf der anderen Seite der Stationen. Hauer klopfte nicht, sondern riss einfach die Tür auf.

Der Primar schaute erschrocken auf. »Die werten Herren! Was kann ich für euch tun?«, brachte er hervor. »Schön, dich auch wieder einmal zu sehen, Hubert.«

»Hallo, Volker.«

»Wir müssen uns dringend unterhalten, Dr. Herbst.« Hauer versuchte, sich unter Kontrolle zu halten und nicht allzu bissig zu klingen.

»Wenn Sie mich schon so besonders freundlich darum bitten.« Herbst machte eine einladende Geste in Richtung einer kleinen Sitzecke. Daneben stand ein Ficus, an der Wand darüber hingen etliche Auszeichnungen. Offensichtlich hatte sich Herbst in der Humanmedizin Ansehen erarbeitet. Außerdem Fotos von – soweit Hauer das beurteilen konnte – inneren Organen.

Scheußlich.

Auf dem Tisch lag ein vorsintflutliches Rüschendeckchen, das wohl seine Großmutter gestickt haben musste. Altmodisch.

Die beiden Polizisten nahmen an den Schenkeln der Bank Platz, die sich in die Raumecke schmiegte. Ein Fehler, wie sich noch herausstellen sollte.

»Ihr habt Glück. Ich muss erst in einer halben Stunde zu einer Operation. Zeit ist also Geld. Worum geht es?«

Kessler holte eine Aktenmappe hervor. Sie wirkte ein wenig zerknautscht, was an Hauers unsanfter Behandlung im Auto lag.

»Sie sind ja nicht nur im Operationssaal ganz schön umtriebig«, stellte der Kommandant fest und hielt dabei die flache Hand auf der Mappe. Herbst blinzelte in die Richtung, konzentrierte sich dann aber wieder auf seine beiden Besucher.

»Worauf wollen Sie hinaus?«

»Wollen Sie sich nicht erst einmal setzen?«

Widerwillig nahm Herbst einen der beiden Stühle, drehte ihn um, sodass die Rückenlehne in Richtung Tischkante schaute, und setzte sich verkehrt herum darauf. Ein wenig provokant, was zu seinem restlichen Auftreten passte. Er schaute so arrogant mit hoch erhobener Nasenspitze, dass ihm Hauer nur liebend gerne die Akten um die Ohren geschlagen hätte.

»Ich sitze. Also, heraus damit.«

»Sie beschweren sich gerne, wenn Ihnen etwas gegen den Strich geht.«

»Reden Sie doch nicht um den heißen Brei herum. Sprechen Sie über die Anzeigen, die ich erstattet habe? Es tut mir leid, falls ich euch damit Arbeit aufgebrummt habe. Aber was getan werden muss, muss getan werden. Und wenn sich sonst niemand darum kümmert, dann muss ich es halt tun.«

Hauer warf einen vielsagenden Blick zu Kessler, der diesen aber nicht erwiderte.

»Du hast Anzeige gegen Erwin Kündner erstattet.«

»Korrekt, Hubert. Und verdient, würde ich meinen.«

»Und du hast Friedl Gerstner angezeigt.«

»Hmhm.«

»Und jetzt sind beide tot.«

Herbst schoss das Blut in die Wangen. Mitten auf seiner Stirn hatte eine dicke Ader zu pochen begonnen. »Was wollt ihr mir unterstellen?«, knirschte er um Fassung ringend.

»Waren Ihnen die Anzeigen nicht genug?«, stichelte Hauer. »Wollten Sie den beiden einen zusätzlichen Denkzettel verpassen? Einen endgültigen?«

»Nun machen Sie aber halblang, Hauer.« Er wandte sich verstandnissuchend an Kessler. »Ich habe das doch auch für euch gemacht.«

»Wofür?«, platzte es aus Hauer heraus. »Um uns vor Corona-Maßnahmengegnern zu beschützen? Danke für die überaus wertvolle Mühe. Das können Sie sich sparen. Oder hätten Sie sich sparen können.«

»Nein, so war das nicht gemeint. Habt ihr nie …?«

»Ich kann mir schon vorstellen, wie du das meinst«, schimpfte Kessler und schlug dabei mit der Handfläche energisch auf den

Tisch, um weitere Ausreden gleich im Ansatz abzuwürgen. »Du glaubst, etwas für uns getan zu haben. In Wirklichkeit machst du das nur für dich.«

»So wie in Ihren Büchern«, preschte Hauer gleich hinterher. Sie durften ihn nicht mehr von der Angel lassen.

»Was haben meine Bücher damit zu tun?« Herbst schnappte nach Luft. »Freut mich aber, wenn Sie sie lesen. Gefallen Sie Ihnen?« Schnell hatte er sich wieder unter Kontrolle gebracht. Seine Selbstsicherheit füllte den Raum zum Platzen aus und entzog den beiden Polizisten beinahe den gesamten Sauerstoff.

»Sagen Sie es uns. Wollten Sie die Gasteiner Sagenwelt einmal in einem Ihrer nächsten Werke aufgreifen? Oder waren die Hinweise wirklich nur dazu da, um uns die Zusammenhänge zwischen den Mordopfern begreiflich zu machen?«

Herbst bewegte seinen Kopf von einem Beamten zum anderen. Und wieder zurück. Und nochmals zurück. Bis er wieder bei Hauer landete. »Ich habe echt keine Ahnung, worüber ihr beiden sprecht. Ihr solltet selbst Bücher schreiben. Bei eurer Fantasie. Sagenhaft, um einen passenden Ausdruck in dieser Angelegenheit zu verwenden.«

»Was ist mit den Morden, die du in deinen Büchern beschreibst?«, schickte Kessler noch hinterher. »Sie ähneln den aktuellen Morden, mit denen wir uns gerade abrackern müssen.«

Herbst legte die Hände auf die Tischplatte und verschränkte die Daumen ineinander. Dann zog er die entstandene Doppelfaust vor und zurück, sodass das Tischdeckchen verrutschte. »Sagt mal, ist das hier *Versteckte Kamera*? Wollt ihr mich verarschen? Ich glaube, ihr könnt in jedem Krimi oder Thriller, ganz gleich von welchem Autor, irgendwelche Morde finden, die mit euren übereinstimmen. Und gerade solche Messermorde sind ja nicht unbedingt ungewöhnlich.«

»Woher wissen Sie, dass die Messerangriffe *gewöhnlich* waren?«

Der Gesichtsausdruck des Arztes veränderte sich. Er kniff

die Augen zusammen, als hätte er soeben etwas Dummes ausgesprochen. Mit den Vorderzähnen bearbeitete er seine Unterlippe. Die Faust verschwand unter dem Tisch. Hauer bemerkte, dass er sich die Handflächen auf dem Oberschenkel abwischte.

»Aus den Unterlagen von Dr. Mola«, antwortete er schließlich. »Und ja, ich weiß. Die gehen mich eigentlich nichts an.« Dieses Mal schossen nur die Blicke zwischen Hauer und Kessler hin und her. »Aber diese Neugierde verdanke ich halt meinem Hobby, der Schriftstellerei. Und diese Gelegenheit habe ich mir nicht entgehen lassen dürfen.«

»Sie werden nie um eine Ausrede arm, Herbst, nicht wahr?« Hauer reichten die Ausflüchte. Er hatte alles gehört, was er hören wollte, um seine eigenen Schlussfolgerungen bestätigt zu wissen. »Ich werde Ihnen jetzt mal mitteilen, worauf wir gekommen sind. Sie schuften in diesem Krankenhaus. Um diese Arbeit beneidet Sie sicherlich niemand. Und Dank ernten Sie dafür auch von niemandem.«

»Selten«, bestätigte der Arzt.

»Und dann kommen zu allem Überfluss auch noch so Typen dazu, die Sie erst so richtig auf die Palme bringen. Die nicht nur keine Achtung vor Ihnen und Ihren Mitarbeitern zeigen, sondern darüber hinaus alles ins Lächerliche ziehen. Zuerst reichen Ihnen die Anzeigen. Aber irgendwann legt sich ein Schalter um. Und Sie möchten Zeichen setzen. Komme, was wolle. Zeichen gegen Ignoranz. Hat es deshalb auch das deutsche Pärchen erwischt? Sind sie Ihnen im Krankenhaus über den Weg gelaufen? Oder wurden Sie einfach nur auf ihre Autonummer aufmerksam? Sie hätten nicht in Gastein sein dürfen. Es gab die Reisebeschränkungen. War das der Anstoß? Ließ gerade das Ihren Geduldsfaden reißen? Waren Sie frustriert, dass Ihnen gerade solche Bürger die Arbeit zusätzlich erschwerten? Oder Brunner. Obwohl er sämtliche Ärzte zu Rate zog und kaum genug von irgendwelchen Mittelchen bekommen konnte, verweigerte er die

Impfung. Wollten Sie ihn vom Gegenteil überzeugen? Hat er Sie ausgelacht?«

»Hören Sie auf, Hauer. Sie sind völlig auf dem Holzweg«, brüllte Herbst und war kurz davor, aufzuspringen, weshalb Hauer zur Vorsicht langsam an den Rand der Sitzbank rutschte.

»Und dann haben Sie sich weiter hineingesteigert. Da kamen Ihnen die beiden aggressiven Querdenker nur noch recht. Bamhauser und Kündner. Schwierig, mit denen zu diskutieren. Ihnen Ihre Aspekte zu unterbreiten. Wahrscheinlich völlig sinnlos.«

»Ich weiß nicht, was Sie von mir wollen. Mit denen hatte ich kaum zu tun.« Herbsts Stimme überschlug sich, doch Hauer ließ nicht locker.

»Haben Sie sich daran aufgegeilt, Hinweise auf die Sagen zu hinterlassen? War das ein zusätzlicher Kick? Ein Wegweiser?«

»Ich habe überhaupt nichts hinterlassen. Und jetzt hören Sie endlich auf mit diesem Unfug. Ich werde mich über Sie beschweren. Hubert, unternimm etwas. Das könnt ihr doch alles nicht ernst meinen.« Auf seinem Hals hatten sich hektische Flecken gebildet.

»Wir werden etwas unternehmen. Wir werden Sie verhaften. Dringender Tatverdacht.«

»Das ist lachhaft. Sie haben überhaupt keine Beweise.«

»Wir haben genug.«

»Sie haben gar nichts«, brüllte Herbst. »Das ist Verleumdung. Und wie würde das denn bitte aussehen? Das ist imageschädigend, was ihr da vorhabt. Ihr macht mich vor allen lächerlich. Dann kann ich gleich meinen Beruf an den Nagel hängen. Ein Arzt, der in Mordfällen verdächtigt wird? Das ist ein berufliches Todesurteil. Habt ihr denn völlig den Verstand verloren?«

»Wir nicht, Herbst«, schleuderte ihm Hauer entgegen. Und dann ging es ganz schnell. Der Arzt sprang schwungvoll auf und rammte dabei den beiden Beamten den Tisch in den Magen. Noch während Hauer und Kessler nach Luft rangen, war

Herbst bereits bei der Bürotür, riss sie auf und stürmte nach draußen. Hauer hörte, wie er von außen den Schlüssel einsteckte und die Tür abschloss. Sie waren gefangen.

»Scheiße.«

Endlich kamen die beiden aus der Ecke heraus und zerrten an der Tür, die jedoch nicht nachgab. Kessler warf sich mehrmals erfolglos dagegen. Das Ding war stabil.

»Was machen wir jetzt? So ein Dreck. Wir haben uns ja ganz schön vorführen lassen.« Kessler kramte fieberhaft nach seinem Mobiltelefon. Plötzlich ertönten vom Gang her Schreie. Ergänzt von einem Scheppern. Dann ein Poltern. Und weitere Schreie. Was ging da bloß vor sich?

Virenlast X_{80} 1.208.925.819.614.629.174.706.176

Felix Lackner musste dringend pissen.

Besonders dringend.

Seine Blase stand kurz vor dem Platzen. Er umklammerte seinen Penis und drückte fest zu, um den Harndrang zu verringern.

Es war wirklich dringend. Und dieser Scheißer aus dem Nebenbett hatte sich einige Minuten zuvor auf der Toilette ausgetobt. Wie in einem schlechten Film. Mit Stöhnen, Furzgeräuschen und platschendem Wasser.

Igitt.

Die Duftwolke, die er beim Verlassen hinter sich hergezogen hatte, stank nach Verwesung im fortgeschrittenen Stadium.

Doppeligitt.

Er hatte keine Lust, sich inmitten dieser giftigen Gase zu erleichtern. Daher packte er seinen Infusionsständer, überprüfte kurz, wie zittrig er auf den Beinen war, und schlurfte dann auf den Gang, wo sich ein weiteres WC befand.

Dort wäre er ungestört. Stinkfrei.

Außerdem wollte er mal raus aus dem Zimmer. Auch wenn es nur für eine kurze Zeit war. Das ständige Schnarchen, Schnaufen, Husten und Röcheln ging ihm schon gehörig auf den Sack. Glücklicherweise befand er sich selbst auf dem Weg der Besserung, auch wenn ihm dieses verdammte Virus gehörig eines über den üblicherweise strengen Scheitel gezogen hatte.

Er öffnete die Zimmertür. Der Gang war leer. Aus dem Erdgeschoss hörte er etwas, das sich wie eine quietschende Putzmaschine anhörte. Oder ein Rudel Hamster auf Krankenhausexkursion. Er schlurfte in Richtung der Toilette. Eine Hand am Infusionsständer. Seine Beine waren wie Pudding. Seine Nervenenden schickten irritierende Signale an den Hirnstamm. Als würden sich seine Füße in drei Metern Abstand von ihm bewegen. Sein Magen rumorte und gab ein eindringliches Rumpeln von sich. Eine laute Stimme überspielte das Geräusch.

»Hören Sie auf, Hauer. Sie sind völlig auf dem Holzweg.«

Dr. Herbst? Eindeutig.

Unterhielt er sich mit Johannes Hauer? Dem allseits beliebten Polizeikommandanten? Hier in der Klinik?

Interessant. Davon wollte er mehr mitbekommen. Schlagartig konnte er seinem Gehirn befehlen, den Pinkeldrang zu unterdrücken. Scheinbar war Herbst in seinem Büro, das sich am anderen Ende des Ganges befand. Felix Lackner packte seinen Infusionsständer, spreizte die Zehen, damit er seine Krankenhausschlapfen nicht verlor, und schlich in Richtung des Büros.

Der Pudding hatte sich in Muskelmasse verwandelt.

Trotzdem rebellierte noch einmal sein Magen. Wahrscheinlich wegen der ungewohnten Anstrengung. Oder womöglich waren auch einfach nur die Medikamente schuld, mit denen er seit Tagen vollgepumpt wurde. Entweder um das Virus aus seinem Körper zu jagen oder um ihn ruhig zu stellen. Oder um ihn zu vergiften und das Bett frei zu bekommen.

Sein Atem ging stoßweise. Ihm wurde schwarz vor Augen und er musste sie schließen. Wie aus einer Parallelwelt hörte er weitere Stimmen, deren Sinn er nicht erfassen konnte. Er konzentrierte sich vielmehr auf seine Atmung. Nach einigen Sekunden wagte er es, die Augenlider wieder nach oben zu ziehen. Scheinbar hing ein tonnenschweres Gewicht daran. Er sah den Krankenhausgang. Graues Linoleum. Fleckig. Gelblich gestrichene Wände. Flackernde Neonröhren.

Irgendwie gruselig. Wie in einem Horrorfilm.

Nicht zum ersten Mal nahm sich Lackner vor, so schnell wie möglich von hier abzuhauen.

Schließlich rülpste er und presste die überschüssige Magensäure wieder nach unten. Er traute sich weitere Schritte zu. Bei einer Abzweigung verharrte er. Hier ging es zu weiteren Zimmern.

»Das ist lachhaft. Sie haben überhaupt keine Beweise.«

Wieder Herbst. Noch lauter. Noch erregter.

Lackner spitzte die Ohren. Wie bei einem Fernseher mit schlechtem Empfang riss die Verbindung zu seiner Außenwelt ab. Wenn das so weiterging, würde er zuerst in den Gang kotzen und dann noch hinpinkeln. Und zuletzt mit dem Gesicht voran in die eigenen Ausscheidungen fallen.

Verfluchte Neugierde.

In diesem Augenblick flog Herbsts Bürotür auf und knallte gegen die Wand. Lackner erschrak und hätte beinahe den Infusionsständer umgerissen. Der Arzt erschien im Türrahmen wie der Teufel auf Drogen. Sein Blutdruck hatte ihn knallrot gefärbt und er ging in gebückter Haltung. Fehlte nur noch aufsteigender Dampf aus seinen Nasenlöchern. Im Hintergrund vermeinte Lackner, Hauer zu hören. Herbst stampfte auf und schmiss die Tür zu. Was war bloß los mit ihm? Er wirkte völlig irre.

Zur Sicherheit machte Lackner einen Ausfallschritt zur Seite und versteckte sich in dem Seitengang. Er durfte eigentlich gar nicht hier sein. Er war immerhin positiv. Höchst ansteckend.

Ein wandelnder Seuchenhaufen. Herbst durfte ihn nicht entdecken. Wer weiß, was er mit ihm machen würde.

Sein Magen grummelte warnend. Parallel dazu hörte er ein Klicken und wagte einen Blick um die Ecke. Herbst verschloss sein Büro und trat einige Schritte zurück. Wie ein Künstler, der sein Werk kritisch begutachtete. Von innen ertönte ein krachendes Poltern. Als wäre ein Lastwagen gegen eine Hauswand geprallt. Hatte Herbst gerade jemanden eingesperrt? Hauer?

Lackners Instinkt übernahm die Kontrolle. Seine mageren Erfahrungen im Polizeidienst ließen ihn kombinieren.

Herbst sperrte Hauer ein.

Da war was faul. Oberfaul.

Keine große Meisterleistung. Kein neuer Sherlock Holmes. Aber unter Einbeziehung all der Drogen, die er intus hatte, und seinem geschwächten Körper, zumindest respektabel. Lackner sah sich um, während er Herbst näherkommen hörte.

Hatte der Arzt etwas ausgefressen? Wollte er fliehen? Wollte er sich dem Gesetz entziehen?

Ganz gleich. Jedenfalls müsste er genau in den Gang kommen, in dem Lackner stand. In seiner Krankenhauskluft. Mit freiem Rückenausschnitt. Mit dem Infusionsständer und seinem Penis in der Hand.

Der Primar würde um die Ecke schießen, ihn in seiner Albernheit sehen, ihm den Infusionsständer aus der Hand und die Spritzen aus seiner Haut reißen, ihm einen Faustschlag verpassen und zu Boden schicken. Dann war der Weg frei.

Ein wenig schmeichelndes Szenario. Und daher tat Lackner das, was ihm zuerst in den Sinn kam. Was ihm seine Instinkte rieten. Oder vielleicht war es auch einfach nur die Angst, sich lächerlich zu machen. Er stakste zwei Schritte rückwärts, klammerte sich an den Infusionsständer, zog die Patschen aus und versuchte, möglichst Standfestigkeit zu erlangen. Breitbeinig.

Herbst kam näher.

Lackner hörte seine hektischen Atemzüge, bevor er im Seitengang auftauchte. Immer noch knallrot. Leuchtend. Verschwitzt. Erregt.

Lackner schrie so laut er konnte. Es waren keine Worte. Irgendwie animalisch. Bis sich der Schrei in ein Husten verwandelte. Trotzdem blieb der Arzt wie angewurzelt stehen und schrie ebenfalls erschrocken auf. Mit dem dreibeinigen Gespenst (zwei Füße und ein Ständer, also ein Infusionsständer) hatte er nicht gerechnet. Diesen Moment der Überrumpelung nutzte Lackner. Er versetzte dem Rollwagen, auf dem die Pflegekräfte Handtücher, Seifen, Beutel, Bettpfannen und Erwachsenenwindeln horteten, einen Stoß. Er rumpelte auf Herbst zu und traf ihn mit vollem Schwung im Bereich seiner Weichteile. Lackner bildete sich ein, ein Knacken zu hören. Oder war es eher ein Platschen? Als würde ein mit Wasser gefüllter Luftballon aus einem mehrstöckigen Hochhaus auf der Straße landen. Er schielte zu seinem Infusionsbeutel, der heil geblieben war. Herbsts Schmerzensschrei war untrüglich. Der Rollwagen hatte ihm zugesetzt. Er ging zu Boden, der Inhalt des Wagens verteilte sich über ihn. Eine Bettpfanne traf ihn mit einem leisen Gong auf den Kopf.

Dong.

Die Kampfrunde war eingeläutet. Lackner ließ sich mitsamt dem Infusionsständer auf den Arzt fallen. Sein Ellenbogen traf Herbst oberhalb der Stelle, wo der Rollwagen eingeschlagen hatte. Sein Knie schlug schmerzhaft auf dem Linoleum auf. Herbst rollte sich auf die Seite und packte Lackner an einem Haarschopf, der nicht mehr von einer Emulsion zusammengehalten wurde. Herbst zog daran. Kräftig. Offenbar in der festen Absicht, ihm die Haarwurzeln zu ziehen.

Die Wurzel von neun ist drei, kam Lackner in den Sinn, während er seine Faust in eine der oberen Körperregionen seines Gegners bohrte, die knirschend nachgab. Vielleicht würde Herbst all seine Beißerchen ausspucken und einen Zahnarzt benötigen.

Noch war sein Kampfgeist allerdings nicht besiegt. Herbst griff nach der Bettpfanne und wollte Lackner den Scheitel nachziehen. Unter Aufbringung einer letzten Anstrengung konnte er das Metall abwehren und wegschleudern.

Dong.

Als hätte sie auf das Startsignal gewartet, entleerte sich jetzt doch noch Lackners Blase. Die warme Flüssigkeit breitete sich aus. Herbst schrie neuerlich auf und robbte davon. Lackner konnte ihm nur mehr zusehen. Er hatte keine Kraft mehr für weitere Aktionen. Herbst würde entkommen.

»Bleiben Sie liegen, Sie Mistkerl.«

Hauer. Welch freudiger Anblick. Offensichtlich war er aus Herbsts Büro entkommen. Er hatte seine Waffe auf den Arzt gerichtet, der die Arme über den Kopf zog.

»Sie sind hiermit verhaftet. Wegen mehrfachen Mordes.«

Wie bitte?

Lackner konnte nicht glauben, was er da hörte. Herbst sollte der gesuchte Mörder sein?

Scheiße.

Er hatte einen Mörder an sich herangelassen. Hatte sich von ihm mit Medikamenten vollstopfen lassen. Hatte mit ihm gekämpft. In seinem Zustand.

»Stehen Sie auf«, befahl Hauer und Herbst rappelte sich in die Höhe. Lackner spürte eine Hand auf seiner Schulter. »Nicht schlecht, Herr Specht.« Kessler hatte sich zu ihm auf den Boden gekniet. Der Pfütze ausweichend. »Dank deines Einsatzes konnten wir Herbst gleich hier fassen. Wer weiß, wohin der sich sonst abgesetzt hätte. Kannst stolz auf dich sein, Felix.«

Stolz?

War er schon lange nicht mehr auf sich gewesen. Und doch war es gerade jetzt in diesem Krankenhaus geschehen. Felix Lackner war zu einem Helden geworden.

Zu einem angepissten Helden.

Virenlast X_{81}
0
Epilog

Es wehte ein laues Lüftchen. Die Sonne stand hoch am Himmel und wärmte das Kötschachtal trotz der bereits in Richtung Winter weisenden Jahreszeit. Hauer wusste, dass die Tage für Wanderungen gezählt waren. Bald würden die Temperaturen in den Keller rasseln und die Landschaft von einer Schneedecke überzogen werden.

Gerade deshalb war Hauer froh, seinen Kollegen Kessler doch noch zu einem Ausflug überredet zu haben. Sie parkten beim Hoteldorf »Grüner Baum« und schlenderten in einem angenehmen Tempo zwischen aufgelassenen Hotels an der Holzschnitzerwerkstatt mit ihren kunstvoll gefertigten Wildtieren vorbei Richtung »Himmelwandhütte«. Nur damit hatte er seinen unsportlichen Kollegen locken können.

Bewegungsoptimierend, nannte es Kessler.

Faulheit fand Hauer treffender. Obwohl, wenn er mal in Fahrt gekommen war, konnte man dem Jüngeren einen gewissen Enthusiasmus nicht absprechen. Und die besten Strudel der Welt zogen ihn förmlich magnetisch an.

Apfelstrudel. Topfenstrudel. Heidelbeerstrudel. Zwetschkenstrudel. Strudel über Strudel. Beim Schmökern der Strudel-Karte wurde einem ganz strudelig.

Hauer hatte trotz aller Strudelverlockungen einen Fleischkrapfen mit Sauerkraut gewählt. Aufgrund des immer noch währenden Lockdowns hatten sie sich mit den Köstlichkeiten eingedeckt und das Ganze auf einer Bank vor der Hütte verzehrt. Eine Ausgabe durfte ja erfolgen. Im Lokal zu essen war wiederum verboten. Oder im Gastgarten. Die beiden Gesetzeshüter wollten die Sinnhaftigkeit der Maßnahmen besser nicht hinterfragen.

Wann würde endlich wieder Normalität einkehren?

Wenigstens war im Hinblick auf die Morde im Gasteinertal Ruhe eingekehrt. Dr. Volker Herbst war von Hauer und Kessler mit Unterstützung ihres selbsternannten Hilfssheriffs überführt und dingfest gemacht worden. Der Arzt wartete in Untersuchungshaft auf seine Anklage, die auf siebenfachen Mord plädierte. Vehement bestritt er die Taten und hatte die besten Anwälte um sich geschart. Doch vor allen Dingen sein Fluchtversuch in der Klinik wurde ihm schwer zur Last gelegt.

Hauer hatte sich für die schleppende Aufklärung verantworten müssen, würde aber keine weiteren Konsequenzen zu tragen haben. Seit Herbsts Festnahme war es zu keinen weiteren Übergriffen mehr gekommen, die Angelegenheit konnte als abgeschlossen betrachtet werden. Die Menschen im Gasteinertal waren beruhigt und konnten – soweit Corona es zuließ – ihren täglichen Geschäften nachgehen.

Alltag zog wieder ein.

Nach der ausgiebigen Schmauserei ließen die beiden Beamten die Hütte zurück und folgten dem Weg weiter ins Tal hinein, vorbei an der knapp eintausend Meter hohen Felswand, die mit ihren leicht überhängenden, dunkelgrauen Steinwänden und einigen daraus hervorstehenden Nadelbäumen das Tal prägte. Bei einem genauen Blick darauf konnte man die verschiedenen Schichten erkennen, die im Laufe der Jahrtausende die Ausprägung verändert hatten. An manchen Stellen schien der Fels stark verwittert, an anderen wiederum glattpoliert. Dazwischen befanden sich Felseinschlüsse, die wie Tränen aus Teer aussahen.

Die Himmelwand. Ein beeindruckendes Erbe der Natur.

Kurz bevor sich der Weg im Tal in den Flanken des Berges verlor, bogen die beiden Wanderer auf einen Trampelpfad ab und folgten dem sanft verlaufenden Anstieg, um an den oberen Rand der Bergwand zu gelangen. Dort würde ein herrlicher Ausblick auf sie warten.

»Du hast dir ja eine wirklich passende Wanderung ausgesucht«, keuchte Kessler und blieb kurz stehen, um sich eine Thermoskanne aus seinem Rucksack zu schnappen und gierig daraus zu trinken. Auf seinem Rücken hatte sich bereits ein Schweißfleck in Form der Deutschlandkarte gebildet.

»Friedl Gerstner. Du erinnerst dich? Herbst hat bei seinem letzten Opfer den Hinweis mit der Weißen Gams platziert. Damit sind wir auf die Zusammenhänge gestoßen. Über die Gastein-Sagen. Diese alten Geschichten, die der alles-andere-als-Vorzeige-Primar ausgegraben hatte. Und da hat es uns der Anstand ja förmlich abverlangt, der Himmelwand mal einen Besuch abzustatten. Ehrensache.«

»Bis zur Hütte war es auch wirklich eine gute Idee. Wir hätten den Felshaufen ja auch von unten betrachten und huldigen können. Von mir aus auch eine Gebetsstunde abhalten. Aber dass wir der Gams jetzt auch noch selbst hinterherjagen wollen, ist schon ein bisserl sehr mühsam«, feixte Kessler, ging aber trotzdem folgsam weiter. Es schien auch ihm Spaß zu machen. Selbst wenn er eine Schweißspur hinter sich herziehen würde. Außerdem war es gut, auf andere Gedanken zu kommen.

Umso höher sie stiegen, desto mehr lichteten sich die Bäume am Seitenrand und der Ausblick in das Tal wurde immer faszinierender. Schon bald konnten sie auf den sich leicht windenden Bach hinunterblicken, auf den kleinen Staudamm und den Nationalpark Hohe Tauern mit seinem üppigen Bewuchs, den steilen Berghängen und den unzähligen Vögeln, die darüber kreisten. Gegenüber, auf dem Rücken des Graukogels, tauchte der Reedsee auf, eingebettet zwischen den Berghängen und mit einer so glatten Oberfläche, dass sich die umliegenden Gipfel darin spiegelten. Hauer war tief ergriffen von der Schönheit der Natur und dem Schauspiel, das sich ihnen aufgrund des herrlichen Wetters bot. Er hätte nirgends anders sein wollen. Schon gar nicht in seinem stickigen Büro.

Nach drei Stunden gelangten Hauer und Kessler auf das Dach der Himmelwand, wo am Ende einer breiten Lichtung einige Bäume schief über die Schlucht hinaus und absturzgefährdet hinunter ins Tal wuchsen.

Die zwei Wanderer lehnten sich an eine Felsformation in der Größe einer Mercedes-Limousine und packten ihre Wegzehrung aus. Wurstbrote, Radieschen, Essiggurken und Tee. Außerdem noch die Reste der Köstlichkeiten aus der Himmelwandhütte. Sie wollten in Ruhe jausnen, danach noch einige Fotos machen, auf der Blumenwiese ausgebreitet die Sonne genießen und sich dann auf den Rückweg machen. Kessler erwähnte mehrmals vorwurfsvoll, dass er schon jetzt einen Muskelkater spürte und sich am folgenden Tag wohl kaum würde bewegen können.

»Hätte ich gewusst, worauf ich mich da mit dir einlasse, hätte ich meine Wanderstöcke mitgebracht«, schimpfte er spaßig und biss herzhaft in sein belegtes Brot.

»Hätte ich gewusst, mit was für einem Jammerlappen …« Hauer verstummte. Der letzte Bissen blieb ihm förmlich im Hals stecken. Vielleicht war es eine Eingebung gewesen. Womöglich hatten die Wanderung und die klare Bergluft dazu beigetragen. Schlagartig geriet sein gesamtes Weltbild ins Wanken. Die Gedankenblitze stürmten schonungslos auf ihn ein und er musste sich am Felsen abstützen, um nicht umzufallen.

Konnte das möglich sein?

Durfte das möglich sein?

Er hatte sich in der letzten Zeit schon so oft getäuscht. Durfte er daher an diese Möglichkeit auch nur denken?

Kessler hatte einen Trigger in ihm ausgelöst. Wie der Pawlowsche Hund hätte er beinahe zu sabbern begonnen.

Wanderstöcke.

Stock.

Der Mord an Erwin Kündner in Bad Gastein. Hauer hatte nicht mehr darüber nachgedacht. Was war mit der unpassenden

Farbe von Schallers Gehstock? Sein Stock hatte nicht zu Molas Analysen gepasst. Somit hatten sie die Tatwaffe bis zuletzt nicht gefunden. Aber was hatte Kathie Feldner gesagt, als sie damals – scheinbar vor einer Ewigkeit – beisammensaßen? Sie hatte verschiedene Arten von Stöcken aufgezählt, die als Mordwerkzeug in Frage gekommen waren.

Schwarze Stöcke.

Wie ein Schlagstock.

Die Grundausstattung eines jeden Polizisten, um sich im schlimmsten Fall verteidigen zu können. Eine Waffe, die einem bei Dienstantritt übergeben wird. Selbst Felix Lackner hatte sie bekommen. Und bei seinem unverhofften Austritt retourniert.

»Was ist mit dir, Joe?«

Hauer hob die Hand, um seinen Kollegen um Ruhe zu bitten. War der Stein erst einmal ins Rollen gebracht, entwickelte er eine Eigendynamik und riss alles mit sich fort. Erbarmungslos. Wie eine Lawine.

Was hatte Dr. Herbst zur Begrüßung gesagt? In der Klinik. Am Tag seiner Festnahme. Als er vor den Vorwürfen zu flüchten versuchte. Beiläufig. Hauer hatte dem damals keine Bedeutung zugemessen. »›Schön, dich auch wieder einmal zu sehen, Hubert.‹«

»Wie bitte?«

Hauer hatte laut gesprochen.

»›Schön, dich auch wieder einmal zu sehen, Hubert.‹«

»Äh ja, finde ich auch, Joe. Immer wieder schön. Geht's dir gut?«

»Wieder einmal, Hubert.«

»Ist lange her seit dem letzten Mal. Und ich bin auch froh, dass wir uns die Zeit nehmen. Brauchst deshalb aber nicht gleich sentimental werden. Und wehe du beginnst zu flennen.«

Hauer reagierte nicht, sondern starrte Kessler durchdringend an. Er musterte ihn angestrengt von oben nach unten. Hielt

Ausschau nach verräterischen Zuckungen. Hinweisen. Er versuchte, in seinen Augen zu lesen. Doch er konnte nichts von dem Verrat ausmachen.

»›Schön, dich auch wieder einmal zu sehen, Hubert.‹ So hat dich Herbst begrüßt.«

Kessler erwiderte nichts.

Auf der Lichtung war gespenstische Ruhe eingekehrt. Hauer konnte seinen eigenen Atem hören. Und das Tosen seines Blutes.

»Aber ihr hattet euch doch erst kurz zuvor gesehen. Als du bei ihm warst, um den Spuren nachzugehen. Unser verzweifelter Versuch, Fortschritte zu erzielen. Während ich mich bei Klaus Zehetner, dem Lastwagenfahrer, in Dorfgastein lächerlich gemacht habe. Du warst bei Herbst.«

»Keine Ahnung, was du meinst«, winkte Kessler ab. »Vielleicht hat er sich versprochen? Vielleicht bringst du was durcheinander. Ich kann mich nicht einmal mehr erinnern, wann ich gestern auf dem Klo war. Also womöglich interpretierst du da zu viel in was rein, was gar nicht stimmt.« Kessler verschränkte die Hände hinter seinem Rücken und vollführte Dehnübungen. »Wir sollten dann langsam ans Heimkehren denken. Es wird bald dunkel.«

Hauer machte einen Schritt auf ihn zu. »Warst du überhaupt bei ihm? Hast du ihn befragt? Oder hattest du dir sowieso schon deine eigene Erklärung zurechtgeschustert? Kam dir Herbst gerade passend in die Quere?«

Kessler schüttelte den Kopf. In seinem Nacken knackte es. »Willst du mir unterstellen, dass ich schlampig gearbeitet habe?«

»Oh Scheiße. Hubert.« Hauer trat noch näher. »Bist du damals wirklich in die Apotheke gegangen, um dich wegen Alois Brunner zu erkundigen? Oder wusstest du sowieso schon, was du dort erfahren würdest?«

»Ich weiß wirklich nicht, was du meinst, Joe.«

»Bist du genau dort auf Brunner getroffen? Als er sich seine Tabletten besorgt hat? Hattest du einen Streit mit ihm wegen seiner verqueren Ansichten? Hast du dich deshalb so darum gerissen, der Sache selbst nachzugehen? Damit wir nicht gemeinsam in der Apotheke anrufen? Weil die Mitarbeiter über die Auseinandersetzung berichtet hätten? Weil sie auf dich gezeigt hätten?«

Kessler wandte sich ab und begann, den Rucksack zu packen. Ungestüm stopfte er alles zurück und war drauf und dran, zu gehen. Doch Hauer packte ihn an der Schulter und hielt ihn zurück. »Hat tatsächlich Kathie das mit Herbsts Anzeigenwut herausgefunden? Ist sie von selbst darauf gekommen, über Kündner zu recherchieren? Oder hast du sie bei einer eurer Verabredungen dazu angestiftet?« Hauer schlug sich gegen die Stirn. »So sind wir ja erst auf Herbst mit seinem Vorwurf der üblen Nachrede gekommen. Zu diesem Zeitpunkt wurde er zu einem weiteren Verdächtigen für uns.«

Das Gedankenkarussell in Hauers Kopf begann sich immer schneller zu drehen. Je mehr Fragen er aufwarf, umso mehr kamen dazu. Die Puzzleteile, die zuvor das Bild von Herbst als Täter geliefert hatten, begannen sich neu zu mischen und in einer anderen Abfolge zusammenzusetzen. Mit einem erschreckenden Ergebnis.

»Hat dich wirklich Kathie Feldner auf die Sache mit Herbsts Büchern gebracht? Oder hast du sie nur vorgeschoben, damit du von dir ablenken konntest? Hattest du die Informationen über die Bücher womöglich schon von Irmgard? Irmgard war Herbsts Kollegin. Naheliegend, dass sie auch seine Bücher gelesen hat. Wahrscheinlich hat er ihr signierte Exemplare geschenkt. Habt ihr euch darüber unterhalten? Ist dir das wieder eingefallen? Kam dir das zugute?«

Kesslers Kehlkopf hüpfte aufgeregt auf und ab. Die Hand, die den Rucksack hielt, zitterte. Seine Atmung hatte sich beschleunigt, als würde er neuerlich den Berg besteigen. »Lass meine Frau aus der Sache raus. Irmgard hatte damit nichts zu tun«, zischte er und schob Hauers Hand zur Seite, um sich an ihm vorbeizudrücken.

Irmgard. Natürlich.

Wie hatte er nur so dumm sein können? So blind? So oberflächlich? So ignorant?

»Herbsts Anzeigen. Gegen all die Corona-Leugner. Bis zu den obersten Stellen ist er damit gegangen. Um ihnen einen Denkzettel zu verpassen. Und wie hat er reagiert, als ich ihn darauf angesprochen habe?«

Hauer verstellte seine Stimme. »›Ich habe es doch auch für euch gemacht.‹ Das waren seine Worte. ›Ich habe es doch auch *für euch* gemacht.‹ Nicht für uns. Wie von mir fälschlicherweise angenommen. Er meinte damit nicht dich und mich. Er meinte deine Frau und dich.«

»Du redest Schwachsinn!«

»Er hat direkt dich damit angesprochen. Er meinte Irmgard und dich.«

»Hör auf damit.«

»Was finde ich in Herbsts Anzeigen, Hubert? Warum war er so versessen darauf, die Leute zu bestrafen? Wollte er seine Kollegin beschützen? Hat er es für Irmgard getan? Hat er es letztlich auch für dich gemacht?«

Kessler blieb wie angewurzelt stehen. Er streckte seine Wirbelsäule kerzengerade durch und starrte angestrengt nach vorne. In seinem Nacken hatte sich Schweiß gesammelt. »Du hast überhaupt keine Ahnung, Joe.«

»Wovon habe ich keine Ahnung?«

Kessler wischte energisch über seinen Hals und streifte die Hand an der Wanderhose ab. »Ich habe alles versucht. Wir haben alles versucht. Um Irmgard aus ihren Depressionen zu befreien. Um ihr Lebensfreude zurückzubringen. Um ihr Lebenswillen zu schenken. Aber alles hatte sich gegen uns verschworen. Ihr Job. Diese Taugenichtse. Die Krankheit. Und als sie deswegen auch noch unser Kind verlor …« Aus seinem Augenwinkel löste sich eine Träne. Eine Träne der Trauer. Aber auch eine Träne der Wut.

»Warum hast du nie mit mir darüber gesprochen?«, fragte Hauer schockiert.

»Was hätte es gebracht? Hätte ich mir weitere Weisheiten anhören sollen? Dass alles nicht so schlimm ist? Dass alles wieder besser werden würde? Alle sind so furchtbar intelligent und wissen alles. Einen Scheißdreck wissen sie. Auch du nicht!« Er nestelte an der Außentasche seiner Jacke herum und zog einen Zettel hervor. »Ich habe alles verloren, Joe. Alles.« Er hielt Hauer ein Bild vor die Nase. »Das ist meine Erinnerung an Irmgard, Joe. An meine liebe, warmherzige und fürsorgliche Frau.«

Hauer musste mehrmals blinzeln. Er erkannte Kesslers Ehefrau. Aber da war noch mehr zu sehen.

»Ja, ganz recht, Joe. Denn ich will mich einerseits in bedingungsloser Liebe an sie erinnern. Andererseits darf ich aber niemals vergessen, was ihr angetan worden ist. Von ihren Mitmenschen. Von dem ganzen scheiß System. Deshalb auch die Abbildung von ihrem Grabstein. Es bringt mich immer auf den Boden der Tatsachen zurück. Das ist alles, was von ihr übrig geblieben ist. Ein Stein!«

»Du machst deine Mordopfer für den Selbstmord deiner Frau verantwortlich?«

Kessler lachte auf. Es klang mehr wie das Keifen eines Coyoten. »Ich mache die Gesellschaft für ihren Tod verantwortlich. All die ignoranten Besserwisser. All diese Selbstdarsteller und Blender. All diese Nichtsnutze, die nicht wissen, was sie mit ihrem Leben anfangen sollen. Die sich über andere profilieren wollen.« Er spuckte aus. »Sie sind schuld. Zweifellos.«

Hauer sackte zu Boden. Er konnte es nicht fassen.

»Und jetzt tu bloß nicht so überrascht. Spar dir das Theater, Joe. Gerade dir hätte von Anfang an klar sein müssen, worum es geht. Ich habe es ja förmlich an die Tatorte gepinnt. Du hättest die Hinweise erkennen können. Aber wahrscheinlich wolltest auch du lieber wegsehen.«

»Irmgards größte Leidenschaft. Das waren deine Hinweise. Die Gasteiner Sagen. Mit denen sie sich immerzu beschäftigt hat. Mit denen sie sogar dich zu der Hochzeit in der Entrischen Kirche überredet hat. Mit denen sie dich auf ihre Wanderungen schleppte, um dich daran teilhaben zu lassen.«

»Und du weißt, wo sie sich umgebracht hat.«

Hauer nickte betroffen. Er wagte es nicht, aufzusehen. Alles, woran er glaubte, stand auf der Kippe. Sein Kollege. Sein Partner. Sein Freund. Er war verantwortlich. Eine zentnerschwere Last drückte Hauer zu Boden.

»Nach Irmgards Tod lag deine Welt in Scherben. Du warst wochenlang von der Bildfläche verschwunden. Du wolltest niemanden an dich ranlassen. Auch mich nicht. Du wusstest selbst nicht, wohin mit dir.« Hauer flüsterte zwischen tiefen, angestrengten Atemzügen. Als verweigerte seine Lunge den Dienst, ihn mit Luft zu versorgen. »Bist du damals Steffen und Sabine begegnet? Die aus Deutschland illegal angereist waren? Um hier zu feiern? Um gemeinsam eine schöne Zeit zu verbringen? Und du hattest gerade all das verloren. Hast du sie zur Rede gestellt? Wolltest du sie auf die Einreisebeschränkungen hinweisen? Bist du ausgerastet?«

Kessler zitterte mittlerweile am ganzen Körper. Ein Speichelfaden hatte sich aus einem Mundwinkel gelöst und tropfte auf seine Brust. »Sie haben gelacht. Sie haben überhaupt kein Verständnis gezeigt. Verständnislosigkeit, Joe. Ein Übel zwischen den Menschen. Das war der Anstoß.«

Hauer hatte seinen Kopf zwischen seine Hände gelegt. Er hielt die verbalen Schläge, die Kesslers Worte auslösten, kaum noch aus. Immerhin war Kessler ein Polizist. Er sollte Menschen beschützen. Und ihnen nicht das Leben nehmen. »Hast du nach Alois Brunner damit begonnen, systematischer vorzugehen? Dich auf Personen zu konzentrieren, die mit Irmgard in Verbindung standen?«

»Brunner, dieser Scheißkerl. Der sich in der Apotheke über Pflegepersonal mokiert hat. Und dass sie sich alle nicht so aufführen sollen. Sollen ihren Job machen. Und dankbar dafür sein, auch noch bezahlt zu werden. Würde er erkranken, hätten sie sich gefälligst auch um ihn zu kümmern. Gleichgültig, wie gestresst alle wären. Denn dafür waren sie schließlich da. Er hat so viel Stuss erzählt, dass sogar der Apotheker ganz kleinlaut wurde. Hat sich aufgeführt wie ein allwissender Prophet. Solche Leute müssen weg, Joe. Verstehst du das nicht? Die schaden unserer Gesellschaft. Tragen nichts bei. Sind unnützer Abschaum.«

Lange konnte sich Hauer das nicht mehr anhören. Er war am Ende seiner Kräfte. Am liebsten wäre er einfach eingeschlafen. Schlafen, um zu vergessen. Aber jetzt war er schon so weit gekommen. Und er wollte alles wissen. »Was war mit Erwin Kündner? Was hatte er mit Irmgard am Hut? Und Friedl Gerstner. Beide wurden von Herbst angezeigt. Er wollte Gerechtigkeit walten lassen. Auf seine Weise. ›Ich habe es für euch getan.‹ Sie sind mit Irmgard im Krankenhaus zusammengetroffen? In Herbsts Territorium, nicht wahr?«

Kessler nickte lediglich.

»Und Günther Bamhauser, der sich beim Zutritt zur Talstation so aufgeführt hat? Wie passt er in dein Spiel?«

»Bamhauser? Dieser Wicht mit seinem dämlichen Köter? Der war Zufall. Den hatte ich gar nicht auf meiner Liste.«

Jetzt brach es doch aus Hauer heraus. »Auf deiner Liste? Hörst du dir eigentlich zu?« Er schnellte in die Höhe und packte seinen Partner am Kragen. Es fehlte nicht viel und er hätte ihn geschüttelt. Kessler ließ ihn gewähren. Sein Körper erschlaffte zusehends. »Aber es hat nicht so recht funktioniert, nicht wahr? Du hast keine Erlösung gefunden. Es wurde nicht leichter. Ganz egal, wie viele Menschen du niedergemetzelt hast. Und irgendwie schien keiner so recht zu verstehen, warum du das alles tust. Nicht einmal ich. Deine Hinweise waren zu verworren. Zu abartig. Hast du deshalb bei Fundner angerufen? Um endlich in die Welt hinauszuschreien, was die wahren Hintergründe sind?«

Hauers Finger lösten sich. »Aber es gab bereits jemanden, der die wahren Hintergründe selbst herausgefunden hatte, nicht wahr?« Sämtliche Farbe wich endgültig aus Hauers Gesicht. In seinen Augen stand pures Entsetzen. »Jemand war bereits auf die Lösung gekommen.« Es war eine Feststellung, keine Frage. Aus Kesslers Augenwinkel löste sich eine weitere Träne. Mit dem Handrücken wischte er sie weg. Trotzig.

»Du musst mir glauben, Joe. Das habe ich nicht gewollt.«

»Du hast Horst umgebracht.«

Ein einfacher Satz. In all seiner Schrecklichkeit nicht mehr zu toppen.

»Ich hatte eine Mission. Niemals hätte ich gedacht, dass er so schnell dahinterkommen würde. Es war doch noch zu früh. Es wäre Vergeudung gewesen. All die Opfer zuvor wären Vergeudung gewesen.«

Hauer zog seinen Rotz auf. Seine letzten Energiereserven hatten sich in blanke Abscheu verwandelt. »Was hast du denn gedacht? Er war dein Trauzeuge, Hubert. Er kannte dich wie seine Westentasche. Du warst wie ein Sohn für ihn. Und Irmgard wie eine Tochter.«

»In dem Moment, als er mich mit seinen Rückschlüssen konfrontierte, habe ich gar nichts gedacht. Mir ist eine Sicherung durchgebrannt. Und dann war es zu spät. Ich wollte das nicht. Er ist ausgerutscht und gestürzt.« Mehr Tränen hatten sich hinzugesellt. Doch Hauer konnte er nichts vormachen. Kessler hatte mehrfach brutal gemordet und sogar einen Freund umgebracht, nur um eine Mission zu erfüllen. Eine Mission, die Menschen bekehren sollte. Die sie zum Nachdenken anregen sollte. Die sie zu mehr Verbundenheit auffordern sollte. Eine völlig fehlgeleitete Mission.

All das warf er seinem Partner an den Kopf. Hauer schimpfte, fluchte und teilte aus. Er musste seine Frustration, seinen Schock und seine Wut loswerden. Und Kessler ließ die Tirade über sich ergehen. Kommentarlos. Wie es schien, hatte er bereits genug gesagt. Erst als Hauer durchschnaufte, fragte er: »Bist du fertig?«

Hauer stützte die Arme auf seinen Oberschenkeln ab. Seine Haltung glich einem kotzenden Alkoholsüchtigen.

»Es tut mir leid, Joe. Ich habe für mich einfach keinen anderen Ausweg mehr gesehen.« Er wippte auf den Fußballen. »Und ich weiß, dass dieser Weg nun endet.«

In diesem Augenblick ertönte der Schrei eines Steinadlers und das prächtige Tier segelte geschmeidig über die Lichtung. Sein braunes Gefieder schimmerte in den Strahlen der untergehenden Sonne. So gerne wäre Hauer ihm gefolgt.

Aus den Augenwinkeln heraus nahm er eine schnelle Bewegung wahr. Für einen kurzen Moment dachte er, Kessler würde nun auch ihn angreifen. Um seine Mission weiterzuführen. Um Irmgard zu rächen. Doch sein Freund hatte den Rucksack fallen gelassen und war losgerannt. Als wollte er flüchten. Hauer war so perplex, dass er einige Sekunden brauchte, um zu verstehen, was er vorhatte.

»Nein!«, schrie er Kessler hinterher und versuchte, aufzuschließen. Er war trainierter, doch der Vorsprung war bereits zu groß. Er würde ihn nicht mehr rechtzeitig erreichen. »Tu es nicht, Hubert.« Ein verzweifelter Schrei. Ein Appell. Ein Wunsch. Auch wenn er ihm niemals verzeihen würde.

»Es tut mir leid, Joe. Behalte mich in besserer Erinnerung. Denk an unsere Freundschaft.«

Wieder ertönte der Schrei des Adlers. Und auch Kessler breitete die Arme aus. Dann war er weg. Er hatte sich die Himmelwand hinuntergestürzt.

Der Steinadler erhob sich majestätisch Richtung Horizont, schlug kräftig mit den Flügeln und verschwand im Licht der sterbenden Sonne.

Danksagung

1.208.925.819.614.629.174.706.176

Mehr als eine Quadrillion. Eine Zahl mit 24 Nullen.

So hoch kommt uns die Anzahl jener Menschen vor, bei denen wir uns bedanken wollen.

Tatsächlich ist es aber die Anzahl an Viren, die bereits nach 80 Tagen vorliegt, wenn jeden Tag eine Verdopplung stattfindet. Eine unglaubliche Ausbreitung. Wie beim berühmten Märchen von den Reiskörnern auf dem Schachbrett. Das hätte damals dem König bereits Kopf und Kragen gekostet.

Unser Buch ist während der Corona-Zeit entstanden, in der es manchmal so aussah, als würde uns das Virus ebenfalls Kopf und Kragen kosten. Also in einer Zeit, in der es besonders wichtig war, zusammenzurücken (auch wenn das örtlich oft nicht möglich war). In der Familie und Freunde einen ganz besonderen Stellenwert einnahmen und in der man dankbar für sein soziales Umfeld sein musste.

Aber wir möchten uns auch im Speziellen bei jenen Menschen bedanken, die uns bei unserem ersten gemeinsamen Werk unterstützt und begleitet haben.

Einige unserer Freunde (sie konnten es sich aussuchen und sind immer noch unsere Freunde) und Familienangehörigen (sie konnten es sich nicht aussuchen) haben uns mit Rat und Tat geholfen. Etliche von ihnen haben das Buch zur Probe gelesen und uns mit wertvollen Anmerkungen und Korrekturen versorgt. Sie haben ihre Gedanken zu der Geschichte mit uns ausgetauscht.

Damit haben sie nicht nur einen Beitrag zur Entstehung dieses Buches, sondern vor allen Dingen auch zu unserem Seelenheil geleistet. Dafür schulden wir ihnen was.

Dem Gasteinertal gebührt ein ganz besonderer Dank. Es ist für uns ein Ort der Erholung, der Freude und des Krafttankens. Wir lieben die Berge und die Einwohner, die zum Glück viel harmloser sind, als wir sie in unserem Krimi dargestellt haben.

All unsere schriftstellerischen Bemühungen wären jedoch verpufft, hätten wir nicht das Team vom Verlag Federfrei an unserer Seite gehabt. Es hat an unsere Geschichte geglaubt und unseren (manches Mal umständlichen) Ausführungen mit einem wertvollen Lektorat den notwendigen Feinschliff verpasst. Ein Buch überhaupt auf den Markt zu bringen ist ein Kraftakt, der die Bezwingung einer überhängenden Kletterwand nahezu lächerlich wirken lässt (derjenige, den wir damit ansprechen, weiß Bescheid).

Dann gibt es noch so viele Menschen, die mit ihrem Engagement dafür sorgen, dass dieser Krimi bei den Lesern landet. Menschen, die die Welt der Bücher nicht nur als Geschäft, sondern auch als Leidenschaft sehen.

Zuletzt möchten wir Ihnen, lieber Leser, für Ihre Zeit danken, in der Sie sich mit unserer Mordserie auseinander gesetzt haben.

Das ist unser Antrieb, weiter zu schreiben. Und wer weiß: vielleicht kehren wir irgendwann einmal mit einer anderen Geschichte ins Gasteinertal zurück. Es gibt noch viel zu erzählen.